명작에게 사랑을 묻다

명사들의 삶과 사랑 그리고 위대한 작품

명작에게 사랑을 묻다

명사들의 삶과 사랑 그리고 위대한 작품 —— 이동연 지음

평단

2년 전 어느 날 KBS 문선 작가에게서 전화가 왔다. 명사들의 라이프 스토리를 방송하겠느냐고. 망설이지 않고 응했다. 그렇게 시작된 생방송이 어느덧 100회를 넘었다. 화장을 하다가 방송을 듣느라 자신도 모르게 하던 일을 멈추었다는 청취자분도 계셨지만, 정작 명사들의 사생활을 먼저 들여다본 필자도 삶의 시계가 멈춰 선 것만 같다. 명사들이 위대해서가 아니라 오히려 그 반대이다.

우리의 심금을 울리는 불후의 명작을 만든 사람들의 내밀한 삶이 어쩌면 그렇게 우리와 다를 게 없을까? 그들의 인생이 바로 나의 이야기, 내 이웃들이 차마 말하지 못했던 속 깊은 이야기와 다를 바 없었다. 그들도 우리와 똑같이 울고 웃었고, 사랑하고 이별했고, 미워했고 집착했다. 단 하나의 차이라면 그 과정에서 명작이 탄생했다는 것이다.

그럼 명작이란 무엇일까? 명작은 미美와 마찬가지로 추상적이고 오묘한 면이 있다. 그런데도 명작에는 몇 가지 공통요소가 있다. 명작은 전통적인 형태를 인간의 가치와 새롭게 연결해 재창조하여 무언가 심오하고 복합적인 일련의 감정을 일으킨다. 또한 예술가 자신의 천재적 재능이 어떤 경험과 맞부딪치며 순간적으로 우주적 경험으로 승화되며 명작이 나온다.

우리는 명화를 볼 때, 명반을 들으며 명작을 읽을 때, 인류애적 삶을 살았던 위인들을 대할 때, 수많은 행성 가운데 지구라는 별에 바로 내가 태어나 살고 있음을 감사하게 된다.

그토록 헌신적인 소피야를 놓아두고 여든 나이에 가출한 톨스토이, 순수한 야만인이 되고 싶어 탈주를 반복하며 테후라를 성모 마라이로 만든 폴 고갱, 베르디가 연이어 어둠 속에서 헤맬 때 손을 내민 페피나, 모네의 가슴 시린 연인 카미유, 재즈 역사상 최고인 흑인 재즈 뮤지션 빌리 홀리데이, 그녀가 흑인이라 냉대받을 때 무한한 도움을 준 백인 청년 베니 굿맨 등. 만일 그 연인들이 없었다면 과연 오늘의 톨스토이, 폴 고갱, 베르디, 모네, 빌리 홀리데이 등이 존재할 수 있었을까?

방송한 인물 중 제일 먼저 선정된 25인은 시기적, 지역별, 장르별로 고르게 선정하려는 의도는 전혀 없었다. 그저 다양한 명작과 가치 있는 삶의 흔적을 남긴 인물들을 여러모로 조명해 보았다. 그래서 역사상 가장 위대한 장군이라 불리는 에르빈 롬멜도 다루었으며, 방송된 내용을 문어체로 다시 다듬었다.

그동안 함께한 황금 마우스 김동규 MC, 품격과 미모의 김이숙 PD, 리포터보다 더 치밀한 최상열 PD, 그리고 홍인영, 박초롱 작가 등에게 감사드린다.

필자는 생방송을 위해 명작을 만든 명사들을 매주 만나고 있다. 그들의 영혼을 자극했던 뮤즈들도 함께 만난다. 그럴 때마다 탄식과 웃음과 눈물이 수시로 교차한다. 아! 인생이란 이런 것이구나. 이렇게 사랑하며 미워하고. 만나고 헤어지고 가는 것이 인생임을 매번 발견한다.

그들의 변화무쌍한 일상 속에 불후의 명작이 있었듯이 희로애락이 깃든 우리 모두의 삶 자체가 나름대로 명작임을 누가 부인하랴. 지금 당신의 삶이 어떠하든 이 책 속의 명사들과 함께 당신 자신에게 축배를 드시길.

이동연

제1부

일상에서 탈주하다

01

하염없이 길 떠나는 화가
-폴 고갱

우리는 누구이고 어디로 가는가?

낙원을 그린 화가. 〈우리는 어디서 왔는가? 우리는 누구인가? 우리는 어디로 갈 것인가?〉라는 최후의 걸작을 남긴 화가. 폴 고갱Paul Gauguin, 1848~1903이 타히티의 작은 오두막에서 말년을 보내며 이 그림을 그렸다.

오른쪽 끝의 아이부터 중앙에 선악과를 따는 청년을 거쳐 왼쪽 끝의 노인까지 일직선 상으로 놓여 있다. 이는 서구 기독교 세계관의 묘사이다.

그 뒤로 선악과를 따 먹어 문명의 세례를 받은 탓인지 옷을 입고 있는 사람들이 보인다. 뒷줄 중앙 바로 왼쪽에 둥근 대좌 위에 푸른

우리는 어디서 왔는가? 우리는 누구인가? 우리는 어디로 갈 것인가?
폴 고갱(Paul Gauguin), 1897년, 캔버스에 유채, 141×376cm, 보스턴 미술관 소장

신상神像이 서 있고, 옆에 검은 옷을 입은 여인이 붉은 옷을 입고 앞서 걸어가고 있는 두 여인을 뒤따르고 있다.

두 여인은 마치 터널을 빠져나온 듯하다. 이는 불가의 윤회輪回를 뜻한다. 전체 인물들의 배경인 풍경은 모호하며 혼란스럽다. 지금 고갱은 문명을 버리고 원시에 와 있다.

고국 프랑스를 떠나 프랑스의 지배를 받으며 더럽혀지고 있던 지상의 낙원 타히티에서 고갱은 마지막 그림을 그렸다. 무엇인지 명징하게 알고 있다고 생각했던 삶이 나이를 더해 갈수록 어려운 수수께끼로 변해가고 있었다. 연륜을 더해 가면서 삶은 이해하는 것이 아니라 더불어 살아가는 것이라는 것을 깨닫게 되었다. 그때부터 기독교 세계관이 전부였던 그의 그림에 다양한 사상이 스며들기 시작했다. 기독교 양식이 전면에 배치되고, 그 뒤를 자바의 불교 양식이 끼어드는 방식이었다. 삶을 통해 체득된 내면의 영상들이 풍경화가 되어 캔버스 위에 고스란히 그려지고 있었다.

원색적인 고갱의 그림에 색즉시공色即是空의 경지가 드러났다. 20년에 걸친 탈주脫走의 삶은 그렇게 이어졌다.

성모 마리아가 된 갈색의 '테후라'

대혁명 이후 프랑스 사회는 급격한 변화를 겪는다. 봉건 계급이 해체되면서 시민 계급이 나타나기 시작했고 많은 사람이 도시로 몰

명작에게 사랑을 묻다

려들었다. 인상파 화가들도 그 대열에 동참하면서 파리는 예술가들의 천국으로 변모하고 있었다. 하지만 시류를 거스르는 삶을 살았던 고갱은 오히려 파리를 등졌다. 문명에 냉소적이었던 그에게 도시에서의 시간은 고통이었다. 향토색 짙은 시골의 풍광들을 화폭에 담으며 문명과는 동떨어진 삶을 살았다. 그래서 그의 그림은 촌스럽다는 평을 받았다. 고갱은 그런 평가에 개의치 않았다. 오히려 자연의 색과 빛을 그림 속에 더 짙게 표현해내려 애썼다. 특히 1876년 인상주의 전시회에 참가한 뒤부터 그의 화풍은 더욱 파격적으로 변해갔다. 원색을 선호했고 전체적인 색감은 화려하고 밝아졌으며 테두리를 뚜렷하게 표현하기 시작했다.

고갱은 거기에 그치지 않고 더욱 원시적인 풍광이 살아 있는 남태평양의 작은 섬 타히티로 아예 거주지를 옮겨 버렸다. 그때부터 원시적 소재와 강력한 원색을 사용하여 인간의 감정을 직접 그림 속에 투영하기 시작했다. 당시 대부분의 인상파 화가들이 눈에 보이는 대로만 그리던 사실주의 화풍을 버리고 햇빛 아래 유동하는 자연의 순간적 양상을 그리는 일에 집중하는 시기였다. 고갱은 이러한 순간적 포착성이 지닌 자동적 객관성에서도 자유로워지고 있었다.

그 노력은 고갱이 후기 인상주의자로 평가받는 계기가 되었으며, 20세기의 야수파, 입체파, 표현주의로 연결되는 고리가 되었다. 그리고 이러한 고갱의 특징이 가장 잘 드러난 그림이 〈이아 오라나 마리아〉이다. 대부분의 인상파 화가들이 눈에 보이는 세계만 중시하던

이아 오라나 마리아(아베 마리아)
폴 고갱(Paul Gauguin), 1891년, 캔버스에 유채,
87.7×113.7cm, 메트로폴리탄 미술관 소장

시대에 이아 오라나 마리아는 '사유의 신비로움'을 표현했다.

그림 속 모든 등장인물은 타히티 원주민들로 대체되었다. 백색의 인물들이 예수가 되고 마리아가 되고 천사가 되던 것과 달리, 이아 오라나 마리아 속 인물들은 모두 갈색이다. 가브리엘 천사는 노란 날개를 달았고 갈색의 천사 두 명이 가리키는 여인은 아기 예수를 안고 있는 갈색의 마리아다.

또한 이들은 파레오를 입고 있다. 파레오란 꽃무늬가 수놓아진 옷감으로 타히티 원주민들이 허리에 적당히 걸쳐 입는 것이 특징이다. 이는 당시 프랑스를 비롯한 서구 일각에서 보여 주던 화풍과 비교되는 일이었다. 서구의 화가들에게 신성 자체였던 예수를 누드로 그렸고, 신성한 마리아의 눈빛도 야하게 그려놓았다. 심지어 마리아 곁을 지키던 여인들의 풍만한 젖가슴을 고스란히 드러내는 것으로 성스

명작에게 사랑을 묻다

러워야 할 여인들마저 천박하게 바꿔버렸다.

그들이 신봉하던 진眞, 선善, 미美는 그때부터 분리되기 시작했다. 그동안 수많은 화가는 셋을 일체화했고, 그 안에서 신성을 표현하곤 했었다.

고갱 역시 '왜 백인만이 신성해야 하는가?'라는 의문을 품다가 주변 타히티 사람들을 신성하게 보면서 스스로 답을 찾아가기 시작했다. 그리고 테후라를 신격화하는 일에 몰두한다. 테후라는 타히티에서 만난 고갱의 현지처였다. 고갱의 그림에 등장하는 성모 마리아는 테후라인 경우가 많았다. 테후라의 유황빛 섬광閃光을 내뿜는 눈빛, 그대로 성모마리아의 눈을 그렸다.

고갱과 테후라는 타히티 바닷가의 작은 오두막에 살았다. 아침이면 아담과 이브가 되어 물속을 누볐고 밤이면 침대에 나란히 누워 지붕 틈을 비집고 들어오는 별빛을 보며 사랑을 속삭였다. 테후라는 고갱의 품에 안겨 타히티의 신화에 나오는 별들에 대한 이야기를 속삭여주었다. 고갱은 그 소리를 자장가 삼아 잠들었다.

이들의 계약 동거는 2년 동안 이어졌다. 그 기간이 고갱에게 가장 아름다운 추억으로 남게 된다. 그 기억을 가지고 그린 그림이 〈이아 오라나 마리아〉다. 서구인의 눈으론 도저히 용서할 수 없는 그림이 되어버린 〈이아 오라나 마리아〉는 오직 그에게 신비의 경지를 선사한 테후라를 위한 헌사였다.

어두운 산과 짙은 보라색 길, 그리고 활짝 핀 식물이 덮여 있는 그림의 하단엔 'IA ORANA MARIA'라고 서명했다. 타히티말로 '아베 마리아'였다. 고갱은 〈이아 오라나 마리아〉를 그리는 동안, 아니 평생을 아웃사이더로 살았다. 그리고 이 그림을 그리며 그는 백인의 정체성을 잊은 타히티인이었다.

문명 밖의 삶을 원하다

고갱이 원한 것은 순수였다. 그랬기에 그는 도시 생활을 과감하게 청산할 수 있었다. 제도화된 문명을 거부한 채 타히티의 자연 속으로 스며들었다. 그가 추구한 것은 영원까지 거짓 없고 인위적이지 않은 순수였다. 그러다 보니 이상주의자로, 또는 가정을 등지고 쾌락을 추구한 사람으로 비치기도 했다.

문명에 대한 회의와 주류 사회에 대한 거부감이 적나라하게 드러난 그림이 〈설교 뒤의 환상〉이다. 고갱은 이 작품을 통해 서구인의 심리적 주인 노릇을 하던 종교가 실재하는 것이 아닌 환상에 불과함을 적나라하게 표현하고 있다. 당시 주류적 사고방식이 진리가 아니며 모든 사람이 진리라 믿고 있는 것이 전부가 아니라는 것을 말하고 있다. 이 그림은 시각에만 의존하던 이상주의에 대해서도 반발한다.

천사와 씨름하는 야곱은 현실일 수 없다. 그 앞에서 이야기를 듣고 있는 여인들만이 실재하는 현실일 뿐이다. 고갱은 현실과 가상의

명작에게 사랑을 묻다

설교 뒤의 환상(천사와 씨름하는 야곱)
폴 고갱(Paul Gauguin), 1888년,
캔버스에 유채,
72.2×91cm,
국립 스코틀랜드 미술관 소장

이야기를 교묘하게 뒤섞어 그림을 바라보는 사람들이 많은 생각을 하게 만들었다. 설화를 실재인 양 믿으려 할수록 더 강렬한 정열이 필요하고 그런 정열이 클수록 결국 황당한 결말과 만나게 된다는 뜻으로 해석된다.

그림은 설화에 지나지 않는《성경》속 비현실적 이야기와 자신이 살던 프랑스 브류타뉴 지방의 민속 의상을 입은 여성들을 병치시켰다. 배경으로 쓰인 빨간색은 수난과 정열은 물론 황당함의 상징이다. 고갱은 구도의 교묘성과 테두리 선 안에 단순화한 표현 등을 사용하여 신비의 실체가 설화에 불과하다는 인상을 받도록 했다.

문명을 가식적이라 여기며 혐오하던 고갱은 그 배후를 종교라 여겼다. 그런 까닭에 작품의 주제를 종교적 환상을 벗겨내는 일에 사용했다.

탈주로 점철된 삶의 궤적

고갱의 그림은 그림 이상의 의미로 다가오곤 한다. 그림을 통해 자유를 경험하거나 살아 있는 한 편의 시로 읽히는 경험을 했다는 이들을 종종 만날 수 있기 때문이다. 이는 고갱의 외할머니 플로라 트리스탕Flora Tristan, 1803~1844으로부터 물려받은 재능 탓이다. 트리스탕은 페루에서 태어났다. 재능이 남달랐지만, 미술가의 부인으로 살아야 했던 트리스탕은 남편의 폭력으로 이혼하게 된다. 미술가 앙드레

샤잘의 부인에서 벗어나 자유로운 인생을 살게 되면서 그녀의 재능은 빛을 발하기 시작했다. 산업화로 발전을 거듭하던 영국으로 건너간 그녀 앞에 산업화의 뒤안길에서 고단하게 살아가야 하는 노동자들의 비루한 삶이 다가온 것이다. 그들의 고단한 삶을 직시하고 '만국의 노동자여 단결하라'는 글이 적힌 《런던 산책》(1840)을 써내려갔다. 프리드리히 엥겔스 등 많은 지식인에게 커다란 영감을 안겨준 이 책은 당시 사회에 엄청난 충격을 안겨준다.

단숨에 유명 작가가 된 트리스탕은 조르주 상드와 교분을 맺으며 자신이 가야 할 길을 발견하게 된다. 수많은 강연에 불려다니고 사회의 부조리에 대항하는 삶을 살면서 그녀는 큰 족적을 남겼지만, 쓸쓸하게 생을 마감해야만 했다.

외할머니의 재능은 자손들에게 고스란히 전해졌다. 아버지 클로비는 〈르 나시오날Le Nationale〉지의 진보적 정치부 기자였고, 고갱은 그림을 한 편의 시로 보이게 만드는 재주를 가진 화가였다.

고갱이 태어날 무렵 프랑스는 극심한 혼란기였다. '2월 혁명'으로 왕정이 무너졌고, 공화정이 들어섰지만, 노동자들의 폭동이 이어지면서 계엄령이 선포된 상태였다. 결국 12월 선거에서 보수성향의 나폴레옹 보나파르트의 조카 루이 나폴레옹 3세가 신생공화국의 대통령으로 선출된다. 나폴레옹 3세의 정치적 성공은 고갱의 아버지에게는 위기였다. 진보적 정치부 기자였던 아버지에게 진보정치그룹의 패배는 정치보복이 예견된 일이었기 때문이다. 결국 고갱의 가족들은 아버지의 손에 이끌려 페루로 가는 배에 몸을 실었다. 외가가 있던 페루로의 망명이었다. 하지만 10월 30일 페루로 가던 배 위에서 아버지는 동맥류 파열로 숨을 거둔다.

남편을 잃은 어머니는 두 살된 딸 마리와 갓 태어난 고갱을 데리고 리마로 갔다. 그곳엔 한 번도 만난 적 없던 외삼촌이 고갱의 가족을 기다리고 있었다.

이후 프랑스로 다시 돌아온 고갱은 중학교에 다니다 중퇴한 뒤 여러 직업을 전전하다가 외항선 선원이나 파나마 운하의 노무자로 젊은 시절을 보냈다. 스물네 살이 되자 고갱은 화가로서의 내제된 재능을 발견하기 시작한다. 주식중개인으로 생활이 안정되자 취미 삼아 그림을 시작하면서 흥미를 느낀 것이다. 외할머니로부터 예술가의 재능을 물려받은 고갱의 그림 솜씨는 아마추어 경지를 넘어서고 있었다.

그즈음 고갱 인생에 새로운 여인이 등장한다. 덴마크에서 온 메테소피 가트Mette Sophie Gad라는 처녀였다. 정갈하고 기품 있는 메테는 고갱을 매료시켰다.

고갱은 메테에게 공을 들였고, 청혼이 받아들여지면서 부부가 된다. 이후 다섯 아이를 두며 행복한 삶을 살아가던 고갱은 1883년 주식시장이 붕괴하자 위기를 맞는다. 고민에 빠져 있던 고갱은 주식시장의 붕괴를 빌미 삼아 전업 화가를 선언한다. 가장이라는 무거운 짐을 지고 있던 고갱의 폭탄선언은 가족의 반대에 부딪힌다. 당장

명작에게 사랑을 묻다

생계가 걱정된 메테가 가
장 적극적으로 반대했다.

고갱은 반대에 굴하지
않고 자기 뜻대로 삶을
결정했다. 심지어 그림도
누드화 중심으로 그리면
서 주변 사람들을 당혹하
게 만들었다. 가장 놀란
사람은 역시 독실한 프로
테스탄트 신앙인이었던
메테였다. 도저히 용납
할 수 없는 남편의 기행
에 충격을 받은 그녀는
극렬히 반대했다. 그러자

야회복을 입은 고갱 부인의 초상
폴 고갱(Paul Gauguin), 1884년, 캔버스에 유채, 54×65cm,
오슬로 국립미술관 소장

고갱은 별거를 선언하며 집을 나갔다. 그 뒤로도 그는 계속 누드화
를 그렸다.

화가 난 메테는 고갱이 자식들과 만나지 못하게 했다. 사랑하는
자식들과 생이별을 하게 된 고갱은 그리움을 술로 달래며 그전과는
다른 그림을 그렸다. 이전과 다른 그림은 독자적인 화풍을 만들어냈
다. 고갱의 작품은 이때부터 평단의 주목을 받기 시작한다. 자녀들을
보지 못한 안타까움과 그리움이 만들어 낸 결과물이었다.

고갱은 기존의 작가들과는 전혀 다른 방식으로 그림을 그리기 시작했다. 원근법을 무시한 평면적 화면 분할, 강렬하고 굵은 선, 그리고 원색으로 과감하게 현실과 상상을 합친 '클루아조니즘(종합주의) cloisonnisme'를 창안했다. 이런 화풍을 따르는 젊은 화가들과 함께 퐁타벤Pont-Aven파를 결성했다. 고갱의 새로운 화풍은 고흐를 매료시켰다. 프랑스 남부 '아를'에 머물던 고흐는 고갱을 초대해 예술 공동체를 만들고자 했다.

1888년 두 천재는 드디어 만난다. 겨울 두 달간 아를의 '노란 집 Yellow House'에서 함께 지내며 창작에 몰두하기 시작한 것이다. 하지만 두 사람의 성격은 극과 극이었다. 물과 기름처럼 철저히 분리되었다. 섞이지 못한 두 사람 사이에 균열이 생기기 시작했다. 고갱이 속으로만 끓는 물이라면 고흐는 터져 나오는 활화산이었다.

그나마 고갱이 참는 편이었다. 연장자였던 고갱은 고흐를 너그럽게 대하려 노력했다. 하지만 고갱의 원초적 남성성에 대한 열등감이 고흐를 짓눌렀다. 게다가 고갱의 애정행각이 끊이지 않았다. 실연의 상처에 허덕이던 고흐에게 고갱의 바람기는 감당하기 어려운 상처였다. 결국 두 사람은 심하게 다투고 만다. 다음 날 고흐는 면도칼로 귀를 잘랐다. 고갱은 그것에 충격을 받아 아를을 떠났다.

그 사건은 두 사람 모두에게 치명적인 상처였다. 고흐는 자살로 생을 마감했고, 고갱은 문명 세계에 환멸을 느껴 원시 깊숙한 곳으로 몸을 숨기게 된다. 미술중개인이었던 고흐의 동생 테오마저 사망하자 우연히 읽게 된 타히티 여행기에 매료된 고갱은 1891년 자신의 작품을 팔아버리고 타히티로 가는 배에 몸을 싣는다.

고갱은 타히티의 삶에 만족한다. 원주민들의 거짓 없는 삶. 그들의 삶 속에 꿈이 있고, 생활 속에 시가 살아 있음을 발견한다. 그들

여기로 오셔요
폴 고갱(Paul Gauguin), 1891년, 캔버스에 유채, 88.9×72.39cm, 미국 뉴욕 구겐하임미술관 소장

의 삶에 영감을 받아 그린 그림이 '여기로 오셔요come here'이다.

산 아래 커다란 야자수가 서 있고, 그 뒤로 서너 채의 집이 드문드문 서 있는 곳. 울타리도 없고 뚜렷한 길도 없는 풍광이 그림 속에 오롯이 담겨 있다. 굳이 길이라면 사람이 밟고 지나간 가느다란 풀숲뿐이었다. 그 풀숲을 돼지 두 마리가 자유로이 헤집고 있다.

잘 만들어진 길이 규범과 질서의 상징이라면 울타리는 소유와 배타의 상징이다. 타히티는 길이 없어 자유롭고 울타리가 없어 위선이 없는 곳이었다. 여자도 남성적이고 남자도 여성적이어서 양성兩性의 두렷한 차이가 적은 곳이어서 누구나 쉽게 친구가 되는 곳이기도 했다. 그래서 문명이 전해준 음침한 색광色狂도 없지만 덩달아 죄악의 관념도 없었다. 그림의 제목 그대로 타히티로 오라고 부르고 있었다.

이후 비슷한 콘셉트를 가진 수많은 작품이 타히티에서 나왔다. 타히티에 머무는 동안 고갱은 두 여인과 사랑을 나눴다. 귀에 금속 귀걸이 대신 꽃을 단 혼혈인 '티티'와 망고꽃을 든 마오리족 여인 '테후라'였다. 티티와는 황홀한 사랑을 나누었고, 테후라와는 동거를 시작했다.

테후라는 관능미가 넘치는 여인이었다. 고갱은 테후라의 누드를 자주 그렸다. 자그맣고 단단한 육체에 검붉은 피부, 앳된 얼굴을 한 테후라의 몸짓은 고갱의 재능을 통해 다시 태어났다. 테후라를 그리는 고갱을 마오리 사람들은 '사람을 창조하는 사람'이라고 불렀다.

고갱에게 타히티는 낙원이었고 테후라는 '이브'였다. 두 연인은 에덴동산에서 근심 없이 살아가는 아담이었고 하와였다. 최초의 남녀가 되어 꿈같은 하루하루를 보내며 고갱은 미친 듯이 그녀를 그렸다. 팔리지 않는 그림이었지만, 테후라는 고갱의 모델이라는 사실에 행복했다. 그림이 팔리진 않아도 테후라가 과일이나 꽃을 팔았기에 삶이 궁핍하진 않았다.

'돈 걱정 없이 사랑하고 그림을 그리며 살 수 있는 자유'를 꿈꿨던 고갱은 타히티에서 원하던 바를 이뤘다.

고갱, 《달과 6펜스》로 삶이 재현되다

고갱은 타히티에서 그림만 그린 게 아니었다. 그곳의 시간을 《노아 노아Noa Noa, '향기롭다'는 뜻의 마오리 어》라는 육필수기에 모두 담아냈다. 하지만 테후라와의 꿈결 같은 생활을 한 지 2년만인 1893년 6월 4일, 고갱은 타히티에서의 삶을 정리하고 파리로 돌아왔다. 파리에서 가장 먼저 한 일은 아내 메테를 찾는 것이었다. 그러나 메테는 고갱에게서 완전히 멀어져 있었다.

아내에게 버림받은 고갱은 아틀리에에 칩거한 채 그림에만 집중했다. 그런 고갱을 찾아온 여인이 자바 출신의 혼혈 여인 '안나'였다. 애완용 원숭이를 안고 찾아온 것부터 예사롭지 않았던 그녀는 한순간에 고갱의 시선을 사로잡았다. 그녀에게선 잊고 있었던 타히티의 향기가 물씬 풍기고 있었다. 고갱은 안나와 동거를 시작했다. 하지

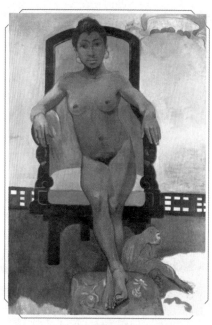

자바 여인 안나
폴 고갱(Paul Gauguin), 1893~1894년경,
캔버스에 유채, 81×116cm, 개인 소장

만 안나의 등장은 계획적인 것이었다. 고갱의 극심한 외로움과 타히티에 대한 그리움을 이용해 그 곁에 머물게 된 안나는 때를 기다리고 있었다. 드디어 기회가 왔다. 고갱이 아틀리에를 비운 사이에 고가의 미술품들을 훔쳐 도망을 가버린 것이다.

아내에게 버림받고, 안나에게 이용당한 자괴감은 문명에 대한 환멸로 전이된다. 1895년 4월, 47세의 고갱은 다시 타히티로 떠난다.

하지만 타히티도 고갱에게 위로가 되어주지 못했다. 타히티를 행복한 공간으로 만들어주던 테후라는 이미 다른 남자와 결혼을 한 뒤였다. 항상 고갱의 편에서 서서 격려를 아끼지 않았던 딸 알린이 열아홉 살이라는 젊은 나이에 폐렴으로 사망했다는 소식마저 전해지면서 고갱은 삶의 나락을 경험한다.

파리도 타히티도 위로가 되지 않는다고 생각하자 그는 벼랑으로 몰렸다는 위기감에 사로잡힌다. 세상이 그를 버렸다는 절망감에 사

명작에게 사랑을 묻다

로잡히자 스스로 생을 마감할 생각으로 자살까지 생각한다. 하지만 걸작에 대한 갈망으로 자살을 유보한다. 마지막 남은 마음을 다잡아 창작에 집중하기로 한 것이다. 결국 자신을 대표하는 걸작을 남기게 된다. 〈우리는 어디서 왔는가? 우리는 누구인가? 우리는 어디로 갈 것인가?〉는 그렇게 희망과 삶의 의욕이 모두 사라진 가운데 완성된다.

모든 일이 끝났지만, 고갱 곁에는 아무도 없었다. 테후라조차 곁에 없는 타히티가 위로가 되어주지 못하자 그는 더 원시적인 섬이 그리워지기 시작했다. 1903년 5월, 고갱은 드디어 남태평양의 외딴섬 도미니크로 이주한다.

하염없이 길을 떠나는 탈주의 삶으로 일생을 보낸 고갱에게 도미니크는 종착역이었다. 그곳에서 심장병이 깊어져 55세에 생을 마감한다. 창작에 대한 갈망과 문명에 대한 거부, 사랑을 찾아 길을 떠나야 했던 탈주의 삶이 멈춘 것이다. 이후 그의 삶은 소설의 소재가 된다. 영국 작가 윌리엄 서머싯 몸William Somerset Maugham은 고갱의 삶을 주인공 스트릭랜드에 투영하여 《달과 6펜스》라는 장편소설을 집필하게 된다.

02

예술의 신 여든에 가출하다
– 레프 니콜라예비치 톨스토이

동반자를 만나다

1854년, 레프 니콜라예비치 톨스토이Lev Nikolaevich Tolstoy, 1829~1910는 크림전쟁이 한창이던 루마니아에 있었다. 삶을 좀먹는 욕망에서 탈출하려는 극단적 결심으로 택한 입대가 그를 전쟁의 한복판으로 내몬 것이다. 전쟁은 톨스토이 인생에 지대한 영향을 미친다. 르포기사를 잡지에 연재하면서 전쟁의 보다 깊은 속내를 들여다보게 된 것이다. 전쟁의 참상을 사실적으로 기록하기 위해 전투현장을 누비는 동안 자주 죽음의 그림자와 만났다. 그런 가운데 그는 신비주의에 빠져들게 된다.

1855년 3월 5일 자 일기엔 적나라한 당시의 심정이 남겨 있다.

> 나는 위대한 이념을 발견했다. 이는 교리가 아닌 양심에 따라 행동하고 인간을 화합시키는 새로운 종교이다. 이 이념의 실현에 내 전 생애를 바쳐야겠다.

사람마다 양심대로 살고 화합해 세상을 만들려면 교육만 한 것이 없다는 확신을 하게 되고, 그 일에 생애를 걸겠다는 다짐도 그 무렵하게 된다.

쟁기질하는 남자 _ 경작지의 레프 니콜라예비치 톨스토이
일리야 에피모비치 레핀(Ilya Efimovich Repin), 1887년, 판지에 유채, 27.8×40.3cm,
트레차코프 국립미술관 소장

　군대를 제대한 톨스토이는 영지로 돌아와 자신의 다짐을 현실화
시킨다. 학교를 세우고 직접 농노의 자녀들을 가르치기 시작한 것이
다. 학비를 받지 않는 이 학교는 공책과 교과서는 물론 숙제도 없었
다. 온종일 숲 속으로 나가 자연을 배웠다. 수업시간엔 문학과 역사,
인간의 삶에 대한 토론이 이어졌다. 그의 가르침은 배움에 목마른
아이들에게 단비 같았다.

　톨스토이는 거기에 그치지 않고 직접 자연 속으로 뛰어들었다. 농
노들의 몫이었던 농사에도 직접 참여한 것이다. 밭을 갈고 씨를 뿌
리는 고된 노동도 마다하지 않았다.

　　　　　　　　　　　　　　　　　　　　　　명작에게 사랑을 묻다

그 무렵 소피야 안드레예브나 베르스Sophia Andreevna Behrs, 1844~1919를 만나게 된다. 서른네 살 톨스토이의 눈에 열여섯 살 앳된 소녀가 사랑의 대상으로 다가온 것이다. 자기 삶의 딱 절반을 산 풋풋한 소녀를 향한 톨스토이의 구애는 절실했다. 결국 그들은 사랑에 빠졌고, 6개월간 미친 듯이 사랑했다.

1862년 봄에 시작된 그들의 사랑은 6개월 만에 결혼으로 이어진다. 결혼일정은 순탄하게 진행되었다. 하지만 결혼 전날 톨스토이가 내민 일기장으로 인해 위기를 맞는다.

지나온 내 34년의 발자취요. 당신에게 아무것도 숨기고 싶지 않소.

그가 내민 일기장 속에는 젊은 시절의 고민과 성장통, 그동안 만난 사람에 대한 많은 이야기가 담겨 있었다. 그중에는 소피야를 충격에 빠뜨릴만한 이야기들이 다수 등장했다. 특히 수많은 여성과 맺은 부적절한 관계에 대한 묘사는 적나라해서 어린 신부가 감당하기는 어려웠다. 깊은 고민에 빠져 결혼 자체를 망설이던 소피야는 결혼 후에도 서로의 일기를 공개하는 조건으로 그간의 일들을 모두 눈감아 주기로 한다.

이후 소피야는 톨스토이에게 더없이 좋은 아내가 된다. 15년 동안 13명의 자녀를 낳을 만큼 금슬이 좋았고, 작가의 아내로도 부족함이 없는 삶을 살았다. 거의 매해 아이를 낳으면서도 묵묵히 톨스토이 곁을 지켰다.

결혼 2년 차에 접어들던 1864년, 드디어 대하소설《전쟁과 평화》의 집필이 시작되었다. 서른여섯 살에 시작된 집필은 마흔한 살이 되어서야 끝이 났다. 다섯 해를 보내는 동안 소피야는 톨스토이의 이야기를 들어주었고, 독자의 입장에서 조언도 아끼지 않았다. 까다로운 성격을 일일이 받아주면서 그의 원고를 읽는 첫 독자가 되기를 자청한 것도 그녀였다.

악필이었던 톨스토이의 원고는 소피야에 의해 정리되었다. 알아볼 수 없는 원고를 손보고 무려 580여 명의 인물이 등장하는 엄청난 분량을 일곱 번이나 필사하는 고통스러운 작업도 그녀의 몫이었다. 톨스토이에게 소피야는 진정한 작가의 아내였으며 특별한 여성이었다.

《전쟁과 평화》는 출간되자마자《일리아드》를 능가하는 유럽 문학의 최대 걸작이라는 호평을 받았다.

러시아 원정에 나선 나폴레옹에 맞서 싸우는 러시아인들의 저항을 4부작으로 나눠 소개하고 있는 책 속에는 실제 인물과 가공의 인물들이 서로 교묘하게 뒤섞여있다.

책은 애욕으로 가득한 안드레이 공작, 순진한 공상가 피에르, 생명력 넘치고 사랑스러운 나타샤를 중심으로 3대에 걸친 세 가문의 이야기가 파노라마처럼 펼쳐진다. 특히 달빛 창가에서 몽상에 빠진 나타샤의 모습은 톨스토이가 추구하는 진선미의 출발점인 동시에 종착점이다.

명작에게 사랑을 묻다

톨스토이는《전쟁과 평화》를 통해 "어떤 힘이 역사를 움직이는 가?"라는 무거운 주제에 답을 구하고 있다. 그는 소설을 통해 역사를 움직이는 것은 영웅이 아니라 민중이라고 정의한다. 《일리아드》가 영웅의 대서사시라면《전쟁과 평화》는 민중의 이야기였다. 소설 속에서 영웅은 명성뿐인 공허한 꼭두각시로 묘사되고 있다. 나폴레옹 역시 마찬가지다.

행복에 젖어들다

《전쟁과 평화》이후 그는《안나 카레리나》를 집필한다. 실제 역사를 배경으로 한 대 서사극에서 본격적인 장편소설로 방향전환을 시도한 작품이다. 아내 소피야와 좋았던 시절의 소소한 기억들을 알뜰히 녹여낸 것으로 유명한 이 작품은 다음과 같은 유명한 문구로 시작된다.

> 행복한 가정은 모두 비슷하지만, 불행한 가정은 각기 다른 이유가 있다.

소설 속에 등장하는 150여 명의 인물은 그 문구에 걸맞게 다양한 삶의 무늬를 보여 준다. 톨스토이는 관능적이거나 헌신적인 사랑의 다양한 모습을 통해 가장 보편적인 인간의 삶을 그려낸다.

안나 카레리나

이반 크람스코이(Ivan Nikolaevich Kramskoy), 〈미지의 여인〉, 1883년, 캔버스에 유채,
75.5×99cm, 모스크바 트레티야코프 미술관 소장.
크람스코이가 소설 《안나 카레니나》에 영감을 받아 그린 작품이다.

'안나 카레리나'는 모든 것을 다 갖춘 귀족 부인이었다. 모두가 부러워했지만, 그녀에겐 비루한 결혼생활이었다. 삶은 지루했고 남편 카레린은 고루했다. 결혼생활에 지쳐가던 그녀에게 그나마 숨 쉴 여유를 준 것은 사교계였다. 화사한 미모는 그녀를 사교계의 꽃으로 만들었다. 어느 날 사교계의 화려한 삶에 도취되어 있던 그녀 앞에 브론스키가 나타난다. 젊고 매력적인 그는 사랑을 표현하는 일에 망설임이 없었다. 안나가 외면해도 저돌적인 애정공세를 폈다. 남편과의 삶에 염증을 느끼던 안나도 그의 지속적인 구애에 결국 무너졌

명작에게 사랑을 묻다

다. 안나는 모든 것을 버리고 브론스키와 함께 사랑의 도피행각을 벌인다. 하지만 그 뒤 브론스키의 열정이 싸늘하게 식어버린다.

브론스키는 이전에도 키티라는 여인을 버린 적이 있었다. 키티 역시 브론스키의 매력에 푹 빠져 자신을 사랑해주는 레빈을 버렸었다. 그러다가 브론스키가 안나에게 빠져들자 레빈에게 돌아간다.

톨스토이가 안나를 통해 도시의 화려함 뒤에 감춰진 불행한 삶을 그렸다면 키티와 레빈은 시골살이의 행복함이 담겨 있다. 바로 그들의 이야기가 톨스토이 자신과 소피야의 삶이었기 때문이다.

톨스토이 부부는 시골에 살면서 가난한 사람들을 돕기 위해 노력했다. 그 바람에 러시아 전역에서 집 없는 사람들, 병자와 농민들이 도움을 바라고 톨스토이의 곁으로 몰려들었다.

러시아 제정 말기 화려한 관능을 추구하는 귀족들의 도회적인 일상과 소박한 시골살이라는 이중구조로 이루어진 《안나 카레리나》는 톨스토이와 소피야가 가난한 사람들을 도우며 살았던 시절의 소소한 기억들이 깃들어 있다.

삶을 성찰하다

행복했던 부부의 삶도 말년으로 가면서 파경을 맞는다. 소설 속의 키티와 레빈이 말년으로 가면서 행복해지던 것과 달리 현실의 톨스토이 부부는 갈등의 골이 깊어지고 서로에게 상처를 주는 사이로 변해 있었다.

《안나 카레리나》가 크게 성공하자 1870년대 후반, 톨스토이는 돌연 '회심回心'을 선언한다. 모든 예술은 위선이며 자신이 써온 그간의 작품들도 사악하다고 규정하며 위선적인 글쓰기는 중단하겠다는 절필을 선언한 것이다.

당시 톨스토이의 내면은 '삶의 무상'에 대한 고뇌로 요동치고 있었다. 어려서 부모의 죽음을 보았고 청년 시절 참전했던 크림전쟁에선 참혹한 죽음의 현장들을 목격하면서 그의 삶은 언제나 죽음의 그림자들이 길게 드리워져 있었다. 이후에도 그는 삶을 변화시킨 죽음의 현장들과 만나게 된다.

프랑스에 머물던 1857년 교수형을 직접 목격했고 3년 뒤 친형의 죽음을 지켜보아야 했다. 그러한 죽음의 장면들을 목도한 톨스토이는 허무해졌다. 세상 모든 것을 무위로 돌리는 죽음 앞에서 자신의 문학이 별 의미가 없다고 느끼고 깊은 회의에 빠져든다. 이후 평화주의를 선언하면서 기존방식의 글쓰기를 중단했다.

대신 미국의 철학자 헨리 데이비드 소로우의 《시민 불복종》에 자신의 평화사상을 결합한,《인간에게 필요한 땅은 어느 정도인가?》,《신은 진실을 알지만, 때를 기다린다》 등과 같은 교훈적 동화만 펴낸다.

또한 러시아 주류 정교회를 비판하면서 자기만의 종교를 창립했다. 여러 종교를 혼합하여 창립된 보편 종교였으며 그는 사실상 교

명작에게 사랑을 묻다

주였다. 그의 교리는 수많은 추종자를 양산해냈다. 심지어 다른 나라에도 그를 따르는 무리가 생겨났다. 그들은 톨스토이주의자를 자처하거나 톨스토이를 정신적 지도자로 추앙했다.

영국 식민통치에 저항하던 인도의 마하트마 간디^{Mahatma Gandhi}도 톨스토이와 주기적으로 서신을 주고받았다. 그 일로 톨스토이는 러시아 국교회에서 파문당한다.

1882년 1월 시행된 인구조사에 참여하면서 톨스토이는 삶과 예술을 다시 한 번 되돌아보게 된다. 눈앞에 펼쳐진 빈민들의 비참한 삶이 오랫동안 그의 뇌리를 지배했다. 몇 달 동안 말을 잃고 울기만 했다. 그러더니 책상을 치며 소리쳤다.

"예술이란 인생의 거울인데, 인생이 이토록 비참하다면 거울이 무슨 가치가 있겠는가?"

톨스토이의 모습에 당혹해 하던 소피야는 톨스토이 친구들에게 하소연하는 편지를 보냈다.

> 그이가 완전히 변했어요. 눈도 입도 닫아 이 세상 사람 같지가 않아요. 그토록 강력했던 지성적인 힘을 이제 장작 패고 벽 바르는 일에만 소모하고 있어서 너무 슬퍼요.

이 편지를 읽고 친구들이 달려와 톨스토이에게 권면했다.
"러시아 대지에서 태어난 위대한 친구여. 다시 문학으로 돌아오게."

그러나 톨스토이는 강경했다.

"특권화된 성직자처럼 자칭 지도층 인사들에게 포섭된 학자나 예술가들을 예술의 신전神殿에서 쫓아내고 싶다. 그들이 쳐놓은 거대한 속임수와 미신에서 해방되어야만 한다."

그러면서 사유재산제도를 부정하고, 자신부터 '가난한 농부의 삶'을 살겠다고 선언하기에 이른다. 하지만 정작 가장 중요한 한 사람에게 거부당한다. 가장 가까운 곳에서 그의 삶과 문학의 동반자임을 자처했던 소피야였다.

그녀는 톨스토이가 일체의 형식과 권위를 부정하는 무저항주의자가 되는 것은 이해했다. 또한 빈자들을 도와주는 것도 좋아했다. '청빈한 삶'까지는 좋았으나 전 재산을 버리고 극빈자가 되려는 것만큼은 참을 수가 없었다. 부유한 백작 부인의 삶을 포기하는 것 이상으로 많은 자식과 손자 손녀들의 삶도 생각해야 했기 때문이다. 결국 둘의 갈등이 깊어지면서 이혼 직전까지 가게 된다. 배수의 진을 친 소피야의 전술 앞에 톨스토이가 타협안을 내놓았다. 토지와 평생 업적인 저작권 관리를 맡기는 것이었고, 그로 인해 그는 가까스로 이혼을 면할 수 있었다.

소설로 돌아와 삶과 이별하다

그 무렵 소피야의 삶에도 소설 같은 일이 벌어진다. 톨스토이의 항복을 받아내기 2년 전인 1889년 저택에서 음악회를 열면서였다. 무정부주의와 무산주의에 심취한 톨스토이에 실망하고 있던 소피야가 사교계에 첫발을 디디며 음악회를 열었다. 간만에 숨 쉴 공간을 찾은 그녀는 그 자리에서 젊은 음악가를 만난다. 베토벤의 〈크로이체르 소나타Kreutzer Sonata〉를 연주하던 음악가 중 한 명이었던 젊은 음악가는 이후 소피야와 밀애를 나누는 사이로 발전했다.

둘의 관계는 톨스토이의 의심을 산다. 하지만 확실한 증거가 없었기에 대놓고 따질 수는 없었다. 톨스토이의 의심과 질투는 극에 달하게 된다. 결국 그 질투는 불륜을 의심해 아내를 죽이는 남편의 이야기를 다룬 중편소설 《크로이체르 소나타》를 탄생시킨다.

〈크로이체르 소나타〉는 베토벤의 바이올린 9번 A장조의 제목으로 소피야가 젊은 음악가를 처음 만났을 때 연주된 곡이자 소설 속의 아내가 애인인 바이올리니스트와 합주한 곡이다. 소설은 남편이 기차로 여행하는 도중 만난 사내에게 아내를 살해한 과정을 늘어놓는 형식으로 구성되어 있다. 이 소설에서 베토벤의 〈크로이체르 소나타〉는 치명적 사랑을 야기하는 음악으로 치부되고 말았다.

마치 자신의 이야기와 꾸며낸 이야기를 적절히 뒤섞어 한 편의 소설을 만들어 낸 것이다. 이 소설은 수많은 예술가에게 영감을 준다.

그런데도 톨스토이는 막대한 재산을 아내에게 맡기고 평소 소신대로 명목상 빈자貧者가 된다. 소피야는 그런 톨스토이를 불안한 눈으로 지켜보면서 감시를 멈추지 않는다. 전 재산을 사회에 환원하는

크로이체르 소나타
르네 프랑수아 자비에 프리네(Rene Francois Xavier Prinet),
1901년, 캔버스에 유채, 116.8×101.6cm, 개인 소장.
톨스토이의 소설 《크로이체르 소나타》에서 불륜을 모티브로 하여 쓴 베토벤의
〈크로이체르 소나타〉는 그의 바이올린 소나타 중 걸작으로 꼽힌다. 소설에서
톨스토이는 비관적으로 변한 자신의 인생관을 적나라하게 드러내고, 사랑은
더 이상 고상한 게 아니라 저속한 문제로 그리고 있다.

돌출행동을 할지도 모른다는 두려움 때문이었다.

청빈을 강조하고 이상을 추구했던 톨스토이와 현실을 중시하고
자녀들의 삶을 걱정한 소피야의 숨바꼭질은 이후에도 계속되었다.
그 과정에서 소피야는 히스테리가 심해진다. 결국 둘의 힘든 결혼생

명작에게 사랑을 묻다

활은 소피야의 자살시도와 톨스토이의 가출로 이어지면서 파국으로 치닫게 된다.

　허무주의자였던 톨스토이에게 소피야는 어울릴 수 없는 사람이었다. 관능적이며 카리스마와 애교를 동시에 갖춘 매력적인 여인이었던 소피야는 지극히 현실적이었다. 이상 속에 살던 톨스토이에게 현실적인 소피야의 삶이 신선할 수 있었을 것이다. 톨스토이의 이상을 억누르고 현실감각을 유지하며 예술의 꽃을 피울 수 있도록 곁을 지킨 것도 소피야였다. 하지만 처음 느낀 청량감은 시간이 지날수록 압박감으로 바뀌었다. 사랑과 현실이라는 이름으로 쳐놓은 소피야의 원 안에 자신이 갇혀 있다는 생각이 들어 늘 견디기 힘들어했다. 조금씩 톨스토이의 허무감이 살아나기 시작했다.

　억누르려는 소피야와 되살아나기 시작하는 톨스토이 이상주의 사이의 괴리감은 위대한 걸작《부활》을 만들어냈다. 당시 그의 나이는 71세였다.

　귀족 청년 네플류도프는 친척 집에서 일하는 처녀 카추샤를 임신시킨다. 불장난으로 시작한 사랑이 임신으로 이어지자 네플류도프는 돈 몇 푼을 쥐어 준 뒤 사라져버린다. 네플류도프에게 버림받은 카추샤는 절망하며 7년 동안 창녀생활로 살아간다. 그러다가 살인 및 절도 혐의로 서게 된 법정에서 배심원으로 나타난 네플류도프와 만나게 된다. 그날 법정에서 카추샤는 시베리아 강제 노동수용소에 4년간 복역하라는 선고를 받는다.

소피야와 딸 알렉산드라 톨스타야
니콜라이 게(Nikolai Nikolaevich Ge), 1886년,
캔버스에 유채, 남러시아 툴라의 야스나야 폴랴나
톨스토이 박물관 소장

이 일을 계기로 네플류도프는 자신의 삶을 돌아보게 된다. 그리고 이 모든 일이 자신의 잘못 때문이라고 여기고 모든 재산을 처분해 카추샤를 따라간다. 네플류도프라는 귀족의 양심이 황량한 시베리아 벌판에서 속죄의 정신으로 부활한 것이다.

《부활》은 톨스토이의 마지막 장편소설인 동시에 예술적 유서다. 전편에 걸쳐 인간 연민의 시적 무드가 깔리며 각자 마음속의 신을 보게 된다. 이러한 톨스토이의 눈에 비교적 소박하고 비교적 검소한 소피야마저도 사치스럽게 보였다.

《부활》이 세계적 반향을 일으킬 무렵인 1905년 러시아에선 공포정치가 시작되고 있었다. 수많은 사람이 강제노역과 강제구금을 당했다. 톨스토이 역시 그 대상이었다. 하지만 국민적 신망이 워낙 높았던 톨스토이였기에 쉽게 건드릴 수 없었다. 톨스토이는 장관에게 편지를 보낸다.

명작에게 사랑을 묻다

당신들이 싫어하는 모든 악의 근원이 나입니다. 왜 나를 감옥에 넣지 않는 겁니까? 더럽고 춥고 배고픈 진짜 감옥에 갇혀 살게 하는 것이 나를 만족하게 하고 기쁘게 하는 일이오.

스스로 감옥행을 원했으나 누구도 선뜻 나서지 않았다. 이런 톨스토이를 소피야는 사랑하긴 했지만 이해할 수는 없었다. 심지어 친척들도 톨스토이가 미쳤다고 수군거렸다. 톨스토이는 결국 가출을 시도한다. 소피야는 가출하면 자살하겠다고 협박했지만 그를 막지 못했다.

톨스토이는 집을 떠난다. 1910년 10월 어느 날, 여든 살을 훌쩍 넘은 나이에 가출을 결행한 것이다. 늦은 밤, 집을 나서면서 아내에게 편지 한 통을 남긴다.

사랑하는 소피야. 떠나게 되어 미안하오. 신념과 생활의 불일치로 너무 괴롭소. 나는 더 이상 지금처럼 호사스럽게 살 수 없을 것 같구려. 당신에게 불만이 있어서 떠나는 것은 아니니 너무 나무라지는 마시오. 내 남은 세월을 고독과 침묵 속에 보내고 싶소. 나도 당신이 나와 같지 않다고 하여 나무라지는 않겠소. 내게 준 당신의 모든 것을 늘 감사한 마음으로 추억하리다. 잘 있어요, 내 사랑 소피야.

50년 넘게 살아온 아내를 남겨 두고 톨스토이는 주치의와 막내

딸만 데리고 상트페테르부르크 역으로 가서 목적지도 없이 무작정 3등 열차에 올라탔다. 가다가 지치면 쉬었다가 다시 떠나는 그야말로 자유로운 여정이었다. 여행 중에 딸과 주치의에게 잠언 같은 이야기도 남겼다.

> 이해하려면 먼저 사랑해라. 내가 이해하는 모든 것은 내가 사랑하기 때문이다.
> 가장 중요한 시간은 지금 이 시간, 가장 중요한 사람은 지금 내 앞에 있는 사람. 가장 중요한 일은 지금 하는 그 일이다.

살을 에는 러시아의 추위가 열차 안에 가득했지만, 톨스토이는 행복했다. 따뜻한 집보다 더 평온했다. 하지만 고령의 몸은 추위를 견디기엔 너무 연약했다. 결국 독감에 걸려 랴잔 역과 우랄 역 사이에 있는 아스타포보(현 톨스토이 역)라는 자그만 시골 역에 내릴 수밖에 없었다. 그곳에서 역장이 집을 빌려줘 하룻밤을 보냈다. 그곳에서 쉬고 날이 밝으면 누이가 원장으로 있는 수도원으로 떠날 예정이었다.

하지만 다음 날인 11월 7일 새벽, 주치의가 톨스토이를 깨웠으나 이미 생을 마감한 뒤였다. 전 세계 언론이 그의 죽음을 톱뉴스로 보도했다. 그의 마지막을 보려고 수많은 사람이 역장 집으로 모여들었다. 눈발이 날리는 매서운 겨울 날씨에도 시신을 운구하는 열차가 잠시 멈추는 역 앞 광장에는 캠프를 친 사람들로 넘쳐났다. 상점들

명작에게 사랑을 묻다

은 대부분 문을 닫았고 모든 활동이 조문으로 정지되어 버렸다. 고향에 도착한 톨스토이의 시신은 소피야와 엄청난 인파의 흐느낌 속에 땅에 묻혔다.

생전에 자주 토로하던 남편의 말이 떠올라 소피야는 오열했다.

"내가 별 노력을 기울이지 않아도 날마다 재산이 늘어나는 이 큰 농장, 그런데도 나도 모르는 사람들로부터 어느 때보다 더 많은 존경과 칭송을 받는 이 순간이 이렇게 고통스러울 줄이야……."

베토벤의 〈크로이체르 소나타〉

베토벤과 브리지타워는 서로를 존경하는 사이였다. 바이올리니스트인 브리지타워는 베토벤의 음악을 누구보다 아꼈다. 둘의 우정은 베토벤에게 친구를 위한 곡을 만들게 했다. 〈크로이체르 소나타〉는 처음부터 브리지타워를 위해 작곡된 곡이었다. 하지만 '절친'이었던 둘의 관계는 한 여인으로 인해 무너져 버린다. 결국 브리지타워를 위해 쓰인 곡은 크로이체르에게 헌정된다.

사랑은 영원한 테마다. 남과 여, 두 사람이 만드는 이야기는 모두가 다르며, 또 항상 새롭다. 애정전선의 목적지가 하나다. 평행선을 그리며 모두가 한곳으로 나간다. 하지만 제삼자가 들어오는 순간 균형은 깨져 버린다. 가장 안정적이라는 삼각형이 사랑에 대입되는 순간 균열을 보인다.

균열은 역기능만 있는 게 아니다. 음악가에겐 새로운 곡을 탄생할 수 있게 하고, 작가에겐 새로운 작품을 만들어 낼 에너지가 된다.

사랑했던 아내가 다른 사내에게 관심이 있음을 여과 없이 드러내자, 톨스토이의 질투심은 폭발한다. 겉으로 드러내지는 않아도, 속에선 불길이 치솟았다. 자신이 가장 잘할 수 있는 복수의 방법은 글로 그들을 죽이는 것이었다.

총 3악장으로 구성된 곡은 처절하다. 독일의 음악학자 아놀드 셰링에 따르면 사랑하지만, 서로를 알아보지 못하는 연인들이 서로에게 칼을 겨눌 만큼 비극적이라고 평가하기도 했다.

한 여인을 사랑한 두 남자, 또는 두 남자를 사랑한 한 여자. 그 불안한 삼각형이 베토벤을 통해 〈크로이체르 소나타〉를 탄생시켰고, 톨스토이를 통해 《크로이체르 소나타》로 다시 태어났다.

03

어둠 속에 내민 손

-주세페 베르디

모차르트와 베토벤이 클래식을 대표한다면 주세페 베르디^{Giuseppe} Fortunino Francesco Verdi, 1813~1901와 푸치니는 오페라를 대표한다. 그중에서도 베르디는 수많은 오페라 작곡가 중 가장 위대한 전설이며 지금도 그의 작품은 전 세계 오페라극장에서 제일 많이 공연되고 있다. 오페라극장들이 그 덕에 먹고 산다는 말이 있을 정도이다. 오페라의 나라 이탈리아에서 그가 국민 영웅인 것은 어찌 보면 당연한 일이다.

한국인들도 푸치니와 함께 가장 좋아하는 오페라 작곡가 중 한 사람으로 베르디를 지목한다. 시공간을 넘어 사랑받는 그의 많은 오페라 가운데 3대 작품 〈리골레토^{Rigoletto}〉, 〈라 트라비아타^{La Traviata}〉, 〈일 트로바토레^{Il Trovatore}〉가 특히 인기다.

명작을 기본으로 독창적 오페라를 만든 베르디는 어떤 작곡가들보다도 묵직한 저음과 바리톤을 충분히 활용한다.

베르디의 첫사랑, 마르게리타 바레치

베르디의 첫사랑은 그가 음악가로 대성하도록 후원해준 안토니오 바레치^{Antonio Barezzi}의 첫째 딸 마르게리타 바레치^{Margherita Barezzi}다. 둘은 고향과 나이가 똑같다. 이탈리아 북부의 작은 마을 레 론콜레^{Le Roncole}

　　　　　　　　　　　　　　명작에게 사랑을 묻다

부세토 베르디 오페라 하우스

이탈리아 부세토는 베르디의 고향이다. 이곳에는 베르디 오페라 하우스가 있다. 극장이 크고 웅장하지는 않지만, 세계의 유명한 성악가들과 지휘자들이 자주 찾아와 베르디를 기념하는 공연을 하고 있다.

에서 베르디의 아버지는 주점과 여관을 운영했고, 마르게리타의 아버지는 론콜레 근처 부세토Busetto에서 양조장을 운영했다.

베르디가 태어난 다음 해 오스트리아의 영웅 '라데츠키' 장군의 군대가 론콜레까지 쳐들어왔다. 이 장군은 이탈리아 통일전쟁 때 오스트리아군을 지휘하여 대승을 거두었다. 이때의 승리를 기념하기 위해 요한 슈트라우스 1세가 유명한 '라데츠키 행진곡Radetzky March'을 만들었다.

오스트리아군에 의해 마을이 유린당하고 있을 때, 갓난아이였던 베르디는 마을교회 종탑에 몸을 숨긴 어머니 덕에 목숨을 건진다.

이후 여관을 운영하던 아버지 밑에서 성장했지만, 경제적인 여유가 없는 삶이었다. 제대로 된 교육을 받을 수 없었던 베르디는 여관에 머물다가는 집시와 음유시인들의 노랫소리를 들으며 몸속 깊숙이 잠들어 있던 음악적 재능을 발견하게 된다. 하지만 그 재능을 발전시켜줄 만한 경제력이 뒷받침되지 못했다.

베르디의 재능을 안타깝게 여긴 이가 그나마 여유가 있었던 아버지의 친구 안토니오 바레치였다. 그는 베르디를 자기 집에 머물게 하면서 음악을 배울 수 있게 했다. 바레치는 오르간을 직접 연주하고 오케스트라를 조직해 직접 단장을 맡을 만큼 음악을 사랑했다.

베르디는 바레치의 호의에 감사하는 의미로 그의 네 명의 딸에게 성악을 가르쳤다. 그 과정에서 미모가 남달랐던 마르게리타와 사랑이 싹튼다. 베르디의 음악적 재능을 아낀 바레치는 둘의 관계에 호의적이었다. 하지만 바레치의 아내는 가난한 베르디가 탐탁지 않았다.

바레치는 아내와 베르디의 불화가 계속되자, 베르디를 밀라노로 유학을 보낸다. 하지만 기초교육이 부족했던 베르디의 밀라노 국립음악원 입학은 좌절된다. 피아노 연주 실력은 물론 작곡능력도 미흡하다고 생각한 베르디는 라 스칼라 오케스트라 지휘자인 빈첸초 라비냐Vincenzo Lavigna의 문하생이 되어 체계적 음악 교육을 받기 시작한다. 재능에 노력을 더하자 실력은 일취월장한다.

1836년 공부를 마치고 귀향하여 부세토 오케스트라의 지휘를 맡는다. 그리고 여러 가지 우여곡절을 겪지만, 마르게리타와 결혼에 성

명작에게 사랑을 묻다

공했다. 그때 두 사람의 나이 스물세 살이었다.

비극적 가족사로 탄생한 위대한 작품

결혼한 다음 해 3월 딸을 낳는다. 그리고 그다음 해 7월 아들을 낳았다. 신혼생활의 안락함에 젖어 있었지만, 오페라 작곡가로 명성을 떨치고 싶은 꿈은 베르디를 괴롭힌다. 또한 베르디를 사위로 받아들이기 힘들어하는 장모 때문에 어려움을 겪기도 한다. 그럴 때마다 밀라노에 가서 당당히 성공해 금의환향錦衣還鄕하고 싶은 꿈을 꾼다.

그러던 중 부세토 음악감독 계약이 끝난다. 베르디는 기다렸다는 듯 가족을 이끌고 밀라노로 이주한다. 하지만 그것이 서운한 처갓집으로부터 지원이 끊어지면서 삶은 궁핍해진다. 추위와 배고픔에 지쳐 태어난 지 한 달 된 어린 딸이 폐렴으로 죽어버린다. 그 뒤를 이어 아들마저 죽고 만다.

가족을 지키지 못했다는 자책감에 빠진 베르디를 다독인 것은 그의 아내였다. 똑같은 아픔을 겪었으면서도 그녀는 늘 담대했다.

"아이들의 희생을 헛된 것으로 만들지 마세요. 우리 부모님께도 당신의 꿈을 이루어 보여 주세요."

마르게리타의 위로는 베르디에게 힘을 주었다. 그는 혼신을 쏟아 부으며 〈산 보니파초의 백작伯爵〉을 작곡하기 시작했다. 1839년 11월 17일 산 보니파초의 백작은 라 스칼라La Scala에서 초연되며 대성공을 거둔다. 이후 14회 연속 상연되면서 베르디를 인기 작곡가의 반열에 올려놓는다. 영양실조로 쓰러진 가족들, 목숨을 잃어간 아이들을 위로하며 틈틈이 써내려간 위대한 명작의 탄생이었다.

그러나 베르디의 성공은 불행이 함께했다. 이듬해 5월 말 겨우 27세였던 아내가 수막염으로 쓰러진 것이다. 자식을 잃은 데다가 실의에 빠진 남편을 다독이는 일에 정신을 쏟느라 정작 자신을 돌볼 틈이 없었다. 딸과 아들에 아내까지 잃자, 베르디는 모든 기력을 상실하고 다시 부세토에 돌아가 칩거해 버린다. 하지만 이미 명성을 날리던 베르디를 가만둘 세상이 아니었다.

라 스칼라에서 세 곡의 오페라를 만들어 달라는 부탁을 해왔다. 그런데 더욱 어처구니없는 일은 코미디를 써 달라는 요구였다. 베르디는 한탄했다.

'아! 이 얼마나 가혹한 운명의 장난인가. 불과 2년 사이 모든 것을 잃은 내게 주어진 일이 코미디 오페라라니!'

비탄에 잠겼지만, 창작열은 남아있던 베르디가 내놓은 작품은 〈하루만의 임금님Un giorno di regno〉이다. 베르디 작품 사상 두 번째로 라 스칼라 극장에서 초연된 작품이다. 하지만 첫날 대실패를 하고 공연은 바로 막을 내렸다. 베르디는 이제 더 이상 물러설 곳이 없었다. 매일 매일을 자살 충동을 억누르며 지냈다. 회고록에 당시 심경을 이렇게 밝혔다.

명작에게 사랑을 묻다

어디를 둘러봐도 온 사방이 어둠뿐이었다. 살아도 사는 게 아니었다. 흔히들 그 뼈저린 경험이 내 오페라 속 인물들이 극한 상황을 만날 때 극복하는 데 녹아들어 갔으리라 쉽게 논평한다. 물론 일리 있는 말이지만 참으로 비정한 말이다. 지금도 나는 내 가족의 삶이 회복될 수만 있다면, 최고의 영광을 안겨준 내 모든 작품을 버리겠다. 그들은 내 인생의 전부였다.

비극적 가족사가 위대한 작품 탄생에 큰 영향을 준 것은 사실이나 되돌릴 수만 있다면 차라리 가족들과 평범한 일상의 행복을 누리며 살고 싶다는 것이다

어둠 속에 갇힌 베르디에게 손 내민 페피나

연이은 불운과 작품의 실패로 베르디의 삶은 피폐해지고 미래는 보이지 않았다. 어둠 속에서 헤매며 하루하루를 연명하고 있을 때, 그의 손을 잡아준 여인이 '페피나'였다. 그녀의 본명은 '주세피나 스트레포니Giuseppina Strepponi'이며 라 스칼라의 프리마 돈나였다. 그녀와 함께 베르디에게 용기를 주며 붙들어 준 다른 한 사람은 라 스칼라의 지배인 도메니코 모렐리Domenico Morelli였다.

두 사람이 아니었으면 베르디의 삶은 이미 막을 내렸을 터였다. 〈하루만의 임금님〉이 크게 실패하고, 폐인처럼 지내며 부세토로 돌

주세피나 스트레포니

베르디는 뜻하지 않게 딸 비르지니아와 아들 이칠리오를 잃었다. 그 후 사랑하는 아내 마르게리타마저 젊은 나이로 세상을 떠나고 만다. 이 일로 낙담과 실의에 빠져 있는 베르디에게 위로하고 용기를 북돋아 준 사람은 바로 라 스칼라의 지배인인 도메니코 모렐리와 라 스칼라의 프리마 돈나인 주세피나 스트레포니였다. 그 후 스트레포니는 베르디가 작곡한 〈나부코〉에서 아비가일 역을 맡게 된다.

아갈 생각을 하던 차에 모렐리가 그에게 작품을 의뢰했다. 〈나부코 Nabucco〉를 내밀며 작곡을 의뢰한 것이다.

바빌론에 포로로 잡혀가 낙담하고 있는 히브리인들과 바빌론 왕 나부코의 폭정을 다루고 있는 나부코 이야기는 베르디의 처지와 많이 닮아 있었다. 대본에서 감동받은 베르디는 작곡하면서 스스로를 위로하고 삶에 치유가 시작된다.

1842년 3월, 나부코는 라 스칼라극장의 무대에 오른다. 무대에서 울려 퍼졌던 히브리 노예들의 합창이 다음날 밀라노 거리의 시민들 입에서 입으로 오르내릴 만큼 작품은 대성공을 거둔다. 오스트리아와 프랑스의 압제를 받고 있던 당시 이탈리아 상황이 작품과 맞물리면서 입소문을 타고 더 많은 사람이 공연장으로 몰려든 것이다. 나부코의 성공은 베르디의 상처도 회복시켰다.

명작에게 사랑을 묻다

가족상실의 아픔을 딛고 불멸의 작곡가로 가는 첫걸음을 내디딜 수 있는 기틀을 마련해 준 것이다.

페피나는 〈나부코〉의 여주인공 아비가일 역을 맡은 라 스칼라의 프리마 돈나였다. 아버지가 갑자기 돌아가시고, 동거하던 테너 나폴레오네 마리아니Napoleone Moriani가 두 아들을 버린 채 떠난 상실감에 빠져 있던 페피나는 주연을 맡을 처지가 아니었다. 남겨진 가족의 생계를 책임지기 위해 무리해서 무대에 서느라 성대는 결절 상태였고, 〈하루만의 임금님〉의 실패로 베르디의 능력마저 의심받던 상황이었다. 그런데 페피나는 주연을 자청했다.

베르디는 그녀의 뜻을 존중했다. 주인공의 모든 것을 그녀에게 맞게 작곡해 주는 것으로 자신을 믿어준 것에 보답했다. 결국 두 사람은 시너지효과를 내며 성공했다. 그리고 두 사람은 작곡가와 프리마 돈나의 관계를 넘어 연인의 감정으로 발전하기 시작했다.

어둠 속에 갇힌 페피나에게 손 내민 베르디

〈나부코〉에서 모든 힘을 기울여 노래한 덕에 성공은 했지만, 페피나에겐 오히려 은퇴의 무대였다. 워낙 열창한 터라 목소리가 탁해진 것이다. 은퇴하고 밀라노를 떠난 페피나는 파리에 자리를 잡고 성악 레슨을 하며 자녀들을 길렀다.

자신을 위로하며 〈나부코〉의 성공을 이끄는 데 한몫한 페피나의

《동백 아가씨》

1848년에 출간된 이 작품은 1852년에 5막짜리 연극으로 개작해 큰 성공을 거둔다. 1853년에는 베르디가 이 작품을 바탕으로 오페라 〈라 트라비아타〉를 만들었다. 이 소설은 화류계 여성의 자유분방한 환락을 그리면서 에로틱한 상상력과 사회적 질서라는 서로 대립하는 요소들을 보여 주고 있다. 또한 슬픈 사랑 이야기 이면에는 프랑스 상류층의 물질만능주의 비판이 담겨 있다.

은퇴는 베르디에게 안타까움이었다. 그런데 파리에서 그녀의 삶이 또 다른 연민으로 다가왔다. 페피나의 두 아들이 죽었다는 소식을 듣게 된 것이다. 베르디는 파리로 향했다. 2년 전 상실감에 빠져 있던 자신을 위로했던 것처럼, 페피나를 위로하기 위해서였다. 둘의 만남은 이미 싹터 있던 연인의 감정에 동병상련同病常鱗의 감정까지 겹치면서 급속도로 가까워지는 계기가 되었다. 둘은 파리에서 동거를 시작했다. 그때 페피나는 알렉상드르 뒤마Alexandre Dumas의 소설, 《동백 아가씨(춘희)》를 읽고 있었다. 청년 알프레도가 파리 사교계의 꽃 비올레타를 흠모하는 안타까운 이야기는 페피나의 처지와 닮아 있었다. 페피나는 베르디에게 자신이 읽고 있는 소설을 오페라로 만들어보는 것이 어떠냐며 의중을 물었다.

그렇게 만들어진 작품이 〈라 트라비아타La Traviata, 춘희椿姬〉다. 라 트라비아타가 세계적 걸작에 오르면서 서른네 살의 베르디와 서른두 살의 페피나는 자식과 가정을 상실한 아픔을 딛고 정상에 우뚝 서게 된다. 그리고 경제적인 풍요도 함께 누린다.

〈라 트라비아타〉에 나오는 '축배의 노래'처럼 사랑의 잔 앞에 지난날의 아픔을 잠재웠다. 두 사람은 파리를 떠나 고향 부세토로 금의환향했다.

뒤늦은 결혼식과 일시적 위기

고향 사람들은 베르디의 금의환향을 반긴다. 하지만 함께 나타난 페피나에 대한 질시도 많았다. 페피나가 베르디의 돈에 반한 거라며 질타를 쏟아낸다. 마르게리타를 잊지 못해 홀로 사는 베르디가 크게 성공하자 호강하려고 유혹했다는 풍문에 페피나는 좌절한다. 그런 페피나를 위로한 게 베르디였다. 심지어 장인을 찾아가서 그간의 과정을 설명하고 오해를 푼 것도 그가 한 일이었다.

1859년 8월 29일, 베르디는 페피나를 데리고 제네바로 여행을 떠났다. 그리고 그 여행 중에 전격적으로 결혼식을 치렀다. 동거한 지 12년 만이었다. 증인으론 마차꾼과 종 치는 소년, 단 두 사람뿐이었지만 이렇게라도 베르디는 페피나를 위로하고 싶었다. 자기 마음 깊은 곳을 차지하고 있던 첫사랑 마르게리타와 두 자녀만큼이나 페피나를 사랑하고 있음을 보여 주려는 베르디의 배려였다.

두 사람은 중간에 몇 번의 위기가 있었지만, 50년간 해로한다. 베르디가 스무 살 어린 테레사 스톨츠Teresa Stolz와 염문을 뿌리는 위기에도 페피나는 그의 곁을 지켰다. 테레사 스톨츠는 〈아이다Aida. 고대 이집트에 포로로 잡혀간 공주〉 초연 때 주연을 맡아 이미 인기 높은 소프라노 가수

테레사 슈톨츠
그녀는 이탈리아 초연에서 아이다 역을 맡아 이탈리아 오페라 역사의 한 페이지를 장식했고, 베르디보다 20세가 어리지만, 그와의 연인관계로 세계의 주목을 받았다.

였다. 그녀가 그렇게 된 것도 베르디와 6년간 애인으로 지냈기 때문이다.

〈아이다〉의 주연이 된 것도, 진혼곡Messa da Requiem과 돈 카를로Don Carlo의 주역으로 참여할 수 있었던 것도 베르디의 지목 덕분이었다. 하지만 연회 자리에 참석하지 못하는 등 페피나의 끊임없는 미움이 스톨츠를 괴롭혔다. 베르디는 아내에게 시달리는 스톨츠를 배려했다. 그 덕에 스톨츠는 견딜 힘을 얻을 수 있었다. 하지만 둘이 그럴수록 페피나의 마음고생은 심해진다. 그럼에도 페피나는 잘 견뎌내며 생을 다하는 그 순간까지 베르디 곁을 지킨다.

1897년, 페피나는 베르디 곁에서 마지막 말을 남기고 눈을 감는다.

잘 있어요. 당신 세상에서 나와 인연 맺었던 것처럼 저세상에서도 다시 만나서 함께 살길 바래요.

명작에게 사랑을 묻다

그리고 오랫동안 간직해온 편지 한 통이 전해진다. 함께 묻어주길 소원한 그 편지는 51년 전 베르디가 페피나에게 보낸 거였다. 페피나가 떠난 빈자리는 스톨츠가 지킨다.

오페라 작곡으로 벌어들인 돈은 무료 요양원을 짓는 데 쓰인다. '음악가 휴식의 집Casa di Riposo'이라 이름 지어진 요양원은 가난하고 늙은 음악가들의 안식처였다.

한 기자가 베르디에게 물었다

"베르디 선생님. 자신의 작품 중 어느 작품이 최고 걸작이라 생각하십니까?"

"음악가 휴식의 집입니다."

이처럼 넓은 아량의 베르디도 1901년 영원한 휴식을 취한다. 마지막 베르디가 가는 길에 아르투로 토스카니니Arturo Toscanini가 〈나부코〉에 나오는 '히브리 노예들의 합창'을 연주했다.

베르디가 떠난 1년 뒤에 스톨츠도 아름다운 세상과 작별을 한다.

04

총알 사이로 셔터를 누르다

- 로버트 카파

불세출의 사진작가. 로버트 카파Robert Capa, 1913~1954는 바로 옆에서 폭탄이 터지는 순간에도 셔터를 눌렀다. 그에게 사진은 죽음이라는 두려움마저 극복해내는 힘이었다. 그는 1913년 헝가리 부다페스트에서 태어났다. 아버지는 양복점을 운영하고 있었다. 국적은 헝가리였지만 유대인이기도 했던 그의 가족은 어디에도 안주할 수 없었다. 그가 한 살이 되던 해 터진 제1차 세계대전은 유대인이었던 그들에게 정치적인 탄압을 가해 왔다. 난민과도 같은 삶을 살아야 했던 카파는 누구보다 전쟁을 싫어했다.

시대와의 불화는 그를 반전주의자로 만들었다. 하지만 그가 마흔한 살이라는 짧은 생을 마감할 때까지 가장 오랜 시간을 머물렀던 곳은 아이러니하게도 다섯 곳의 전쟁터였다. 그의 일터는 생과 사를 넘나드는 사지였고, 그의 하루는 매 순간 전 생애를 걸어야 할 만큼 절박했다.

그런 절박함이 그를 위대한 사진작가로 만든 것이다. "한 발자국 더 피사체에 가까이 다가가라"는 사진 철학은 그를 자주 벼랑 끝으로 내몰았다. 하지만 '최고의 사진은 바로 진실 그 자체'라 믿었던 그에게 죽음은 더 이상 두려움의 대상이 아니었다.

만족스러운 삶을 위해서라면 밖으로 돌지 말고 인생에 적극적으로 개입해야 한다. 허상보다는 진실 그 자체에 충실해야 한다. 그런 믿음으로 셔터를 눌렀던 그가 세상에 남긴 것은 7만 점의 사진이다.

'공습을 피하기 위해 달리는 모습', '중일전쟁 시 눈싸움하는 아들', '어린 여군들의 훈련', '제2차 세계대전 마지막 전사자', '노르망디 상륙작전', '병사의 죽음', '울고 있는 아이', '독일군 아이를 낳고 삭발당해 쫓겨나는 프랑스 여인' 등이 그의 대표작이다.

죽음도 두려워하지 않는 진실

좌익운동에 가담했던 학생 시절에 이미 그의 삶은 결정되었다. 온 가족이 피신해야 할 만큼 절박한 상황에서도 보헤미안의 삶을 살았다. 전쟁을 형제처럼 달고 살아야 했던, 흔들리는 삶은 하루하루 치열하게 살아내야 했던 전쟁터와 묘하게 어울렸다. 사진에서 진한 화약 냄새가 묻어나는 것도, 목숨을 건 뒤에야 탄생한 듯한 절박함이 배어 있는 것도 사진과 그의 삶이 하나로 연결되기 때문이다.

그래서 카파이즘Capaism이 탄생했다. 자신의 생명보다 예술을 더 사랑하는 작가적 정신, 예술적 완성도를 위해선 죽음도 두려워하지 않는 그 마음이 카파이즘이었던 것이다.

그는 살육의 현장을 한 편의 영화처럼 치열하게 사진에 담아냈다. 피비린내가 진동하는 잔인한 현장 사진을 통해 역설적으로 삶의 위대함을 표현하고 있다. 그 한 장의 사진으로 전쟁의 잔인함과 비인

명작에게 사랑을 묻다

포로로 잡힌 독일군 병사

눈 덮인 들판에 쳐진 철조망을 뒤로하고 적의 총구 앞에 떨고 있는 포로의 운명은 어떻게 되었을까?
카파는 사진 한 컷 한 컷마다 역사적 여운을 통해 인간 내면의 파시즘, 증오심, 폭력성을 드러냈다. 그
러면서 그는 총이 아닌 카메라 하나로 무솔리니, 히틀러 등 모든 파시스트와 싸웠다. ⓒ 카파

간적인 상황을 고발하고 있는 것이다.

사진 속 군인은 어쩌다가 잡혔을까? 최전선에 서게 된 그는 살기
위해 몸부림쳤을 것이다. 살아남기 위해 하얀 눈이 쌓인 참호를 기
어 다니느라 무릎에는 흰 눈이 묻어 있지만, 그는 포로가 되고 말았
다. 언제 발사될지 모르는 총구 앞에 위태로이 서 있는 그 병사의 운
명은 어떻게 되었을까?

포로에게 총을 겨누고 있는 병사는 포로의 심장에 총구를 겨누며
여유를 부리고 있다. 그의 여유는 포로에게 극심한 공포로 다가올

것이다. 그리고 그 사진을 바라보고 있는 우리는 방아쇠가 당겨지지 않았기를, 그래서 포로가 살아남았기를 바라고 있다.

참혹한 전쟁터에서도 카파는 밝았다. 오히려 낭만적이기까지 했던 그에게 사진은 역사였고 운명이었다. 자기 일이 최선의 프로파간다Propoganda인 역사적 진실을 담고 있다고 확신했다. 그러다 보니 단한 컷의 사진으로도 역사적 여운을 통한 인간 내면의 파시즘, 증오심과 폭력성이 여과 없이 드러냈다. 모든 군인이 총을 들고 싸울 때, 그는 사진기 하나로 세상과 싸웠다. 그의 적은 무솔리니와 히틀러였고, 세상을 전쟁의 광기 속으로 몰아넣는 파시스트들이었다.

전쟁과 함께 카파의 의식을 지배한 것은 여성이었다. 어머니 심부름으로 상류층의 저택을 방문했다가 그곳 부인의 유혹으로 이성을 알게 된 이후 그는 수많은 여성을 만나고, 그들과 염문을 뿌렸다.

그의 카메라는 전쟁터만큼이나 많은 여성을 찾아다녔다. 전쟁터에서 만난 수많은 피사체 이상으로 많은 여자를 만났지만, 정작 그가 사랑한 여자는 단 한 사람이었다. 죽음을 두려워하지 않고 전장을 누볐던 것처럼, 모든 것을 다 버려도 아깝지 않을 만큼 한 여자를 사랑했다. 당대를 풍미하던 할리우드의 대스타 잉그리드 버그먼Ingrid Bergman의 구애도 거절할 만큼 그가 사랑했던 여성은 '게르다 타로Gerda Taro'였다.

명작에게 사랑을 묻다

최초의 여성 종군기자였던 타로는 카파가 모든 것을 걸었던 여인이었다. 첫사랑이자 마지막 사랑이었으며, 수많은 여성과 염문을 뿌리면서도 그의 마지막 종착점은 언제나 타로였다.

부다페스트에서 벌어진 반독재 시위에 참석했다가 수배자로 내몰린 카파 때문에 가족은 베를린으로 도주해야 했다. 수배령이 내려져 아무것도 할 수 없었던 그에게 한줄기 빛이 되어준 것이 사진이었다.

사진 에이전시의 암실에서 조수로 일하면서 사진에 매료된 그에게 기회가 찾아왔다. 러시아에서 사회주의 혁명가로 이름을 날리던 레온 트로츠키Leon Trotsky, 1879~1940가 암살자들에게 쫓겨 덴마크를 떠돌던 중 강연회를 열게 된 것이다. 코펜하겐에서 진행된 강연회는 수많은 언론으로부터 관심을 받는다. 하지만 철저한 보안 속에 진행되었던 터라 접근이 쉽지 않았다. 카파는 작은 라이카 카메라를 주머니 속에 숨긴 채 강철 파이프를 옮기는 인부들 사이에 끼어 강연장으로 들어갔다. 그리고 레온 트로츠키의 강연 장면을 카메라에 담게 된다.

이 사진은 '강연 중인 레온 트로츠키'라는 제목으로 독일 〈슈피겔〉지 전면에 실리게 되면서 카파는 단숨에 촉망받는 사진작가 반열에 올라선다. 이후 파시즘에 대항하는 사진기자의 길을 걷게 된다. 하지만 유대인이었던 카파는 독일에 더는 머물 수 없었다. 히틀러가

정권을 잡으면서 유대인 박해가 시작되었기 때문이다.

프랑스 파리에 정착할 무렵, 비슷한 처지의 타로를 만나게 된다. 강인하고 발랄한 여인이었던 타로 역시 파시즘과 맞서 싸우던 유대계 독일인이었다.

둘은 같은 처지에서 오는 교감으로 금세 가까워진다. 1935년 여름, 에펠탑 근처에 아파트를 얻어 함께 살면서 두 사람은 가장 행복한 한때를 보낸다.

1년 후, 스페인 내전[1936~1939]이 일어나자 두 사람은 종군기자가 되어 전쟁터를 누빈다. 피비린내 나는 살육의 현장은 둘의 사랑을 더욱 끈끈하게 맺어준다. 그리고 이 전쟁을 통해 카파는 진정한 종군기자의 삶을 확인하게 된다.

전투가 벌어지는 현장을 더 리얼하게 담아야겠다는 욕심은 적진의 참호 속으로 달려가는 무모함으로 이어지기도 했다. 덕분에 수많은 병사가 그를 엄호하기 위해 뒤를 따라야 했고, 위험한 순간과 맞닥뜨리는 일도 잦았다. 하지만 그런 무모함 덕분에 스페인 내전은 생생한 기록으로 남게 된다.

명성과 비난 속에서 태어난 걸작

스페인 내전을 취재하는 과정에서 카파는 불후의 명작을 남기게 된다. 교전 현장에서 날아오는 총알을 맞은 한 병사가 언덕에서 총

명작에게 사랑을 묻다

병사의 죽음

1936년 스페인 내전에 촬영한 '병사의 죽음'은 많은 사람에게 주목받았다. 젊은 병사가 총을 든 채 머리에 총을 맞고 쓰러지는 장면은 전쟁이 얼마나 끔찍한지를 생생하게 말해주고 있다. 이 사진은 가장 훌륭한 작품으로 격찬을 받았으며, 스페인 내전을 다룬 불후의 명작으로 인정을 받았다. ⓒ 카파

을 떨어트리며 쓰러지는 찰나를 담은 '병사의 죽음'이 그것이다.

줌^{Zoom} 기능이 있어 멀리서도 피사체를 선명히 찍을 수 있는 최신 카메라가 있던 시대가 아니었다. 가장 근접해서 촬영해야만 가능했던 사진을 위해 그는 쏟아지는 총탄들 사이를 분주히 오갔고, 발줌 ^{feet zoom}도 마다하지 않았다. 그 과정에서 한 병사의 죽음을 카메라 속에 생생히 담아낼 수 있었다.

이 사진은 카파에게 명성과 비난을 함께 안겨주게 된다. 죽어가는 사람을 작품화했다는 비난과 찰나로 영원을 보여 주는 사진 미학의 최고조라는 극찬이 동시에 쏟아지면서, 역사상 가장 많은 논란을 일으키는 사진이 된 것이다. 하지만 카파는 그런 평가에 초연했다.

적군과 아군으로 나눠 총을 겨누는 그 순간, 종군기자는 저널리스트 입장에서 전쟁의 참상 그 자체에 집중하면 된다고 생각했다. 카파는 자신의 사진을 통해 전쟁에서 멀찍이 떨어져 있는 사람들에게 전쟁의 참혹함과 살육의 비극을 여과 없이 고발했다. 그의 사진은 평화를 기원하는 간절한 염원이었다.

'병사의 죽음'이라는 사진 한 장은 그런 카파의 진심이 전해졌다. 사람들은 큰 충격에 빠졌고, 전쟁의 참상에 치를 떨었다. 그리고 카파는 전설적인 작가로 명성을 남게 된다.

1937년 7월, 카파는 그동안 찍은 사진을 전달하기 위해 파리로 가게 된다. 홀로 남겨진 타로는 마드리드 부근에서 전투 장면을 카메라에 담고 있었다. 그날의 전투는 치열했다. 포탄은 비 오듯 쏟아

　　　　　　　　　　　　　　　　명작에게 사랑을 묻다

지면서 전장은 아비규환이었다. 지휘관이 후퇴를 명했지만, 한 장의 사진이라도 더 찍으려는 타로는 참호를 지켰다. 그때 맹렬한 기세로 돌진해온 탱크가 참호를 덮치면서 타로에게 치명상을 입혔다.

'카메라와 필름이 무사한지'를 걱정하면서 타로는 후방으로 후송되었지만, 스물여섯 살이라는 젊은 나이에 절명하고 말았다. 타로의 사망 소식은 다음 날 조간신문에 실렸고, 카파에게도 전해졌다. 그녀의 곁을 지키지 못했다는 자책은 카파를 괴롭혔다. 라이카 카메라의 사용법을 알려준 것도, 종군기자를 권한 것도 자신이었기 때문이다. 타로의 스물여섯 번째 생일에 치러진 장례식에서 결국 카파는 실신하고 말았다.

타로가 사망하던 그해 봄, 카파는 타로에게 청혼을 했다가 퇴짜를 맞았다. 결혼하게 되면 정서적으로 서로 의존하게 되어 독립적 작업에 장애가 된다는 이유를 들어 타로는 연인관계로 남기를 원했다. 그때 타로를 설득하지 못한 자신을 원망하며 카파는 카메라에서 손을 놓았다. 그렇게 몇 해를 의미 없이 보낸다. 다시 현장으로 돌아온 카파는 전혀 다른 사람이 되어 있었다. 냉소적이고 말수가 적어졌으며, 사색하는 시간이 많아졌다. 가슴엔 늘 타로의 사진을 품고 다니며 사람들에게 그녀에 대해 이야기하는 것으로 위안으로 삼았다.

사람들은 그런 카파를 두고 "세상은 둘의 사랑이 낭만적이라 말하지만, 타로가 죽을 때 이미 카파의 일부도 함께 사라진 것이다. 타로는 카파의 반쪽 영혼이었기 때문이다"라고 했다.

타로와 함께 세상을 잃다

타로를 잃었을 때, 카파는 스물세 살이었다. 타로를 잃은 슬픔은 사람에 대한 경계심을 갖게 했다. 또 다시 별리別離의 상처를 받을까 봐, 사랑이 깊어질수록 뒷감당이 힘들다는 것을 뼈저리게 체험한 뒤였기에 쉽게 옆자리를 내주지 않았다. 깊은 사랑 뒤에 경험한 상실감은 사람과의 관계 자체를 막았다. 그녀의 죽음은 '세상 어느 곳도 안전한 곳은 없다'고 확신하게 되었다.

노르망디 상륙 작전
1944년 6월 6일에 있었던 노르망디 상륙 작전은 미국 병상들이 '가장 길었던 하루'라고 말했다. 미국과 영국군을 주력으로 하여 8개국의 연합군이 독일군이 점령하고 있던 프랑스령 노르망디를 기습 공격한 것이다. 이때 연합군 병력은 무려 156,000명이었고, 독일군은 약 1만 명으로 보고되고 있다. ⓒ 카파

명작에게 사랑을 묻다

그때부터 여자, 가족, 친구에 대한 집착을 버리고 최대한 자유로운 생활을 하고자 했다. 중일전쟁이 터지자 또다시 현장으로 달려갔다. 그 전쟁에서 중국이 일본으로부터 폭격당하는 장면을 사진에 담았다. 그가 누빈 전쟁터는 스페인 내전, 중일전쟁1937~1945, 제2차 세계대전1939~1945, 제1차 중동전쟁1948, 인도차이나전쟁1946~1954 등 이었다.

다섯 곳의 전쟁터를 누비면서 그가 버리지 않은 신념이 있었다. 전쟁을 사진으로 남겨 유명해지겠다는 공명심 대신 따뜻한 마음이었다. 전쟁의 참혹성을 생생히 고발해 평화를 기원하겠다는 마음으로 셔터를 눌렀다. '공습경보 중 피난처로 달려가는 개와 여성', '자욱한 포연 속의 병사' 등이 그런 마음에서 촬영되었다. 카파가 많은 종군기자 중에서도 역사적 인물이 될 수 있었던 이유 또한 그런 마음에서 나온다.

노르망디 상륙 작전 당시 제일 먼저 바다에 뛰어든 사람도 카파였다. 해변으로 진격하는 미군들을 보며 106장의 사진을 찍었다. 총알이 소나기처럼 쏟아지며 물방울을 튀기는 가운데 쫓고 쫓기는 장면을 미친 듯 찍어 댔다. 그중 8장만 남아있다.

잉그리드 버그먼과의 만남

제2차 세계대전 직후, 그는 평화로운 시간을 보내고 있었다. 남프랑스 해안가에 있던 피카소Picasso와 앙리 마티스Henri Matisse의 별장을

피카소와 질로

1948년 어느 날, 피카소와 질로의 행복한 한때를 찍은 카파의 작품이다. 마흔 살이나 아래인 스물한 살의 질로를 피카소는 뜨겁게 사랑했다. 모자를 쓰고 있는 그녀를 위해 그래도 햇살이 그녀의 피부를 상하게 할까 봐 파라솔을 두 손으로 바치고 있는 모습에 알 수 있다. 하지만 그들의 사랑도 10년 후에 금이 가고 만다. 이는 피카소의 여성편력을 때문이다. 질로는 피카소의 작품 세계에 많은 영향을 끼치기도 했지만, 미술작가로도 당당히 평가받고 있다. 그녀가 남긴 작품 중 다수는 유럽과 미국의 유명 미술관에 소장되어 있다. ⓒ 카파

찾아 즐거운 한때를 보내고 그들의 일상을 사진에 담은 것도 이즈음이다. 사진 속에는 환갑을 넘긴 피카소가 마흔 살이나 아래인 스물한 살의 프랑수아즈 질로^{Françoise Gilot}를 위해 파라솔을 들고 있다. 자신은 내리쬐는 뜨거운 태양을 그대로 받으면서.

카파는 존 스타인벡, 어니스트 헤밍웨이, 피카소, 어윈 쇼 등과 친

명작에게 사랑을 묻다

밀하게 지낸다. 이들 모두 전쟁을 통해 인연을 맺은 사이였다.

어느 날 어윈 쇼가 뉴욕에서 날아왔다. 두 사람이 파리 리츠 호텔 고급 바에 앉아 포커를 치고 있었다. 이때 어윈 쇼가 갑자기 카파에게 속삭였다.

"어이! 저기 좀 봐."

그가 가리킨 곳에는 일행에 둘러싸인 잉그리드 버그먼이 계단을 오르고 있었다. 사진작가의 눈에 버그먼은 최고의 피사체였다. 유럽의 각 부대를 돌며 순회 위문 공연 중이던 그녀는 연합군 병사들이 가장 흠모하던 여배우였다.

버그먼이 파리에 온다는 소식에 유럽의 모든 사진작가가 파리로 몰려들었다. 그들은 버그먼이 보이면 경쟁적으로 셔터를 눌렀고, 어떻게 하든 개인적으로 그녀를 만나려고 노력했다.

그날 저녁 카파와 어윈 쇼는 버그먼이 머물던 방문 아래로 메모지 한 장을 집어넣었다.

'당신에게 멋진 꽃을 드리고, 최고의 저녁 식사에 초대하고 싶은데 돈이 좀 모자라요.'

요행을 빌면서 넣어진 메모지를 읽던 버그먼은 한참을 웃었다. 그녀는 머리에 붉은 장미 한 송이를 꽂고 그들이 정한 장소로 나갔다. 두 젊은이는 처음에 믿어지지가 않았다. 그러나 금세 꿈같은 현실을 알아채고 버그먼과 함께 그 시간을 즐겼다.

카파와 어윈 쇼의 주머니는 금세 바닥이 났다. 버그먼은 자신의 지갑에서 돈을 내주며 초호화 사교 장소로 그들을 안내했다. 그렇게 셋은 파리의 밤을 함께 보냈다.

그날의 일은 카파와 버그먼 모두에게 깊은 인상을 남겼다. 버그먼의 딸은 "어머니는 카파와 처음 만나고 굉장히 독특하고 멋진 분이라며 사랑에 빠졌다"며 어머니의 말을 회고록에 남겼고, 버그먼은 "호텔 방에서 꽃병만 바라보고 가만히 앉아 있으니, 처음 보는 사람이지만 함께 저녁을 보내는 것도 즐겁겠다고 생각했다"고 말했다.

카파와 시간을 보낸 뒤, 버그먼은 카파에게 할리우드행을 제안한다. 종군기자를 그만둔 뒤 뭘 해야 될지 찾던 때였다.

"카파, 할리우드로 함께 가서 내 이야기를 글로 쓰고 감독 일을 해주세요."

카파는 통 큰 제안에 선뜻 응하지 않는다. 대신 "프리랜서 사진작가가 어떻게 사는지 먼저 〈라이프〉지의 사진기자로 일해 보고 연락하겠다"고 대답한다.

1945년 말, 프리랜서 사진작가의 삶을 정리한 카파는 버그먼의 제안을 받아들인다. 영화촬영으로 바쁜 나날을 보내느라 둘은 자주 만나지 못했지만, 서로에 대한 신뢰는 변하지 않고 있었다. 그러다가 카파가 인터내셔널 픽쳐의 제작을 맡게 되면서 둘의 만남은 잦아진다. 하지만 조직에 얽매인 시간이 카파의 자유로운 삶을 방해하면서 회의에 빠지기 시작한다. 틀에 매인 삶에 지쳐가던 그에게 유일한 낙은 경마와 음주, 일광욕이었다.

명작에게 사랑을 묻다

타고난 연기자였고, 누구보다 연기를 사랑했던 버그먼은 연기 이상으로 카파를 사랑하고 있었다. 카파가 적극적으로 구애해온다면 연기는 포기할 수도 있었다. 자서전에 비슷한 글을 남긴 바 있다.

> 만일 카파가 나에게 "우리 함께 인생이라는 멋진 포도주를 격하게 들이켜자. 우리 기회를 만들어 세상과 부딪치자"라고 했더라면 남편을 떠나 그와 살았을 것이다.

그러나 카파는 달랐다. "나는 한곳에 얽매여 살 수 없다. 결혼할 인물이 못 된다"며 그녀의 구애를 거절했다. 카파가 틀에 박힌 결혼 생활을 못 한다며 버그먼의 청혼을 거절했지만, 실상은 그의 마음속을 여전히 점령하고 있는 타로를 잊지 못했기 때문이다. 그러면서 지금보다 더 행복하게 해 줄 다른 곳을 찾아보라고 그녀를 부추겼다. 그녀에게 할리우드 밖에 더 넓은 세상이 있고, 얼마든지 재미있는 일들이 많다는 것을 알려주었다. 버그먼이 유럽으로 눈을 돌리게 되는 계기도 카파가 만들어 준 것이다.

카파는 버그먼에게 이탈리아 감독 로베르토 로셀리니가 만든 영화 두 편을 보여 주었다. 그 영화에 감동받은 버그먼은 로셀리니 감독에게 "제가 아는 이탈리아 말은 띠 아모Ti amo, 당신을 사랑합니다 뿐입니다"라는 편지를 썼고, 둘은 사랑에 빠지게 된다.

카파는 다시 전장에 선다. 버그먼이 싫진 않았지만, 카파의 마음을 오롯이 메우고 있는 것은 언제나 타로였다. 카파는 다시 카메라를 들고 타로가 생을 마친 전장으로 떠난다.

베트남 전쟁이 한창인 현장을 누비며 다시 그는 종군기자의 삶을 시작한다. 전쟁터에서 카파의 사진에 대한 열정이 되살아난다. 지휘관이 주의하라고 했음에도 '더 좋은 사진을 단 한 장이라도 더 찍기 위해' 자주 부대를 이탈했다.

1954년 5월 25일 오후 3시경, 인도차이나 남단을 지나는 프랑스 군대의 호송차에 있던 카파는 또 다시 지휘관의 경고를 무시하고 차에서 내린다. 근처 마을로 진격하는 프랑스 군대를 찍기 위해서였다. 잡초가 무성한 둑 위에 올라 마을 방향으로 몸을 틀던 그때 대인지뢰가 터지면서 그는 생을 마감한다. 마지막 순간까지 그는 손에서 카메라를 놓지 않고 있었다. 그가 찍은 '지뢰밭의 군인들'은 마지막 유작이 되고 말았다. 그의 지갑 속에선 한 장의 사진이 나왔다. 그가 평생을 잊지 못한 타로였다. 사진 속에서 그녀는 환하게 웃고 있었다.

미 군부는 하노이에서 카파의 군사 장례식을 치르고 시신을 알링턴 국립묘지에 안장하고자 했다. 카파의 어머니는 "내 아들은 평화주의자였습니다"라며 그 결정에 반대했다.

명작에게 사랑을 묻다

05

진 선 미

−윌리엄 워즈워스

18세기 말부터 19세기 초, 낭만주의는 유럽 전역을 휩쓴다. 문학은 물론 그림과 건축, 역사해석과 비평 등 전 분야가 낭만주의의 영향을 받으며 성장하게 된다. 이 시기 윌리엄 워즈워스^{William Wordsworth,} ^{1770~1850}, 콜리지^{Coleridge}, 스콧^{Scott} 등은 영국을 대표하는 낭만주의 시인이다. 이 무렵 프랑스에서는 빅토르 위고^{Victor M. Hugo}, 루소^{Rousseau} 등이 독일에서 괴테^{Goethe}, 실러^{Schiller} 등이 낭만주의를 선도한다.

낭만주의는 인습과 전통으로부터 해방되어야 개인의 개성과 감성, 상상력이 꽃을 피운다고 믿었다. 또한 인생의 중심을 개인으로 보았다. 수많은 영국의 낭만주의 시인들이 요절한 것과는 달리 73세의 나이에 계관시인^{桂冠詩人}에 오르면서 장수를 한 워즈워스는 밀턴^{Milton} 이후 영국 최고의 시인으로 평가받는다.

호수가 아름다운 도시 코커머스^{Cockermouth}에서 태어난 워즈워스는 가장 순수한 인간의 원형을 어린 아이에게서 찾았다. 아름다운 고향마을에서 진리의 계시를 보았고, 인간의 본질은 아동의 순수함이고 만물의 진리는 초자연이 아니라 바로 자연이라는 믿음을 갖게 된다. 워즈워스에게 많은 영감을 준 코커머스는 이후 영국 600년 문학사 중 가장 중요한 지역이 된다.

〈수선화^{The Daffodis}〉〈외로운 추수군^{The Solitary Reaper}〉〈무지개^{Rainbow}〉〈초

명작에게 사랑을 묻다

원의 빛^{Splendour in the grass}〉〈내 가슴 실레고^{My Heart Leaps Up}〉등 자연 친화적인 워즈워스의 시는 인공물에 둘러싸인 현대인들에게 무한한 영감을 불어넣어 준다. 워즈워스는 "인간의 생생한 언어가 시^詩다. 양치기나 목동, 시장바닥 장사치의 언어까지도 그대로 써야 한다"며 자신의 시관^{詩觀}을 표현하기도 했다.

애플의 대표였으며 창조경영의 선구자였던 스티브 잡스^{Steve Jobs}가 항상 주머니 속에 넣고 다니며 머리를 식히고 싶을 때마다 암송하곤 했던 것이 워즈워스의 시집이었다는 일화는 유명하다.

풍성한 영국 문학에 대해 열등감을 지닌 미국인들은 '보배로운 언어^{worth words}'라며 워즈워스에게 존중의 뜻을 표한다.

첫사랑의 시, 〈초원의 빛〉

첫사랑의 감정을 가장 잘 표현한 시가 무엇인지를 묻는 말에 많은 사람이 〈초원의 빛〉을 선택한다.

> 한 시기의 광채가 내 눈앞에 사라진다 해도.
> 비록 초원의 빛, 꽃의 영광처럼 한때 찬란할 뿐일지라도,
> 그 시절 다시 돌이킬 수 없다 해도,
> 서러워하기보다 차라리 처음 설렘 그대로 간직해 이토록 굳세어지리.
> 덧없음을 탓하는 대신 가슴에 상춘^{常春}을 품으리.

그런 나날만이 모든 것을 초월하는 지혜를 주리니.

아! 초원의 빛이여, 꽃의 영광이여.

초원의 빛도 꽃의 영광도 한때이다. 아무리 찬란한 연애도 마찬가지다. 세월이 흐르면 고운 얼굴엔 주름이 진다. 그러나 계절이 바뀌면 풀잎도, 꽃도 져버린다. 하지만 그 잔상殘像은 가슴에 남는다.

첫사랑의 황홀함도 잠시이지만 늘 봄을 생각하고 사는 사람에게 겨울도 봄이듯, 첫사랑 때 광채를 간직한 눈으로 연인을 바라보면 세월이 흘러도 늘 설레는 사랑을 나눈다. 엘리아 카잔Elia Kazan 감독은 이 시로 영화를 만들어 오스카 각본상을 받았다. 그 후로 〈초원의 빛〉이 사랑을 고백할 때 인용되는 시로 유명해졌다.

초원의 빛
엘리아 카잔(Elia Kazan), 1961년,
오스카 각본상 수상

영화는 1920년대 켄사스 작은 마을의 부잣집 청년 버드와 가난한 집 소녀 윌마 사이의 사랑을 이야기하고 있다. 처음 사랑을 시작한 그 순간부터 두 사람의 24시간은 서로를 생각하는 것이 전부였다. 그러나 버드 가족의 끈질긴 방해로 둘은 헤어지게 된다. 세월이 흘러 버드의 농장에서 우연히 재회하게 된 두 사람은 아직도 서로를 사랑하고 있음을 알게 된다. 하지

명작에게 사랑을 묻다

만 두 사람은 사랑을 이루지 못하고 각자의 길로 떠난다. 월마는 〈초원의 빛〉을 암송하며 감정이 격해져 눈물을 쏟는다.

〈초원의 빛〉이 어떻게 지어졌는지에 대한 동기는 명확하게 전해지지 않았다. 케임브리지 대학에 입학하면서 제임스 로우더James Lowther 백작의 딸에 대한 짝사랑을 시로 표현한 것이 아니냐는 추측이 있을 뿐이다.

다섯 형제 중 둘째로 태어난 워즈워스는 여덟 살1778년 때 어머니를 잃고 고독한 소년 시절을 보냈다. 열세 살1783년에 아버지마저 돌아가시자 호수와 숲의 아름다움으로 위안을 삼았다. 이때부터 워즈워스에게는 고독이 깊게 드리운다.

워즈워스 가족은 원래 요크셔 가문 출신이었다. 시인이었던 할아버지 때 컴벌랜드로 이주했고. 아버지는 제임스 로우더 백작의 업무 대리인이 되었다. 아버지를 만나기 위해 백작의 집에 드나들면서 그의 딸을 사모한 것이다.

1787년 케임브리지 대학에 입학하면서 그의 사랑은 더욱 깊어진다. 하지만 혼자 몰래 한 사랑은 그의 가슴을 더욱 아프게 짓누른다. 평생 고백하지 못한 첫사랑의 아픔을 평생 가슴에 담고 살아간다.

프랑스 아가씨, 아네트 발롱

케임브리지 대학 2학년 때 '한여름 밤, 마을 무도회'에 참석했다.

춤을 추며 밤새워 놀다 이른 새벽 집으로 돌아가던 중에 평생 잊지 못할 장면과 마주한다. 붉은빛이 동쪽 산 정상에서 하늘로 뻗더니 산허리 쪽으로부터 태양이 서서히 올라오고 있었다. 그 황홀한 빛은 산과 흔들거리는 나무의 그림자가 잔잔히 물결치는 호수 위에 아른거렸다.

그 풍경 속에서 워즈워스는 자신이 '이 웅대한 자연을 노래하는 시에 바쳐진 운명'임을 깨닫게 된다. 그리고 그날의 풍경은 오랫동안 가슴에 담겨 있다가 〈저녁 산책An Evening Walk〉이라는 시로 되살아난다.

1789년, 프랑스 대혁명이 일어난다. 굶주린 시민들이 빵을 요구하자 "빵이 없으면 케이크를 먹으라"고 말한 마리 앙투아네트Marie

명작에게 사랑을 묻다

워털루 전쟁
윌리엄 새들러 2세(William Sadler II),
작품년도 미상, 캔버스에 유채,
81×177cm, 소장처 미상.

Antoinette, 프랑스 루이 16세의 왕비의 한마디에서 시작된 혁명은 프랑스 전역을 휩쓴다. 피 끓는 대학생 워즈워스는 프랑스로 건너간다. 혁명의 열기를 직접 체험해보기 위해서였다.

혁명의 현장을 경험하러 프랑스에 간 김에 독일, 이탈리아, 스위스를 두루 돌아보게 된다. 이때의 경험은 1793년 〈풍경소묘Descriptive Sketches〉라는 시를 통해 그려진다.

여행을 마치고 귀국해서 교사가 될 준비를 하던 워즈워스는 이듬해 다시 프랑스를 방문하게 된다. 이빨 치료를 위해 프랑스에 있는 치과를 찾은 것이다. 그곳에서 의사의 딸 아네트 발롱Annette Vallon을 만나 사랑에 빠진다.

둘의 사랑은 깊어지고, 딸 캐롤라인까지 태어나면서 워즈워스는 프랑스에 자리를 잡는다. 하지만 프랑스의 정치 현실은 녹록지 않았다. 대량학살과 과격한 보복전이 이어지면서 프랑스에서의 삶은 위태로웠다. 워즈워스의 삶을 지탱해주던 외삼촌들은 영국으로 귀국을 종용했다. 경제적인 후원자들이었던 외삼촌은 재정지원을 중단하겠다는 협박으로 워즈워스를 불러들인다. 발롱과 딸을 두고 귀국길에 오른 워즈워스는 자신의 귀국이 긴 이별로 이어지리라곤 상상도 하지 않았다.

발롱과 결혼하겠다고 버티는 워즈워스에게 프랑스 포도주를 건네며 이별을 종용하던 삼촌들 앞에서 그는 "삼촌, 지금껏 마신 프랑스산 포도주를 모두 토해내세요. 그러면 저도 발롱을 제 속에서 토해

명작에게 사랑을 묻다

내겠습니다"라는 말로 다시 프랑스행을 결정했었다. 하지만 나폴레옹이 영국에 선전포고를 하고 영불전쟁[1793~1815]이 터지면서 두 나라의 왕래는 끊어진다.

길고 지루한 전쟁은 20년이 넘게 계속된다. 그때부터 사랑하는 아내와 딸을 두고 온 워즈워스의 방황이 시작된다.

누이여, 나의 누이여!

워즈워스는 발롱을 잊지 못한다. 그런 조카가 못마땅했던 외삼촌은 재정적 지원을 중단해 버린다. 4년에 걸친 고통이 시작된 것이다. 고통스러운 시간을 마무리 지어준 것이 제임스 로우더 백작이었다. 그는 아버지의 성실함에 고마워하던 중이었다. 로우더 백작은 "네 아버지처럼 성실한 사람은 없었다. 내게 잘해준 보답을 자네에게 하고 싶다"며 거액을 내놓았다. 여기에 고향 친구가 남긴 유산이 보태지면서 영국 서부의 외딴곳 레이스다운[Racedaown]에 작은 오두막집을 구할 수 있게 된다.

1795년 10월, 여동생 도로시[Dorothy]와 함께 외딴집으로 이사한 워즈워스는 간만에 평온한 시간을 보낸다. 부모를 잃고 힘들어할 때 외가에 맡겨졌던 도로시는 열다섯 살이 되어서야 집으로 돌아왔다. 부모의 정을 못 받고 자란 동생에 대한 워즈워스의 애정은 남달랐다. 둘만 남은 남매는 서로를 챙기고 보듬었다. 그런 남매를 두고 일부에선 근친상간이 아니냐며 수군거렸다. 하지만 워즈워스에게 도로시는 혈연적 애정과 문학적 친밀감의 대상이었다.

워즈워스는 대자연에서 위로를 받고 있었다. 어린 나이에 부모를 잃은 아픔을 숲 속에서 사색하는 것으로 회복했고, 곁을 지키는 동생을 통해 힘을 얻었다. 워즈워스는 늘 도로시와 같이 지내길 원했다. 도로시 역시 혼자 지내는 워즈워스의 곁에서 집안 살림을 챙기며 함께했다. 워즈워스가 비로소 평안을 얻고, 명상하고 시를 창작할 수 있는 기운을 회복한 것이 이즈음이다.

호반의 시인으로 등극 후 만난 딸

누이와 함께 작은 오두막집에서 산 지 2년째인 1797년 여름, 워즈워스는 시인 새뮤얼 테일러 콜리지Samuel Taylor Coleridge가 사는 알폭스턴으로 이사를 한다. 그곳은 3,000피트(914.4미터) 높이의 빙하지형의 1,000피트(304.8미터) 높이에 형성된 계곡마을로 호수만 16개가 있는 진정한 호수 지방The Lake district이었다.

번잡한 세상과 분리된 낭만적 공간이기도 했던 알폭스턴에서 두 사람은 진한 우정을 쌓게 된다. 격정적이며 불안한 성격의 콜리지와 내성적이며 진지하고 신중했던 워즈워스는 서로가 잘 어울렸다. 서로 다른 성격이 단점들을 상쇄시키면서 서로에게 장점이 되고 있었다.

이 무렵 두 사람은 공동시집《서정 가요집Lyrical Ballads》을 출간해 영

명작에게 사랑을 묻다

윌리엄 워즈워스의 집
도브 코티지에 자리한 워즈워스의 집이다. 1600년대 이 집은 술집이었다고 한다. 그가 이곳에
28세에 이사를 와서 〈수선화〉와 〈나는 구름처럼 떠돌다〉를 지었다고 한다. 그는 빅토리아 여왕
이 Poet laureate(계관시인)라는 칭호를 선사한 후 자신을 위해 시를 써달라고 하자, 영감 없이
시를 쓰지 않는 워즈워스는 시를 쓰지 않았다고 한다.

국 낭만주의의 중심에 서게 된다. 세상은 두 사람을 '호반의 시인들'
이라 부르기 시작했다.

1802년 여름, 워즈워스는 10년 만에 프랑스를 방문하게 된다. 한
순간도 잊을 수 없었던 딸 캐롤라인을 만나기 위해서였다. 발롱은 워
즈워스를 기다리다 지쳐 이미 다른 남자와 결혼한 뒤였다. 10년 만
에 그렇게 보고 싶었던 딸을 만나 함께 도버해협의 노을 지는 백사
장을 거닐었다. 워즈워스는 황혼에 물들어 아빠만 보고 있는 어린 딸
의 얼굴을 보면서 〈이 아름다운 저녁〉이라는 그림 같은 시를 지었다.

얼마나 아름다운 석양이냐, 이 거룩한 시간은 평안한 숨결을 모아 찬미하는 수녀마냥 고요하다. 붉은 태양은 조용하게 가라앉고 하늘은 바다를 사뿐히 껴안는다. 들으라! 위대한 존재가 깨어나 그 영원한 동작으로 천둥 같은 소리를 내는 도다. 지금 나와 같이 거니는 내 아이야, 사랑하는 내 딸아, 이 엄숙한 장면에 어린 네가 감동하지 않는 듯해도 네 본성은 늘 신성하도다.

메리 허친슨과 결혼

딸과 만나고 영국에 돌아온 그해 겨울, 도로시의 친구인 메리 허친슨^{Mary Huchinson}과 결혼한다. 딸을 만나러 갔던 길에 발롱이 결혼했음을 확인한 뒤였다.

허친슨은 고향에서부터 워즈워스를 사모했었다. 도로시를 만난다는 핑계로 워즈워스의 집을 드나들면서 둘은 친해졌고 결혼하게 된 것이다. 결혼한 뒤에도 워즈워스의 삶은 크게 달라지지 않았다. 자연에 묻혀 사색하거나 시를 썼다. 선원인 동생 존이 배를 호수에 정박하고 방문하는 게 전부였다.

결혼한 두 사람은 네 자녀를 연이어 둔다. 그 무렵부터 워즈워스의 걸작들이 줄줄이 탄생된다. 제일 큰 호수 '도브 코티지'^{Dove cottage} 옆에 있던 집에 살면서 고요하고 그윽한 호수를 매일 바라보고 시를 지었다. 이때의 일상을 도로시가 기록해 놓았다.

명작에게 사랑을 묻다

오전 내내 오빠의 시를 적느라 바빴다. 잠시 틈을 내 콩을 땄고, 오후가 되자 콜리지가 찾아와 무더위를 식히자며 호수로 함께 갔다. 우리 여인들은 배에 앉아 물결에 몸을 맡긴 채 유람하며 시를 읽었다. 두 남성은 호수에서 수영했다. 별빛이 아스라이 빛날 때쯤 집으로 돌아오는데 둥근 달이 떠오르고 있었다.

산책이 취미인 워즈워스는 어느 가을 비 갠 오후 황금빛 단풍 속을 거닐다가 호수 저 멀리 걸린 무지개를 보며 〈내 가슴은 설레고〉를 지었다.

하늘의 무지개를 바라볼 때마다 내 가슴 설렌다.
어려서도 그랬고, 어른이 되어서도 마찬가지.
늙는다고 내 가슴에서 이 설렘이 사라진다면 죽은 생명과 같은 것.
아이는 어른의 아버지, 내 생의 나날을 자연의 경외감에 묻혀 살고파.

워즈워스의 명성은 점차 올라가 1843년 영국인 최고의 명예인 계관시인이 된다. 그리고 7년을 더 살다 생을 마감한다.

워즈워스 말년에 아픔이 찾아온다. 누이동생 도로시가 치매를 앓기 시작한 것이다. 정신이 온전치 않은 와중에도 거실 벽난로 곁에 앉아 오빠의 시들은 줄줄 암송했다. 워즈워스와 아내 허친슨은 이런 도로시를 끝까지 돌보았다.

Pierre Auguste Renoir

피에르 오귀스트 르누아르, 삶의 환희를 그리다 ····················

Honoré de Balzac

오노레 드 발자크, 귀족 미망인만 탐한 소설계의 나폴레옹 ····················

Giacomo Puccini

자코모 푸치니, 오리, 오페라 대본, 여자를 쫓는 사냥꾼 ····················

Hans Christian Anderse

한스 안데르센, 수줍음 많은 사람 ····················

Sir Alfred Hitchcock

앨프리드 히치콕, 서스펜스 대가의 독특한 사랑 방정식 ····················

제2부

나이팅게일은 문 앞에 있다

01

삶의 환희를 그리다
-피에르 오귀스트 르누아르

피아노 앞에 두 소녀가 앉아 있다. 하얀 드레스를 입은 소녀는 왼손으로 악보를 편 채 오른손이 열심히 건반을 두드리고 있다. 그 옆에는 하얀 레이스로 목둘레를 장식한 연분홍 드레스의 소녀가 한 손을 피아노에 얹고 지그시 악보를 보고 있다.

반쯤 입을 벌리고 연주에 몰두하고 있는 하얀 드레스의 소녀가 동생이고 여유 있는 표정의 연분홍 드레스 소녀가 언니다. 그 둘의 표정에서 평온함과 온화함이 느껴진다. 그리고 그림 속에선 피아노의 선율이 울려 퍼질 것 같다.

피아노 치는 소녀들
피에르 오귀스트 르누아르(Pierre-Auguste Renoir),
1892년, 캔버스에 유채, 116×90cm,
오르세 미술관 소장

그림은 그 두 사람의 평온함을 강조하기 위해 머리에 맨 리본, 피아노 위의 상감 꽃병, 녹색 커튼의 색조와 곡선을 그려 넣었다. 사람들의 시선이 두 소녀에게 집중하려는 작가의 의도다.

소녀들의 해맑은 표정과 양쪽

볼의 건강한 홍조, 화려한 옷차림, 잘 세팅된 집 안 구조 등을 보면 파리의 부유한 중산층 집안이라는 것을 알 수 있다.

피에르 오귀스트 르누아르Pierre Auguste Renoir, 1841~1919는 〈피아노 치는 소녀들〉에서 보듯 어떤 알레고리도, 고집스러운 주제도 없이 보는 사람이 곧장 평화롭고 따스한 정경 속으로 빨려 들어가도록 만든다. 그의 그림은 밝은 색채를 머금고 화사하다. 비록 가난했지만 소박한 삶에 만족했던 그는 낙천적인 삶을 살았다. 화가 중 유일하게 슬픈 그림을 그린 적이 없다. 그가 남긴 5,000여 점의 그림 가운데 꽃과 과일 등 정물을 가장 많이 그렸다.

꽃병에 담긴 글라디올러스
피에르 오귀스트 르누아르(Pierre-Auguste Renoir),
1874~1875년경, 캔버스에 유채, 73.6×60.4cm,
런던 내셔널 갤러리 소장

봄 꽃다발
피에르 오귀스트 르누아르(Pierre-Auguste Renoir),
1866년, 캔버스에 유채, 80×104cm,
미국 포그 미술관 소장

명작에게 사랑을 묻다

르누아르의 초기 그림들은 반짝이는 빛의 색채가 가득했다. 인상파 화가로 시작한 탓에 그의 그림들 역시 그 전형을 밟은 것이다. 하지만 마흔 중반에 들어서면서 인상파와 결별하고 인물화에 집중한다. 그중에서도 특히 탄력 있는 피부와 발그레한 빛깔의 여성들을 자주 화폭에 담았다. 그러한 여성이 장미와 닮았기 때문이라는 것이 이유라면 이유였다.

수많은 여성이 모델이 되었고, 그중에는 화가와 모델의 관계를 넘어서는 경우도 많았다. 하지만 누구와도 깊이 사귀지 않았고, 결혼도 마다했다. 그는 자유로운 삶을 즐겼고, 여러 여자와 교제하는 것에서 기쁨을 찾았다.

장미를 닮은 여인을 그리듯 장미 그리기도 좋아했던 그는 후기로 갈수록 장미를 더욱 탐스럽게 그렸다. 장미를 닮았기에 여인을 그렸듯, 장미에서 농염한 여인의 모습을 발견했던 것이다. 하지만 그가 그린 장미는 탐스럽기만 했던 것은 아니다. 농염했지만 색정적色情的이기보다 청량淸涼했다.

한 화폭에 담기 어려운 '탐스러움'과 '청량함'을 르누아르가 완성해 냈던 것이다. 남들이 하지 못하는 두 가지를 모두 담아내는 화풍은 누드화로도 이어진다.

그런 면에서 다른 화가들보다 뛰어나다고 생각한 르누아르는 오만했다. 그는 "내 예술의 특징은 '설명 불가능'과 '모방 불가능', 이

누드
피에르 오귀스트 르누아르
(Pierre-Auguste Renoir), 1907년,
캔버스에 유채, 70×155cm,
파리 오르세 미술관 소장

두 가지이다. 이로써 사람들이 내 열정 속으로 휩쓸린다"며 자신의 그림에 자신만만했다. 하지만 그의 오만은 정확한 자기진단에서 나온 것이었다.

당시에는 정교한 윤곽선으로 농염함과 청량함, 화려함과 여유로움, 형식과 자유를 한 화폭에 담을 수 있는 화가가 르누아르뿐이었던 것이다. 그의 세밀한 손기술을 따를 화가가 없었다.

그의 손재주는 재봉사였던 부모에게 물려받은 것이다. 모든 의복을 손바느질로 만드는 것이 일반적이었던 당시 사회에서 재봉사는 누구보다 손놀림이 빨랐다. 그런 부모님의 손놀림은 르누아르에게도 고스란히 전해졌다. 게다가 유명한 도자기 산지였던 고향 땅에서 예술적인 재능까지 습득하게 된다. 그의 고향은 도자기로 유명한 고장이었다. 많은 사람이 도자기 만드는 일을 주업으로 삼고 있었다. 르누아르도 열세 살부터 도자기 견습공으로 일하면서 정밀한 도자기를 만들었다.

그의 도자기는 주목받았다. 뛰어난 손기술에 예술적 재능까지 더하면서 찾는 사람이 많았다. 하지만 기계가 발명되면서 많은 공장이 문을 닫았다. 르누아르가 다니던 공장 역시 기계의 위력에 밀려 문을 닫으면서 일자리를 잃게 된다.

결국 르누아르는 부채에 그림 그리기, 창문 블라인드에 페인트 칠하기 등으로 생계를 꾸려나가야 했다. 그러다가 내면 깊숙한 곳에 화가의 재능이 있음을 발견하게 된다. 1862년 그는 드디어 화가가 되기 위해 제대로 공부를 할 결심으로 파리 국립미술학교에 입학한다.

부지런히 그림을 그리고 교육을 받았지만, 미술학교가 그에게 안겨준 소득은 훗날 함께 인상파 화가가 된 클로드 모네^{Claude Monet}, 알프레드 시슬레^{Alfred Sisley}, 장 프레데리크 바지유^{Jean Frédéric Bazille} 등을 알게 해 준 것이었다. 더 이상 정규교육이 도움되지 않는다는 생각에 2년 만에 학교를 그만두고 르누아르는 독학을 시작한다.

바지유와의 우정

그 후 2년간 홀로 그림을 그리며 살롱전에 작품을 보냈다. 하지만 르누아르의 그림은 기존 화풍과 맞지 않는다는 이유에서 외면받는다. 나중에 유명해진 화가 폴 세잔, 마네 등도 비슷한 이유로 살롱전에 탈락한다.

오직 그림에만 몰두한 덕에 궁핍했던 그에게 도움을 준 것은 인상파 화가로 촉망받던 장 프레데리크 바지유였다. 부자였던 아버지의 후원 덕에 큰 화실을 가질 수 있었던 바지유는 르누아르는 물론 마네, 모네 등 여러 화가에게 작업실을 사용할 수 있도록 허락했다.

그림 재료를 무료로 제공하고, 낭만주의 화가의 거장으로 불리는 들라크루아^{Delacroix, 1798~1863}의 작품 등 유명한 화가의 그림을 사 들고 와서 다른 화가들이 참고하게 했다.

특히 르누아르에 대한 바지유의 배려는 남달랐다. 자신의 집에 함

명작에게 사랑을 묻다

화장

장 프레데리크 바지유(Jean Frédéric Bazille), 1869~1870년경,
캔버스에 유채, 13.2×12.7cm, 파브르 미술관 소장

께 살면서 먹고 사는 모든 문제를 꼼꼼히 챙겼다. 덕분에 생활은 언
제나 빠듯했다. 의대를 다니는 조건으로 매달 아버지가 보낸 생활비
로 살았던 터라, 두 사람은 식비를 아끼기 위해 콩을 삶아 먹었다. 그
래도 서로의 초상화를 그려줄 만큼 사이가 좋았다.

바지유가 그린 초상화 속에서 르누아르는 양손으로 무릎을 당긴
채 의자 위에 앉아 있다. 오랜 시간 앉아 있기엔 힘들어 보이는 자세
지만, 자신 때문에 희생하는 친구를 위해 르누아르는 최선을 다하는

모습이 역력해 보였다. 르누아르 역시 바지유를 위해 초상화를 그려 주었다. 고급양복을 입은 부잣집 아들 바지유가 〈날개를 펼친 왜가리를 그리는 프레데릭 바지유〉였다.

바지유는 어머니에게 보낸 편지에 르누아르를 언급하기도 했다.

한 곤궁한 친구와 같이 지내고 있습니다. 르누아르인데 아직껏 화실도 없지만, 무척 열심히 작업합니다. 저와 같이 숙박하고 제 모델도 같이 쓰고 있습니다. 가진 것도 없으면서 화실 운영비에 보태라며 뭘 내놓으려 합니다.

'날개를 펼친 왜가리'를 그리는 프레데리크 바지유의 초상
피에르 오귀스트 르누아르(Pierre-Auguste Renoir),
1867년, 캔버스에 유채, 105×73.5cm,
파브르 미술관 소장

그렇게 자기를 배려하는 바지유를 위해 어느 날 르누아르는 쪽지 한 통을 남겼다.

나 때문에 자네까지 풍족하게 살지 못하게 되어 미안하이. 내가 자네 식량은 물론 물건까지 빼앗아 쓰다니.

명작에게 사랑을 묻다

바지유 역시 그 쪽지에 답장을 잊지 않았다.

장래가 촉망되는 좋은 친구와 함께 작업할 수 있어 늘 행복하다네.

모델 리즈 트레오와 마르고

바지유의 도움으로 큰 어려움 없이 그림을 그리던 르누아르는 1867년 〈사냥의 여신 다이아나〉를 그려 다시 한 번 살롱전에 도전한다. 함께 그림을 그리던 모네 역시 자신의 그림을 살롱전에 내보낸다. 세계박람회가 예정되어 있었던 해였기에 화가들의 작품이 유난히 많이 출품되었던 해였다. 오랜 시간 그림에 공을 들였던 르누아르의 기대가 남달랐던 해이기도 했다. 하지만 그의 작품은 또 다시 탈락했다.

그날의 일로 실의에 빠진 르누아르를 위로한 것 역시 바지유였다. 그는 르누아르에게 용기를 주기 위해 동반 탈락한 마네와 함께 전시회를 열 수 있도록 세계박람회장 한 켠을 임대해 주었다.

바지유의 배려는 다시 붓을 잡을 힘을 주었다. 그리고 그 곁에는 모델 리즈 트레오^{Lise Trehot}가 있었다. 1년간 트레오를 그리며 그림 실력을 다져온 르누아르는 검은 머리와 검은 눈의 모델 트레오의 아름다움을 화폭에 담은 〈리즈 트레오〉를 통해 1868년의 살롱전에 화려하게 데뷔한다.

그때부터 그의 그림 속엔 언제나 트레오가 있었다. 뒤의 그림 〈오

오달리스크('하렘의 여인들'이라는 뜻)
피에르 오귀스트 르누아르(Pierre-Auguste Renoir), 1870년, 캔버스에 유채, 69.2×122.6cm,
미국 국립 예술관 소장

달리스크〉 모델도 트레오이다. "내가 볼 때 르누아르에게 트레오는
모네의 카미유와 같다"는 에밀 졸라^{Émile Zola}의 말처럼 둘은 화가와 모
델 이상이었다. 그림만으로도 둘은 사랑하는 사이라는 것을 직감할
수 있었다. 이후 두 사람은 불같이 사랑했고, 행복했으며, 언제나 함
께했다. 그리고 에밀 졸라, 마네, 세잔, 모네와 카미유, 조각가 마르셀
뒤샹, 에드가르 드가 등과도 깊은 인연을 이어갔다.

하지만 그들 앞에 불행이 찾아왔다. 1870년 프로이센과 프랑스
사이에 전쟁이 발발하면서 수많은 젊은이가 참전하게 된 것이다. 이
전쟁으로 바지유는 목숨을 잃었고, 모네는 영국으로 몸을 숨겼다. 구
사일생으로 살아남아 프랑스로 돌아왔지만, 트레오마저 건축가 조

명작에게 사랑을 묻다

르주 브리에르 드 릴Georges Brière de l'Isle과 결혼하면서 르누아르 곁을 떠나버렸다.

친구와 연인, 모두를 잃고 우울증에 시달리던 르누아르가 마음 둘 곳은 오직 그림뿐이었다. 하지만 그해 살롱전에 출품한 그림이 낙선하면서 공식화단과는 연을 끊고 낙향한다.

1874년 파리로 돌아온 모네가 예술가협동조합을 만들면서 르누아르는 다시 그림을 그리기 시작한다. 그리고 예술가협동조합이 주최한 제1회 인상파 전에 모네, 르누아르, 드가, 피사로, 시슬레 등이 그림을 출품하면서 인상파라는 용어가 사용되기 시작한다. 인상파 전은 평단의 혹평을 받는다. 하지만 새로운 것을 원하던 중개상들에겐 오히려 그들의 그림이 호감이 대상이었다. 이후 열린 인상파 전은 큰 성공을 거두게 되고, 르누아르의 형편도 좋아진다.

1875년 르누아르는 일본 그림에서 영감을 받아 〈부채를 든 소녀〉를 그린다. 생기발랄한 소녀와 화려한 꽃을 그린 그림인데, 둘을 이어주는 것은 일본풍의 부채였다.

당시 화가들에겐 여자가 많았다. 모델은 물론 수많은 여성이 화가의 곁에 머물렀고, 그들 사이엔 사랑 문제들이 복잡하게 얽혔다. 그것이 사회적인 이슈가 되거나 세간의 입방아에 오르내리는 치정 사건으로 비화되는 경우도 많았다. 르누아르 역시 수많은 여인과 만나고 헤어졌다. 하지만 사람에 대한 미련이 적었던 그였기에 스캔들에 휘말리는 일은 많지 않았다. 그러다가 그를 사로잡는 여인을 만

마르고의 초상
피에르 오귀스트 르누아르(Pierre-Auguste Renoir),
19세기경, 캔버스에 유채, 46.5×38cm,
오르세 미술관 소장

나게 된다.

짙은 청색 옷에 하얀 스카프를 즐겨 매고 핑크빛 볼과 도톰하고 붉은 입술을 지닌 몽마르트르 출신의 여인 마르고^{Margot}였다.

대다수의 화가가 햇빛 속의 대자연을 즐겨 그렸던 것과는 달리 빛의 효과를 강조한 인물화를 주로 그렸던 르누아르에겐 모델이 필요했다. 마르고는 그에 걸맞은 여인이었다. 부드러운 역광逆光 속에서 독서삼매경에 빠져 있는 마르고를 그리면서 르누아르는 그녀를 마음에 담게 된다.

하지만 마르고도 그의 곁을 떠난다. 1879년 2월 장티푸스에 걸려 사경을 헤매게 된 것이다. 르누아르는 마르고를 살리기 위해 예술가들의 주치의 폴 페르디낭 가셰^{Paul-Ferdinand Gachet}에게 매달렸지만, 마르고를 살릴 수 없었다.

마르고 마저 세상을 떠나자, 외로움을 달래기 위해 르누아르가 찾은 곳은 센 강변이었다.

명작에게 사랑을 묻다

정을 나누던 연인과 친구를 떠나보낸 외로움은 그리움으로 발전한다. 그리고 이젠 결혼을 해서 자리를 잡아야겠다는 결심으로 이어진다. 그때 르누아르의 눈에 들어온 여인이 센 강변의 식당에서 일하던 종업원이었다.

센 강변을 산책할 때마다 자주 인근 식당에 들르곤 했는데, 그때 어린 소녀 알린 샤리고 Aline Victorine Charigot가 눈에 띈 것이다. 하지만 샤리고는 열세 살의 어린 소녀였다. 당시 마흔한 살이었던 르누아르에

보트 파티에서의 오찬
피에르 오귀스트 르누아르(Pierre-Auguste Renoir), 1881년, 캔버스에 유채, 129.5×172.7cm,
미국 필립스 미술관 소장

겐 가당치 않았지만, 자주 뱃놀이에 초대하며 환심을 샀다. 몇 번의 뱃놀이를 즐기는 사이 둘은 연인이 되었고, 샤리고는 그의 모델이 되었다.

1880년 여름, 센 강변에 정박한 프루네즈^{Fournaise} 선의 발코니에 르누아르의 친구들이 모여 점심을 먹으며 왁자지껄 떠드는 장면을 그린 〈보트 파티에서의 오찬〉 속에 샤리고가 그려진다. 그녀는 꽃을 꽂은 모자를 쓰고 그림의 왼쪽 가장자리에서 강아지를 어르고 있다.

뱃놀이가 끝나고 샤리고와 강둑에 나란히 앉은 어느 저녁, 청혼하려던 르누아르는 마음에도 없는 소리를 하게 된다.

"나는 늙고 가난하니 돈 많은 청년을 만나 결혼하거라."

샤리고는 그 말을 듣자, 집으로 가 버린다. 다음 날 그렇게 떠난 샤리고 생각에 아무것도 할 수 없었던 르누아르는 화실을 지키고 있었다. 이젤을 앞에 두고 멍하니 앉아 있던 르누아르 앞에 샤리고가 예고도 없이 나타나서 옷을 벗었다.

"오늘부터 내가 당신의 모델이 되겠어요."

샤리고의 당찬 목소리에 정신을 차린 르누아르는 그녀의 마음이 변하기 전에 그림을 끝마치려는 듯 분주했다. 데생이 끝나고 한숨을 내쉴 즈음, 샤리고는 "당신과 결혼하겠다"며 르누아르에게 청혼을 해왔다. 하지만 샤리고 어머니의 마음은 달랐다.

이를 알게 된 샤리고의 어머니가 샤리고를 불러 결혼을 허락할 수 없다며 세 가지 이유를 댔다. "르누아르가 유명한 화가이기는 하지만 가난하다. 게다가 나이도 많고 주변에 여자들도 많다."

그래도 샤리고가 르누아르를 계속 만나자 식당 종업원을 그만두게 하고 재봉사 일을 배우게 한다.

르누아르도 늙은 내가 너무 젊은 여인을 욕심냈나 싶은 마음이 들었다. 급기야 그녀를 잊기 위해 알제리로 훌쩍 떠났다. 1881년 봄 그렇게 헤어진 두 사람은 시공간을 초월한 그리움을 달래려 각자 필사적으로 노력했다.

르누아르가 겨우 마음을 잡고 귀국해 기차역에 당도했는데 역전에 샤리고가 두 팔을 활짝 벌리고 서 있었다. 그 옆엔 조그만 짐 보따리가 놓여 있었다. 그녀는 동거하려고 작정하고 집을 나온 것이다. 그날부터 함께 살았다.

그해 가을 두 사람은 이탈리아로 밀월여행을 떠난다. 베네치아를 거쳐 로마로 간 두 사람은 처음 본 라파엘로의 프레스코화에 경탄했다.

"오 지혜와 지식이 충만한 그림이야."

두 사람이 나폴리로 가서 미술

리하르트 바그너의 초상화
피에르 오귀스트 르누아르(Pierre-Auguste Renoir),
1882년, 캔버스에 유채, 46×53cm,
오르세 미술관 소장

관을 순례하는데 르누아르만큼이나 바그너를 존경하던 파리의 친구들이 편지를 보내 시칠리아에 있는 바그너를 꼭 만나보라고 요구했다.

르누아르도 바그너를 만나고 싶었던 터였다. 나폴리에서 15시간 배를 타고 시칠리아로 갔다. 바그너는 마침 〈파르치팔〉을 작곡 중이었다. 그날 르누아르와 바그너의 역사적 조우가 이루어졌다.

음악과 미술의 거장들답게 둘은 많은 대화를 나누었다. 이야기 끝에 바그너가 자신의 초상화를 그려달라고 부탁했다. 35분 정도 바그너를 정면에서 바라보며 그림을 그렸다. 자기 초상화를 본 바그너는 웃으며 대단히 흡족해 했다.

"꼭 내가 엄숙한 청교도 목사 같네."

차분하게 명상에 잠겨 있으면서도 단호한 바그너의 면모가 그대로 나타나 있다. 돌아오는 길에 르누아르는 아내에게 초상화에 대해 언급했다.

"바그너 씨의 걸출한 두상으로 내 작은 추억을 만들었구려. 그분 처음엔 쾌활하게 포즈 잡더니 점차 경직되더라구. 오히려 좀 더 속성으로 그렸더라면 여유로운 그림이 나왔을 거야."

샤리고가 웃었다.

"그래도 당신 손이 워낙 빨라 35분 만에 스케치할 수 있었으니 대단해요."

1년 후 1883년 2월 13일 바그너가 심장마비로 영면하면서 이 초상화는 영정으로 사용된다.

　　　　　　　　　　　　　　명작에게 사랑을 묻다

이탈리아 여행에서 돌아온 르누아르는 세 점의 대형작품을 내놓는다. 모두 무도회와 관련되어 있다. 이중 두 작품을 그릴 때 마리 수잔 발라동Suzanne Valadon, 1867~1938이라는 모델을 기용했다.

발라동은 서커스단 곡예사 출신으로, 공중곡예를 하다가 추락해 허리를 다친 뒤 몽마르트르 화가들의 모델 일을 하고 있었다. 이때가 열다섯 살, 글래머임에도 균형 잡힌 몸매와 긴 목, 뚜렷한 얼굴 윤곽과 콧등에 점 하나가 인상적이다.

모델 일을 하며 여러 화가와 교제했는데 이는 당시 자연스러운 일이었다. 그러다가 1883년 12월 26일 아이를 낳았는데 아빠가 누구냐로 의견이 분분했다. 나중에 르누아르가 아니냐는 의혹이 제기되었다. 이에 대해 르누아르와 발라동 둘 다 함구했다. 특히 발라동은 다른 화가들의 이름을 대면 분명히 아니라고 말했으나 르누아르냐고 물으면 묵묵부답이었다. 여러 소문이 난무하는 가운데 르누아르는 인상주의와 다소 다른 작품 〈우산Umbrellas〉을 내놓았다. 프랑스에서 우산이 나온 때는 1640년경, 프랑스인들은 비가 내리면 행복해하며 우산 쓰고 걷기를 좋아했다. 이 그림에도 비가 와 행복한 사람들의 표정이 뚜렷하다. 굴렁쇠를 든 어린아이도 마냥 해맑기만 하다.

한편 아이를 낳은 후 발라동은 모델 일을 줄이고 직접 그림 그리는 데 열중한다. 그리하여 살롱전에 출품하여 당당히 입상했고, 정상급의 화가가 되었다.

가족을 가진 르누아르의 변신

발라동이 누가 아버지인 줄 모르는 아이를 출산한 직후였다. 발라동이 주위에 아이 아버지가 르누아르인 듯한 암시를 주자 르누아르의 아내는 조바심이 났다.

그녀도 서둘러 임신하고자 노력했다. 동거한 지 5년만인 1885년 3월 21일, 드디어 첫아들 피에르Pierre가 태어난다. 아이가 생기자 비로소 르누아르도 아내와 어린 아들의 손을 잡고 한적한 시골을 자주 찾더니 아예 시골로 이사했다.

화풍도 인상파에서 라파엘처럼 고전풍으로 더욱 기울었다. 르누아르는 본래 여성미가 넘치는 인물화를 그리기 좋아했다. 바로 이점이 그가 인상파와 결별할 수밖에 없는 근본적 이유였다. 인상파는 회화의 대상object을 빛의 휘광으로 환원시킴으로 대상의 형태나 무게감이 희생되는 경우가 많았다. 그래서 인물 고유의 존재감을 살려야 할 인물화가 인상주의 기법과 모순을 빚는다. 그런데도 르누아르는 엄격한 고전주의보다 자연스러움과 욕망이 담긴 건강하고 참신한 풍경을 담았다.

1886년 인상파 전에 아예 불참하고 값싼 모델들을 찾기보다 강둑에 앉아 빨래하는 여인 등 평범한 인물들을 그렸다. 1887년 대형작 〈목욕하는 여인들〉에 양식변화가 확연히 일어난다. 고전적 기법에 밝은 광선을 결합해 그렸다. 이런 변혁은 대성공했다. 예술계, 정부는 물론 그림에 문외한인 일반인들까지 박수갈채를 보냈다.

명작에게 사랑을 묻다

목욕하는 여인들
피에르 오귀스드 르누아르(Pierre-Auguste Renoir), 1887년, 캔버스에 유채, 170×115cm,
필라델피아 미술관

결혼과 점차 너그러워지는 르누아르

르누아르는 샤리고와 동거한 지 9년 만에 결혼을 결심한다.
1889년 늦겨울 먼저 몽마르트르에 안개의 성이란 이름을 지닌 사방
이 정원인 집으로 이사했다. 동거 10년만인 1890년 4월 14일 동료
화가들을 증인으로 세우고 결혼식을 올렸다. 그의 나이 쉰 살, 샤리
고가 서른여섯 살이었다.

아들 피에르도 그제야 호적에 올렸다. 1894년 9월, 후에 유명한
영화감독이 되는 둘째 아들 장Jean이 태어난다. 이때부터 가족이 그

림의 포커스가 된다.

아내의 사촌 가브리엘 르나르Gabrielle Renard가 함께 살며 1914년 결혼할 때까지 르누아르의 모델 역할을 했다. 1901년 세 번째 아들 클로드Claude가 출생한 후부터 르누아르의 그림은 점차 '자연에 즐거운 감정을 이입해 꽃과 여인으로 만든 아름다운 부케'라는 평을 듣게 된다.

누드화도 초기보다 살빛을 더 붉은색으로 칠했으며 장미꽃 다발도 화병에 담긴 정물화에서 바람에 자유롭게 날리는 꽃다발의 모습으로 그렸다. 수입도 크게 늘었으나 금욕주의자처럼 소박한 생활을 했다.

늙어가면서 류머티즘이 심해져 손발이 부자유스러운 상태가 되었다. 그 무렵 온화한 기후의 니스 근처에 거주지를 마련하고 겨울이면 그곳에서 지냈다. 일설에 의하면 떨리는 손에 붕대를 감고 장미화만 그렸다고 한다.

슬픔도 찾아왔다. 제1차 세계대전에 장남과 차남이 참전 도중 중상을 입게 된다. 샤리고가 병원과 집을 오가며 간호하다가 1915년 6월 15일 과로로 죽는다.

힘든 상황이었지만 까칠한 성격에 독설이 많았던 르누아르는 웃음과 이해심이 많은 노인으로 변해갔다. 1919년 폐병으로 침대에 누워 숨을 거두기 직전 아들 장에게 말했다.

"팔레트와 붓을 가져오너라. 꽃을 그려야겠다."

꽃을 간신히 그려 간병인에게 주며 "이제야 비로소 그림이 뭔지 이해되는데……"라는 마지막 말을 남긴다.

명작에게 사랑을 묻다

하이든의 〈세레나데〉

성악에서 세레나데는 해거름에 사랑하는 여성이 기대고 있는 창가에서 남성이 부르는 사랑의 노래로 알려져 있다. 기악에서도 의미는 비슷하다. 해거름에 휴식을 취하는 사람들을 위해 연주되는 곡을 지칭하는 말이기 때문이다. 대상만 바뀌었을 뿐이다. 하이든이 세레나데를 작곡했을 때 현악 4중주곡 〈세레나데〉를 작곡한 목적은 피곤한 사람과 사무에 분주한 사람들의 위안과 휴식을 위해서였다.

하이든의 초기 작품이기도 해서 멜로디가 쉽고 경쾌해서 누구나 쉽게 이해할 수 있는 곡이다. 이제 막 작곡을 시작하고, 좀 더 큰 꿈을 펼치기 위해 길을 나서던 하이든에겐 아픔이 있었다. 노래를 잘 부르는 합창 단원이었지만, 변성기가 오면서 노래 부르는 일은 포기해야 했던 것이다. 그 바람에 작곡으로 방향을 틀었고, 그게 오히려 하이든을 세계적인 음악가로 만든 것이다.

가난했지만 독실한 신앙심을 바탕으로 성스러운 음악을 만들어온 하이든은 작곡하는 내내 자기 음악으로 사람들이 평안을 찾길 바랐다.

잘나가는 도예노동자 르누아르 역시 자기 뜻이 아니라 기계에 밀려 다른 길을 택해야 했다. 도자기에 그리던 그림은 하얀 캔버스에 그려졌고 그의 그림은 세계적인 명성을 얻게 된다.

마흔 살의 르누아르가 사랑에 빠졌다. 상대는 딸뻘의 열세 살 어린 소녀 샤리고였다. 사랑이라는 감정은 제어할 수 없다. 좋아지면 보고 싶고, 만지고 싶고, 안고 싶어질 뿐이다. 나이도, 신분도, 신앙도, 국경도 의미를 잃어버린다. 그저 상대를 위한 세레나데만을 부르고 싶을 뿐이다.

02

귀족 미망인만 탐한 소설계의 나폴레옹
- 오노레 드 발자크

사람은 현실에 존재하며 과거를 기억함으로 산다. 과거의 기억을 상실하면 삶은 지속성이 사라지고 탄생만을 되풀이한다. 반대로 과거에 매달려 현실감각을 잊고 살다 보면 새로운 삶을 창조해낼 수 없다.

거기에서 사실주의 문학이 시작되었다. 과거를 참조하고 미래를 바라보고 현재를 충실하게 표현하자는 것이다. 그러다 보니 이성적 계몽주의나 환상적 낭만주의도 반대하고 사물을 객관적으로 재현하고자 했다.

현대 사실주의 문학의 선구자이면서 19세기 프랑스 문학의 거장인 오노레 드 발자크Honoré de Balzac, 1799~1850 역시 "사람은 두 번 산다. 한 번은 현실에서, 한 번은 기억으로"라는 말로 사실주의 문학을 이야기했다. 예술의 목적을 '자연 모사模寫가 아니라 창조하는 것'이라 여긴 것이다.

그는 가슴에 에로틱한 환상을 품고 살았다. 작품 속엔 상상력이 가득했고, 예리한 심리 분석, 냉정한 현실 파악 등을 주제로 담아냈다. 이러한 것은 근대소설의 특징인데 발자크에 의해 시작되었다고 해도 무방하다. 그래서 발자크를 근대소설의 시조라 부른다.

소설가가 지녀야 할 야망이 컸던 발자크는 137편으로 꾸며진 《인

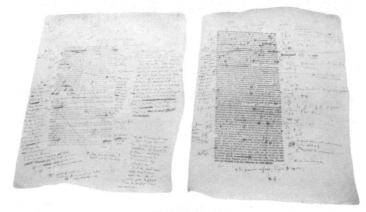

《인간희극》의 퇴고록

137편의 소설과 에세이로 구성된 《인간희극》은 91편이 완성되었고, 46편은 미완성되었다. 그는 이 책에서 도시와 시골, 상업과 은행, 기업과 개인, 귀족과 하층민 등 다양한 세계를 묘사하면서 예술, 문학, 가족, 정치, 전제 왕정의 몰락, 돈의 의미 등으로 사회를 표현하고자 노력했다. 하지만 그는 이 책을 다 완성하지 못하고 1850년 51세의 나이로 생을 마감하고 만다.

간희극La Comédie Humaine》을 구상했다. 나폴레옹 이후 갈피를 못잡고 요동치는 프랑스 사회를 생생하게 증언하여 소설계의 나폴레옹이 되기를 희망했지만, 그의 꿈은 91편에서 멈추고 말았다. 등장인물만 2,000명에 달하는 소설엔 프랑스의 현실이 폭넓게 소개되어 있다.

소설가였지만, 발자크는 갑부를 꿈꿨다. 많은 돈을 벌 욕심으로 끊임없이 사업을 벌였다. 하지만 신은 공평해서 창작의 재능에 비해 사업 재능이 없었다. 사업은 족족 망해버려 언제나 빚에 허덕였다. 그래도 갑부가 되어 상류사회에 진입하려는 그의 욕망은 귀족 미망인들과의 염문으로 이어졌다. 끊임없이 귀부인을 탐했고, 그들과의 염문은 소설의 소재가 되어 고스란히 작품 속에 녹아들었다.

명작에게 사랑을 묻다

발자크는 어머니의 사랑을 받지 못했다. 서른두 살이나 많았지만 자수성가로 이룬 재산만 보고 결혼했던 터라 부부간에 애정이 없었던 부모는 발자크에게 애정을 쏟지 않았다. 태어나자마자 유모의 손에 길러졌고, 여덟 살이 된 뒤론 기숙학교로 보내져 그곳에서 어린 시절을 보냈다.

충동적이고 투기投機를 좋아했던 어머니는 아들에 대한 애정도 없었다. 어린 아들을 기숙학교로 보낸 뒤 더 이상 아들을 찾지 않았다. 6년간 버려진 듯 기숙학교에 유폐된 아들이 신경쇠약에 시달린다는 전갈이 전해진 뒤에야 가족의 품으로 돌아왔다.

열여섯 살이 되자 아들을 법률가로 만들고 싶었던 어머니는 발자크를 공증인 사무실로 보냈다. 그곳에서 서기로 일하면서 법을 공부하라는 뜻이었지만, 발자크는 그 뜻을 어기고 작가의 길을 걷기로 한다.

4년 후, 집을 나와 빈민가 밀집 지역의 다락방을 얻으면서 작가로의 삶이 시작된다. 가명으로 소설을 쓰면서 작가의 삶을 시작했지만 궁핍의 연속이었다. 이기적이고 현실적이었던 어머니는 자기 뜻을 거역한 아들에게 지원을 끊어버렸다.

2년간 가난한 작가로 살아야 했던 누추한 다락방에서의 시간은 많은 것을 바꿔놓는다. 20여 년간 애정결핍에 시달려야 했고, 성공하지 못한 작가의 삶을 살아야 했던 그에겐 세 가지 분명한 목표가 생긴 것이다.

모성이 결부된 성욕 해소가 첫 번째이고, 자유로운 창작을 위한 경제적 자립이 두 번째, 자신이 가난한 작가로 살아야 했던 빈민 지역을 벗어나 귀족들의 세계에서 살아가는 것이 그 세 번째였다.

하지만 하는 사업마다 망하면서 그의 꿈은 요원해 보였다. 그러다가 그의 꿈을 이뤄줄 수 있는 사람과 만나게 된다. 돈과 명예를 모두 쥐고 있던 귀족 미망인들이었다. 가난한 평민 콤플렉스에 시달리던 그에게 돈과 명예를 한 번에 안겨줄 사람은 그들이었다.

그때부터 발자크는 젊고 발랄한 여인들보다 기품 있고 사회적 지위와 경제력을 갖춘 귀족 미망인들을 탐하기 시작했다. 그들과 사랑을 나눴고, 생의 말미엔 전 유럽에서 명성과 재력이 최고 수준인 백작 부인과 동화 같은 로맨스를 이뤘다.

베르니 부인을 향한 발자크의 열애

소설가의 꿈과 수많은 재력, 어느 하나 버릴 수 없었던 발자크는 오직 돈을 벌겠다는 일념으로 삼류소설을 찍어내는 소설공장에 취직한다. 그곳에서 돈만 된다면 무슨 글이든 가리지 않고 써내면서 엄청난 양의 글을 양산해낸다. 이때 발자크의 소원을 만족하게 해줄 일이 생긴다.

1822년, 스물두 살의 발자크는 로드 드 베르니 부인의 집에 가정교사로 취직한다. 베르니 부인은 드보르니 공작Lord Verney과 결혼하여

명작에게 사랑을 묻다

아홉 명의 자식을 낳았지만, 애정 없이 시작한 결혼이라 불화가 잦았다. 발자크를 만났을 즈음, 둘의 불화는 별거로 이어져 있었다.

궁정예법이 몸에 밴 부인의 눈에 발자크는 거칠고 황당한 야망에 들뜬 철부지 청년이었다. 하지만 그 안에 숨어 있는 탁월한 지성이 부인을 사로잡았다. 어린 발자크를 다독이며 베르니 부인은 책망을 잊지 않았다. 그러는 동안 발자크는 부인을 사랑하게 되었다. 젊음뿐인 그에게 베르니 부인은 모든 것을 가진 사람이었다.

아이들을 가르치고 저택을 나서던 발자크는 편지 한 통을 써서 공작부인이 보던 책 사이에 꽂아 놓는다.

> 어여쁜 당신을 갈구합니다. 당신과 떨어져 있을 때도 내 영혼은 하늘을 날아 당신께 다가가 앉습니다. 앞으로 내가 이룰 영광은 당신의 이름으로 성취될 것입니다. 생각만 해도 당신이 나의 수호신처럼 여겨집니다.

용기를 내어 써 보낸 사랑의 연서였다. 하지만 인생의 쓴맛, 단맛을 다 본 공작부인에겐 어설픈 장난 같은 편지였다. '당돌한 젊은이'라 중얼거리며 답장을 썼다.

> 마흔다섯 살의 내가 아름답다니. 사실이라면 나도 청춘의 꿀맛을 보려고 나섰을 거야. 아쉽게도 내게 그런 아름다움은 없어.

거절의 편지였다. 하지만 발자크는 굴하지 않았다. 부인의 손에 또 한 통의 편지를 건넨 것이다.

제 가슴속에 사랑의 불을 숨겨두어, 저는 부인 앞에 수줍고 부끄러워하는 어리석은 남자입니다.

다음 날 공작부인은 발자크를 불러 정원 앞 벤치에 함께 앉았다.

"내 나이가 네 엄마보다 한 살 위다. 내게 이런 식으로 접근하면 두 번 다시 만나지 않겠다."

발자크를 책망하는 부인의 어조는 단호했다. 하지만 발자크도 굴하지 않았다.

"마흔다섯 살이라는 당신의 나이는 내게 아무런 의미가 없습니다. 오히려 당신 나이를 의식할수록 당신에 대한 정열이 더 강해질 뿐입니다. 당신의 아름다움을 판단한 권리는 오직 내게만 있습니다."

발자크의 끈질긴 애정공세는 철옹성 같던 부인을 무너뜨렸다. 날이 저물어가는 어느 날, 첫 키스를 나누며 두 사람은 깊은 사랑에 빠져들었다. 이후 두 사람은 걷잡을 수 없이 깊어져 갔다.

이날의 사랑은 〈르뷔 드 파리Revue de Paris〉라는 신문에 연재한 〈골짜기의 백합Le Lys dans la Vallée〉의 소재가 된다. 소설 속에서 베르니 부인은 모성애가 강한 사람으로 등장한다. 소설에 이런 글이 있다.

명작에게 사랑을 묻다

사랑이란 거대한 호수와 같다. 그 깊이를 어찌 측량할 수 있으리. 폭풍우가 간혹 몰아쳐도 넘실대는 물은 호수 안에 머물기만 한다.

젊은 남자는 마음에 있는 여인을 사랑하지만 늙은 남자는 애인의 마음에 있는 자신을 사랑한다.

파산과 인기, 귀부인들과의 교류

베르니 부인과의 사랑을 시작한 지 2년이 지났을 즈음, 발자크는 출판사업을 시작한다. 단숨에 큰돈을 벌게 해주는 성장사업이었기에 너도나도 덤벼들던 때였다. 어머니의 돈과 베르니 부인의 후원에 힘입어 시작은 순조로웠다. 하지만 출판은 성패가 분명했다. 성공하는 사람보다 실패하는 사람이 더 많았다. 발자크 역시 전력투구했지만, 투자한 돈을 모두 날렸다. 이후에도 몇 번 더 새로운 사업을 시작했지만, 모두 파산해 버리면서 어마어마한 빚더미에 올라앉아 버렸다.

그때부터 하루 16시간 이상을 글 쓰는 데 보낸다. 하루 60잔 이상의 커피를 들이켜가며 쓴 그의 작품들은 대부분 빚을 갚는 데 쓰였다. 그래서 발자크를 이야기할 때 반드시 따라다니는 것이 커피와 다작, 그리고 귀족 미망인이다.

오후 4시에 저녁을 먹고 자정까지 잠자리에 들었다가 일어나면 그때부터 커피를 마시며 글을 썼다. 시시때때로 찾아오는 빚쟁이를 피해 도망 다니면서도 인간의 한계를 시험하듯 16시간 이상의 글쓰기는 계속되었다. 그에게 글쓰기는 돈과 명예를 단숨에 회복할 수 있는 유일한 방법이었다.

살인적인 글쓰기 덕분에 그의 인기는 높아져 갔다. 원고료가 오르고 삶에 여유도 생겼지만, 쌓인 빚은 줄어들지 않았다. 그 와중에 힘들게 번 돈은 공작, 백작, 후작, 자작의 귀부인들과 어울리는데 사용되었다. 귀족향수병이 깊었던 발자크는 빚쟁이를 피해 도망을 다니는 와중에도 황금 단추를 단 조끼를 입고 있었고, 자가용 마차만 타고 다녔다.

서른 살 무렵이 되자, 가명으로 글을 쓰던 발자크의 작품이 빛을 보면서 귀족 부인들이 자청해서 찾아오기 시작했다. 수많은 여인과의 염문은 베르니 부인과의 이별로 이어진다. 발자크의 자유분방한 연애에 환멸을 느낀 베르니 부인이 8년간의 연애에 종결을 선언한 것이다. 하지만 그 안에는 이제 쉰 살에 접어든 베르니 부인과 결별하기 위한 발자크의 전략이 숨어 있었다. 일부러 베르니 부인을 멀리하면서 수많은 여인과 염문을 뿌려 그의 질투심을 자극한 것이다.

결별 이후 발자크는 더 많은 여인과 사랑에 빠진다. 나폴레옹 군대 사령관의 미망인, 오스트리아 후작 부인, 후에 조아치노 로시니Gioacchino Rossini의 부인이 되는 올랭프 펠리시에Olynpe Pélissier, 귀도보니 비스콘티Guidoboni Visconti 백작 부인 등등이 그의 연인이었다. 그리고 여자 카사노바로 불리던 소설가 조르주 상드와도 사랑에 빠진다. 연애박

명작에게 사랑을 묻다

사였던 두 사람은 서로를 너무나 잘 알았다. 그래서 서로 상대의 수많은 애인 중 한 사람으로 전락하지는 않았다.

묘령의 여인으로부터 날아온 편지 한 통

1832년 3월 어느 날, 여러 귀족 부인들과 염문을 뿌리던 발자크에게 편지 한 통이 날아든다. 발신인의 주소와 성명 대신 '어느 이방 여인으로부터'라고 적힌 의문의 편지였다.

> 저는 당신 책의 애독자입니다. 최신작인 《나귀 가죽 La Peau de chagrin》이 지나치게 무신론적이고 여성을 비하하고 있습니다. 저음 작품들처럼 따뜻한 시선의 작품을 자주 보여 주세요.

그때 발자크 나이 서른네 살, 그도 애욕의 바다에서 빠져나오고 싶어 했다. 마침 쉽게 만날 수 없는 먼 거리에서 묘령의 여인이 편지를 보낸 것이다.

《나귀 가죽》은 나귀 가죽을 소유한 남자의 삶을 통해 욕망엔 반드시 대가가 따른다는 이야기를 하고 있다. 무기력증에 죽고 싶어 하던 남자 주인공 라파엘이 우연히 골동품 가게에서 나귀 가죽을 구입하면서 이야기는 시작된다. 이 가죽은 알라딘 램프처럼 소유한 사람의 욕망을 이루어주는 신기한 능력이 있었다. 하지만 욕망이 이루어

《나귀 가죽》의 초판 표제지

1831년에 출간된 이 책은 발자크에게 명성을 안겨준 작품이다. 내용은 한 편의 '철학 소설' 혹은 '테제 소설'로서 라파엘 발랑탱을 중심으로 '욕망'을 그리고 있다. '자신의 욕망을 위해 파멸을 부를 것인가, 아니면 존재를 위해 욕망을 억제할 것인가'라는 선택이 모순된 문제를 제기하며 인간의 조건에 대해 성찰하게 한다.

질 때마다 소유자의 생명은 줄어들었다.

라파엘은 그의 욕망대로 후작이 되고 부자가 된다. 원하는 바는 이뤘지만, 더 이상 과욕을 부리면 목숨을 잃을 수도 있다는 생각에 칩거를 하게 된다. 욕망을 멈추기 위한 결정이었다. 그러나 사랑하는 여자가 생기면서 그의 욕망을 다시 나귀 가죽을 사용하게 된다. 그리고 욕망은 그의 목숨을 앗아간다.

이방 여인은 편지로 나귀 가죽이 신인 양 소원을 들어주는 것을 두고 무신론이라 비난했고, 여성의 욕망이 주인공을 죽음으로 몰고 간 것을 여성비하라 오해했다. 이방 여인에게 어떤 식으로건 답을 하고 싶었지만 연락할 방법이 없었다. 결국 발자크는 일간지에 광고를 내는 것으로 답장을 대신했다.

내게 발신인 불명으로 편지를 보내 준 분에게 답장해 주고 싶은데 연락해주세요.

명작에게 사랑을 묻다

이방 여인은 답이 없었다. 그러다가 9개월만인 11월 7일 다시 편지가 왔다. 발자크의 광고는 보지 못했는지, 자신의 편지가 제대로 전달되었는지를 확인하는 편지였다.

제 편지를 보셨다면 〈코티이엔〉 신문에 광고해 주세요.

〈코티이엔〉은 프랑스 신문 중에 유일하게 폴란드에서도 볼 수 있는 신문이었다. 프랑스를 넘어 폴란드에까지 자신이 명성이 전해졌다고 생각한 발자크는 묘한 흥분에 휩싸였다. 그리고 낯선 이방 여인에 대한 궁금증이 더욱 커졌다.

12월 9일, 발자크는 〈코티이엔〉에 광고를 냈다. 이방 여인은 프랑스 유명작가가 자신의 편지를 보고 신문에 광고를 내자 다시 편지를 보내왔다.

"나는 이미 당신이 누군지 직감으로 알지요. 당신을 향해 내 두 눈을 감고 있으면 당신이 '나야'라고 대답한답니다."

그리고 편지의 끝에 '하지만 우리는 절대 만날 수 없는 사이예요. 내 이름도 밝힐 수 없답니다'라고 써 놓았다.

그녀의 편지는 발자크의 마음을 흔들어놓았다. 그때부터 이방 여인에 대한 발자크의 호기심은 커져만 갔다.

밝혀진 여인의 정체

얼마 뒤, 이방 여인에게서 또 한 통의 편지가 날아들었다. 이번에는 주소가 적혀 있었다. 발자크의 답장을 받기로 한 것이다. 하지만 자신이 누군지 알려 하지 말라는 글도 함께였다.

그녀는 처녀도 아니고, 보통가정의 안방마님도 아닌, 폴란드 귀족의 딸, 에벨리나 한스카 Ewelina Hańsk, 1805~1882였다.

러시아 제독 한스카 백작의 부인이었다. 에벨리나보다 스무 살이나 연상이었던 한스카 백작은 7,000만 평에 달하는 영지와 비예르초브니아 성을 소유하고 있는 거부였으며, 막대한 권력도 함께 가졌지만 따분한 사람이었다.

에벨리나 한스카의 초상화
페르디난드 게오르그 발트뮐러(Ferdinand Georg Waldmüller),
1835년, 캔버스에 유채, 소장처 미상

조류학에 심취해 있던 한스카 백작은 밖으로 나도는 일이 많았다. 그러다 보니 에벨리나는 집 안에 거대한 도서관을 짓고 전 유럽의 책들을 모아들이는 것으로 외로움을 달래고 있었다. 그리고 틈틈이 프랑스 잡지를 읽던 중에 발자크를 알게 된 것이다.

명작에게 사랑을 묻다

매년 봄마다 열리는 무도회에 한번 참석하고 3년마다 모스크바와 상트페테르부르크로 겨울여행을 떠나는 게 전부였던 따분한 삶의 그녀에게 인기 작가 발자크와의 편지 왕래는 살아가는 즐거움이었다. 하지만 결혼한 부인이 낯선 사내와 편지를 주고받는 일은 용납되지 않을 일이었다. 특히 남편에겐 숨겨야 할 비밀이었다.

에벨리나는 묘수를 짜냈다. 외동딸의 가정교사였던 보렐에게 도움을 청한 것이다. 말을 잘 따르고 입도 무거운 보렐을 편지의 수취인 삼아 두 사람의 편지는 이어졌다.

> 발자크 씨, 우리 편지가 노출되면 안 됩니다. 내가 누군지 알려고
> 하시 마세요.

발자크는 여전히 이방 여인인 에벨리나를 향해 계속해서 편지를 썼다. 그리고 편지엔 '미지의 여인이여, 그대를 사랑합니다'라는 내용이 담기기 시작했다.

부부의 연을 맺은 단 한 사람, 에벨리나 한스카

서신을 교환한 지 1년이 지났을 무렵, 발자크는 에벨리나로부터 또 한 통의 편지를 받는다.

남편과 함께 유럽여행 중입니다. 지금은 스위스의 별장에서 휴양 중입니다. 빨리 오세요.

1833년 9월 25일, 드디어 역사적인 첫 만남이 이루어진다. 만나고 보니 에벨리나는 유럽 최고의 백작 부인이자 고혹적 입술, 흑발의 긴 머릿결을 지닌 독보적 미녀였다. 하지만 발자크는 튀어나온 배, 큰머리와 짧고 굵은 목, 늘어진 사지에 촌스러운 매너뿐인 실망스러운 남자였다. 심지어 그는 에벨리나 앞에서 칼로 음식을 집어 먹고 아무 데서나 코를 푸는 무례를 서슴지 않았다.

에벨리나는 실망했지만, 오랫동안 편지로 쌓은 정이 있었기에 쉽게 마음을 문을 열었다. 둘은 백작이 요양 중이던 별장 부근 떡갈나무 숲에서 밀애를 나눈다. 둘의 밀애는 한 달 동안 계속된다. 프랑스의 모든 귀족 부인을 합친 것보다도 더 귀중한 백작 부인과의 사랑에 발자크는 한 달이 아쉬웠다.

둘은 "성탄절에 우리 제네바에서 다시 만나요"라는 약속을 하고 각자 폴란드와 파리로 떠난다. 파리로 돌아온 발자크는 '모든 사랑은 첫사랑'이라는 바람둥이의 말을 되새기며 새로운 출판계약을 맺는다. 제네바로 갈 여비를 마련하기 위한 일이었다.

제네바에서 이루어진 두 번째 만남은 40일간 이어진다. 이곳에서도 둘의 사랑은 시간이 아쉬웠다. 40여 일이 다 되어갈 즈음, 백작 부인이 몰래 발자크가 머물던 호텔을 찾아온다. 그 자리에서 백작

　　　　　　　　　　　명작에게 사랑을 묻다

부인은 반지를 건네며 장례를 약속한다. 발자크 역시 백작 부인을 상상하며 쓴 철학 소설 《세라피타 Séraphîta》의 일부분을 보여 준다.

> 동쪽에 보라색 옷 입은 자비의 천사가 있었고, 서쪽에 하얀 옷 입은 지혜의 천사가 있었다. 바람결에 날아온 두 천사가 함께 만나 용해되었다. 다시 공간적으로 떨어지면서도 마음은 언제나 함께했다. 사랑의 본질은 이 무한한 상호성이다.

《고리오 영감》
1897년 초판 표지에 삽입된 그림이다. 이 책에서 발자크는 자식에 대한 고리오의 헌신적인 희생을 그리면서 올바른 사회 이상이 아닌 개인주의와 탐욕에서 비롯된 부패한 귀족주의가 사회 체계를 어떻게 만들어 가는지를 보여 준다. 즉, 19세기 프랑스의 자본주의 과정에 나타나는 '돈'의 문제와 출세의 노예가 되어 파멸해 가는 인간의 모습을 담아내고 있다.

두 사람의 사랑은 무모했다. 부인의 바람기를 모르고 있던 백작은 요양 중인 곳으로 직접 찾아온 두 사람을 위해 자리를 비켜주었다. 문학적 소양이 많은 아내가 유명작가와 고준담론을 나누는 정도로만 이해했다.

프랑스로 돌아온 발자크는 두 가지 목표를 세운다. 나폴레옹이 세계 정복을 꿈꾸었듯 문학으로 세계를 정복하겠다는 꿈을 가지기 시작한 것과 백작 부인과 결혼하기로 한 것이다. 그때부터 《인간희극》

의 집필이 시작된다.

그 무렵 걸작 《고리오 영감Le Père Goriot》이 출간된다. 책에는 가난한 청년 '외젠 드 라스티냑Eugène de Rastignac'의 딜레마가 나온다. '고시공부를 해 검사가 될 것이냐? 부유한 미망인과 사귈 것이냐?' 두 가지 질문을 두고 주인공은 심각한 고민에 빠지는 것으로 묘사되지만, 발자크는 언제나 후자였다.

발자크의 인생은 백작 부인에게 집중된다. 에벨리나를 향한 편지 공세가 계속된다. 하지만 답장이 오질 않는다. 병약했던 백작을 간호하느라 답장을 할 겨를이 없었기도 했지만, 애인이 아니라 남편으로 발자크는 탐탁지 않았다.

발자크는 조바심이 났다. '나의 연인이여'에서 '내 천사여', '내 보물이여', '내 북극성이여', '내 힘이여', '내 인생이여'로 이어지는 편지 속엔 부인을 향한 극찬이 담겼다. 이후에도 계속된 수백 통의 편지는 후일 《어느 미지의 여인에게 보낸 편지Lettres à l'étrangère》라는 이름으로 출간된다.

백작이 죽은 후에도 편지는 계속되었지만, 에벨리나는 답장을 미루고 있었다. 신분 격차가 컸고 남편으로의 성실성에 의심이 갔던 것이다. 하지만 둘 사이의 스캔들이 세간에 알려지면서 부담이 되고 있었다. 고심하던 에벨리나는 대문호였던 발자크와의 결혼이 파리의 사교계로 진출하는 데 나쁘지 않겠다는 결심이 서자 답장을 보내게 된다. 답장 없는 편지를 보낸 지 8년 만의 일이었다.

명작에게 사랑을 묻다

백작이 세상과 작별했으니 당신과 결혼을 서두
르겠다. 준비하고 있으시라.

8년 만에 날아든 청혼편지는 미처 기뻐하기도
전에 슬픔으로 변한다. 백작의 친척들이 한스카
의 재산이 프랑스 소설가에게 넘어가면 안 된다
며 결혼에 반대한 것이다. 유언장은 꾸며진 것이
고, 진정한 상속자는 자신들이라고 주장하는
친척들 때문에 당분간 결혼은 어렵겠다
는 것이었다.

결혼은 유보되고 기나긴 유산 싸움
이 시작되었다. 발자크는 기다리다 지
쳐 1843년 7월 상트페테르부르크로 간
다. 하지만 외동딸 안나의 결혼을 준비

오노레 드 발자크
오귀스트 로댕(Auguste Rodin), 1898년,
청동 조각, 높이 280cm, 라스파이 거리 소장

중이라는 이유로 에벨리나는 면담을 거절한다. 유산 싸움이 에벨리
나의 승리로 끝나면서 발자크는 기대를 품지만, 이번엔 러시아 황제
가 둘의 결혼에 반대하고 나선다.

에벨리나는 5년 동안 황제를 설득하고, 백작의 영지를 자신의 딸
안나에게 물려준다는 조건으로 결혼 승낙을 받아낸다.

18년의 결실과 동시에 영원한 아듀

1850년 3월 14일, 드디어 두 사람은 결혼식을 올리게 된다. 18년 간 주고받은 사랑이 드디어 결실을 이룬 것이다. 부인의 영지에서 치러진 결혼식을 통해 발자크는 소감을 밝힌다.

"진정 사랑하는 여인과 결혼했습니다. 이 결혼은 지난 18년 온갖 역경을 견뎌온 데 대해 신께서 내린 보상입니다. 앞으로도 죽도록 사랑할 것입니다."

에벨리나 역시 성안에 갇혀 따분하게 보낸 세월을 보상받을 수 있는 결혼이라는 생각에 들뜬다. 이름난 대문호와 함께 파리에서 자유롭게 보낼 시간을 꿈꿨다. 하지만 결혼과 동시에 발자크의 건강이 급속도로 악화된다. 빅토르 위고에게 보내는 편지마저도 부인이 대필해야 했다.

더 이상 읽지도 쓰지도 못하겠습니다.

이것이 발자크의 마지막 편지였다.

결혼식을 치른 지 6개월만인 8월 18일 발자크는 숨을 거둔다. 에벨리나에게 판권과 엄청난 부채를 남긴 상태였다. 파리 사교계는 부채 때문에 판권의 상속을 거부하리라 예측했다. 그러나 에벨리나는 부채와 함께 재산 모두를 상속받는다. 그리고 자신이 모아둔 돈으로 발자크가 남겨둔 모든 빚을 청산한다.

명작에게 사랑을 묻다

하지만 발자크의 저서를 정리하여 재출간한다. 그 책의 판매한 수익은 부채보다 더 많은 수입으로 이어진다. 에벨리나는 발자크보다 더 영악했다.

03

오리, 오페라 대본, 여자를 쫓는 사냥꾼

– 자코모 푸치니

Giacomo   Puccini

이탈리아 남자가 바람둥이라는 말은 어떻게 생겼을까? 그 말의 중심에 두 사람이 있다. 자코모 카사노바Giacomo Casanova와 오페라계의 카사노바라 불리는 자코모 푸치니Giacomo Puccini, 1858~1924다.

베르디 이후 최고의 작곡가로 불리는 푸치니는 음악가 가문에서 자랐다. 하지만 다섯 살이 되던 무렵 세상을 떠난 아버지로 인해 가난한 삶을 살게 된다. 정부지원금으로 생계를 꾸려야 할 만큼 어려운 삶은 평생 그를 따라다닌다.

음악가를 꿈꿨던 푸치니는 자유로운 영혼을 지니고 있었다. 음악원에 등록했지만, 가난 탓에 공부가 쉽지 않았다. 그 가난한 시절의 기억은 이후 오페라 〈라 보엠La Bohème〉의 소재가 된다.

앙리 뮈르제르Henri Murger가 파리 뒷골목의 일상을 그린 소설《보헤미안 생활 정경Scènes de la vie de bohème》은 가난한 젊은이들이 몰려 살며 온갖 기쁨과 애환을 나누고 성장해가는 이야기였다. 푸치니는 이 소설을 통해 가난했던 시절을 회상하고, 〈라 보엠〉을 작곡하게 된 것이다.

낡은 아파트 최고층엔 시인 로돌포가 살고 있었다. 그 방엔 수많은 음악가와 친구들이 몰려드는 아지트였다.

크리스마스이브, 이웃집 미미가 촛불을 빌려 돌아가려다가 자기

방 열쇠를 잃어버리고 촛불까지 꺼져 당혹한
다. 그때 로돌포가 미미를 위로하며 차가운
손을 잡고 '그대의 찬 손'을 부른다. 두 사람의
노래를 듣고, 아래층에 모여 있던 친구들이
모여든다. 그들이 함께 거리로 내려가 '오 사
랑스런 그대'를 함께 부른다.

〈라 보엠〉은 푸치니가 '선율의 대가'임을
증명해준다. 확고한 구성력과 서정적이면서
도 허점 없는 선율 속에 가난한 청년들이 사
랑의 고뇌와 환희 등을 마음껏 표출한다.

푸치니는 로맨스를 즐길 수 있는 조건과 행
동력을 갖추고 있었다. 외모가 수려하고 호탕
해 많은 여인이 따랐다. 푸치니 자신도 그런
자신을 잘 알고 있었다. 자신을 '나는 들의 오리와 오페라 대본, 멋진
여성을 쫓아가는 사냥꾼'이라고 표현했다.

로맨티시스트인 푸치니는 〈라 보엠〉 외에도 〈나비부인〉, 〈토스카〉
등 보석 같은 12작품을 남겼다. 그의 작품에 등장하는 주인공들은
선이냐 악이냐의 단순함이 아닌 자기 운명을 주체적으로 결정하는
입체적 인물로 등장한다.

문제 학생, 푸치니

푸치니의 인생을 바꾼 것은 열여덟 살에 관람한 베르디의 오페라 〈아이다Aida〉였다. 그 공연을 통해 오페라 작가를 꿈꾼 이후 피사에서 열리는 공연을 보기 위해 집에서 35킬로미터나 떨어진 곳을 걸어 다녔고, 피아노 연주를 통해 자금을 열심히 모았다.

1880년, 드디어 그의 꿈이 이루어진다. 밀라노 국립음악원에서 푸치니의 재능을 인정해 입학을 허락한 것이다. 모은 돈이 턱없었지만, 밀라노행을 막을 순 없었다. 다행스러운 것은 이탈리아 정부 주도로 움베르토 1세 즉위 2년차를 기리기 위해 스무 살 이하 청소년을 대상으로 장학금을 지급하는 사업을 벌이고 있었다. 당시 푸치니는 스물한 살이었지만, 어머니가 아들의 호적을 고치는 편법을 동원하여 장학금을 받을 수 있도록 해 주었다.

밀라노 국립음악원은 푸치니의 재능에 날개를 달아주었다. 최고의 교수진을 통해 푸치니는 많은 것을 배우고 있었다. 하지만 푸치니는 음악학원 최고의 문제 학생이었다. 꽃다운 여성을 보면 바로 필이 꽂혀 벌처럼 쫓아다녔다. 잘생긴 외모 덕에 여자들도 줄을 이었다. 덕분에 여복이 많았지만 여난도 끊이지 않았다.

이후에도 여색을 탐하면서 세인의 입에 오르내리던 푸치니였지만, 어느 순간 푸치니를 사로잡은 치명적인 여인으로 인해 그의 삶엔 그림자가 드리운다.

한 여인의 저돌적인 구애

3년간 밀라노 생활을 마치고 귀향했을 때 그의 인생에 중대한 영향을 미치는 두 여인을 만나게 된다.

첫 번째가 리코르디 출판사 사장 줄리오 리코르디^{Giulio Ricordi}이고 두 번째가 애증관계를 반복한 숙명의 여인 엘비라 제미냐니(본투리)^{Elvira Geminagni(Bonturi)}이다. 당시 음악계는 '리코르디 왕국'이라 불릴 만큼 리코르디 출판사의 위력이 막강했다. 리코르디 사장은 푸치니의 첫 오페라 〈빌리^{Le Villi}〉 상연을 주선해 주면서 인연을 맺는다. 하이네의 낭만적 이야기를 소재로 한 〈빌리〉는 기대 이상의 성과를 올린다. 이 공연 이후 리코르디와 푸치니는 전속계약을 맺게 되고, 푸치니의 입지는 당당히 자리를 잡는다.

엘비라는 푸치니의 기대치엔 미치지 못하는 여인이었다. 어떻게 푸치니가 그녀에게 평생을 끌려다녀야 했는지는 두고두고 미스터리다. 엘비라는 푸치니의 어린 시절 친구인 나르시소 제미냐니의 부인이었고, 이미 두 명의 딸을 둔 유부녀였다.

푸치니와 엘비라 제미냐니

식품도매업을 하고 있던 제미냐니는 음악적인 재능은 부족했지만, 피아노를 잘 치고 싶었던 아내를 위해 푸치니를 소개해

주었다. 하지만 그게 문제였다. 피아노 교습을 받는 과정에서 둘 사이에 야릇한 감정이 싹트기 시작했다. 푸치니에게선 돈만 많은 남편에게 없는 풍류와 멋이 있었다. 여성편력이 심했던 푸치니 역시 자신에게 관심을 보이는 엘비라가 싫진 않았다. 더 적극적이었던 것은 엘비라였다. 집요한 유혹에 푸치니도 금방 빠져들었지만, 둘 사이는 오래가질 않았다.

의심이 많고 충동적인 엘비라에게 금방 싫증을 느낀 것이다. 하지만 이미 둘은 정리할 수 없는 단계에 와 있었다. 임신해서 남산만한 배를 거머쥐고 엘비라가 푸치니의 집에 들이닥친 것이다. 그 일로 푸치니의 인생은 엘비라에게 완전히 묶여 버린다.

두 사람은 보수적인 고향 사람들에게 '가문에 먹칠한 것들', '가정을 깬 파렴치범들'이라는 손가락질을 받았고, 푸치니의 누나들은 차마 거리에 나갈 수 없을 지경이었다. 푸치니만이 그런 비난이 아무렇지 않았다. 하지만 제미냐니의 보복이 두려워 고향을 떠나야만 했다.

1886년 가을, 푸치니는 엘비라와 함께 이탈리아의 시골 마을에 숨어 지낸다. 빌라를 짓고 살았던 지중해 호수도시인 토레 델 라고는 이들 불륜 부부 덕에 관광명소가 되었다.

둘 사이에 안토니오Antonio가 태어난다. 유일한 혈육인 안토니오의 탄생은 푸치니의 인생에 검은 그림자를 드리운다. 아들을 낳자 독점욕이 강해진 엘비라가 의부증까지 생겨 푸치니를 철저하게 조종하려 한 것이다.

푸치니의 대성공과 코리나

유부녀와 바람피우고 사생아까지 낳는 바람에 푸치니는 불안한 도망의 나날을 보낸다. 그러면서도 1889년 리코르디의 도움으로 신작 오페라 〈에드가Edgar〉를 발표한다. 도망 다니는 자신의 심정을 대변한 아리아 '아듀, 아듀, 내 사랑Addio, addio, mio dolce amor!' 속에는 탄식하는 장면이 자주 등장한다.

〈라 보엠〉 초연 포스터(1896)

〈라 보엠〉은 전 4막으로 구성되어 있다. 무대는 1830년대로 파리의 뒷골목 다락방에서 살고 있는 시인 로돌포, 화가 마르첼로, 철학자 코로리네, 음악가 쇼나르 등 보헤미안 기질을 가진 네 사람의 방랑생활과 우정, 그리고 폐결핵을 앓는 소녀 미미와 로돌포의 비련을 묘사하고 있다. 이 오페라는 처음 얼마 동안 흥행하지 못했다. 그러나 재차 수정된 후 푸치니 음악적 특징이 소재와 아름답게 조화될 수 있었고 이탈리아 오페라 중에서도 가장 유명한 작품으로 남게 되었다.

그의 오페라는 실패한다. 하지만 리코르디는 푸치니에 대한 미련을 버리지 못하고 새로운 곡을 의뢰한다. 그래서 나온 곡이 〈마농 레스코Manon Lescaut〉이다.

사치와 향락을 절대 포기하지 않는 여주인공 마농과 그녀의 비도덕적 행위를 싫어하면서도 그녀의 매력에서 헤어나지 못하는 귀족 청년의 이야기가 담긴 〈마농 레스코〉는 엄청난 성공을 거둔다. 이 작품이 성공한 1893년부터 푸치니라는 이름이 세상에 알려지고, 그는 세계적인 작곡가 반열에 오르게 된다.

1896년, 〈라 보엠〉이 초연되고 인세수입이 폭증하면서 푸치니의 삶도 달라진다. 푸치니와 엘비라의 사치스러운 생활

명작에게 사랑을 묻다

이 시작된다. 푸치니의 바람기도 다시 시작된다.

1900년에는 젊은 여성 코리나에게 푹 빠졌다. 평생 새로운 여인을 탐하고, 그 과정에서 창작 열정이 샘솟는 푸치니에게 코리나는 새로운 창작의 활력소였다. 푸치니가 코리나에게 사랑을 넘어 집착 증세를 보이자 엘비라의 질투심은 극에 달한다. 두 사람을 떼 놓기 위해 온갖 수단을 동원한 것이다.

처음엔 투정을 부렸고 그것이 통하지 않자 단식 투쟁을 했다. 그래도 몰래 만나자 미행도 서슴지 않았다. 어느 날 푸치니가 오리 사냥 간다며 집을 나서는데 사냥 복장도 아니었고 비까지 보슬보슬 내리고 있었다. 이를 수상하게 여긴 엘비라가 전부터 의심스럽게 여긴 장소를 불시에 찾아갔다. 아니나 다를까 이미 밀애를 끝낸 푸치니는 방금 떠난 뒤였고, 코리나의 마차도 출발하려던 찰나였다.

눈이 뒤집힌 엘비나가 마차 안으로 미친 듯이 돌진해 들어갔다. 당황한 코리나는 엘비라의 공격에 속수무책으로 당하고 있었다. 이 장면에 놀란 마부가 마차를 몰자 엘비라는 개울가로 꼬꾸라지면서 상처를 입었다. 분이 안 풀린 엘비나는 집에 달려가 푸치니가 돌아오기만 기다렸다.

사냥을 다녀온 것처럼 야생오리 몇 마리를 정원에 내려놓던 푸치니의 얼굴을 엘비나는 손톱으로 사정없이 긁어 버렸다.

강요에 의한 결혼

어느 날 푸치니 가족에게 큰 교통사고가 난다. 짙은 안개가 낀 늦은 밤, 무도회에 참석하고 돌아오는 길에 일가족이 탄 차가 계곡으로 굴러떨어진 것이다. 다행히 엘비라와 안토니오는 찰과상에 그쳤으나 푸치니는 우측 다리가 부러졌다. 그 사고 이후 푸치니는 평생 지팡이를 짚고 다녀야 했다.

이 사고가 난 다음 날, 병원에 누워 있던 푸치니에게 엘비라의 남편이 죽었다는 소식이 전해졌다. 가톨릭 국가인 이탈리아에선 이혼할 수 없었다. 엘비나의 남편이 살아 있는 한 두 사람은 결혼은 할 수 없었다. 푸치니 역시 함께 살긴 했지만 결혼할 생각은 없었다. 그런데 엘비라의 법적 남편이 죽음으로 둘 사이의 결혼이 가능해졌다. 그때부터 엘비나는 푸치니에게 결혼을 요구하기 시작했다.

결혼 생각이 없던 푸치니는 머뭇거렸다. 그러자 엘비나는 푸치니의 누나들을 찾아가 설득했다. 남의 아내와 바람을 피워 도망 다니던 동생이 결혼할 수 있다는 생각에 누나들은 한달음에 병원으로 달려왔다. 누나들의 독촉으로 결국 두 사람은 정식으로 결혼을 한다.

이는 아들이 태어난 지 8년째 되던 해였다. 엘비라가 결혼에 집착한 것은 이유가 있었다. 푸치니가 법적인 아내를 두면 바람을 덜 피우리라 기대기 했기 때문이다. 하지만 그것은 큰 오해였다.

푸치니는 마초 같은 매력을 지니고 있었다. 예술가 대부분이 까칠하거나 꾀죄죄했던 것과는 달리 멋을 알고 꾸밀 줄 아는 사람이었

명작에게 사랑을 묻다

다. 게다가 나이가 들수록 더 멋있어지는 근사한 외모에 명성, 재력, 실력까지 갖추고 있었다. 그러다 보니 푸치니 본인조차 정신 못 차릴 정도로 많은 여자가 자청에서 접근해왔다.

엘비라의 질투에 희생된 하녀

푸치니는 수많은 여인과 염문을 뿌리면서도 늘 새로운 여인을 탐했다. 그리고 새로운 여인을 만날 때마다 '내 작은 정원'이라 불렀다. 푸치니의 여성편력이 심해질수록 엘비라는 질투의 화신으로 변해갔다. 엘비라의 질투는 급기야 순박한 여인을 자살하게 한다. 그것이 유명한 '도리아 만프레디 사건'이다. 푸치니의 화려한 연애 경력에 정점을 찍은 이 사건은 유럽 전체를 뒤흔들었다.

푸치니에겐 세 가지 취미가 있었다. 오리 사냥과 담배, 운전이 그것으로 하루 80개비 이상의 담배를 피우고, 최고급 승용차를 15대나 보유하고 있을 만큼 여성 다음으로 차를 사랑했다. 자신의 차로 제한속도 근처까지 차를 몰고 다닐 만큼 스피드광이었던 그는 교통사고를 당한다. 대퇴부골절로 8개월을 병상에 누워 있어야 하는 중상이었다. 이때 푸치니는 자신을 돌볼 간병인을 채용하게 되는데, 그녀가 열여섯 살 소녀 도리아 만프레디^{Doria Manfredi}다.

〈나비부인〉을 작곡 중이던 푸치니는 도리아의 간호에 큰 도움을 받는다. 지극정성으로 간호한 도리아 덕에 3년에 걸친 작곡은 마무리되고, 드디어 〈나비부인〉이 세상에 나온다.

푸치니는 불편한 자신을 정성으로 돌보아준 도리아에게 고마움을 느끼고 상냥하게 대했다. 철저히 순수한 마음에서 이뤄진 일이었으나, 의부증이 심했던 엘비라의 눈에는 좋게 보이지 않았다. 그때부터 죄 없는 도리아를 중상모략하기 시작한다.

"나이도 어린 것이 아버지뻘한데 꼬리 쳤다"면서 "호수에 빠져 죽으라"는 악담을 퍼붓는 일을 마다치 않았다. 질투에 눈이 먼 엘비라는 두 사람이 부인해도 불륜관계라고 소문내고, 도리아를 구박하며 내쫓았다.

어린 도리아는 헛소문에 억울하고 창피했다. 아무리 결백하다고 주장을 해도 자기 뜻이 받아들여지지 않자 독약을 마시고 생명을 끊는 극단적인 선택을 하게 된다. 그 일로 화가 난 도리아의 부모는 자신의 딸이 결백하다는 것을 증명하기 위해 부검을 요구한다. 그리고 그녀가 처녀임을 입증해낸다.

그녀의 억울함은 2007년 발견된 편지와 사진에 의해 풀어진다. 푸치니가 사귄 것은 자주 들렀던 카페의 여종업원 줄리아 만프레디 Giulia Manfredi였다. 그녀는 도리아의 사촌이었다. 자신의 불륜 사실이 드러날까 두려워 도리아에게 누명을 씌운 것이다. 엘비라는 도리아의 죽음에 책임을 물어 5개월 5일의 실형을 선고받았다. 언론은 이 사건을 두고 '이것이 바로 오페라다'라는 기사를 내보낸다.

푸치니는 이 사건을 계기로 엘비라를 떠날 결심을 하게 된다. 이

명작에게 사랑을 묻다

때 아들 안토니오가 어머니를 감옥에 버려두면 자신도 군대에 가버리겠다고 하소연하는 바람에 결심은 꺾게 된다. 그리고 도리아의 부모에게 거액의 배상금을 주고 고소를 취하하도록 한다.

당시 푸치니는 오십 살, 엘비라는 마흔여덟 살로 두 사람이 함께 산 지 24년. 그동안 온갖 일을 다 겪고 그 고뇌가 푸치니의 유작 오페라 〈투란도트^{Turandot}〉에 그대로 반영된다.

매정한 얼음공주 투란도트는 엘비라를, 칼라파 왕자를 위해 죽음도 불사하는 노예 소녀 '류'는 가련한 도리아를 비유했다.

푸치니의 이상형, 나비부인

푸치니의 연인으로 잘 알려진 엘비라, 도리아 이외에 푸치니의 실제 연인으로 유명한 여인들이 많았다.

그중 '리나 카발리에리^{Lina Cavalieri}'는 오페라 역사상 가장 아름다운 디바였다. 그녀는 의류역사에도 큰 족적을 남긴 인물이다. 몸매를 모래시계처럼 보이기 위해 코르셋으로 허리를 잡아맨 것도 그녀다. 그녀가 처음 선보인 이 스타일은 이후 뉴욕 상류사회에 퍼졌고, 금세 전 세계로 번져나갔다.

1907년 푸치니가 미국 메트로폴리탄의 초청을 받고 〈마농 레스코〉와 〈나비부인〉을 공연하게 된다. 미국인들의 열광적 환영을 받으며 시작된 이 공연에 테너 엔리코 카루소^{Enrico Caruso}와 리나 카발리에

리나 카발리에리

1874년 크리스마스에 출생한 그녀는 15세 때 부모를 잃고 가톨릭 수녀원에서 생활했다. 그녀가 사람들에게 주목받기 시작한 것은 수녀원을 빠져나와 유랑극단과 함께한 후 전설적인 엔리코 카루소의 상대역으로 움베르토 조르다노의 '페도라'를 출연하면서부터였다. 그 후 상트페테르부르크와 우크라이나에서 절정의 인기를 얻었다. 그녀의 마지막은 1944년 제2차 세계대전이 있는 때 연합군의 공중 폭격으로 집에 폭탄이 떨어져 생을 마감하게 된다.

리가 출연한다. 카발리에리는 메트로폴리탄 최초로 나비부인 역을 맡았다.

세상에서 가장 아름답다는 소문이 난 카발리에리에게 남편이 수작을 부릴지도 모른다고 우려했던 엘비라가 리허설 장소까지 따라붙는다. 하지만 독감에 걸려 메트로폴리탄 측이 마련한 리셉션에 참석하지 못한다. 이때를 놓칠세라 푸치니와 카발리에리는 밤새도록 춤을 추며 애정을 확인했다.

1900년 7월, 영국에 간 푸치니는 처음으로 벨라스코의 연극 〈나비부인〉을 보았다. 관람하면서 내내 주체 못 할 눈물에 시달린 푸치니는 곧바로 오페라로 만들어 낸다.

일본 게이샤와 미국 해군 장교와의 사랑을 그린 〈나비부인〉은 몰락한 일본 무사 집안의 딸 초초상의 이야기를 다루고 있다. 초초상은 미국 해군 장교 핑커튼의 불장난을 진심으로 믿고 사랑해 아이까지 낳았으나 본국으로 갔다가 3년 만에 나타난 핑커튼이 부인을 대동하고 나

명작에게 사랑을 묻다

타나자 아버지가 남겨준 단도로 자결해 버린다. 뒤늦게 이 사실을 전해 들은 핑커튼이 자신의 잘못을 깨닫고 절규하면서 이야기는 끝난다.

평생 푸치니가 찾아다닌 이상적인 여자는 나비부인이었다. 30대 초반에 홀로되어 네 자녀를 기르느라 누구보다 엄격했던 어머니, 매사 자기 뜻대로 좌지우지하길 원했던 황소고집 엘비라를 겪으면서 푸치니는 마음 편히 쉴 수 있는 부드럽고 넓은 초원과도 같은 여성을 그리워했다. 하지만 현실에서 그 그리움이 이루어지지 않자 자신의 작품을 통해 나비부인을 만들어낸 것이다. 가장 아끼는 요트 이름을 '초초상'이라 지은 것도 그런 그리움 때문이다.

푸치니, 토스카니의 지휘로 인생 대단원 막을 내리다

도리아 사건을 겪은 뒤에도 부부의 삶은 그럭저럭 이어진다. 하지만 푸치니의 신경은 날카로워진다. 엘비라의 감시 때문에 새로운 여성을 만나는 일이 불가능해지자 오리 사냥에 집착하게 된 것이다. 자기 소유의 산장 주변은 물론 산과 들을 쏘다니며 오리를 잡았다. 오리 잡는 일에 집착하고 있는 푸치니 때문에 마을 주민들이 진정을 넣을 정도였다.

더 이상 오리 사냥까지 못하게 된 푸치니는 한 장소에 2주 이상 머물지 않았고 손톱을 깨물며 혼자 중얼거리는 버릇이 생겼다. 그리고 틈틈이 단테의 《신곡神曲》을 바탕으로 해학성이 넘치는 오페라

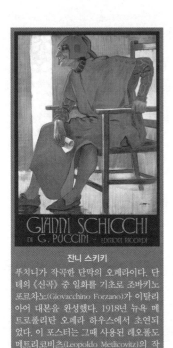

잔니 스키키
푸치니가 작곡한 단막의 오페라이다. 단
테의 《신곡》 중 일화를 기초로 조바키노
포르차노(Giovacchino Forzano)가 이탈리
아어 대본을 완성했다. 1918년 뉴욕 매
트로폴리탄 오페라 하우스에서 초연되
었다. 이 포스터는 그때 사용된 레오폴도
메트리코비츠(Leopoldo Metlicovitz)의 작
품이다.

〈잔니 스키키Gianni Schicchi〉를 만든다. 이 오
페라는 1918년 12월에 뉴욕 메트로폴
리탄에서 초연되었다.

이후 〈투란도트〉 작곡을 시작하던
1922년 어느 봄날, 거위 불고기를 먹다
가 뼛조각이 목구멍에 박히는 사고를
겪는다. 검사 결과 악성 후두암으로 판
명되고, 제거 수술을 하였으나 1924년
11월, 66세의 나이로 운명한다. 〈투란도
트〉의 미완성 악보를 손에 쥔 채였다.

푸치니의 인생이 대단원의 막을 내릴
때, 푸치니의 친구 아르투로 토스카니니
Arturo Toscanini가 장송행진곡을 지휘하고 베
니토 무솔리니Benito Mussolini가 추도사를 낭
독했다. 끝까지 곁에서 푸치니를 괴롭혔던 질투의 화신 엘비라는 푸
치니보다 6년을 더 살았다.

영국 찰스 황태자와 카밀러 파커 볼스, 잉그리드 버그먼과 로베르
토 로셀리니 감독 등, 상대가 좋아서 모든 것을 내던지는 사랑이 있
었다. 푸치니 곁에도 엘비라가 있었지만, 둘은 그런 사랑과 달랐다.
그런데도 푸치니 곁에는 엘비라가 있었고, 엘비라 곁에는 푸치니가
있었다.

　　　　　　　　　　　　　　　　명작에게 사랑을 묻다

04

수줍음 많은 사람

- 한스 안데르센

성탄절 무렵이면 자연스럽게 떠오르는 동화가 있다. 구두쇠 스크루지가 등장하는 찰스 디킨스의 소설《크리스마스 캐럴》, 아내의 성탄 선물을 사기 위해 자신의 시계를 팔아 머리빗을 산 남편과 그것도 모르고 긴 머리를 팔아 남편의 시곗줄을 산 아내를 그린 오 헨리의 소설《크리스마스 선물》등. 하지만 가장 감동적인 동화는 한스 안데르센Hans Christian Andersen, 1805~1875의 동화《성냥팔이 소녀》이다.

이 동화는 안데르센이 불우한 어린 시절을 보낸 자신의 어머니를 생각하며 썼다고 전해진다. 작가는 이 동화를 통해 사람됨이 무엇인지, 어떻게 살아야 하는지를 어떤 심오한 철학서보다 따뜻하게 일깨워 준다.《인어공주》,《미운 오리 새끼》,《벌거벗은 임금님》,《백설공주》,《잠자는 숲 속의 미녀》,《헨젤과 그레텔》,《눈의 여왕》,《피리 부는 사나이》등 수많은 작품을 써내려간 안데르센의 동화 한 편쯤은 반드시 읽거나 들었을 것이다.

안데르센식의 따뜻하고 감동적인 동화는 자기 내면의 외로움을 극복하려는 노력에서 나왔다. 비천한 출신배경과 못생긴 외모, 흔들리는 성 정체성으로 일생을 아웃사이더로 살았던 안데르센은 물활론物活論적 재능을 지니고 세상 모든 만물에 생기를 불어넣으며 자기의 바람과 유머, 경험을 곁들였다.

1835년 발표한 《공주와 완두콩》과 1836년 발표한 《인어공주》에 삽입된 일러스트
ⓒ 에드먼드 듈락(Edmund Dulac)

 이런 그도 평생 세 번의 사랑을 한다. 하지만 모두가 짝사랑이었다. 그리고 그 여인들은 모두 안데르센의 작품 속에 주인공으로 살아 있다. 짝사랑의 대가 안데르센은 항상 애정에 굶주려 있었다. 여성들이 조금이라도 관심을 보이면 금세 좇아가 사랑을 고백했다. 하지만 그의 사랑은 언제나 미완성이었고, 평생을 독신으로 살았다.

수줍음 많은 첫사랑, 리보르 보이트

안데르센의 첫사랑은 리보르 보이트 Riborg Voigt였다. 23살의 안데르센은 보이트에게 사랑한다고 고백했다. 하지만 갑자기 고백해온 안데르센에게 약혼자가 있다고 거절의 뜻을 전했다. 하지만 안데르센은 고백을 멈추지 않았다. 그러자 약혼자까지 나타나 항의했다. 안데르센은 약혼자에게 포기하겠다고 안심시킨 뒤, 단둘이 남으면 또다시 청혼하는 일을 반복했다.

안데르센이 너무 집요하게 청혼을 해오자 보이트는 파혼을 결심할 정도였다. 둘이 있을 때만 청혼을 해오는 그가 답답했던 보이트는 약혼자 앞에서도 지금 이 모습을 보여 주라고 권했지만, 내성적이었던 안데르센은 "사랑하지만 포기하겠다"는 말을 남기고 그녀 곁을 떠난다. 하지만 그녀가 보낸 편지로 목걸이를 만들어 평생 품고 다녔다. 이 사랑의 경험은 잘난 척하는 모로코 가죽공만을 사랑한 팽이 이야기를 주제로 한 동화《다정한 연인들》이 된다.

자신이 초라했을 때부터 팽이는 용기를 내어 공만을 사랑했다. 공의 눈엔 팽이가 마음에 들지 않았다. 소년이 팽이에 못을 박고 화려한 색칠을 하고 멋지게 돌릴 때도 여전히 공을 사랑한다. 어느 날 소년이 공을 잃어버렸다. 공은 쓰레기통에 박혀 썩어 갔다. 몇 년 뒤 팽이가 너무 높이 뛰는 바람에 쓰레기통으로 튀어 들어가게 되었는데 그곳에 오매불망寤寐不忘하던 공이 있었다.

따뜻한 제목에 가슴 시린 이야기이며 안데르센의 수줍은 성격이

명작에게 사랑을 묻다

그대로 묻어난다.

가난한 구두 수선공의 아들이었던 안데르센은 몰락한 귀족 집안의 후손일지 모른다는 환상에 빠져 살았다. 언젠간 다시 집안을 일으켜 귀족의 풍요를 누릴 거라 여겼다. 그런 꿈을 상상하며 혼자 중얼거리는 날이 많았다. 그러다 보니 동네 아이들과 멀어졌고, 아무도 가까이하지 않았다. 결국 어릴 때부터 외톨이로 지냈고, 심하게 낯을 가리게 되었다.

정신이상자였던 할아버지 밑에서 자란 안데르센은 자신도 그리될지 모른다는 두려움을 안고 살았다. 아버지는 그런 아들이 안쓰러워 극장에 데리고 다니는 것으로 위로했다. 하지만 그런 아버지도 나폴레옹을 돕고 싶다며 자원입대했다가 전쟁이 종료되는 바람에 귀가하던 중 정신착란 증세를 보이게 된다.

그때부터 안데르센은 홀로 극장 앞에 가서 전단지를 받아 연극 장면을 홀로 상상했다. 동화에 대한 상상력을 그때 만들어진 것일지 모른다.

열한 살에 아버지를 잃고 난 뒤, 학업은 중단되었다. 그때부터 지방극장을 전전하며 단역 연기자로 살아간다. 그의 연기는 인정을 받는다. 이에 자신감을 얻어 수도 코펜하겐의 왕립극장을 찾아가 노래와 춤, 연극을 보여 주었으나 미친 사람 취급을 당했다. 다시 왕립극장 음악학교 교장을 만나 극장 단역으로 출연했으나 목소리가 망가져 연기를 포기했다.

뭔가 해보려고 무척 노력하는 안데르센을 안타깝게 바라보던 왕립극장 운영자 요나스 콜린Jonas Collin이 후원자가 되어 주었다. 그로 인해 열일곱 살이던 안데르센이 뒤늦게 열두 살 반의 라틴어 학교에 들어갔다. 그리고 스물세 살에 대입 검정고시 합격했다. 뒤늦은 나이에 코펜 대학교에 입학한 직후 보이트를 만나 첫 연정을 품었다. 그러나 자기 삶에 자신이 없던 안데르센은 좋아하는 여인을 적극적으로 내 여자로 만들지는 못했다.

두 번째 사랑, 루이제

안데르센이 두 번째로 사랑한 여인은 루이제Louise였다. 그녀는 안데르센을 후원하던 요나스 콜린의 딸이었다. 안데르센은 그녀에 대한 애정을 거침없이 드러냈는데, 그런 안데르센의 사랑이 루이제도 싫진 않았다. 하지만 콜린 집안의 생각은 달랐다. 그들에게 안데르센은 단지 후원의 대상이었을 뿐이었다.

큰 코에 작은 눈, 커다란 키의 비호감 외모였던 안데르센은 조울증이 있어 기쁨과 슬픔의 모습을 극단적으로 표현하곤 했다. 자기중심적인 성격에 허영심마저 강했던 그는 자기 작품을 크게 낭독하는 일이 잦았다.

가족들은 그런 안데르센의 애정 공세를 순순히 받아들이는 루이제를 놀려댔다. 마치 그것은 저 옛날 고구려 평원왕이 온달에게 시

명작에게 사랑을 묻다

집가라고 평강공주를 놀리듯 가볍게 시작된 일이었지만, 그 일이 루이제의 마음에 쓰였다.

　가족들이 안데르센을 비웃을 때마다 그의 편을 들었다. 하지만 그를 남편감이라 생각하진 않았다. 그가 순진하기는 한데 상처가 많아 대범하지 못한 점과 안데르센을 좋아하면 아버지의 미움을 받게 될 것이 뻔히 보였기 때문이다. 안데르센이 싫진 않았지만, 그와 결혼할 수 없었던 루이제는 고민 끝에 다른 사람을 만나 결혼해 버렸다.

　루이제의 마음을 알고 있었던 안데르센은 고민에 빠졌다. 자신을 후원한 요나스가 왜 자신을 사윗감으로 받아들이지 않았을까? 내가 그렇게 부족한 사람인가라는 자괴감에 시달렸다.

　루이제가 결혼하기 전날 안데르센은 조용히 코펜하겐을 빠져나와 독일, 프랑스, 이탈리아로 여행을 떠났다. 여러 나라를 떠돌면서 짝사랑했던 여인 루이제를 잊기 위해 작품구상에 몰두한 덕에 여행에서 돌아온 뒤《인어공주》,《돼지치기 소년》과 같은 작품을 썼다.

　기존의 공주 이야기는 왕자가 용이나 악마에게 잡힌 공주를 구한다는 줄거리이다. 이 무렵 안데르센의 주인공들은 이전의 공주 이미지와 정반대였다. 심지어 왕자는 공주를 단호하게 버린다.

　독자들의 그동안의 작품에서 보아온 그대로의 기대와 환상이 여지없이 깨지는 반전에서 카타르시스를 느꼈다. 동화를 통해 자신을 떠난 여인들에 대해 복수한 것이다.

　그는 동화의 아이디어를 '마음속의 씨앗'에서 찾았으며, '그 씨앗

《인어공주》의 삽화와 오리지널 원본

안데르센의 1837년 작품에 수록된 그림이다. 이 그림은 빌헬름 페데르센(1820~1859)의 작품이다. 빌헬름 페데르센은 안데르센이 발굴한 화가이다. 이 그림은 '안데르센 동화 그림의 정석'이라는 평가를 받고 있다. 그는 39세에 일찍 세상을 떠났다.

에 한줄기 햇살의 키스와 한 방울의 저주 같은 여인의 손길이 닿기만 하면' 이야기꽃이 피어났다.

마지막 사랑, 소프라노 제니 린드

안데르센의 세 번째 사랑은 유명한 소프라노 가수 제니 린드[Jenny Lind]였다. 당시 린드는 빅토리아 여왕의 초대를 받고 미국 순회여행을

명작에게 사랑을 묻다

다녀온 유럽의 명사였다. 안데르센 역시 동화작가로 이름을 떨치던 중이라 최고의 여가수와 자연스럽게 만나게 되었다.

안데르센은 여자를 볼 때 처음부터 좋아했다. 오랫동안 만나 보고 나서 찬찬히 좋아하는 경우는 드물었다. 그리고 처음 만났을 때 상대가 조금이라도 호의를 보이면 즉시 구애했다. 린드는 만나자마자 구애를 해온 안데르센이 거북했다.

1843년 덴마크에서 첫 공연 중이던 린드를 청중석에서 처음 보았다. 뛰어난 노래 솜씨에 감탄하고 있었는데, 공연 직후 만찬에서 만날 기회가 생겼다. 안데르센과 린드는 낮은 출생신분임에도 오직 개인적 재능과 예술적 능력 하나만으로 성공을 거두었다는 공통점 발견했다. 그날 첫 공식 만남 후 안데르센은 린드에게 매혹당한다. 그는 일기에 이렇게 적었다. "나는 그녀를 사랑한다." 그리고 다음 날 즉시 단순하고 간절한 연시를 써서 보낸다.

그대를 사랑해 ich liebe dich

그대는 내 생각, 내 생명, 내 마음의 영원한 즐거움. 나 오직 그대만을 사랑하오, 사랑하오, 사랑하오, 영원히 그대를 사랑하리. 사랑하리. 영원히 그대만을……

연시를 받은 린드는 그 편지를 버려버린다. 나중에 그 편지는 노

르웨이 작곡가인 에드바르 그리그^{Edvard Hagerup Grieg}에게 전해진다. 그
는 안데르센의 편지에 곡을 붙여 짝사랑하던 여성음악가 니나 하게
루프^{Nina Hagerup}에게 고백하는 청혼가로 쓰이면서 결혼에 성공한다. 이
와 달리 린드와 안데르센은 결혼은커녕 연애는 시작조차 못 했다.

린드는 대문호 안데르센과 같은 명사와 교류하는 것 이상의 관계
는 원치 않았다. 하지만 답장을 기다리던 안데르센은 속이 탔다. 린
드를 볼 때마다 차마 말은 못하고, 눈빛과 몸짓으로만 열렬히 애정
을 고백했다.

어느 날 그녀가 초청장을 보내왔다. 자신에게 계속 추파를 던지는
안데르센에게 단념하라 말해 주려는 의도였다. 사랑에 갈급한 안데
르센이 안쓰러웠던 린드가 먼저 노래 한 곡을 선사했다.

세계적 소프라노가 자신만을 위해 노래하자, 감격한 안데르센이
그 앞에 무릎 꿇고 흐느꼈다. 당황한 린드가 다가와 어깨 다독였다

"울지 마세요. 나의 왕자님."

두 사람의 만남은 그일 이후 종료되었다. 린드는 안데르센에게 우
린 인연이 아니니 작가 일에 전념하라고 말하려다가 차마 그 말만은
못했다. 이날 이후 린드의 본심을 모르는 안데르센은 다시 초대해
주기만을 기다리는 습관이 들었다.

크리스마스이브, 혹시 그녀가 초대할 줄 모른다며 밤을 새운 적도
있었다. 이런 안데르센에게 심적 부담을 느낀 린드는 한 피아니스트
를 만나 결혼하고 말았다.

　　　　　　　　　　　　　　　　명작에게 사랑을 묻다

나이팅게일과 세계여행

안데르센이 린드를 짝사랑했던 기간은 10년이었다. 특히 그녀가 자신을 개인적으로 초대한 이후 그녀가 자신을 사랑하고 있을지도 모른다는 황홀한 기다림 속에 쓰기 시작한 작품이 《나이팅게일》이다.

마침 린드가 안데르센을 불러 개인적으로 미팅한 장소가 '티볼리 가든'이었다. 중국식 가든으로 중국의 탑, 무지갯빛 연등, 놀이기구, 극장, 만찬장을 갖춘 곳이다. 중국의 황실 분위기가 물씬 풍기는 이곳에서 린드의 노래를 그는 오롯이 들었다. 그때 그 감정을 안데르센은 《나이팅게일》에 담았다. 당시 린드의 별명이 바로 '나이팅게일'이었다.

린드의 자연스러운 목소리가

《나이팅게일》

안데르센의 1943년 작품에 수록된 그림이다. 이 그림도 빌헬름 페데르센의 작품이다. 안데르센은 빌헬름 페데르센을 '천재 화가'라고 극찬하기도 했다. 그의 그림은 섬세하고 부드러운 터치가 특징이다.

인위적으로 꾸민 이탈리아 오페라의 화려함을 능가한다 하여 생긴 별명이다. 안데르센은 티볼리 가든에서 린드를 만난 날 일기에 이렇게 적고 있다.

티볼리 가든, 린드를 만난 그곳에서 드디어 중국 동화가 시작되다.

린드가 결혼한 이후에도 안데르센은 계속해서 《나이팅게일》을 썼다. 그리고 그날 이후 자신은 독신 스타일이라는 생각을 굳혔다.

1852년, 자주 찾아가던 독일 바이마르로 가서 《나이팅게일》 낭독회를 개최했다. 이 동화는 작곡가 프란츠 리스트^{Fanz von Liszt}가 좋아해 더 유명해졌다. 그날 낭독회에서 안데르센은 "인생은 바람이며 방랑자"라는 폐회 인사말을 남겼다. 그 후 여행을 다니며 글 쓰는 일에만 전념했다. 유럽 기차여행은 물론, 소아시아와 아프리카까지 여행했고, 영국의 찰스 디킨스와도 깊은 친분을 맺게 된다.

이후 디킨스가 안데르센을 2주 동안 초청했다. 그런데 염치없이 5주가 넘도록 떠날 생각을 않아 디킨스를 당혹하게 만든다. 고민에 빠져 있던 디킨스는 결국 안데르센이 머물던 방의 옷장 거울에 카드 한 장을 붙여 놓는다.

위대한 한스 안데르센이 이 방에서 5주째 주무시고 있다. 그러나 디킨스 가족에게 몇 년으로 느껴지네.

명작에게 사랑을 묻다

당시 안데르센은 여인들의 사랑을 받지는 못했으나 유럽 귀족들에게는 큰 환대를 받았다.

강박관념이 있던 안데르센은 여행을 하면서도 기차를 놓치면 어떻게 하나, 여권을 잃어버리면 어떻게 하나 등 걱정이 많았다. 심지어 자신이 머물던 호텔에 불이 나면 어떻게 하나 하고 가방 속에 밧줄을 넣고 다녔다. 그러면서 그는 목에는 첫사랑 보이트의 편지로 만든 목걸이를 걸고 다녔고, 세 번째 사랑 린드의 별지는 앨범에 넣어 가슴에 고이 간직하고 다녔다.

네덜란드 왕실은 안데르센의 공을 기려 아이들과 함께하는 모습의 동상을 세우려 했다. 하지만 마침 영국에서 돌아온 안데르센은 화를 냈다.

"내 평생 어떤 아이도 무릎에 앉혀 보지 않은 사람이다. 내 동화는 아이들과 함께 성인들을 위한 것이다. 아이들은 내 동화의 줄거리를 보고 즐거워한다. 인생을 살아본 성인이 되어야 비로소 동화 속 깊은 맛을 음미할 수 있다."

안데르센의 동화는 그냥 동화가 아니다. 어린이에게는 즐거움과 꿈을 주는 오락물이고, 어른에게는 감동 어린 삶의 진수를 일깨워 주는 철학서이다. 평생 재미와 교훈을 함께 주는 동화만 쓴 안데르센이 1875년 70세의 나이로 세상에 작별을 고하자 덴마크 국왕과 왕비가 참석해 배웅했다.

05

서스펜스 대가의 독특한 사랑 방정식

–앨프리드 히치콕

직접 보여 주려 말고 연상하게 하라. 네 사람이 포커를 하는데 갑자기 폭탄이 터지면 관객들은 그냥 놀라기만 할 뿐이다. 포커판 아래 시한폭탄이 장치되어 있다는 것을 보여 주라. 그 상태에서 멋모르고 포커 놀이하는 사람들이 사소하게 던진 '커피 한잔하자' 같은 말에도 관객들은 손에 땀을 쥐고 속으로 외친다. "야 이 한가한 인간들아. 곧 폭탄 터져. 이것이 서스펜스다."

일상을 인정사정없이 쑤시며 공포를 주는 서스펜스Suspense의 대명사. 영화계의 현대 셰익스피어인 앨프리드 히치콕Sir Alfred Hitchcock, 1899~1980의 말이다.

영국 태생이었던 히치콕은 영국과 독일의 합작영화인 〈쾌락의 정원The Pleasure Garden〉으로 감독에 데뷔한 후, 파격적 카메라 구도와 상응하는 사운드 트랙으로 역동적 영상을 만들어 냈다. 그가 만든 56편의 영화 중 한두 편을 제외하고 모두 스릴 넘치는 서스펜스 영화이다. 이 때문에 영화에 스릴러 장르가 확립되었다.

소재素材를 불문하고 모두 서스펜스로 활용했다. 열차, 스파이, 고해성사를 받는 신부神父와 범인, 심지어 공중의 새까지 서스펜스로 동원했다.

쾌락의 정원

1925년 올리버 샌디스의 소설을 원작으로 한 〈쾌락의 정원〉은 히치콕이 독일 UFA와 합작으로 연출한 첫 작품이다. 처음 뮌헨의 스튜디오와 이탈리아에서 상영되었다. 버지니아 발리, 카멜리타 게라티, 마일즈 멘더, 존 스튜어트, 페르디난드 마르티니, 게오르그 H. 슈넬이 출현했다.

갑자기 돌변하는 변화무상한 인생을 그리면서도 평범해 보이는 인생의 작은 틈을 파고들어 서스펜스로 풀어냈다. 그의 서스펜스는 삐걱거리는 문소리, 밤거리에 나뒹구는 고양이 사체로 분위기를 잡지 않고, 대낮에 평온한 개울가에서 일어나는 살인처럼 상식적 기대를 깨는 방식으로 진행된다.

주요 작품에 〈의혹의 그림자Shadow of a Doubt〉, 〈구명선Lifeboat〉, 〈다이얼 M을 돌려라Dial M for Murder〉, 〈현기증Vertigo〉, 〈북북서로 진로를 돌려라North by Northwest〉, 〈사이코Psycho〉, 〈새떼The Birds〉 등이 있다.

서스펜스의 거장이었던 그는 로맨스도 남달랐다.

명작에게 사랑을 묻다

과일가게 아들이었던 히치콕은 어려서부터 매우 소심했다. 그러면서도 매사에 조바심을 내는 소년이었다. 무슨 일이건 시작하기 전부터 부정 타면 어쩌나, 사고가 나면 어쩌나 하는 두려움에 사로잡혀 살았다. 그러다 보니 혼자 빈방에 처박혀 지도를 보며 미국 지형을 외우거나 '오리엔트 특급열차'의 정거장을 확인하며 소일하는 일이 많았다.

아이러니하게도 그렇게 소심한 어린 시절을 보낸 소년이 서스펜스를 만들어 냈다. 그것도 관객과 비평가들을 쥐락펴락하는 거장의 반열에 오를 만큼 멋진 작품들을 쏟아냈다.

소심했지만 그에겐 남다른 재능이 있었다. 그 재능은 열일곱 살때 빛을 발했다. 영국에 있는 미국의 파라마운트 지사에 취직해 소도구를 챙겨주는 일을 하면서 그의 차분한 성격이 인정을 받았다. 그때부터 차근차근 영화를 공부하면서 감독의 자리에 오를 수 있었다. 그때 평생을 함께할 아내를 만나게 된다. 같은 회사에 시나리오 작가 겸 편집 작가로 일하던 알마 레빌Alma Reville, 1899~1982이었다.

입사한 지 10년이 되던 해, 재주가 많은 데다 촉망받던 시나리오 작가와 부부가 되는 것은 감독으로 살아가는 데도 도움이 되겠다는 생각에 히치콕은 청혼하게 된다. 하지만 독실한 가톨릭교도였던 히치콕은 여성에 대해 무지했다. 첫 데뷔작 〈쾌락의 정원〉을 촬영할 때 여배우와 한바탕 소동이 벌어질 만큼 그의 무지는 심각했다.

당시 여배우가 강물에 뛰어드는 장면을 찍어야 했다. 하지만 여배우가 거부하면서 촬영이 지연되고 있었다. 견디다 못한 히치콕은 버럭 화를 냈다.

"너 배우 맞아. 좋은 연기자가 되려면 물불 안 가려야 돼."

이때 조감독이 다가와 귓속말로 배우의 사정을 알렸다.

"감독님 배우가 생리 중이래요."

눈치 없는 히치콕 감독이 여배우를 불러 큰 소리로 되물었다.

"야 생리가 뭐냐?"

결혼식을 한 달 앞두고 있던 때였다. 히치콕은 그만큼 여성에 대해 둔감했다. 배우자를 택할 때 상대의 '섹슈얼리티'는 전혀 고려 대상이 아니었다. 그러다 보니 알마 역시 배우자라기보단 동업자의 역할로 대할 때가 많았다. 실제로 두 사람은 가슴 설레는 사랑보다는 영화가 좋은 동반자로 만나 영화 일만 하며 지냈다. 결혼 후 부부로 살면서도 애정보다는 업무 동반자로 50년을 지낸 셈이다.

그래도 다행스러운 것은 두 사람 사이에 아이가 있었다는 것이다. 딸 '퍼트리샤 히치콕Patricia Hitchcock'이 유일한 자녀다.

딸과 유성영화

알마가 퍼트리샤를 가졌을 무렵, 히치콕은 〈공갈Blackmail〉을 촬영 중이었다. 최초의 발성영화이기도 한 이 작품은 처음부터 음성이 들

명작에게 사랑을 묻다

어갔던 것은 아니었다. 무성영화로 시작했으나 "딸의 출생선물로 유성영화로 찍어 달라"는 알마의 요구가 받아들여지면서 발성영화로 바뀐 것이다.

〈공갈〉은 여주인공 엘리스가 자신을 좋아하는 화가를 집으로 초대하면서 벌어지는 이야기다. 화가가 엘리스를 강제 추행하려 하자 그것을 막으려 팔을 휘젓는 과정에서 칼을 잡게 되고, 그것으로 화가를 찔러 살인을 하는 이야기다. 화가의 시신은 숨기지만, 발각될지 모른다는 두려움에 떨게 된다. 특히 'knife' 소리에 예민하게 반응하면서 강박으로 작용한다. 히치콕은 영화를 통해 인간의 내면 깊숙한 곳에 자리한 강박감이 삶을 어떻게 변화시키는지 이야기하고 있다.

그러다 보니 'knife' 소리는 영화 전체를 지배하는 중요한 소재가 된다. 엘리스가 식당에서 식사하는 도중에 자신의 살인사건을 고백하는 장면에서 'knife' 소리는 극의 흐름을 바꾸는 중요한 역할을 하기 때문이다.

이 장면을 찍을 때 알마도 현장에 있었다. 그녀는 히치콕에서 손님들 대화 가운데 'Knife' 소리만 점점 더 크게 처리하라고 조언해 준다. 히치콕은 그녀의 의견을 받아들여 사운드를 조절했다.

이 작품으로 히치콕은 전위적인 연출가라는 명성을 얻으며 예술성과 대중성을 동시에 확보했다. 그 중심에는 알마의 조언도 큰 역할을 했다. 영화가 성공을 거두고 퍼트리샤가 태어나면서 부부의 생활은 안정기에 접어든다. 이 무렵 두 사람은 서아프리카 여행을 떠나 행복한 시간을 보낸다. 누구나 부러워할 단란한 가족의 모습이었다.

하지만 부부에게도 말 못할 고민이 있었다. 히치콕의 남성기능이 지나치게 약해 부부생활을 거의 하지 못했다. 그나마도 어쩌다 나눈 딱 한 번의 사랑이 결실을 보아 퍼트리샤가 태어난 것이다.

어쩔 수 없이 금욕주의자로 살아야 했던 히치콕의 성적 욕망은 다른 곳에서 발현된다. 금발 배우에 대한 애착이 남달랐다. 자신의 약한 성 기능을 카메라 앵글 속 금발 여배우를 통해 해소하고 있었다. 그는 은밀하게 지켜보는 것으로 욕망을 대리만족하고 있었다.

그래서 그에겐 두 종류의 사랑이 존재했다. 바로 현실과 영상, 두 종류의 서로 다른 사랑이었다. 현실 세계에서 사랑이 아내 '알마'였다면, 영상 세계에선 그가 주인공으로 선택한 수많은 금발 미녀들이었다. 조앤 폰테인Joan Fontaine, 잉그리드 버그먼 등이 영상 속 사랑의 대상이었다.

그는 그들과 플라토닉한 사랑을 속삭였다. 그녀들은 모두 팜므파탈이었다. 지성미보다는 관능미가 넘쳤는데 한마디로 신체적 그루브groove가 흐르는 여인들이었다.

그의 이런 심리는 영화에도 투영된다. 다이얼 M을 돌리는 순간 범죄가 시작되는 영화 〈다이얼 M을 돌려라〉가 그중 하나다.

남편에 의해 살인 누명을 써야 했던 그레이스 켈리Grace Kelly의 이야기를 다루고 있는 〈다이얼 M을 돌려라〉는 늘 가까이 있지만 결코 사

명작에게 사랑을 묻다

다이얼 M을 돌려라

1954년 미국에서 만들어진 이 영화는 주로 실내에서 벌어지며 긴장의 끈을 놓지 않게 하는 범죄 스릴러다. 히치콕은 이 영화로 뉴욕영화비평가상 여우주연상을 받는다. 레이 밀랜드, 그레이스 켈리, 로버트 커밍스, 존 윌리엄스, 안소니 도슨이 출연했다.

랑을 나눌 수 없는 자신에 대한 보상 심리가 담겨 있다.

스타킹으로 자신의 목을 조르는 살인청부업자를 가위로 살해한 그레이스 켈리는 정당방위였음에도 살인자로 몰린다. 자신의 유산을 가로채려는 남편의 계략 때문이다. 결국 살인죄로 감옥에 가게 된 캘리는 이후 남편과 형사, 그리고 애인까지 모두 세 남자를 사이에 두고 치밀한 두뇌게임을 펼치게 된다.

그 외에도 많은 여자 주인공이 음산한 정신적 트라우마로 로맨스를 거부하는 모습으로 그려진다.

레베카의 조앤 폰테인

알마 레빌과의 결혼은 신의 한 수였다. 그녀와 결혼한 뒤 히치콕의 수많은 영화를 만들고, 또 다수의 영화가 상업적인 성공을 거둔다. 〈너무 많이 알고 있는 사나이〉, 〈39계단〉 등 히트작도 계속해서 쏟아진다. 그러자 미국의 유명제작자 '데이비드 셀즈닉'이 러브콜을 보낸다. 영국을 떠나 할리우드로 합류해 달라는 청이었다.

그는 〈바람과 함께 사라지다〉의 제작자로 미국은 물론 전 세계적으로 이름을 알리던 최고의 제작자였다. 그의 제안은 히치콕에게도 기회였다. 히치콕은 흔쾌히 할리우드행을 결정했다.

둘의 조합은 시너지 효과를 냈다. 첫 작품부터 대박이었다. 할리우드에서 처음 선보인 작품은 대프니 듀 모리에의 소설 《레베카》였다.

작품이 선택되고 주인공을 선정하는 과정에서 히치콕의 뮤즈가 탄생된다. 먼저 남자 주인공은 로렌스 올리비에로 결정되었다. 하지만 여자주인공을 선택하는 일이 난항이었다. 당대 유명 여우들인 '비비언 리', '앤 백스터', '로레타 영'은 물론 〈바람과 함께 사라지다〉에서 멜라니 역을 맡았던 '조앤 폰테인'의 친언니 '올리비아 드 하빌랜드' 등 수많은 여배우를 상대로 공개 오디션이 진행되었다. 후보들이 모두 쟁쟁해 누구를 선정해야 할지 고민 중일 만큼 경쟁은 치열했다.

남자 주인공이던 로렌스 올리비에가 자신의 연인이었던 비비언 리를 강력히 추천하면서 여자 주인공이 낙점되기 직전이었다. 모두

명작에게 사랑을 묻다

가 찬성표를 던졌지만, 히치콕만이 결정을 미루고 있었다. 그런 쟁쟁한 배우보다는 조앤 폰테인이 마음에 들었기 때문이다. 조앤은 IQ가 160이 넘을 만큼 뛰어난 머리를 지녔으나 당시는 무명의 배우였기에 다른 배우들보다 더 긴장된 상태로 오디션에 도전하고 있었다.

원작 속 여주인공의 캐릭터를 소심하고 수줍음을 잘 타는 여성으로 생각하고 있던 히치콕에게 비비언 리는 너무 대중적이었다. 이미 화려한 연기자로 대중들의 뇌리에 각인된 비비언 리는 주인공 역으로 어울리지 않았다. 반면 조앤은 소심한 면이라면 누구에게 뒤지지 않는 자신의 심정과 많은 부분 닮아 있었다. 히치콕은 모두의 반대를 무릅쓰고 조앤을 여자 주인공으로 결정한다.

자신의 연인이 낙마하고, 그 사리를 당당히 꿰찬 조앤이 마땅치 않았던 올리비에는 촬영 내내 심통을 부렸다. 특히 조앤을 노골적으로 냉대하는 바람에 주변 사람들까지 머쓱하게 만드는 일이 많았다.

올리비에의 냉대에 소심한 성격의 조앤은 더욱 위축되어 연기를 제대로 하지 못했다. 그런데도 히치콕은 모든 문제를 해결하기보단 방관하고 있었다. 히치콕의 눈에는 조앤이 위축될수록 더 주인공에 가까워지고 있었기 때문이다.

조앤이 맡았던 역은 이혼한 남자와 재혼한 여주인공이었다. 남편이 혹시 전처와 자신을 비교할까 봐 전전긍긍하며 전처에 비해 부족한 자신을 싫어할까 봐 노심초사하는 역이었다.

히치콕의 생각은 적중했다. 영화는 대성공을 거두었고, 무명의 조앤 폰테인은 그 한 작품으로 스타가 되어 세계적인 배우로 우뚝 섰다. 히치콕에도 작품상을 안겨주면서 할리우드에 성공적으로 안착하게 했다. 그리고 이 둘은 이후에도 감독과 주인공으로 함께 작품을 만든다.

히치콕의 뮤즈로 불리며 승승장구하던 조앤은 이듬해 히치콕의 새 작품 〈의혹Suspicion〉에 여주인공으로 캐스팅되어 또 한 번 세간에 이름을 각인시켰다. 또한 제14회 아카데미에서 여우주연상을 받으며 연기력도 인정받는다.

아름다워 불안했던 배우, 잉그리드 버그먼

히치콕은 조앤 말고도 세 명의 여성을 흠모했다. 북유럽 출신의 미녀 잉그리드 버그먼과 모나코의 왕비가 된 그레이스 켈리,. 그리고 현기증을 불러일으키는 뇌쇄적인 미녀 킴 노박Kim Novak이 그들이다. 히치콕이 사랑한 여인들은 모두 하나의 공통점을 가지고 있다. 그들의 머리 색깔이 모두 황금색이라는 것이다.

히치콕은 이들을 자기 작품에 출연시키는 것으로 사랑을 표현했다. 촬영하는 동안은 온전히 이들 곁에 머물 수 있었기 때문이다.

그중 잉그리드 버그먼은 〈오명Notorious〉이라는 작품을 통해 만났다. 그녀는 이미 〈누구를 위하여 종을 울리나?〉, 〈카사블랑카〉 등을 통해 세간의 사랑을 받으며 여신으로 등극한 상황이었다.

명작에게 사랑을 묻다

오명

1946년 제작된 이 영화는 첩보 영화다. RKO 라디오 픽처스에서 배급하였으며, 촬영은 제2차 세계
대전이 끝나던 1945년에서 1946년에 이루어졌다. 캐리 그랜트, 잉그리드 버그먼, 클로드 레인스, 루
이스 칼헌, 라인홀트 쉰첼, 모로니 올슨, 이반 트리에졸트, 알렉스 미노티스가 출연했다.

그녀를 눈여겨보고 있던 히치콕은 1946년 시작된 〈오명〉의 제작
에 앞서 버그먼을 주인공으로 낙점하고 캐스팅에 들어간 것이다.

아버지를 구하기 위해 간첩을 자청하는 주인공 역할이었는데, 미
인계美人計를 사용해야 하는 역할이었기에 미모가 남달라야 했다.

FBI에 고용된 첩자로 분한 버그먼은 미모를 십분 활용하여 결혼
에 성공한 뒤 나치의 핵 개발 기술을 빼내다가 발각되면서 위기에
빠진다. 그녀를 구조하기 위해 특수요원이 투입되고, 위기에 처한 그
녀를 구출하는 과정에서 둘은 사랑에 빠지게 된다.

버그먼은 긴박한 상황에서도 위태로운 사랑에 빠진 미모의 첩보
원 역할을 훌륭하게 소화해냄은 물론 놀라운 극적 반전을 무리 없이

선보여 다시 한 번 배우로서의 진가를 확인시킨다. 그리고 〈오명〉은 엄청난 성공을 거둔다. 특히 〈오명〉은 버그먼을 위한 영화라는 평이 이어진다. 버그먼에게 정신이 팔려 있던 히치콕이 오직 그녀를 위해 영화를 만들었기 때문이다.

이후에도 버그먼을 자신의 곁에 두기 위해 연거푸 여자 주인공으로 캐스팅한다. 〈개선문〉, 〈잔 다르크〉 등 연이어 제작된 영화를 통해 그녀는 히치콕의 뮤즈로 이름을 올린다. 하지만 히치콕은 늘 버그먼이 자신을 떠날지 모른다는 불안감에 시달린다. 아니나 다를까 불안한 예감대로 버그먼은 그의 곁을 떠난다. 이탈리아 영화감독 로베르토 로셀리니에게 매료당한 버그먼이 할리우드를 떠나버린 것이다.

그녀가 떠난 할리우드는 텅 빈 듯 보였다. 너무나 아름다워 불안했던 여인 버그먼이 로셀리니 감독의 품에 안기자 히치콕은 그녀를 증오한다. 하지만 떠난 여인은 돌아오지 않았다. 그녀가 떠난 빈자리는 그레이스 켈리가 메운다.

킬리만자로의 휴화산, 그레이스 켈리

히치콕은 그레이스 켈리를 '눈 덮인 킬리만자로'와 같다고 표현했다. 세계 최고의 화산을 그녀와 연결시킨 것이다. 켈리는 특별했다. 버그먼과는 다른 분위기가 있었다. 고결미가 넘치면서도 지루하지

명작에게 사랑을 묻다

않고 항시 긴장감이 있었다.

〈다이얼 M을 돌려라〉에 캐스팅하여 성공을 거둔 이후 〈이창Rear Window〉, 〈나는 결백하다To Catch a Thier〉 등에 줄줄이 캐스팅하여 성공을 거두면서 켈리는 한동안 히치콕의 뮤즈가 된다.

하지만 켈리 역시 그의 곁을 떠나자 히치콕은 크게 상심한다. 켈리가 모나코의 황태자 레니에Rainier 3세와 결혼을 하게 된 것이다. 1956년 4월에 전격적으로 치러진 결혼식 이후 켈리는 영화계를 떠나 버린다. 할리우드에 입성한 지 5년 만이었다. 히치콕을 만나 최고의 배우가 되고, 전 세계 많은 팬으로부터 사랑받는 배우가 된 지 얼마 지나지 않아 한 남자의 아내이자 한 나라의 왕비가 되어버린 것이다. 그런 떠나버린 켈리 때문에 히치콕은 아쉬움은 오랫동안 지속된다.

그러던 와중에 희소식이 들려온다. 켈리가 왕실 생활에 어려움을 겪으면서 할리우드를 그리워하고 있다는 것이었다. 반가움에 모나코로 달려간다. 히치콕으로부터 할리우드로의 복귀 제안을 받고 망설이지만, 켈리는 왕비로서 충실하겠다는 결정을 한다. 결국 그렇게 영영 히치콕의 곁을 떠난 켈리는 추억 속의 뮤즈로 남게 된다.

켈리가 떠난 빈자리를 메운 것은 청순미와 관능미를 동시에 갖추고 있던 '킴 노박'이었다. 히치콕의 그녀를 이중적 외모가 최대한 살아날 수 있던 영화 〈현기증Vertigo〉에 출연시킨다.

시체 애호증necrophilia이 있었던 사립탐정 스카티가 주인공으로 등장하는 영화 〈현기증〉에서 킴 노박은 죽은 사람과 살아 있는 사람이라는 이중연기를 펼친다. 스카티를 함정에 빠뜨리기 위한 그녀의 놀라운 연기는 짧은 순간에 대중들의 뇌리에 각인된다.

작품성도 뛰어났던 그녀의 연기는 오랫동안 수많은 베스트 순위 차트에 오르내린다. 하지만 그녀에겐 작품을 만나지 못하게 만드는 불운으로 작용한다. 그만큼 강렬한 연기였다. 더 이상 좋은 연기를 만날 수 없었던 킴 노박은 연기 열정마저 사라지면서 기억 속에 잊힌다.

히치콕을 농락한 티피 헤드런

히치콕의 마지막 뮤즈는 티피 헤드런Tippi Hedren이다. 하늘을 날던 새들이 이유 없이 사람들을 공격하는 〈새The Birds〉라는 영화를 만들면서 그녀와 만나게 된다.

히치콕은 헤드런을 커다란 새장 안에 가두고 그녀를 향해 계속해서 새를 던지면서 영화를 찍는다. 이 일로 눈 밑에 깊은 상처까지 생기지만, 그녀 역시 혼신을 다해 연기에 임한다. 촬영이 끝난 후 "내 생에 가장 힘든 일주일이었다"고 술회할 만큼 힘들었지만, 이미 서른세 살이 넘어버린 늦깎이 여배우는 이 한 작품으로 단숨에 스타가 된다.

히치콕을 만나면서 가능해진 일이었다. 하지만 그녀는 히치콕을

1963년 히치콕이 대프니 듀 모리에 원작의 단편소설을 바탕으로 한 영화다. 이 작품으로 아카데미상 시각효과상 부문에 지명되기도 했다. 로드 테일러, 제시카 탠디, 수잔 프레셔티, 티피 헤드런이 출연했다. 영화평론가 짐 호버먼은 "가장 위대한 재난영화"이자 "특수효과의 승리를 보여 주는 영화"라고 호평했다.

곤경에 빠뜨린다. 히치콕이 자신에게 여러 번 추파를 던졌는데 계속 자신이 무시하자, 원래 부드러운 캐릭터였던 여주인공을 마지막까지 괴롭히면서 음산하고 기괴한 이미지로 만들었다고 주장했다. 사생활이 건전할 수밖에 없는 성적 무능력자였던 히치콕에게는 있을 수 없는 일이었다.

이 사건 이후에도 헤드런과는 2년간 전속계약을 유지하며 〈마니 Marnie〉란 작품을 촬영한다. 하지만 헤드런의 어린 딸 그리피스에게 보낸 선물이 빌미가 되어 두 사람은 영영 결별한다. 그가 보낸 선물은 관 속에 헤드런과 닮은 인형이 누워 있는 것으로 성 추문으로 자기를 곤경에 빠뜨린 것에 대한 보복이었다.

마지막까지 농담과 해학으로

미국영화협회는 1978년 히치콕을 평생공로상 수상자로 지목했다. 이날 행사의 사회자는 잉그리드 버그먼과 영화감독 프랑수아 트뤼포Franois Truffaut였다. 그리고 히치콕 영화에 출연했던 할리우드 스타들이 모두 모여 그의 수상을 축하했다. 이미 노인이 된 히치콕이 연단에서 수상소감으로 평생공로상Life Achievement Award 대신 평생오락상Life Amusement Award을 받는다며 좌중을 웃겼다.

히치콕의 공로 가운데 새로운 영상용어가 된 '맥거핀MacGuffin'이 있다. 프랑수아 트뤼포 감독이 히치콕에게 "그 뜻이 뭐냐?" 물었다. "스코틀랜드 산악에서 사자 잡는 덫입니다.", "스코틀랜드에 사자가 없는데요?", "그렇죠. 맥거핀은 별것도 아닌 속임수이며 미끼입니다."

〈사이코〉에서 여주인공이 돈뭉치를 들고 도망간다. 이후 영화의 장면은 돈뭉치의 행방을 쫓는다. 그러니 이 영화에서 돈뭉치는 중요하지 않지만, 관객들은 가슴 조이며 돈뭉치의 행적에만 관심을 쏟는다. 이처럼 관객의 의표를 찌르는 무가치한 미끼가 맥거핀이다.

히치콕의 영화 곳곳에 극적 재미를 위한 맥거핀이 배치되어 있다. 이는 히치콕의 세계관과 일치한다. 무가치한 것에 열광하는 세상에 대한 해학 어린 성찰이 히치콕의 영화 속에 들어있다.

다음 해 1월 신년하례식에서 히치콕은 엘리자베스 여왕이 수여한 대영제국의 명예기사 작위를 받는다. 한 기자가 "이런 명예를 받으시는 데 오랜 시간이 걸렸습니다"라고 말하자, "여왕이 저를 잠시 잊

명작에게 사랑을 묻다

였기 때문이죠"라며 조크를 던진다. 그리고 일 년 후 심장염으로 그의 인생은 막을 내린다. 죽기 직전까지 히치콕을 끊임없이 농담을 던졌고 주변 사람들을 웃겼다. 그는 평생 짝사랑의 고수이며 농담의 대가로 살았다.

그리고 그의 곁에는 언제나 온갖 궂은일을 도맡았던 동료이자 스크립터, 그리고 아내였던 알마 레빌이 있었다. 그의 기발한 명작들은 아내를 사랑했지만, 더 깊이 사랑할 수 없었던 불가피한 정신적 애모에서 탄생했다.

히치콕은 할리우드에서 30년 정도 감독활동을 했다. 비록 짧은 시간이었지만, 오랜 시간이 지난 지금도 히치콕 스타일의 영화가 할리우드에서 가장 많이 리메이크되고 있다.

제3부

정거장, 그것은 인생

01

위반과 전복의 명화

─에두아르 마네

현대인들이 제일 애호하는 작품은 대부분 인상파가 그린 것이다. 그중 가장 사랑받는 이가 에두아르 마네^{Édouard Manet, 1832~1883}와 클로드 모네^{Claude Monet}다.

마네는 대상의 입체감을 데생으로만 표현한다. 그래서 그의 그림에선 동양화 냄새가 난다. 여기에 절묘한 색체를 조합하여 그림이 담백함과 살아 움직이는 듯한 싱싱함을 담고 있다. 라페엘로가 신화적 그림을 기획했다면 마네는 초월적 무관심에서 붓을 들었다.

마네의 화폭에서 익숙한 관습을 찾는 일은 불가능에 가깝다. 오히려 자유의 침묵이 그림 전체를 지배한다. 위반違反과 전복顚覆의 그림만이 그의 화폭에 가득 담겨 있다.

그림의 주제도 당대 사건과 상황에서 선택된다. 색채, 색조, 질감으로 사건을 재배치 한다. 하지만 마치 하나의 꽃송이를 그리듯 주제의 의미와 중요성을 고려하지 않는다.

그의 두 작품 〈올랭피아^{Olympia}〉와 〈풀밭 위의 점심^{Le Déjeuner sur l'herbe}〉은 동서고금의 명화 역사상 가장 격렬한 논쟁을 불러 일으켰다. 기존 미술계의 이단아가 된 마네 주변에 모네, 시슬레, 피사로, 르누아르 등 젊은 화가들이 모여들면서 인상파 운동이 시작되었다.

주요 작품에 〈폴리 베르제르의 술집〉, 〈피리 부는 소년〉, 〈뱃놀이〉,

〈세탁부〉, 〈요람〉, 〈발코니〉, 〈부채를 든 베르트 모리조의 초상〉 등이 있다.

마네의 모든 명화에는 스캔들 제조기였던 복잡한 그의 사생활이 연관되어 있다.

피아노 선생 수잔 렌호프와 젊은 화가 마네

마네의 첫사랑은 네덜란드 출신으로 마네보다 세 살 연상인 수잔 렌호프Suzanne Leenhoff였다. 예쁘고 상냥한 얼굴이지만 무언가를 혼자 깊이 간직한 눈동자를 가진 그녀는 그 이야기를 누가 알까 봐 조심하는 몸짓과 입술을 하고 있었다.

수잔은 마네의 아버지와 절친이었다. 심지어 두 사람이 연인관계라는 루머도 있었다. 마네의 아버지 오귀스트 마네Auguste Manet는 법무부 인사과장이었는데 타인에게 엄격하고 자신에겐 관대했다. 마네가 화가가 되기 원했으나 반대하고 해군사관학교에 보냈다. 마네가 낙방하고 화물선의 수습 조타수 일을 하다가 다시 해사에 시험을 쳤으나 또 떨어지자 아들이 화가가 되는 것을 허락했다.

마네는 1849년 가을, 토마 쿠튀르Thomas Couture 화실에 등록한다. 이때 수잔은 네덜란드를 떠나 낯선 파리에서 피아노교습소를 운영하고 있었다. 수잔이 정착하기까지 마네의 아버지가 큰 힘이 되었다. 슈만의 음악을 좋아하는 수잔은 고마운 마음에 마네의 아버지가 교

파란 소파 위의 에두아르 마네 부인의 초상

에두아르 마네(Édouard Manet), 1874년, 갈색 종이에 파스텔, 49×60cm, 루브르 박물관 소장

습소에 들릴 때마다 슈만의 곡을 연주해 주었다.

마침 마네가 등록한 화실이 수잔의 피아노 교습실에서 가까웠다. 아버지는 마네를 이 학원에 보내 피아노를 배우게 했다. 마네도 수잔을 친누나처럼 따랐다. 마네가 교습소에 다닌 지 2년째 되던 해 어느 날 수잔이 임신하고 아들 레옹 코엘라 렌호프 Leon Koella Leenhoff를 낳았다.

모두 마네의 아이라 추측만 했다. 수잔은 아이의 대부로 마네를 정하고 이를 자신의 남동생으로 입적한 다음 네덜란드로 가서 혼자 기른다.

버찌를 들고 있는 소년
에두아르 마네(Édouard Manet), 1858~1859년경,
캔버스에 유채, 65×65cm,
포르투갈 굴벤키안 미술관 소장

1856년 마네가 화실을 오픈한다. 처음으로 〈버찌를 들고 있는 소년〉을 그린다. 스물일곱 살에 그린 이 그림의 모델인 알렉산드로 소년은 화실의 심부름꾼이었다. 이 소년이 마네의 작업장 기둥에 굵은 못을 박고 목매어 자살했다. 비극적 죽음에 큰 충격을 받은 마네는 화실을 다른 곳으로 옮기고 잠시 이탈리아, 독일, 네덜란드로 여행을 떠난다.

그 후 보들레르^{Charles Pierre Baudelaire}의 제안을 받은 작품 〈튈르리 공원의 음악회^{Music in the Tuileries}〉를 내놓았다. 이 그림은 마네가 최초로 도시 생활을 그린 작품으로 프랑스 제2제정 때 들떠 있는 파리 상류사회 인사들을 묘사하고 있다.

풀밭 위의 점심 소동과 결혼

1862년 9월 25일, 아버지가 돌아가신 직후 마네에게는 두 가지 변화가 있었다. 첫째, 시대의 위선을 고발하는 그림을 그리기 시작

명작에게 사랑을 묻다

풀밭 위의 점심
에두아르 마네(Édouard Manet), 1863년, 캔버스에 유채, 208×264.5cm, 오르세 미술관 소장

한 것이다.

1863년 발표된 〈풀밭 위의 점심〉은 파리사회를 뒤집어 놓았다. 과거의 화가들도 누드화를 그렸다. 그러나 마네처럼 이 세상에서 흔히 만나는 그런 여인들의 누드가 아닌 신화 속의 여인들을 주로 그렸다.

풀밭 위에서 피크닉을 즐기며 점심을 먹는 그림도 흔했다. 하지만 숲이 우거진 풀밭 위에 발가벗고 앉은 한 여인이 정장을 입은 두 남자 사이에 다리를 세운 그림은 없었다.

그림에서 뒷부분에는 목욕하는 여인이 있다. 꼭 소변을 본 후 뒤

처리하는 모양새다. 그 여인 옆의 배는 자그맣게 그려 의도적으로 원근법을 무시했다.

또한 고전적인 명암 대비법인 '키아로스쿠로chiaroscuro'를 포기하고 중간 색조를 과감히 생략했다. 녹색과 갈색 톤이 주조를 이루는 가운데 그늘에 비치는 부분도 생략하고 세부묘사는 실루엣으로 단순하게 처리했다.

이런 전대미문의 작품을 1863년 프랑스 왕립 아카데미 미술전에 출품했으니 낙선되는 것은 당연했다. 이 관선 살롱전에서 낙선한 세잔, 모네, 시슬레, 피사로 등은 혁신적 작품들을 따로 모아 함께 낙선전Salon des Refusés을 열었다.

시민들이 몰려들었고 그중 마네의 〈풀밭 위의 점심〉을 보자 비난과 야유가 터져 나왔다. 이 낙선전을 지시한 나폴레옹 3세도 와 보더니 "작품의 질이 많이 떨어지고 너무 외설적"이라며 비난했다. 그날부터 마네는 '풍속 저해 화가'란 악명과 동시에 국민적 유명인사가 된다.

발가벗고도 천연덕스러운 그림 속 모델을 비난하면서도 시민들은 관음증을 지닌 것처럼 마네의 그림 앞에만 몰려들었다.

이 그림을 욕망과 편견을 벗어놓고 보면 정장과 알몸, 물과 숲의 4각 구도 속에 양복을 입고도 풀숲에 주저앉을 수 있고, 누드로 앉아 있어도 무례가 되지 않는 4인의 평안한 관계가 보인다. 마네는 낙선전이 끝난 뒤에도 한동안 악평에 시달렸다. 반면 젊은 작가들이

명작에게 사랑을 묻다

독서, 마네 부인과 아들 레옹 에두아르 코엘라 렌호프
에두아르 마네(Édouard Manet), 1865~1873년, 캔버스에 유채, 60.5×73.5cm, 오르세 미술관 소장

주변에 몰려드는 효과도 있었다.

두 번째 변화는 네덜란드에서 홀로 아이를 낳아 키우는 수잔을 찾아가 1863년 10월 28일 결혼식을 올린 것이다. 아무도 예상하지 못한 일이었다. 결혼식을 아무에게도 알리지 않았는데 이는 수잔이 아버지와 내연관계였다는 소문 때문이었다. 심지어 레옹이 아버지의 혼외자라는 소문까지 돌았다.

마네는 여기에 전혀 개의치 않고 아버지가 돌아가신 1년 후 수잔과 전격적으로 부부가 된 다음 수잔과 레옹을 데리고 파리로 돌아왔

롱샹의 경마
에두아르 마네(Edouard Manet),
1864년, 캔버스에 유채, 84×44cm,
시카고 아트 인스티튜트 소장

다. 보들레르 등 친구들도 매우 놀랐다. 가정을 꾸린 후 마네는 친구와 함께 파리 경마장을 들락거리더니 〈롱샹의 경마〉를 그린다.

올랭피아의 모델, 빅토린 뫼랑

파격적 그림을 전시해 한바탕 소동을 일으키고, 누구도 예상치 못한 결혼식을 치른 후 마네는 더 혁명적인 작품을 준비했다. 이 그림의 모델이 빅트린 뫼랑Victorine Meurent, 1844~1927이다.

뫼랑은 어머니가 누군지도 모른 채 이모라 부르는 사람에게서 자랐고, 십 대 때 오페라단 발레무용수로 생활했다. 열여섯 살 때부터 마네를 만나 모델 일을 시작한다.

당시 마네는 신화에 나오는 여신급 누드화가 아니라 사람들의 위선을 건드는 창녀 이미지로 그릴 누드화를 구상 중이었다. 그런 모델을 찾다가 뫼랑의 눈을 보는 순간 이 여자라는 직감을 받았다. 그녀의 눈빛이 창녀로 그려 놓아도 당당히 '당신들은 비난하면서도 날 원하고 있죠. 은행가부터 황제까지 누구도 예외는 아니죠'라고 말할 것만 같았다.

그녀를 화실로 데려와 작업했는데 과연 마네의 기대를 저버리지 않았다. 마네가 뫼랑의 매력에 얼마나 빠져 있던지 길거리에서 모델로 제격인 여인을 보고 캐스팅하려다 거절당하면 "싫으면 그만둬. 내게 뫼랑이 있어"라고 말할 정도였다.

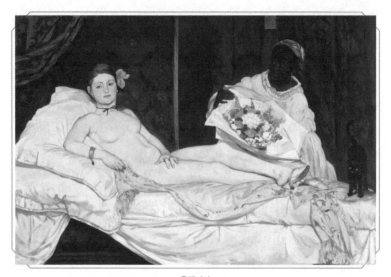

올랭피아
에두아르 마네(Édouard Manet), 1863년, 캔버스에 유채, 130.5×190cm, 오르세 미술관 소장

뫼랑은 〈풀밭 위의 점심〉을 비롯하여 모두 11점 작품의 모델로
등장한다. 그리고 문제작 〈올랭피아〉에 등장한다.

올랭피아는 당시 창녀들이 흔히 쓰던 이름이었다. 그림 속 여인
은 완전히 벌거벗은 데다가 목걸이로 창녀나 무희의 장식물인 벨벳
끈을 둘렀다. 팔찌와 슬리퍼 역시 나른하게 늘어진 여인을 떠오르게
한다. 꽃다발을 들고 서 있는 흑인 하녀는 지금 문밖에 손님이 기다
리고 있음을 암시한다. 당시 난교하는 대표적 음란 짐승으로 알려진
새까만 고양이도 올랭피아의 발아래 앉아 있다.

이 그림이 전시회에 걸리자 파리의 신문은 예외 없이 외설적이라

명작에게 사랑을 묻다

는 비난을 퍼붓는다. 그림 속의 여인은 비너스는커녕 님프도 아니다. 완전히 창부와 같은 여인인데 그런 그녀가 감히 관객을 정면으로 쏘아보고 있다. 그들의 손가락질은 조금도 안중에 없다는 듯 당돌한 시선이다. 전람회장에 찾아온 관객들은 그림 속의 올랭피아에 야유와 욕설을 퍼부었고 그중 한 노인 관객이 지팡이를 휘두르는 바람에 그림이 찢길 뻔했다.

마네는 '진정한 누드'란 '땅의 에로티시즘이 하늘로 승화될 때만 탄생'할 수 있다는 신념을 지니고 있었다. 관중들의 기대와 정반대이다. 비슷한 시기에 시대와 부합한 누드화로 성공한 그림이 알렉상드르 카바넬Alexandre Cabanel의 〈비너스의 탄생〉이다. 바다 물거품에서 태어난 비너스가 큐피드들의 축하를 받으며 부끄러워하는 모습이다.

나폴레옹 3세도 크게 감동하고 거액을 주어 이 그림을 구입했다. 반면 대중의 기대를 저버린 마네는 대소동을 견디다 못해 1865년 8월 스페인으로 떠났다.

오늘날 〈올랭피아〉는 미술사의 한 획을 긋는 작품으로 존중받고 있다. 당대 관습에 맞서 싸웠던 마네가 역사의 승리자가 된 것이다.

마네를 완성한 뮤즈, '제비꽃' 베르트 모리조

스페인으로 떠났던 마네는 스페인어도 모르고 음식도 맞지 않아 고생만 하고 다시 돌아왔다. 아내 수잔이 누드화보다 아들 레옹을

피리 부는 소년
에두아르 마네(Édouard Manet), 1866년경,
캔버스에 유채, 161×97cm,
포르투갈 굴벤키안 미술관 소장

모델로 인물화 그려 출품해 보라고 권했다.

그래서 그린 그림이 〈피리 부는 소년〉이다. 이 그림을 파리 살롱전에 제출했지만, 심사위원들 전부가 뚜렷한 이유 없이 낙선시켰다. 하지만 지금은 제일 대중적 작품으로 평가받는다.

항상 진보적 화풍으로 대중적 논쟁을 일으키는 마네를 기존화단이 철저히 외면했다. 이때 젊은 소설가 에밀 졸라가 유일하게 신문에 평론을 기고하며 옹호해 주었다.

역사상 위대한 작가들은 보통 그 시대 대중들에게 비판을 받는다. 바로 마네가 그런 화가이다.

에밀 졸라의 옹호로 겨우 한숨 돌린 마네는 1868년 어느 날 루브르 박물관을 들른다. 그곳에서 명작을 열심히 모사하고 있던 여인을 본다.

명작에게 사랑을 묻다

모델로 제격이라 여기며 다가가 먼저 인사했다. 그녀가 '베르트 모리조Berthe Morisot, 1841~1895'인데 거장 카미유 코로Camille Corot, 1796~1875의 제자였다. 살롱전에 출품한 화가이며 관능적 미모로 파리 사교계에서 이름을 날리고 있었다.

그런 그녀에게 화단의 문제아인 마네가 모델 일을 제안하자 마네가 스캔들 제조기임을 잘 알고 거절했다. 그러자 마네가 모델 일보다 그림을 함께 그려보자며 설득했다. 마네의 천재성을 알고 있던 모리조도 그림을 배울 욕심으로 허락했다. 마네의 화실을 드나들며 그림을 배우면서 차츰 모델도 하게 되면서 〈부채를 든 베르트 모리조의 초상〉, 〈발코니〉, 〈부채를 든 베르트 모리조〉 등의 작품이 나온다.

〈부채를 든 모리조〉의 그림에는 모리조가 자신을 그리고 있는 마네를 보지 않고 다른 방향을 바라보고 있다. 그러나 마네가 싫어서 돌린 눈빛이 아니라 연인 이상으로 깊이 신뢰하는 시선이다.

이때는 모리조가 마네를 결혼한 유부남이라며 거절하던 단계를 지나 계속 추파를 던지던 마네와 정서적으로 얽혀진 시기였다.

〈발코니〉의 그림에서 하얀 드레스를 입고 있는 모리조는 범접하기 어려우리만큼 아름답다. 그 앞에 강아지와 옆에 수국화도 모리조의 아우라에 신비감을 보태고 있다. 가운데의 남성은 마네의 친구 화가이며 오른쪽 우산을 든 여인은 마네의 아내 수잔의 친구로 바이올리니스트였다. 발코니 안쪽 한 소년이 어둠 속에 희미한 모습으로 서 있는데 마네의 아들 레옹이다.

동생과 결혼한 모리조

마네의 아내 수잔은 남편이 모리조와 보통 관계가 아님을 눈치챘다. 그러나 질투하거나 괴롭히지 않았다. 오히려 더 잘 대해 주었다. 마네는 수잔을 아내로 아끼고 있었다. 수잔도 마네에게 다정했으며 마네가 바람피우는 것을 알아도 웃어넘기고 상냥하게 대했다.

화실에도 자기가 가는 대신 아들이나 친구가 들르게 했다. 마네와 모리조는 수잔의 태도가 고마우면서도 부담스러웠다. 그래도 마네는 모리조가 잉그리드 버그먼이 로버트 카파에게 집착하듯 '우리 인생의 잔을 격하게 마시자'고 나왔더라면 새 출발도 할 수 있었다. 그러나 모리조는 한때의 풋사랑으로만 남고자 했다. 여기서 마네의 명작들이 탄생한다.

이때의 마네의 감정이 〈부채를 든 모리조〉에 그대로 나타난다. 모리조가 검은 옷을 입고 얼굴을 부채로 가린 채 앉아 있다. 그녀의 꿈은 여성화가를 인정하지 않는 사회에서 당당히 여성화가로 우뚝 서고 싶었다. 그런데 만일 마네와 스캔들을 일으키면 그렇지 않아도 여성화가가 천대받는 시대에 화가의 꿈은 완전히 물거품이 된다. 미묘한 두 사람의 사랑 이야기가 영화 〈마네의 제비꽃 여인〉에 나와 있다.

마네도 나날이 고민이 깊어갔다. 자신의 사랑을 채우자고 모리조의 꿈을 짓밟을 수는 없었다. 어떻게 해야 모리조를 가족처럼 곁에 둘까? 그래서 동생 '외젠 마네'Eugène Manet'와 결혼하도록 했다. 마침 동생도 모리조를 좋아하고 있었다. 모리조도 마네의 마음을 알고

명작에게 사랑을 묻다

마네의 제비꽃 여인
화가 에두아르 마네와 베르트 모리조의 흥미로운 관계를 이야기한다. 영화 속 19세기 프랑스의 모습은 마치 한 폭의 그림처럼 아름답다. 미술관에서 그림을 감상하듯 감상할 수 있는 영화다.

부채를 든 베르트 모리조의 초상
에두아르 마네(Édouard Manet), 1874년경,
캔버스에 유채, 61×50cm, 프랑스 릴 미술관 소장

1874년 결혼했다. 이제 마네와 모리조는 영원한 친척이 되었다. 결혼한 그해부터 모리조는 1886년까지 총 8회 열리는 인상파전에 일곱 번 참가하여 최초의 여류 인상파 화가가 되는 영예를 안았다.

마네와 모네의 나이를 뛰어넘은 우정

마음에 간직한 뮤즈 모리조가 동생과 결혼할 때 마네의 나이 마흔세 살이었다. 모리조가 떠난 이후 마네는 여덟 살 어린 클로드 모네와 우정이 깊어졌다.

두 사람은 이미 1866년도에 처음 만났었는데 그 뒤 10년 동안 서먹한 관계로 지냈다. 모리조를 보낸 마네는 모네와 더불어 센 강변으로 자주 나가 함께 그림을 그렸다.

〈뱃놀이〉, 〈배 위에서 그림을 그리는 모네〉 등 마네의 작품 중 가장 밝은 그림들을 그렸다. 마네는 가난한 모네가 어렵다고 호소할 때마다 도움을 아끼지 않았다. 이때 이미 마네는 자기 화실에서 개인전을 열어도 관람객들이 몰려들어 대소동을 이룰 정도로 인기화가였다.

1879년 암스테르담에 대형 건물을 구입해 마지막 화실을 열었다. 이때쯤 마네는 매독으로 생긴 괴저병으로 다리가 썩어가고 있었다. 이를 치료하기 위해 광천수가 나오는 벨뷰에 자주 다녔다. 2년 후 베르사유 별장을 임대하여 요양하면서 여배우 잔 드 나바르를 모델로 〈잔Jeanne〉과 〈봄Spring〉을 그렸다. 병이 악화하는 가운데에서도 마지막 대작 〈폴리 베르제르의 술집〉도 내놓았다.

이 술집은 파리의 상류층들이 즐겨 찾는 곳이었다. 그림의 배경이 거울에 반사되어 있다. 거울 속에 술잔을 든 사람들, 왁자지껄 떠드는 수많은 사람이 생생하다.

그 사람들 앞의 정중앙에 여종업원이 서 있다. 흥겨운 풍경을 응시하면서도 현실과 동떨어진 화면을 보는 느낌으로 서 있다. 마네는 이 그림을 그린 후 왼쪽 다리를 절단해야 했다. 얼마 후 1883년 쉰한 살의 나이로 세상을 등져야 했다.

다음 해 1월 프랑스 국립미술학교에서 그의 추모전이 열렸다. 그

명작에게 사랑을 묻다

폴리 베르제르의 술집
에두아르 마네(Édouard Manet), 1881~1882년, 캔버스에 유채, 130×96cm, 영국 코톨드 미술관 소장

리고 그의 그림 값이 천정부지로 오르기 시작했다. 그의 작품 중 〈풀밭 위의 점심〉과 〈올랭피아〉는 미술사에 모더니즘의 효시로 공인받았다. 흥미로운 것은 아내 수잔을 그린 11점보다 빅토린 뫼랑을 모델로 그린 10점이 모두 걸작이 되었다. 화가는 아내보다 애인을 더 좋아하는 모양이다.

마네의 시신 앞에서 가족 이상으로 슬퍼한 사람이 바로 모네였다. 그는 장례식이 끝난 뒤 교육부 장관에게 편지를 보냈다. "위대한 마네의 작품은 프랑스의 영광이자 기쁨입니다. 해외 특히 미국인들에게 팔려 나가지 않도록 루브르 박물관에 소장해 주십시오."

02

빛과 그리고 그림자
-클로드 모네

빛을 동경하고 사랑해서 풍경화 대신 빛을 그린 화가가 있다. 빛과 그림자가 공존하듯이 빛을 그리며 그림자도 함께 그린 화가 클로드 모네Claude Monet, 1840~1926다. 그래서 그를 빛과 그림자의 마술사라 부른다.

그의 그림에 찬란한 빛과 어두운 그림자의 두 본질이 병치하듯, 어느 삶이든 두 본질을 받아들이고 기꺼이 감내해야 한다. 모네는 마네와 같은 인상파 화가이다. 두 사람은 '마네모네'라 붙여서 불릴 만큼 친근했다. 마네가 순간적인 인상을 예리하게 그린 화가라면, 모네는 빛의 작용에 사물이 시시각각 달라지는 모습을 '색깔의 세계'로 바꾸어 놓았다.

모네는 마흔세 살의 나이에 뒤늦게 집을 장만했다. 어렵게 마련한 집에서 인생 마지막을 보낼 때까지 30년 동안 그는 쉬지 않고 빛을 그렸다. 집을 사랑했던 그는 연못을 직접 꾸미고 일본식 다리도 놓은 후, 〈흰색 수련 연못〉을 그린다. 그림의 주인공이 '수련'인 것 같지만, 실제는 하늘과 구름을 품은 '연못'이다. 각도에 따라 연못에 달리 비치는 자연광과 조용한 수면에 떠도는 구름과 흔들거리는 버드나무 가지의 그림자가 어우러지는 그림이다.

그 사이로 꽃을 피운 수련은 이른 아침 햇빛을 머금고 있는 호수

흰색 수련 연못
클로드 모네(Claude Monet), 1899년, 캔버스에 유채, 89×93cm, 러시아 푸슈킨 미술관 소장

의 엷은 안개 너머로 환히 피어 있다.

고유한 빛깔이란 처음부터 없었다

르네상스의 15세기부터 17세기 바로크 시대를 지나며 작가들은 하나같이 그림을 그리기 위해 물체를 관찰했다. 그러면서도 야외 풍경화는 그리지 않았다. 19세기 이전까지의 풍경화란 주로 신화의 목가적 배경이나 이상적 전원생활 등이었다. 오래된 성터에는 황혼의

명작에게 사랑을 묻다

빛이 흐르고 그 안에 피리 부는 목동이 있는 게 일반적이었다. 심지어 프랑스에서는 야외 풍경화를 무시하기까지 했다. 이런 가운데 처음부터 마지막까지 야외에서 그림을 그린 화가들은 인상파들뿐이었다.

모네가 태어난 다음 해인 1841년, 영국에 거주한 미국화가 존 랜드가 튜브물감을 발견하면서 야외 그림은 더욱 쉽게 그릴 수 있게 되었다. 이전에는 주로 돼지 방광에 유화물감을 넣어 사용했다.

튜브물감과 함께 어두운 실내를 벗어나 자연으로 간 모네는 모든 물체에 고유한 색이란 따로 없다는 것을 깨닫는다. 빛의 작용을 받아 색이 변하는 자연에 고유한 빛깔은 있을 수 없다는 것이었다. 사과는 빨갛고 바나나는 노랗고 초원이 푸르다는 것은 고정관념일 뿐이었다.

> 모든 사물은 미묘한 빛의 변화에 서로 다른 빛깔이 된다. 석양빛을 받으면 풀잎도 붉어질 수 있다.

모네는 주저 없이 물체에서 반사해 나오는 빛의 작용을 색깔의 세계로 전환해 화폭에 담았다. 물체로부터 빛이 튕겨 나오는 그 순간, 그 빛깔은 영원히 되돌아오지 않는다. 바로 빛이 연출하는 '찰나의 미학'에 모네는 빠져들었다. 더 많은 자연을 보며 빛의 영감을 얻고자 모네는 1886년 풍차와 튤립의 나라 네덜란드로 갔다.

넓은 벌판에 튤립꽃밭이 끝없이 펼쳐져 있고 그 가운데 풍차가 우

네덜란드의 튤립
클로드 모네(Claude Monet), 1886년, 캔버스에 유채,
65.5×81.5cm, 오르세 미술관 소장

아르장퇴유 부근의 개양귀비꽃
클로드 모네(Claude Monet), 1886년, 캔버스에 유채,
65.5×81.5cm, 오르세 미술관 소장

뚝 솟은 것을 보았다. 그 자리에서 스케치하고 귀국해 〈네덜란드의 튤립〉을 그렸다. 광야에 이는 바람이 풍차를 흔들고 튤립에 파문을 일으키는 순간을 묘사했다. 모네의 그림은 순간을 영원으로 만드는 마력이 있었다.

〈아르장퇴유 부근의 개양귀비꽃〉도 그렇다. 모네의 아내 카미유와 아들 장Jean이 양귀비가 흐드러지게 핀 들판의 나지막한 언덕길을 걷고 있다. 바람 스치듯 걷고 있는 모자의 허허로운 한 찰나가 화려한 적색과 녹색으로 화폭에 찍어 넣듯 담겼다.

빛과 그림자의 순간을 그리려면 카메라 렌즈처럼 순간적으로 대상의 색채와 모양을 파악해야 한다. 마네는 자신의 영원한 모델 카

명작에게 사랑을 묻다

미유와도 빛처럼 만나고 그림자처럼 헤어진다.

모네는 파리에서 태어나, 다섯 살 무렵 항구 도시 르 아브르로 이사했다. 그곳에서 어린 시절을 보내면서 수평선의 구름과 햇살에 반짝이는 파도, 바위에 깨지는 하얀 포말, 배들이 들어오고 나가고 하는 것을 보며 자랐다.

열다섯 살에는 돛단배를 스케치하고, 풍자만화도 그리면서 돈을 벌기도 했다. 열여덟 살이 되자 부친의 만류를 뿌리치고 파리로 나갔다. 당시 보통 화가들은 전형적 코스인 파리 국립미술학교에 입학하여 그림 공부를 시작했다. 하지만 모네는 달랐다. 그는 진보적 예술인들을 찾아다녔다. 그들에게서 전통과 거리가 먼 화풍을 배웠지만, 주류 매체와 미술계의 혹평을 들어야 했다.

이 무렵 힘겨운 화가의 길을 걸어가던 그에게 한줄기 빛과 같은 여인이 등장한다. 1865년, 자신의 그림 모델을 찾다 만나게 된 카미유 동시유Camille Doncieux, 1847~1879였다.

당시 열여덟 살이었던 카미유는 가난한 모델이었다. 스물다섯 살의 모네 역시 가난할 뿐 아니라 주류화단에서 배척까지 받고 있던 앞날이 보이지 않는 화가였다. 두 사람은 묘한 동질감 속에서 작품을 만들어 나갔다. 깊은 슬픔이 배어나는 카미유의 눈빛은 모네의 마음을 혼들었다. 매사에 차분하고 온화한 카미유에게 모델 이상의 감정을 느끼게 된 모네는 드디어 청혼하게 되고, 두 사람은 함께 살게 된다.

당시는 모델을 창녀와 같은 시각으로 바라보던 때였다. 모네가 카미유와 함께 사는 것을 알게 된 모네의 부모는 두 사람의 결혼을 극렬하게 반대했다. 그런데도 카미유가 아이를 가지게 되자 그나마 보내주던 생활비마저 끊어 버렸다.

모네의 그림도 팔리지 않았다. 하얀 옷을 하얗다고 믿고 있던 당시 사람들에게 모네의 그림은 인기가 없었다. 흰옷이 빛에 따라 다른 색조를 띨 수 있다는 모네의 그림을 이해되지 않았다.

붓이나 물감조차 살 수 없을 만큼 가난했지만 두 사람은 행복했다. 등잔불에 켤 석유도 하루 먹을 양식도 걱정해야 했지만 개의치 않았다. 물감이 떨어지면 그리던 그림을 중단하고 돈을 모았다. 먹지 못한 카미유는 젖이 나오지 않아 구걸하러 다니기까지 했다.

세상은 두 사람에게 차가웠으나 두 사람은 서로를 다독이며 그 안에서 만족했다. 그러면서 물질적 궁핍에도 불구하고 카미유에 대한 지극한 사랑과 굳센 예술적 신념이 잘 드러나는 〈빌 다브레 정원에 있는 여인들Women in the Garden〉이 탄생한다.

그림 속엔 자신이 세 들어 살던 집의 뜨락에서 꽃을 꺾고 있는 여인들의 모습이 담겨 있다. 하얀 드레스를 입은 네 명의 여인은 모두 다른 옷으로 갈아입고 포즈를 잡은 카미유였다. 그림 구도는 앉아 있는 여인의 무릎을 중심으로 연속적인 타원형이다. 오솔길과 여인들

　　　　　　　　　　　　　　명작에게 사랑을 묻다

빌 다브레 정원에 있는 여인들
클로드 모네(Claude Monet), 1867년, 캔버스에 유채, 25.5×20.5cm,
오르세 미술관 소장

의 흰 치마폭 위로 화사한 햇살이 쏟아지는데 나무의 그림자가 엷게
배여 있다. 모네는 궁핍했지만, 그림자와 대비되는 밝은 빛의 그림을
통해 자신의 삶을 긍정적으로 그려냈다.

높이 2.5미터가 넘는 대작은 완성하는 과정에서도 어려움이 많았
다. 윗부분을 그릴 때는 뜰에 도랑을 파고 이젤을 그 아래로 내린 체
그림을 그렸다.

생타드레스의 정원
클로드 모네(Claude Monet),
1867년, 98×130cm,
캔버스에 유채,
미국 메트로폴리탄 미술관 소장

그 이듬해 모네는 다시 카미유를 며느리로 받아들이지 못하는 아버지를 달랠 겸, 아버지가 모델인 〈생타드레스Sainte-Adresse의 정원〉을 그렸다.

항구도시 르 아브르 부근의 바다를 배경으로 그린 그림 속에는 두 개의 깃발이 나부끼고 가운데 남녀가 서 있다. 그 앞에 앉은 아버지로 보이는 노인의 시선이 사각 정원에 대각선으로 향해 있다. 그 시선은 두 남녀를 비켜 수평선 멀리에 떠 있는 범선들을 바라보고 있다. 이 그림이 원근법을 무시한 대표적 작품이다. 생활고에 조금도 굴하지 않는 모네의 아방가르드한 패기를 보여 주고 있다.

힘든 결혼생활과 해돋이

가난에도 불구하고 꿋꿋이 자신만의 작품세계를 구축해가던 모네였지만, 카미유의 잦은 병치레 때문에 걱정이 많았다. 주변 사람들에게 "어린 자식을 볼 때마다 너무 예뻐 세상 시름이 모두 사라진다네. 하지만 쇠골이 피접한 카미유를 볼 때마다 내가 큰 죄를 짓는 것만 같네. 죽을 맛이네"라며 자신의 심정을 자주 털어놓기도 했다.

팔리지도 않는 그림을 그리는 남편 덕에 카미유는 남편의 모델이 되는 틈틈이 어린 장을 업고 빚을 얻으러 다녀야 했다. 집세를 낼 여유가 없자 주인이 모네의 그림까지 압수해갔다.

그러다가 아이가 아파도 약조차 사 줄 수 없는 자신의 현실을 보고

루이 조아킴 고디베르 부인
클로드 모네(Claude Monet), 1868년, 캔버스에 유채,
217×138.5cm, 오르세 미술관 소장

사랑만 먹고는 살 수 없는 현실을 깨닫게 된다. 결국 프랑스 정부가 후원하는 살롱전에 참가를 결심한다. 이전에도 출전할 때마다 낙선의 아픔을 안겨주는 바람에 거들떠보지도 않던 살롱전이었다. 하지만 화가의 명성과 수입을 올리려면 다른 도리가 없었다.

1868년, 바닷가 풍경화를 그려 드디어 살롱전에 입상했다. 그러나 살림살이엔 큰 변화가 없었다. 그 일은 더한 좌절감과 무력감을 안겨주었다. 친구의 고통스러운 상황을 보다 못한 에밀 졸라가 바지유 등 동료 화가를 비롯한 후원자들을 모아 센 강 부근에 있는 작은 집 한 채를 얻어주었다.

르누아르는 젊은 귀족 부인인 고디베르의 초상화를 그릴 수 있도록 주선해 주었다.

모네는 스물두 살 젊은 부인의 초상화를 최대한 우아하게 그려냈다. 부인의 심리적 묘사를 최대한 자제하기 위해 부인이 옆으로 서서 고개를 살짝 돌리게 했다. 그리고 인물보다 의상을 더 세심히 그렸

명작에게 사랑을 묻다

인상: 해돋이

클로드 모네(Claude Monet), 1872~1872년, 캔버스에 유채, 48×63cm, 마르모탕 미술관 소장

다. 그림에 만족한 부인이 거금을 내놓으면서 배고픔을 면할 수 있었다. 그래도 가난은 계속되었지만, 모네의 가족은 행복했다. 카미유는 어린 장을 키우며 저녁이면 등불을 켜서 남편의 귀갓길을 밝혔다.

모네도 쑥쑥 크고 있는 아들을 보며 삶의 환희를 누렸다. 이 시기 사랑하는 아내 카미유를 〈초록 드레스의 여인〉에 담았다.

짙은 녹색 치마에 검은 모피毛皮 코트를 입고 걷는 순간을 포착했다. 이 작품을 살롱전에 출품했는데 관객들은 마네의 작품으로 알고 마네에게 '멋진 그림'이라며 축하했다. 모네는 자기 그림도 몰라 본다며 관객들에게 불평한다. 그때부터 서먹한 관계가 된 두 사람은 1869년 바티뇰의 한 카페에서 만나 정식으로 인사한 뒤 좋은 친구가 된다.

모네는 부모를 설득해 1870년 6월 28일 정식으로 결혼식을 치렀다. 그리고 며칠 뒤 보불전쟁이 터지자 영국으로 피신했다.

안개 긴 런던은 모네에게 많은 영감을 주었다. 파리로 돌아와 1874년 4월 15일부터 열린 제1회 인상파 전람회에 〈인상: 해돋이 Impression: Soleil levant〉를 내놓았다. 이 전람회 명칭은 원래 '무명예술가 협회가 연 협회전'이었다.

국가 주도의 살롱전에 대항하여 무명예술가 협회가 협회 소속의 화가 30여 명을 모아 개최한 전시회였다. 이때까지만 해도 인상파라는 이름은 붙지 않았다. 모네는 '해돋이' 작품에 '인상'이라는 단어 하나를 더 붙여 전시했다.

한 미술 담당 기자가 이 협회전을 둘러보고 비난과 조소가 가득한 기사를 쓰면서 '인상주의자들의 전람회'라는 제목을 붙였다. 그때부터 그들을 지칭하는 말로 '인상파'라는 악명이 만들어졌고, 세상에 알려졌다. 그런데 아이러니하게 지금은 현대인이 가장 사랑하는 화풍의 화가들을 지칭하는 단어가 되었다.

팔레트에 물감을 섞지 않고 색별로 점을 찍어 그린 안개 자욱한 해돋이 풍경은 모든 형태가 희미해 미완성처럼 보인다. 그래서 신성하기까지 해 존엄한 감동을 준다. 마치 천지가 처음 열린 그 첫 새벽처럼.

명작에게 사랑을 묻다

해는 순결한 처녀처럼 매번 새롭게 하루를 연다. 순간 해면과 배와 사공, 구름과 하늘이 함께 되살아나는 것이다.

정거장, 그것은 인생

언론이 〈인상: 해돋이〉를 조롱하는 바람에 악명이 드높아질 무렵, 오히려 모네의 작품은 사람들의 관심을 받게 되고, 팔리기 시작한다.

당시 파리는 일본 문화가 소개되면서 일본 열풍이 불고 있었다. 메이지 유신 이후 유럽에 들어온 일본 상품들의 포장지가 인상파 화가들의 눈길을 끌었다. 모네 역시 일본 열병을 앓으면서 카미유에게 기모노를 입힌 뒤 〈일본 옷을 입은 마담 모네〉라는 그림을 그린다. 금발의 카미유와 화려한 기모노는 잘 어울렸다. 부채를 들고 있는 카미유 뒤로는 여러 종류의 부채가 벽을 장식하고 있다. 그림이 팔리면서 생활에 여유가 생기고 그림 안에 들어갈 소품들을 마련

일본 옷을 입은 마담 모네
클로드 모네(Claude Monet), 1875년, 캔버스에 유채,
231.5×142cm, 보스턴 미술관 소장

파리의 생 라자르 역

클로드 모네(Claude Monet), 1877년, 캔버스에 유채, 75.5×104cm, 시카고 미술관 소장

할 수 있은 여력이 되었던 것이다. 그리고 이 무렵부터 모네는 기차에 관심을 가지기 시작한다.

19세기 후반 기차역은 사람과 물건을 싣고 내리는 곳 이상의 의미를 지니고 있었다. 그 자체가 하나의 문화였고 문명의 상징이었다.

모네는 아예 생 라자르 역 근처에 방을 얻고 오가는 기차를 상세히 관찰하며 〈파리의 생 라자르 역〉을 그린다.

푸른 증기를 내 뿜는 기차가 유리지붕을 받치고 있는 삼각형 철골 사이로 서서히 들어온다. 이미 들어와 정지해 있는 기차와 막 들어

명작에게 사랑을 묻다

온 기차의 수증기 뒤로 역 건물들이 보인다. 햇빛이 유리 지붕과 창문, 탁 트인 철골구조문의 입구를 통해 쏟아지며 무수한 음영陰影을 만들고 있다. 모네는 이 음영을 여러 색으로 묘사했다. 그리고 역 안과 밖에 작고 희미한 사람들을 통해 몽환적인 장면들을 완성해냈다.

모네는 이 그림을 통해서 쓸쓸함과 몽환적 현실을 이야기하고 싶었다. 기차역이 이별의 장소였기 때문이다. 그리고 모네는 이 그림을 그리면서 카미유와의 이별을 예감한다.

1878년, 둘째 아들 미셸Michel을 낳은 카미유가 점점 더 약해지고 있었다. 진단을 받아보니 자궁암이었다. 남편이 기차역을 그리는 동안 카미유는 이 사실을 숨겼다. 모네는 자기의 무명 시절을 함께한 아내가 작품을 그리고 있는 자신을 방해하지 않으려 병을 감추다가 끝내 죽어가고 있다는 사실을 알고 충격에 빠진다. 하지만 그런 아내를 모네는 그저 곁에서 지켜볼 수밖에 없었다. 죽는 그날까지 손을 붙잡아 주는 것이 할 수 있는 전부였다. 그는 카미유의 임종 때가 되자 그녀의 마지막 모습을 그리기 시작했다.

바람 부는 언덕에서 양산을 든 카미유

카미유가 떠난 날, 모네가 한 친구에게 돈을 주며 부탁했다. 양식이 없어 저당 잡힌 메달을 찾아달라는 것이었다. 그 메달은 유일하게 부부가 함께 지녔던 것이었다. 모네는 그 메달을 아내의 목에 걸

야외에서 인물 그리기 습작:
양산을 쓰고 오른쪽으로 몸을 돌린 여인
클로드 모네(Claude Monet), 1886년, 캔버스에 유채,
131×88cm, 오르세 미술관 소장

어주고 영원히 이별하는 길로 떠나는 아내 옆에 〈양산을 쓰고 왼쪽으로 몸을 돌린 여인〉이라는 그림을 세워주었다.

시대와 불화하며 고집스럽게 자기만의 작품을 내놓느라 가난하게 살았던 젊은 시절, 일부러 어둠 속에서 헤매던 시절 유일하게 자신을 믿어준 한줄기 빛과 같은 여인에 대한 고마움의 표현이었다. 이제 겨우 화가로서 빛을 보게 되었는데, 그녀는 오히려 어둠 속 그림자로 묻히고 말았다.

카미유를 떠나보낸 뒤 모네는 풍경화에 매달린다. 둘째 아들이 태어날 무렵부터 카미유의 몸이 허약해져 갔다. 그런 카미유를 보낸 뒤, 모네는 오래 같이 지낼 수 없는 안타까움을 그림 속에 담았는데, 그것이 〈파라솔을 든 여인-카미유와 장〉이다.

병약한 아내와 아들을 바람 부는 언덕에 세웠다. 마침 하늘에 하얀 뭉게구름이 바다의 용오름처럼 펼쳐져 있다. 카미유와 아들 장이 서 있다. 카미유는 꼭 돌아올 수 없는 길을 떠나려는 사람만 같다.

명작에게 사랑을 묻다

뒤돌아보는 카미유의 머리카락이 바람에 날리고 헐렁한 하얀 드레스도 바람에 휘감기고 있다. 그녀가 든 파란 우산과 파란 스카프만 안정적이라 곧바로 하늘로 들려 올라갈 것만 같다. 카미유의 얼굴도, 아들 장의 얼굴도 모호하다. 단지 언덕에 굳건하게 서 있는 장의 눈동자만 놀란 토끼처럼 동그랗다. 오히려 두 사람의 발아래 풀들이 빛의 음영을 따라 비교적 세밀하다.

임종을 맞은 카미유
클로드 모네(Claude Monet), 1879년, 캔버스에 유채,
90×68cm, 오르세 미술관 소장

카미유가 땅에 묻힌 후 화실에 홀로 앉아 그린 그림이 〈임종을 맞은 카미유〉이다.

오른쪽 창문에서 카미유의 얼굴에 부서지는 햇살이 시시각각 변하고 있다. 그 변화를 감지하여 황금 빛깔로 표현했다. 빛도 찰나이고, 사랑도 예술도 인생도 찰나이다. 이 세상에 찰나가 아닌 것이 무엇이겠는가. 가장 어려운 시절을 함께 보낸 카미유는 결혼 10년 만에 모네 곁을 떠났다. 카미유를 보내고 13년이 지난 1892년이 되어서야 모네는 알리스 오세데Alice Hoschedé라는 여인과 재혼한다.

이적의 〈다행이다〉

조강지처糟糠之妻라는 말이 있다. 지게미와 쌀겨를 나눠 먹으며 가난하고 어려운 시절을 함께 보낸 사이라는 말로 아내를 지칭한다. 후한 시대 송홍의 이야기에서 유래했다.

광무제가 홀로된 누이 호양공주의 외로움을 달래주기 위해 "고귀해지면 친구를 바꾸고, 부유해지면 아내를 버린다고 한다"며 송홍에게 지금의 아내를 버리고 누이를 택하면 어떠냐고 넌지시 묻자, "가난하고 천할 때의 친구는 잊지 말아야 하며 술지게미와 쌀겨로 끼니를 이을 만큼 구차할 때 함께 고생하던 아내는 버리지 말아야 한다"며 거절한 것에서 나온 말이다.

이적은 〈다행이다〉라는 노래로 사랑을 이야기 한다. "거친 바람 속에도 젖은 지붕 밑에도 홀로 내팽개쳐져 있지 않다는 게, 지친 하루살이와 고된 살아남기가 행여 무의미한 일이 아니라는 게, 언제나 나의 곁을 지켜주던 그대라는 놀라운 사람"이라며 사랑하는 이의 진심을 노래한다.

모네에게 카미유 동시유는 그런 사람이었다. 가난했지만 행복했고, 끼니를 거를지언정 옆에 있는 사람을 믿고 의지했다. 평생 서로에게 힘이 되어준 사람이었다. 하지만 운명은 가혹해서, 모네가 인정받고 삶에 여유가 생길 즈음 카미유는 모네 곁을 떠난다. '그대를 만나고 그대와 나눠 먹을 밥을 지을 수 있어서, 그대를 만나고 그대의 저린 손을 잡아 줄 수 있어서, 그대를 안고서 되지 않는 위로라도 할 수 있어서' 다행이었던 사람이 곁을 떠난 것이다. 소중한 것은 떠난 뒤에야 가치를 깨닫게 된다. 언제나 곁을 지켜주던 그대라는 놀라운 사람을 떠나보낸 모네는 오랫동안 그녀를 잊지 못한다.

03

사막의 여우가 펼친 사랑과 휴머니즘
‒에르빈 롬멜

동양에《손자병법》이 있다면 서양에《롬멜 보병전술》이 있다. 이 책은 사막의 여우라 불리던 에르빈 롬멜Erwin Rommel, 1891~1944이 중대 병력의 전차로 적의 사단 병력을 초토화시킨 경험을 녹여 집필한 군 전술서다. 영화보다 더 드라마 같은 현실이 담겨 많은 사람의 사랑을 받으면서《롬멜 보병전술》은 출간되자마자 베스트셀러가 된다. 그리고 지금도 전차하면 롬멜이 떠오른다.

전차전을 비롯하여 세계대전에서 그가 펼친 다양한 전략과 전술은 전쟁이라는 무대 위에 다재다능한 연기를 펼친 연예인 같다는 평가를 받는다. 그래서 롬멜을 전쟁의 예능인이라고도 한다. 이는 전쟁을 미화하려는 것이 아니다. 불가피한 상황에서도 사랑과 휴머니즘을 위해 자신을 버렸던 롬멜에 대한 예우 차원이다.

제2차 세계대전 당시 불후의 명승부를 펼친 세 영웅이 있다. 독일의 롬멜, 영국의 버나드 로 몽고메리Bernard Law Montgomery, 1887~1976, 미국의 조지 패튼George S. Patton, 1885~1945이다. 이들이 펼치는 전투는 당시 사람들에게 관심의 대상이었다. 전장에서 펼쳐지는 전략과 전술로 인해 이들에겐 각각의 별명이 붙어 있었다. 롬멜은 사막의 여우, 몽고메리는 늙은 여우, 패튼은 젊은 사자가 그것이었다. 이들을 주인공으로 만들어진 영화가 〈위대한 3인의 전사들〉이고, 이 중에서도 특히 롬멜을

버나드 몽고메리(左), 조지 패튼 2세(中), 에르빈 롬멜(右)

몽고메리는 장군이 되기 전까지 보병에서 활동한 경험밖에 없어서 기갑전술에 미숙한 점이 많았다. 성격도 좋지 않은 것으로 유명하다. 종전 후 나토 사령관직에 근무한 뒤 전역해 저술활동을 하다가 1976년 3월 24일 사망했다.

패튼은 다혈질이고, 독불장군이었다. 부하들도 그를 '흉악한 늙은이'라고 부를 정도였다. 그는 1945년 12월 운전 중 군용트럭과 충돌해 목뼈가 부러지고 하반신이 마비되는 중상으로 독일 하이델베르크 병원에 입원한 뒤 생을 마감했다.

롬멜은 능수능란한 지휘로 적과 아군 모두에게서 사막의 여우라는 별명을 얻었다. 하지만 그는 어느 토요일(1944년 10월 14일) 11시경에 히틀러의 계략에 의해 집에서 약 500미터 정도 떨어진 차 안에서 청산가리를 마시고 생을 마감했다.

중심으로 만든 미국 영화가 〈롬멜작전The Desert Fox, The Story of Rommel〉이었다.

제2차 세계대전의 세 영웅, 그들의 애증

패튼은 맹장猛將이었다. 군수물자가 풍부했던 미군의 장군답게 대담한 발상으로 전광석화와 같은 작전을 펼쳤다. 그러나 독불장군 기질이 있어서 가끔 몽고메리를 지원해야 한다는 자신의 본분을 망각하기도 했다.

이에 비해 몽고메리는 덕장(德將)이었다. 연합군이 롬멜에게 연전연
패를 당하는 바람에 처칠이 퇴진 압력을 받고 있었을 때 처음으로
승리를 안겨준 것도 그였다. 독일의 빈약한 군수물자가 텅 비기를
기다렸다가 비축해 두었던 연합군의 군수물자로 융단 공격을 가해
승리한 것이다.

롬멜은 지장(智將)이었다. 전세(戰勢)를 읽는 눈이 탁월했다. 항시 연합
군 지휘관들보다 몇 수 앞선 전술전력을 구사했다. 이들이 남긴 말
을 보면 각자의 특성이 분명하게 드러난다.

패튼은 "무질서가 난무한 전쟁터에서 필요한 것은 세 가지이다.
용기, 용기, 용기이다. 그러면 용기 있는 자란 누구인가? 철저하고
거만한 신념으로 두려움을 뚫고 끝까지 임무를 수행하는 사람이다.
전차는 연료가 떨어질 때까지 무조건 앞으로 달려가고, 연료가 떨어
지면 내려서 전진해야 한다"라는 말로 자신의 의지를 드러냈다.

몽고메리는 영국군 장교를 모아놓고 지휘능력에 대해 언급했다.
"총사령관이나 장교의 범죄는 우유부단이다. 이들은 어떤 비난에
도 굴하지 않는 목표를 세워 확고하게 추진해야 한다. 독일군 전차
가 밀물처럼 몰려오고 있으나 긍정적 자신감을 가지고 병사들에게
맞설 수 있다는 자신감을 심어 주어야 한다. 우리는 서로를 잘 모른
다. 그러나 한 팀이 되어 공동의 목적을 위해 자신감을 불러일으켜
롬멜과 싸워 이길 수 있다는 분위기를 만들어야 한다. 리더십은 자
신감을 불러일으키는 능력이다."

명작에게 사랑을 묻다

이들이 강력하게 승리의 의지를 피력할 때 롬멜은 시인과 같은 어록을 남겼다.

"진정한 기사는 붉은 피로 그 옷과 검이 붉게 물들여도 순백한 마음만은 영원히 변치 않는다. 군인에게 최상의 복지는 고도의 훈련이다. 훈련 때 흘린 땀만큼 전쟁에서 피를 덜 흘린다."

적장에게 존경받은 롬멜

롬멜의 부대원들은 그와 함께라면 반드시 이긴다는 신념을 가졌다. 이런 카리스마로 '독일 아프리카 전차 군단'을 지휘하며 제2차 세계대전 때 연합군을 마음껏 능멸했다.

롬멜은 나치독일의 야전군 원수로 전차군단을 이끌었으나 지휘 원칙은 히틀러에 대한 충성심이 아니었다. 그에겐 오직 애국심과 애민심이 전부였다. 아프리카 군단의 참모장이었던 지그프리드 베스트팔은 "우리 부대원들과 롬멜 사이에 말로 표현할 수 없는 연대의 끈이 있었다. 이런 덕목을 지닌 지도자는 결코 만나보지 못했다"며 롬멜을 평했다.

롬멜이 작은 부대의 중대장이던 시절, 그의 상관은 "그에게는 부대원들을 통솔하는 카리스마가 넘쳤다. 뭐라 형언하기 어려운 매력을 지녔다"며 오히려 부하를 칭찬하기도 했다.

롬멜의 탁월한 전략으로 인해 가장 곤욕을 치른 사람은 뭐니뭐니

해도 영국 수상 처칠이었다. 하지만 그도 의회에서 연설을 통해 "전쟁터에서 롬멜을 만나면 재앙이다. 그보다 더 훌륭한 군인은 역사상 존재한 적이 없다. 롬멜은 전쟁의 신$^{Master\ of\ War}$이었다"라고 적군의 장교에게 존경을 표했다.

롬멜이 히틀러에게 처형당하고 전쟁이 끝난 뒤에도 북아프리카 8군단 병사들은 그와 함께했던 시절을 회상하며 존경심을 품고 살았다. 아군은 물론 적국까지도 미워할 수 없는, 아니 존경할 수밖에 없었던 롬멜, 그에게도 사랑을 나눈 두 명의 여인이 있었다.

어느 무도회에서 만난 첫사랑 루치아 마리아 몰린

교사인 아버지 에르빈 롬멜 시니어와 어머니 헬레네 폰 루즈 사이

에르빈 롬멜 시니어와 그의 아내 헬레네 폰 루즈

에서 둘째로 태어난 롬멜의 어린 시절은 누구보다 행복했다. 아버지의 가르침 아래 앞마당과 정원이 넓은 집에서 마음껏 뛰놀며 성장할 수 있었기 때문이다. 커서 항공기 기술자가 되길 원했지만, 교사나 장군을 원했던 아버지의 뜻에 따라 군인의 길을 택했다.

발트해 항구도시인 단치히 군

명작에게 사랑을 묻다

사학교 입학한 1911년 3월 어느 날, 무도회에서 열일곱 살 처녀 루치아 마리아 몰린_{Lucie Maria Mollin, 1894~1971}을 만나 함께 춤을 추면서 마음에 담는다.

루치아의 조상은 이탈리아와 폴란드에서 독일 지방으로 이주해 왔다. 그 덕분에 루치아는 영어, 불어, 라틴어 등 6개 국어를 자유자재로 구사했다.

첫 만남 이후 두 사람은 사랑에 빠진다. 하지만 롬멜의 아버지가 이 사실을 알고 불같이 화를 낸다. 독실한 개신교인 집안에서 열렬한 가톨릭 집안의 딸을 받아들일 수 없다는 것이 이유였다. 루치아 집안에서도 반대했다. 개신교도에 보잘것없는 집안 배경, 턱없이 작은 초급장교의 월급으론 결혼생활이 불가능하다는 것이 이유였다.

양가가 반대하니 몰래 하는 두 사람의 사랑은 더욱 뜨거워졌다. 하지만 그해 초겨울 롬멜이 소위에 임관하여 단치히와 멀리 떨어진 바인가르텐에 있는 군사학교로 떠나면서 두 사람은 조금씩 멀어진다. 거리가 멀어 연락이 끊기면서 결국 두 사람은 자연스럽게 헤어지게 된다.

발부르가 슈템머

루치아와 헤어졌을 때 롬멜의 나이 스무 살이었다. 군사학교 교관으로 실연의 아픔을 달랠 무렵 동갑내기 여인 발부르가 슈템머

Walburga Stemmer, 1892~1928를 만난다. 귀족 가문의 딸이었던 그녀는 이성 교제 경험이 단 한 번도 없었다. 롬멜이 첫사랑이었기에 그녀는 거의 맹목적이었다. 그러나 루치아 이후 만난 슈템머는 환상보다 관능의 대상이었다. 그녀에겐 본능을 해소하기에 바빴다.

두 사람 사이는 슈템머의 어머니가 적극적으로 반대했다. 귀족이었던 그녀가 돈과 명예를 갖춘 아버지와 결혼했듯 자신의 딸도 그런 남자를 만나 결혼하길 원했다.

롬멜은 평민 혈통에다가 당시 초급장교가 결혼하려면 1만 마르크라는 거액을 군대에 지참금으로 내놓아야 했다. 그 큰돈이 있을 리 없었던 롬멜의 지참금은 슈템머의 집안에서 내줘야 할 판이었다.

두 사람 사이를 찬성했던 롬멜의 아버지도 이런 사실을 알고 반대로 돌아섰다. 여자 쪽이 극렬하게 반대하는데 억지로 결혼하면 후에 그 상처가 남아 부부관계가 깨질 수도 있다는 이유에서다. 아버지가 반대의 뜻을 분명히 하자 롬멜은 더욱 오기가 생겼다.

첫사랑 루치아와는 종교적 이유로 결별했고, 두 번째 연인과는 돈과 신분 차이로 헤어져야 할 상황이 되었다. 한 남자가 한 여자를 만나 사는데 사랑이면 충분하지 뭐가 이리 복잡하냐는 반발심이 둘을 더 강하게 끌어당겼다.

힘들게 사랑을 이어가던 두 사람은 2년째인 1913년 7월, 임신으로 '이래도 반대하시렵니까?'라는 묵언의 시위를 한다. 하지만 임신 5개월에 찾아온 두 사람을 슈템머의 어머니는 오히려 더 극렬하게

명작에게 사랑을 묻다

반대한다. 그 일을 겪고 5개월
후 롬멜은 아버지가 돌아가시
고, 그 3일 후 딸 '게르투루트
Gertrud'까지 태어나자 결혼을 결
심한다.

롬멜의 딸 게르투루트

내 귀여운 생쥐My little mouse라
며 무릎에서 내려놓지 않을 만
큼 사랑하는 딸에게 제대로 된
가정을 만들어주고 싶었다. 결국 롬멜은 결혼을 위해 전역을 결심한
다. 그리고 슈템머에게 이 사실을 알렸다.

> 리틀 마마. 아무것도 걱정하지 말아요. 이제 곧 전역해서 당신과
> 보금자리를 차리겠소. 지금 내가 얼마나 기쁜지 뭐라 표현할 수조
> 차 없소.

전쟁이 막은 결혼, 전쟁이 선물한 롬멜 신화

롬멜이 전역을 결심하자 군사령부에서 말린다. 단호하게 전역하
겠다는 롬멜과 사령부가 한창 승강이를 벌이던 1914년 8월 3일, 독
일이 프랑스에 선전포고를 하면서 전역이 연기된다. 그 바람에 전역
과 동시에 결혼하여 보금자리 꾸미려던 계획은 물 건너갔다. 그리고

선전포고한 바로 그날 땅거미 질 무렵 롬멜이 속한 부대는 룩셈부르크의 국경지대로 이동하라는 명령을 받는다.

롬멜은 부랴부랴 누이 헬레네에게 편지를 보낸다.

> 누이야, 지금 국가의 명령을 받고 전선으로 이동 중이야. 한 가지 부탁이 있어. 내가 전쟁에서 죽게 되거든 내 불쌍한 딸을 돌봐줘. 내 생명보험과 전사자에게 주는 모든 혜택을 내 딸의 양육비로 슈템머가 받게 해줘. 단 한 가지 조건은 슈템머가 내 불쌍한 딸을 버리지 않으면 돼. 슈템머와 내 딸을 위해서라면 나는 뭐든지 할 수 있어. 누이야, 나보다 그녀들을 나는 더 사랑해. 내가 벌려 놓은 일인데 내 힘으로 잘 해결하고 싶어. 자상한 내 누이와 어머니가 내 소원대로 잘해 주리라 믿어.

이 편지 한 장을 남긴 뒤 롬멜은 7사단과 함께 전선에 도착했다. 후방에 남겨진 슈템머는 어린 딸을 양육하기 위해 과일가게를 운영하기 시작한다.

중위 계급으로 루마니아와 이탈리아 등지의 전투에 참여한 롬멜은 방어선을 두 번이나 돌파한 공로를 인정받아 최고의 훈장을 받는다. 롬멜은 야습과 변장술에 능했다. 수적으로 불리해 정면공격이 어려운 경우, 지형지물에 몸을 숨긴 채 험한 길로 우회하여 적진을 급습했다. 자신의 산악부대원에게 적군 정찰복을 입히고 정찰병 흉내

명작에게 사랑을 묻다

를 내며 적의 요새로 들어가 폭파하는 대담한 전략도 구사했다.

롬멜은 '평소 땀을 흘린 만큼 실전에서 피를 덜 흘린다'를 좌우명 삼고 있었다. 그리고 그 말에 맞게 늘 용기 있게 행동했다. 상황이 불리하더라도 용기로 그 불행에 맞섰다. 그렇게 2년간 생사를 건 전쟁을 치르다가 1916년 11월 짧은 휴가를 얻어 단치히를 가게 된다.

결혼으로 이룬 루치아의 순정

단치히는 롬멜이 다니던 군사학교가 있던 곳이자 첫사랑 루치아와 사랑을 나눈 도시다. 이루지 못한 첫사랑은 남자에게 진한 아쉬움을 남긴다.

5년의 세월이 흐른 지금 그녀는 결혼했을까? 그런 궁금증을 안고 단치히에 도착한다. 도착하자마자 루치아를 만난 롬멜은 바닷가 백사장을 나가 그간 밀린 이야기를 나누었다.

아직도 롬멜을 잊지 못하고 있던 루치아는 혼자였다. 수많은 청혼을 받았으나 롬멜을 잊지 못해 모두 거절하고 있었다. 집안의 눈총이 날로 거세졌으나 롬멜이 아니면 혼자 살겠다는 심정으로 버텼다. 이 말을 들은 롬멜은 미안했지만 자신의 모든 과거를 털어놓았다. 혼전관계로 딸까지 두었다는 이야기를 듣자 루치아는 하늘이 무너지는 충격을 받는다. 그러나 곧 정신을 차리고 모든 것을 다 감수하겠다며 자신의 심경을 밝힌다. 롬멜이 "나는 전투 중인 군인 장교로 언제 죽을지도 모른다"며 자신의 심경을 이야기한다.

루치아는 그 말을 듣자 "당신과 단 하루만 살아도 소원이 없다"며 "귀대하기 전 결혼하자"고 조른다. 내일을 알 수 없는 자신과 결혼하려는 루치아에게 감격한 롬멜은 그녀의 뜻에 동의한다.

두 사람의 결혼예식은 개신교식으로 치러진다. 이 일로 루치아는 가톨릭에서 제명당한다. 언제 전선으로 떠나야 할지 모르는 절박한 상황에서 결혼식을 치른 두 사람은 남은 시간 최선을 다한 사랑을 나눈다.

이듬해 이탈리아 전선으로 간 롬멜은 중대병력으로 적군 9,000명을 사로잡는 전공을 세운다. 그해 가을엔 이탈리아의 알프스산맥 요새를 점령하여 장성들만 받는다는 훈장을 받았다.

영원한 조카 롬멜의 딸

루치아와의 결혼생활은 전쟁 중에 잠깐씩 나온 휴가를 통해 이어졌기에 언제나 신혼이었다. 결혼한 지 12년이 되도록 아이도 생기지 않다가 1928년 12월에 와서야 아들 '만프레트 Manfred'가 태어났다.

아들이 태어났다는 기쁜 소식도 잠시, 롬멜만 사랑하며 기다리던 슈템머가 폐렴으로 사망했다는 안타까운 소식이 함께 전해진다. 롬멜은 그 전쟁 통에 슈템머가 자신을 기다리며 혼자 살고 있으리라고는 상상도 못 했다.

명작에게 사랑을 묻다

슈템머는 결혼도 못한 채 채소가게를 하며 딸 하나를 키웠다. 그러면서 롬멜의 근황을 잘 알고 있었다. 롬멜이 루치아와 결혼했다는 소식도 알고 있었다. 그래도 언젠간 자신에게 돌아올 거라는 희망을

만프레트, 롬멜, 루치아

버리지 않았다. 하지만 루치아의 출산 소식이 전해진 뒤에는 롬멜이 돌아오리라는 확신을 완전히 버린다.

아들까지 두었으니 영영 내게 돌아올 수 없겠다는 생각이 늘자 삶의 의지가 완전히 꺾인다. 그러자 오랫동안 앓아오던 폐렴이 악화하면서 더 이상 일어나지 못한다. 눈을 감는 그 순간까지 슈템머를 안타깝게 만든 것은 혼자 남겨진 사춘기 어린 딸 게르투루트 뿐이었다. 게르투루트는 외할머니가 데려간다.

뒤늦게 이 모든 사실을 알게 된 롬멜은 자책한다. 자신의 배신으로 슈템머가 죽었고, 자신의 딸이 홀로 남겨졌다는 생각이 들자 괴로움에 몸서리친다. 그리고 그 괴로움을 잊기 위해 더욱 열심히 전투에 임해 더 큰 전공을 올린다.

그러면서 틈틈이 루치아와 함께 외가에서 자라고 있는 딸 게르투루트를 찾아간다. 하지만 군인은 규칙상 혼외자식을 둘 수 없기 때

문에 딸을 '조카'로 부르게 된다. 이 때문에 게르투루트는 '영원한 조카'가 된다.

롬멜은 전쟁터를 옮기면 가장 먼저 딸에게 주소를 가르쳐주었고, 둘은 수백 통의 편지와 사진을 주고받는다. 게르투루트는 아버지 롬멜에게 정성껏 스카프를 짜서 보냈다. 그날 이후 롬멜은 어떤 전투를 나가든 자신의 수호신이라도 되는 것처럼 이 스카프를 맸다.

아프리카 사막의 전차전에서도 이 스카프 매고 싸웠다. 이 스카프는 롬멜의 상징이 되었고, 항시 자랑하는 제일 귀한 소장품이 되었다.

히틀러가 아닌 국가에 충성

1933년, 총선거에서 히틀러의 '국가사회주의 노동당^{Nazi}'이 승리했다. 히틀러는 총통으로 취임하면서 취임 일성으로 '베르사유 조약_{제1차 세계대전 종전 후 연합국 4개국 지도자들이 서명한 평화조약, 독일이 거액의 전쟁배상금을 물도록 했다}' 파기를 선언했다. 독일 군부는 열광했다.

이후 히틀러는 잔인한 성격의 군인들만 따로 모아 나치돌격대^{SA}를 창설한다. 이들은 군복 입은 깡패들이었다. 총통에게 반대하는 세력들과 유대인들에게 무차별 폭력을 행사했다.

당시 소령으로 진급한 롬멜은 고슬라 지역 주둔군 사령관으로 근무 중이었다. SA요원들은 고슬라 지역에도 나타나 행패를 부렸다.

명작에게 사랑을 묻다

심지어 그들은 유대인 상점에서 물건을 구매하던 롬멜 부대원은 물론 예비역 장성까지 두들겨 팼다.

롬멜은 부하들에게 기관총을 주며 예비역 장성의 집과 유대인 상점을 수비하게 하고 계속 그 상점에서 물건을 사도록 허락했다. 이 때문에 SA요원들과 일촉즉발의 위기까지 간다. 다행히 SA요원들의 권력이 비대해지면서 군통제권까지 장악하려고 한 것을 히틀러가 미리 눈치채고 눈 밖에 나면서 전격 해산된다.

히틀러는 SA간부를 전원 구속하고, 무장친위대[SS]를 강화한다. 이 시기 롬멜은 제1차 세계대전을 회고하며 《롬멜 보병전술》을 쓰게 되는데 이 책이 히틀러 눈에 띈다. 그 일로 히틀러는 자주 롬멜에게 자문을 구했다. 그중 대표적인 것이 체코 합병 후 어떤 식으로 퍼레이드를 벌여야 될지를 물어온 것이다. 이때 롬멜은 "선전효과를 내시려면 오픈카로 하십시오"라며 자문을 해 주게 되는데, 이것이 지금도 행사시 사용되는 오픈카퍼레이드다.

전장에서 주고받은 편지로 시작된 사랑

전장에서 시간 대부분을 보낸 롬멜의 아내 사랑은 애틋함 그 자체였다. 항시 떨어져 지내는 것도 미안했고, 자신이 전사할까 봐 항시 마음을 졸여야 하는 모습도 안쓰러웠다. 그러던 중에 제2차 세계대전이 발발했다. 이 무렵 소장으로 진급한 롬멜은 제2차 세계대전에도 큰 전공을 세운다. 전차부대로 철조망 뒤 콘크리트 벙커 속에 숨은 프랑스 수비대 제2군단을 돌파하여 만여 명을 포로로 사로잡았고, 영국군을 무력화시켜 수에즈 운하 장악에 성공한다.

수에즈 운하는 지중해 패권을 장악하려면 반드시 차지해야 하는 곳으로 무솔리니가 점령하기 위해 몇 번의 공격을 시도했지만, 영국군에게 막혀 번번이 실패하던 곳이다. 롬멜은 이 일로 중장으로 승진한다.

다음 전장으로 떠나기 전 롬멜은 아내 루치아를 안심시키는 편지를 보낸다.

> 상황은 좋아요. 어떻게 진격해야 할지 작전계획이 충분히 서 있지만, 누구에게도 말하지 않았소. 내가 말하면 저들은 지나치다 하겠지만 나는 폭넓게 전세를 바라볼 뿐이오. 매일 새벽이면 늘 새로운 작전대로 시행하고 있소. 당신도 내 작전이 항상 성공한 것을 잘 알고 있을 것이오. 그러니 마음 졸이지 말고 안심해요. 내 사랑 그대여!

전쟁을 앞두고 자신의 안위보다 아내가 염려하지 않도록 배려하는 내용이 구구절절하다. 롬멜이 계속 승전보를 알려오자 히틀러는 롬멜을 원수元帥로 진급시킨다. 롬멜은 매 전투의 시작 전과 종료 후에 아내에게 소식을 전했다. 또한 전쟁만 잘한 것이 아니라 잔혹한 전장에서 휴머니즘의 꽃도 피운다. 영국군과 북아프리카 사막에서 치열한 전차전을 벌인 후 잠시 휴전 중일 때였다.

북아프리카의 롬멜(1942)

작전회의 중인 롬멜에게 중요한 첩보가 전달되었다.

"영국군 야전병원에 마실 물이 떨어져 병사들의 사기가 크게 저하되고 있다."

참모들이 손뼉을 치며 좋아했지만 롬멜은 달랐다. 장갑차에 백기를 달게 하더니 많은 양의 식수를 담아 보내주었다. 이런 성의에 영국군 제8군 사령관 몽고메리도 감동받고 자기가 타던 지프에 백기를 매달고 프랑스산 와인을 가득 실어 보냈다.

이 일을 알게 된 히틀러는 롬멜을 질책한다. 그러나 루치아는 이 일을 전해 듣고 편지로 남편에게 존경을 표했다.

적에게까지 기꺼이 생수를 보내시다니, 그들도 누군가의 귀한 아들들이죠. 당신이 자랑스럽고 존경스러워요.

이즈음 연합군은 정면대결로는 롬멜을 이기기 어렵다고 보고 영국 정보국을 통해 독일의 암호 '애니그마의 코드'를 해독하는데 주력한다.

오랜 시간 공을 들인 끝에 독일군의 암호가 해독되면서 롬멜의 모든 작전정보와 병참 보급선의 이동 경로가 사전에 파악된다. 롬멜의 군대는 위기를 맞는다. 독일 병참 보급선이 지중해에서 차례로 격침당했다. 돌연 사막의 여우 롬멜이 사막 한가운데서 군량미와 연료가 떨어져 궁지에 몰렸고, 건강까지 악화되었다.

그런데도 히틀러와 무솔리니는 롬멜에게 전진만을 요구한다. 그 어려움을 겪는 와중에 몽고메리의 파상 공격이 이어진다. 1942년 8월 30일, 공중과 지상, 양면에서 롬멜 부대를 향한 대대적 폭격이 가해진 것이다.

후퇴한 롬멜은 방어 라인을 구축해놓고 베를린의 가족에게 돌아가 요양을 해야만 했다. 이 틈을 놓칠 몽고메리가 아니다. 그동안 미국이 보내 비축해놓은 엄청난 군수물자를 총동원해 대전 발발 이후 가장 격렬한 대규모 폭격을 가했다.

아프리카 독일군의 처참한 상황이 롬멜에게 전해졌다. 딸 게르투루트가 낳은 두 손자를 돌보던 롬멜은 다시 전장으로 나갈 결심을 한다. 아픈 몸을 이끌고 나가려는 그를 주위의 많은 사람이 만류했지만 뿌리쳤다. 그가 아프리카 전선에 회귀해보니 독일군의 형편을 눈 뜨고 볼 수 없었다.

패배가 불 보듯 뻔한 싸움이었다. 롬멜은 히틀러에게 후퇴를 건의하지만 묵살당한다. 부하 병사들을 사지로 보낼 수 없다고 생각한 롬멜은 히틀러의 명령에 불복종하고 퇴각을 단행했다. 그는 늘 부하 장교들에게 가르쳤다.

"이겨봐야 아무것도 얻을 수 없는 전쟁은 아예 하지 마라. 모험을 감행하되 도박은 하지 마라."

아무리 총독 명령이라도 잘못된 것이라면 따를 수가 없었다. 무의미한 전쟁터에서 자신의 병사들을 무의미하게 죽도록 내버려 두기 싫었던 것이다. 이때의 심경을 아내에게 이렇게 피력했다.

> 사랑하는 루치아. 계속되는 적의 공습에 우리도 대응하고는 있으나 아무래도 좋은 결과는 기대하기 어려울 것 같소. 여기 내가 조금씩 모아둔 돈 2만 5,000리라를 동봉하니 외환법에 따라 환전해 사용하구려. 내 미래도 불안하니 미리 당신과 아이들에게 키스를 보내오.

연합군의 공세는 갈수록 격렬해졌다. 이 상태에서 독일군이 아프리카에서 버텨 봐야 자살행위였다. 롬멜은 다시 히틀러에게 아프리카대륙에서 완전히 철군하도록 제안했다. 그러나 총통지휘부에서 거절하는 전문을 보냈다. 이에 반발해 롬멜은 1943년 3월 9일 군총

사령관 직을 사임하고 고향으로 돌아갔다. 이로써 아프리카 전쟁이 종료되었다. 남은 부대도 저항하지 않고 항복하여 연합군의 포로가 되었다. 무고한 18만 명의 소중한 생명이 다행히 살아남게 되었다.

암살음모로 청산가리를 삼키다

롬멜이 자신의 명령을 따르지 않자 히틀러는 크게 화를 낸다. 그러나 국민적 존경을 받는 롬멜이었다. 어쩔 수 없이 그를 다시 불러 노르망디 해안 지역의 수비를 맡겼다.

직감적으로 노르망디가 중요한 전략 요충지임을 파악한 롬멜은 해변에 장애물을 설치하고 지뢰를 묻었다. 그리고 히틀러에게 장갑부대를 보내달라고 요청했다.

"총통 각하 만일 연합군이 상륙하려면 노르망디가 최적지입니다. 여기가 뚫리면 독일은 더 이상 버틸 수 없습니다."

거듭된 요청에도 총통의 거절이 계속되었다.

"하루빨리 서부전선의 기갑부대를 이곳으로 이동시켜 주십시오. 각하, 저에게 철십자훈장보다 더 중요하고 시급한 것이 한 대의 전차와 휘발유입니다."

그러나 롬멜을 불신하는 히틀러의 거절은 계속되었다. 루치아의 생일인 1944년 6월 5일, 연합군이 노르망디 상륙 작전을 개시했다. 히틀러는 상황 보고를 받고도 '교란작전'이라며 무시했다.

명작에게 사랑을 묻다

롬멜의 장례식 행렬

아내의 생일을 축하하기 위해 집에 들렀던 롬멜이 급히 노르망디로 향했으나 이미 연합군이 내륙 깊숙한 곳까지 쳐들어온 뒤였다. 그런데도 히틀러는 전쟁을 고집했다.

결국 베를린에 히틀러 암살조직이 생기고, 롬멜도 이들의 작전에 동참한다. 하지만 조직이 게슈타포에 포착되면서 암살공모자들이 속속 잡혀가 처형당하는 일이 발생한다. 게슈타포들은 롬멜의 공모 사실도 확인한다. 자택을 포위당한 롬멜은 자살과 특별재판 중 하나의 선택을 강요받는다. 국민적 지지를 받는 롬멜이 히틀러 암살음모로 재판을 받게 될 때 민심이반이 생길 것을 우려해서였다.

가족의 안위를 생각한 롬멜은 자살을 택한다. 게슈타포의 차를 타고 숲 속에 들어가 청산가리를 마셨다.

히틀러는 롬멜의 죽음이 전투 중 부상으로 사망한 것이라는 거짓 발표를 한다. 10월 18일, 시청 앞 광장에선 롬멜의 추도식이 거행되었다. 히틀러는 롬멜의 가족들도 행사에 참여하게 하여 의식의 정당성을 조작했다.

내용을 모르는 독일 국민은 '국민의 사령관'에게 석별의 애도를 표했다. 독일의 영웅은 그렇게 역사 속으로 사라졌다.

명작에게 사랑을 묻다

04

상처받은 위로자
- 빌리 홀리데이

누구나 인생에 굴곡은 있다. 그 앞엔 포기하는 사람도 있고 성취의 지렛대로 삼는 사람도 있다. 굴곡이 너무 심하면 대부분 사람은 주저 앉는다. 그러나 빌리 홀리데이^{Billie Holiday, 1915~1959} 앞에 서면 아무도 내 삶이 힘들다고 말하기 어려워진다.

그녀는 평생 누구에게도 뒤지지 않는 굴곡진 인생을 보냈으나 가장 위대한 재즈 가수가 되었다. 당시 대부분의 흑인 재즈뮤지션들이 불우한 세월을 보냈던 것 이상으로 홀리데이는 유별난 밑바닥 삶을 살았다. 그리고 유명해진 이후에도 본인과 관계없는 사람들과 얽히며 살아야 했다.

그는 흑인 재즈 보컬리스트임에도 루이 암스트롱^{Louis Armstrong}, 마일스 데이비스^{Miles Davis} 등과 같이 위대한 음악가의 반열에 올랐고, 할리우드 명예의 전당에도 그 이름이 자랑스럽게 기록되었다. 그래서 그녀를 진흙 속에 피어난 '한 송이 연꽃'이라고도 부른다.

무라카미 하루키가 재즈아티스트들의 초상화전을 보고 감동하여 쓴 재즈 에세이《재즈의 초상》을 보면 빌리 홀리데이의 노래를 듣고 "한꺼번에 용서해 주는 느낌을 받는다"며 "내 삶을 통해 저질러온 많은 실수와 상처 입힌 많은 사람의 마음을 그녀가 고스란히 받아 드리며 이제 그만 됐으니 잊어버려요"라고 썼다.

명작에게 사랑을 묻다

상처 입은 그녀의 보컬은 상처를 주고받으며 상처투성이로 살아가는 온 지구인들을 한결 개운하게 해주는 마법이다.

그녀가 세상을 스윙하게 한 대표적인 노래는 〈안녕, 고통이여Good morning, heartache〉, 〈불행도 기꺼이Glad to Be Unhappy〉, 〈제발For Heaven's Sake〉, 〈사랑도 끝나 가는데You've changed The End of a Love affair〉, 〈나는 당신만을 원하는 바보I'm a fool to want you〉 등이다.

유람선에서 만난 첫사랑, 베니 굿맨

어느 날 빌리가 노래 부르던 유람선에 베니 굿맨Benny Goodman이 나타났다. 유람선의 초대를 받고 악단을 데리고 온 것이다.

악단의 연주와 함께 직접 클라리넷을 연주하던 베니 굿맨은 자신의 연주에 맞춰 노래하는 빌리에게서 어떤 가수에게서도 맛볼 수 없는 감정 정화의 감흥을 느꼈다. 그녀의 음색과 가사엔 남다름이 있었다.

빌리 또한 흑인음악을 연주하는 백인 뮤지션에게 관심이 갔다. 베니 굿맨은 흑인 빈민층에서 시작된 재즈를 미국의 주류인 백인들에게 보급한 선구자 역할을 하던 인물이었다. 그 공로가 인정되어 베니 굿맨은 국민 영웅이라 할 만큼 절대적 인기를 누리게 된다.

빌리를 처음 만났을 때의 베니 굿맨은 재즈를 백인에게 보급하기 위해 애쓰는 초기 단계였다. 무명음악가이기는 했으나 피아니스트

베니 굿맨

미국의 클라리넷 연주자, 스윙 재즈 음악가다. 유태계의
가난한 양복점에서 자란 뒤 10세 때부터 클라리넷을 연
주했다. 1934년에 스스로 악단을 결성하여 라디오 쇼 레
츠 댄스로 큰 호응을 얻어 스윙의 왕이라고 불리기도 했
다. 그의 전기를 다룬 영화도 만들어졌다. 위의 사진은
1971년 독일 뉘른베르크 콘서트에서 클라리넷을 연주
하는 모습이다.

에 클라리넷 주자로 '스윙의 왕'이란 소리를 듣고 있었다. 그러면서도 훌륭한 인품을 지니고 있었기에 사람을 외모로 차별하지 않고 누구에게나 친절했다.

베니 굿맨은 열일곱 살 어린 소녀가 어떤 사연을 지니고 있기에 저런 소울이 가득한 소리를 내는지 궁금했다. 그리고 그 궁금증은 애정으로 발전했다. 빌리도 흑인인 자신을 아무 편견 없이 대해주는 베니 굿맨이 좋아졌다. 그래서 그에게 자신의 아픈 과거를 조금씩 털어놓기 시작했다.

성폭행과 누명

빌리는 대책 없는 십 대 미혼모의 딸로 태어났다. 그 바람에 볼티
모어의 사창가에서 허드렛일을 하며 살아야만 했다. 어린 나이에 힘

명작에게 사랑을 묻다

겨운 삶을 살아가던 빌리의 유일한 위로는 축음기에서 흘러나오는 루이 암스트롱의 음악뿐이었다. 그 음악에 위로를 받으면서 빌리에게 재즈는 삶의 전부가 되었다. 길거리를 지나다가도 재즈 음악만 흘러나오면 그곳으로 달려가 음악에 귀를 기울였다.

당시 빌리의 유일한 말동무는 오두막집에 함께 사는 증조모뿐이었다. 어머니는 자기 할머니에게 어린 빌리를 맡겨두고 생계를 위해 뉴욕 부잣집에 식모로 들어갔다.

그의 벗이었던 증조모는 빌리 곁에 오래 있지 못했다. 어린 빌리를 남겨두고 증조모가 죽음을 맞이하자 어머니가 돌아와 함께 살았다. 하지만 젊은 엄마는 빌리를 버리고 새로운 남자를 만나 재혼을 한다. 빌리는 다시 사창가로 나가 창녀들의 심부름을 하며 생활해야 했다.

그러던 어느 날 사창가 주인의 방에서 재즈 소리가 들렸다. 그 소리에 끌려 방문 앞까지 다가갔을 때, 백인 남자가 문을 벌컥 열고 나오더니 빌리를 끌고 들어가 성폭행했다.

경찰에 신고했으나 백인 경찰은 오히려 흑인 소녀인 빌리가 백인 남성을 먼저 유혹했다며, 누명을 씌워 감금해 버렸다. 2년 뒤 빌리가 풀려나자 어머니가 찾아와 뉴욕의 어느 집에 식모로 데려갔다.

그곳에서도 빌리는 또 다시 집주인에게 성폭행을 당할 위기에 처한다. 그 집에 들어간 지 한 달도 안 되어 겪은 일이었다. 빌리는 그 집을 뛰쳐나와 어머니를 찾아갔다. 마침 그 무렵 플로렌스 윌리엄스라는 귀부인이 가정부를 구하던 중이었다. 어머니는 선불을 받고 빌리를 그 집의 식모로 보낸다.

플로렌스는 외모와 달리 할렘가에서 사창가 포주를 하던 사람이었다. 빌리는 그곳에서 일주일에 15달러 정도 받고 창녀 노릇을 해야만 했다.

그가 창녀로 살아가던 어느 날, 흑인 조폭 두목이 찾아와 잠자리를 요구했다. 무섭다며 거절하자 두목은 빌리를 청소년 성매매 혐의로 고발한다. 그 일로 또다시 감옥에 4개월간 갇히게 된다.

나이트클럽과 베니 굿맨의 도움

억울한 옥살이에서 풀려난 뒤 할렘가로 돌아와 일자리를 찾던 빌리의 눈에 나이트클럽 밤무대 가수를 모집한다는 벽보가 발견된다. 그 나이트클럽을 찾아가서 평소 즐겨 부르던 〈외로운 나그네 Trav'lin All Alone〉를 피아노 반주에 맞춰 불렀다. 노래가 홀 안에 울려 퍼지자 손님들의 시끄러운 소리가 멎고 조용해졌다. 가창력도 좋았지만, 폐부를 찌르는 안타까운 음색이 홀 안을 휘감았다.

그녀의 노래에 감탄한 사람들은 노래가 끝난 뒤에도 한동안 침묵했다. 심지어 어떤 사람은 마시던 술잔을 밀어놓고 울고 있었다. 잠시 시간이 흐른 뒤 객석에선 천둥 같은 박수 소리가 터져 나왔고, 그 박수는 오랫동안 그칠 줄 몰랐다.

명작에게 사랑을 묻다

이때를 회고하며 빌리가 베니 굿맨에게 말했다.

"모두가 어찌나 숨죽여 제 노래에 집중하든지 바늘 하나라도 떨어지면 마치 폭탄 터지는 소리처럼 들렸을 거예요."

힘껏 손뼉을 친 손님들은 57달러라는 거금을 모아 주었다. 빌리가 열네 살 어린 나이에 허름한 나이트클럽의 가수가 되는 순간이었다. 비록 어린 흑인 가수지만 무대 위에서 노래하는 그 순간만큼은 백인들도 아낌없이 갈채를 보냈다. 그러나 무대에 서기 전에 먼저 얼굴에 분홍 칠을 해야 했다.

그 시기 흑인은 호텔에 들어갈 때도 정문이 아닌 뒷문으로 가야 했고, 바보가 되지 않으면 살아남기가 어려웠다. 흑인 피가 한 방울이라도 섞이면 흑인이었다. 백인 아버지와 흑인 어머니 사이에서 태어난 백인 남성과 결혼하기로 한 백인 여인이 남자 집에 들렀다가 어머니가 흑인인 것을 알고 파혼을 하는 일은 비일비재했다.

이런 일을 소재로 시어도어 드라이저는 장편소설 《아메리카의 비극An American Tragedy》를 썼고, 그것은 영화로 만들어지기도 했다.

젊은이의 양지

시어도어 드라이저의 소설 《아메리카의 비극》을 조지 스티븐스 감독이 〈젊은이의 양지〉로 영화화한 것으로 자본주의 사회에서 물질적 성공의 추구로 변질되어 버린 아메리칸 드림의 실패와 비극을 그린 작품이다. 여섯 부문의 아카데미상과 골든글로브상, 극영화 부문 작품상 등을 받았다.

흑인 여가수로 살았지만, 온갖 설움은 계속되었다. 그래도 창녀 노릇 하지 않는 것을 다행으로 여겼다. 빌리의 노래에 반한 나이트 클럽 주인은 평생 한 번 만나기 어렵다는 보물을 잡았다는 생각에 투자를 아끼지 않았다. 무대에 오르기 전 거친 머릿결에 새하얀 치자꽃을 꽂게 했고 목이 긴 흰 장갑도 끼게 했다. 이 두 장식은 이후 빌리의 평생 트레이드마크가 된다.

빌리의 노래를 들으러 오는 손님으로 인해 나이트클럽은 문전성 시를 이루었다. 그녀 덕에 큰돈을 번 나이트클럽 주인은 클럽을 더 고급스럽게 꾸미고 유람선까지 구입했다.

벽에 부딪힌 사랑 앞에서 만난 레스터 영

이후 유람선엔 유명 뮤지션들이 초청된다. 이 자리에서 빌리와 베니 굿맨이 만난 것이다. 베니 굿맨은 빌리의 이야기를 듣고 아픔까지 이해하고 보듬는다. 평소에도 여러 재즈 뮤지션들을 발굴해 톱 텐까지 올려놓았던 베니 굿맨은 그녀가 음반을 취입할 수 있도록 힘껏 도울 뿐 아니라 일류 매니저 보글레더도 소개해준다. 그때부터 빌리의 활동 무대는 더욱 넓어진다.

천대만 받던 빌리는 베니 굿맨의 조건 없는 사랑을 받으며 더한층 자신감이 붙었다. 원래 미녀인 데다가 무대에 설 때 우아함까지 더해진 빌리는 이때부터 'Lady Day'라는 애칭을 얻는다. 베니 굿맨을

　　　　　　　　　　　　　명작에게 사랑을 묻다

만난 뒤로 빌리는 사랑으로 아팠던 과거의 상처를 딛고 인기를 더해 간다. 그런 빌리의 앞을 가로막는 사람이 등장하는데, 베니 굿맨의 어머니와 누나였다. 베니 굿맨의 어머니는 장래가 촉망되는 아들이 흑인 여성과 결혼하는 일은 절대 있을 수 없다며 결사적으로 반대했 다. 아예 베니 굿맨의 누나는 동생 곁을 지키며 밀착 감시했다. 자기 동생처럼 유능한 뮤지션이 흑인 여성, 더구나 사창가 출신인 빌리와 만나는 것을 원치 않았다. 그런데도 베니 굿맨이 꿋꿋이 사랑을 지 켰다.

그러나 어머니와 누나의 방해공작이 너무나 집요하여 베니 굿맨

재즈의 소리
1957년 미국 CBS TV의 '재즈의 소리'에 출연한 장면. 왼쪽부터 빌리 홀리데이, 레 스터 영(색소폰), 콜맨 호킨스(색소폰), 게리 멀리건(색소폰)이다.

이 재즈 음악을 포기해야 할 지경에 이르자 빌리는 베니 굿맨의 곁을 떠난다.

베니 굿맨을 떠나 자리잡은 곳은 뉴욕 최고의 재즈 악단 카운트 베이시Count Basie였다. 그곳엔 뉴욕 최고의 테너 색소폰의 일인자 레스터 영Lester Young이 있었다. 평소 레스터 영의 음악을 흠모하고 있던 빌리는 전미 순회공연을 준비하던 카운터 베이시에 함께한다.

레스터 영은 베니 굿맨을 떠나보내야만 했던 빌리를 위로하며 그녀의 허전한 옆자리를 채워준다. 그리고 2년 동안 계속된 순회공연을 통해 두 사람은 깊은 정을 나눈다.

빌리는 레스터를 프레지던트 레스터President Lester라 부르며 존경했고, 레스터는 빌리를 레이디 데이Lady day라 부르며 같이 존중했다. 이들의 따뜻한 정서적 교감은 죽는 날까지 지속한다.

〈이상한 열매〉의 빅히트

순회공연을 마친 뒤 빌리의 생활은 안정을 찾는다. 그리고 1939년 세기의 명반으로 불리는 〈이상한 열매Strange Fruit〉를 내놓는다.

음반에는 루이스 앨런Lewis Allan의 시에 곡을 붙인 노래들이 담긴다. 하지만 빌리는 음반을 만들 때 큰 기대는 하지 않았다. 처음 음반 속 노래를 불렀을 때도 박수 소리 하나 들리지 않아서 곡은 실패했다고 생각했다.

명작에게 사랑을 묻다

실망한 채 무대를 내려오려는데 조용한 좌중에서 한 사람이 일어나더니 정신없이 손뼉을 쳤다. 그 박수를 시작으로 너도나도 일어나 열광적인 환호를 보냈다. 이 노래가 빅 히트되면서 빌리는 드디어 재즈의 전설이 된다. 이후 〈이상한 열매〉는 빌리의 공연 때마다 항상 마지막 노래가 된다.

그녀의 공연장에는 모든 불빛이 꺼지고 빌리를 비추는 서치라이트가 켜지면, 서빙 하던 웨이터들까지 하던 일을 멈

〈이상한 열매〉

1930년대의 미국의 인종차별정책을 알려주는 노래다. 빌리는 처음에 가사의 의미를 몰라 노래에 몰입하지 않았다고 한다. 그 뜻을 알고 난 후 그녀는 이 노래를 공연 마지막에 조명 하나만 켜고 불렀다. 음반 재킷에도 인종차별주의자들에게 집단 폭력을 당한 뒤 나무에 매달려 있는 끔찍한 광경을 묘사하고 있다.

추고 빌리의 노래를 들었다. 노래가 끝나고 무대에서 빌리가 사라질 때까지 박수는 계속되었고, 객석에 훌쩍이는 사람들이 가득했다.

미국 음반협회와 〈타임〉지는 〈이상한 열매〉를 세기의 음악으로 선정했고 여류작가 릴리언 스미스Lillian Smith는 이를 소설화했다. 이 책 역시 미국 최고의 베스트셀러가 된다.

대스타가 되었지만, 무대에서 내려오면 노랫말처럼 빌리도 흑인이라는 이유 하나만으로 여전히 '더러운 검둥이' 취급을 받았다. 특히 인종편견이 극심한 남부에서 흑인 학대사건이 더 많이 일어났다. 이를 다룬 소설이 《앵무새 죽이기To Kill a Mockingbird》다.

남부 순회공연 도중 빌리는 끔찍한 일을 당했다. 남부 어느 마을

에서 공연 도중 대규모 흑인 린치 사건이 터진 것이다. 백인들이 흑인을 닥치는 대로 두들겨 팼다. 그 흑인들의 조상이 영국 노예사냥선에 짐승처럼 묶여 미국으로 팔려온 아프리카 원주민들이다. 이들의 노동력이 미국경제 부흥의 기반이었는데도 백인들은 흑인을 가축처럼 대했다. 이런 살벌한 분위기에 떨고 있던 빌리에게 한 백인 여성이 다가왔다.

"야, 노래 제목이 말이야, 거 뭐지? 깜둥이들이 나무에 매달린다는 그 섹시한 노래 말이야. 좀 불러 봐."

빌리는 나오는 눈물을 억지로 참아가며 〈이상한 열매〉를 불렀다. 백인 여성이 떠난 뒤, 빌리는 참았던 울음을 마음 놓고 터트릴 수 있었다.

마약을 선물한 남편

빌리는 성공 가도를 달렸지만, 무대를 내려오면 그녀는 여전히 흑인이었고, 멸시하는 백인들의 마음은 달라지지 않았다. 같은 공연단원이라도 백인밴드들과는 다른 대우를 받았다. 그들은 공연이 끝나면 호텔에 들어가 편안한 휴식을 취할 수 있었다. 하지만 메인보컬인 빌리는 밤거리를 헤매야 할 때가 많았다. 흑인 여성이라는 이유로 모든 숙소에서 거절했기 때문이다.

외로움을 달래기 위해 빌리는 결혼을 서두른다. 캘리포니아 업타

명작에게 사랑을 묻다

운 하우스 경영자가 동생 지미 먼로^{Jimmy Monroe}를 소개했다. 진실하고 성실해 보여 어머니에게 소개했지만 "직업도 없고 바람둥이 같다"며 반대했다. 그런 반대에도 불구하고 두 사람은 시골로 도피해서 함께 산다. 그러다가 1941년 두 사람은 기어이 결혼한다.

그런데 살아보니 어머니의 우려대로 룸펜에다가 천하에 바람둥이였다. 게다가 폭력까지 행사하는 아편 중독자였다. 빌리의 어머니는 그 일로 충격을 받아 죽음에 이르게 된다. 어머니마저 세상을 뜨자 자포자기 심정이 된 빌리는 남편의 기분도 맞춰줄 겸 마약에 손을 대기 시작했다. 빌리의 막대한 수입은 두 사람의 마약 구입비로 탕진된다. 결국 마약 복용이 알려져 체포되고, 또 다시 1년간 갇혔다가 출소한다.

1년 뒤 다시 함께 살게 된 남편은 셔츠칼라에 빨간 립스틱 자국을 묻혀서 나타난다. 빌리가 다그치자 당황한 남편은 변명하려 한다. 빌리는 "변명하지 마^{Don't Explain}"라는 한마디 말을 남기고 남편과 결별한다. 그 후 〈Don't Explain〉으로 만든 노래가 첫 결혼에서 얻은 유일한 수확이었다.

두 번째, 그리고 세 번째 남편

외로움을 달래려고 만난 첫 남편과 이혼하고 열흘 뒤, 그녀는 카네기홀에서 공연한다. 대성황을 이룬 그 공연의 행사 진행기획자가 존 레비$^{John Levy}$였다. 그는 집을 나온 빌리에게 숙소를 제공하고 무대와 무대의상, 보석 등을 주며 환심을 산다. 그의 호의는 빌리의 마음을 움직이고, 결국 두 사람은 결혼에 이른다.

레비는 빌리를 주인공으로 전국순회를 기획한 뒤, 순회공연을 다닌다. 그런데 레비가 모든 수입금을 독식한다. 빌리가 이에 항의하자 마약 소지범으로 고발해 버린다. 다행히 무죄로 밝혀지지만 빌리는 이 일로 큰 상처를 받고, 레비와 이혼한다.

그리고 세 번째 남편 루이스 맥케이$^{Louis McKay}$를 만난다. 그리고 그와 함께 그렇게도 염원하던 유럽 순회공연을 떠난다. 프랑스, 이탈리아, 독일, 네덜란드 등으로 이어지는 순회공연은 가는 곳마다 최고의 인기를 누린다.

이즈음 루이스 앨런이 작사한 〈아이를 축복해주세요$^{God bless the child}$〉라는 노래를 취입한다. 봉제공장, 마트 등에서 힘겹게 일하는 가난하고 편모슬하에 사는 어린 아들을 잘 돌보아 달라는 내용의 노래였다. 노래에선 빌리만의 독특한 냄새가 났다. 같은 노래를 다른 가수들이 불렀지만, 맛이 안 난다고 청중들이 제지할 정도로 빌리의 노래만이 인기였다.

유럽 순회공연을 마치고 미국에 돌아온 빌리는 FBI 요원들에게 체포된다. 남편이 불법무기 판매업자였고, 여기에 빌리가 연루된 혐의로 체포된 것이다. 1957년 그는 또다시 구속된다.

명작에게 사랑을 묻다

다시 교도소에 갇힌 빌리는 만감이 교차했다. 첫 남편은 바람둥이에 아편 중독자였고, 두 번째 남편은 빌리의 수입을 모두 갈취한 사기꾼이었다. 게다가 세 번째 남편은 불법무기 판매업자였다. 잘못된 만남 때문에 빌리는 다섯 번이나 옥살이해야만 했다. 하지만 빌리가 억울한 누명을 썼다는 것을 아는 팬들이 석방운동을 벌이면서 그녀는 보석금을 내고 풀려난다. 그러나 몸과 마음은 완전히 탈진된 뒤였다.

이 무렵 빌리는 자신의 삶이 얼마 남지 않았음을 직감한다. 그녀는 마지막 힘을 다해 100년 재즈 역사의 기념비적 음반 〈Lady in Satin〉을 만들어낸다. 이 음반의 타이틀곡은 〈바보처럼 당신만 원해요I'm a fool to want you〉이다.

음반 속에는 〈하지만 아름다워But beautiful〉라는 노래가 들어있다. "사랑은 재미있거나 혹은 슬퍼, 하지만 아름답지love is funny! or it sad, but beautiful"라는 가사가 담긴 노래였다.

그에게 사랑은 증조모, 어머니, 베니 굿맨과 레스터 영 등 좋았던 사랑이 있었고, 세 남편과의 슬펐던 사랑이 있었다. 빌리는 그런 사랑들이 지나고 보니 모두 아름다웠다고 노래한다.

음반 작업이 끝나갈 즈음 평생 마음의 동반자였던 레스터 영이 세상을 떠났다는 소식이 들려왔다. 그가 죽고 10주 후인 1959년 7월 17일, 뉴욕 메트로폴리탄 병원에서 빌리도 숨을 거둔다. 그녀의 나이 마흔다섯 살이었다.

　45년 동안 젖먹이 시절만 빼고 인간이 경험할 수 있는 모든 아픔을 쉼 없이 경험하면서도 그녀는 자신의 아픔을 노래로 승화시켰다. 그녀는 "온 세계 최고로 진귀한 상품들과도 결코 바꿀 수 없는 내 삶의 체험으로 터득한 두 개의 단어가 있답니다. 밥과 사랑이죠. 인생을 놓고 수백만 마디의 설교보다 더 필요한 것은 밥과 사랑이랍니다"라는 마지막 말을 유언으로 남긴다.

명작에게 사랑을 묻다

05

그래도 지구는 돈다
- 베르톨트 브레히트

물론 나는 알고 있다. 오직 운이 좋았던 덕택에, 나는 그 많은 친
구보다 오래 살아남았다. 그러나 지난밤 꿈속에서 이 친구들이 나
에 대하여 이야기하는 소리가 들려왔다.

"강한 자는 살아남는다." 그러자 나는 자신이 미워졌다.

― 《살아남은 자의 슬픔》 중에서

독일에서 괴테 이후 세계적 명성을 날린 3대 작가로 토마스 만
Thomas Mann, 프란츠 카프카Franz Kafka, 베르톨트 브레히트Bertolt Brecht,
1898~1956를 꼽는다. 이중 브레히트는 연극을 혁신해 현대화하였다. 아
리스토텔레스의 《시학詩學》에 근거한 연극이 클라이맥스, 엔딩의 구
조 속에 감정이입을 높여가며 카타르시스를 주는 데 비해 브레히트
가 내놓은 서사극敍事劇이란 관객과 무대 위의 등장인물 사이의 감정
이입을 차단하여 관객이 객관적 입장에 머물도록 한다.

이렇게 되면 관객은 무대 위의 연기에 덜 사로잡히고 실제 정보를
중심으로 이성적 판단을 할 수 있다. 희곡 구성도 반전, 경악, 폭로
등과 관계없이 서사적인 요소를 중심으로 전개한다.

브레히트에게 문학의 형식보다는 내용과 효용성이 중요했다. 〈서
푼짜리 오페라Per Dreigrochenoper〉 등 탁월한 희곡 48편을 완성했고, 미완

명작에게 사랑을 묻다

성 희곡 50편, 2,300편의 시를 남겼다. 그의 작품엔 리얼리스트답게 현실에 안주하지 않는 사랑의 편린이 배경으로 들어있다.

어느 푸르른 날 자두나무 아래

브레히트가 열여덟 살 되던 1916년 여름 어느 날 오후, 아이스크림 가게에서 평소 안면이 있는 마리아^{Maria Amann, 1901~1988}를 만나 사귀게 된다. 브레히트는 학교 당국의 호출받아 퇴학 경고를 받은 상태였다.

그는 열 살 때 김나지움에 들어와 시를 쓰기 시작했고, 열여섯 살 때 가명으로 〈아우구스부르크〉 신문에 단편소설을 발표할 정도로 글재주가 좋았다. 그런 브레히트가 졸업을 앞두고 학교에 평화사상이 깃든 산문을 제출했다가 불순 사상을 지닌 학생으로 낙인찍혀 퇴학의 위기에 놓인 것이다. 다행히 종이 공장 사장인 아버지의 노력으로 그의 퇴학은 면할 수 있었다.

퇴학 처분이 취소되면서 마음이 편해진 브레히트는 아이스크림 가게에서 이발사의 딸 마리아를 만난 것이다. 두 사람은 그날 처음 이발소가 아닌 곳에서 마리아와 이야기를 나누면서 두 사람은 연인으로 발전했다.

그날 자두나무 아래에서 기습키스를 하면서 마리아와 브레히트는 동화 같은 사랑을 나눈다. 그러나 순진했던 마리아는 한 번뿐인 입맞춤으로 임신했다는 불안감에 브레히트를 피했다.

기다리다 못한 브레히트가 이발소로 찾아갔지만, 마리아를 만날 수 없었다. 그곳엔 언니가 있었다. 브레히트는 마리아의 언니에게 작업을 걸지만, 거절당한다. 이후 마리아는 브레히트가 너무 저돌적이어서 부담스럽다며 친구 파울라 반홀처^{Paula Banholzer, 1901~1989}를 소개해준다. 하지만 둘 사이가 진전되자 박식한 데다가 청산유수인 브레히트를 떨치지 못해 1920년 여름까지 관계를 맺는다.

후일 브레히트가 마리아를 추억하며 지은 시가 〈어느 푸르른 날〉이다.

> 어느 푸르른 날, 하늘에 조각구름 하나만 떠 있던 날.
> 자두나무 그늘에서 그녀를 안았네.
> 창백하고 고요한 그녀를 꿈결처럼 안았네.
> 한참 후에 하늘을 보니 한 조각구름마저 사라지고 말았네.
> 그날 이후 무수한 시간이 흔적 없이 사라졌지.
> 이제 와 그 사랑 어쩌 되었냐고 누가 묻는다면 잊었다고만 말하리.
> 다만 남은 추억은 그녀와 첫키스한 그 순간뿐.

솜사탕과 태양

마리아와 브레히트의 사랑은 2년간 계속된다. 하지만 이 사실을 파울라가 알게 되면서 벼락같은 화를 낸다. 파울라를 찾아간 브레히

명작에게 사랑을 묻다

트는 자신의 잘못을 빌어 용서를 받곤 마리아에게 조용히 다시 만나자고 제안한다. 마리아는 브레히트의 제안을 거절하고 파울라를 먼저 찾아가 자신의 잘못을 사과한 뒤 둘의 관계를 완전히 정리한다.

파울라 반홀처

브레히트는 몰래 만났던 첫사랑 마리아가 완전히 떠난 뒤, 오직 파울라에게만 집중한다. 파울라는 브레히트를 '나의 경배 세상', '내 태양'이라고 부르고, 브레히트는 파울라를 '비Bi, Bittersüß'란 애칭으로 부르며 두 사람은 급속도로 가까워졌다. 파울라는 아우크스부르크 병원의 유명한 의사 딸이었고 브레히트는 당시 뮌헨대 의학 전공 중이었기에 두 사람은 맞는 구석도 없진 않았다.

한동안 둘만의 사랑에 만족하던 브레히트는 금세 본성을 드러낸다. 눈에 또 다른 여성이 들어왔다. 브레히트는 떠나버린 마리아의 순진성, 수용성, 순응성을 잊지 못하고 있었다. 그런데 그와 비슷한 이미지를 지닌 아가씨 테레제 오스트하이머Therese Ostheimer가 나타난 것이다.

그녀와의 만남은 어쩌다가 참여한 가톨릭 미사에서 이루어졌다. 그녀를 한눈에 반한 브레히트는 설레는 가슴으로 구애 편지를 보냈는데, 테레제의 아버지에게 발각되면서 혼쭐난 뒤 끝났다.

결국 다시 파울라에게 집중하던 브레히트는 졸업을 기념해 준다며 슈타른베르크 호수로 여행을 갔다가 얼어붙은 호수 위에서 즐거운 한때를 보낸 뒤 임신하게 된다. 이 일로 브레히트가 파울라의 아버지를 찾아가 결혼하겠다고 했지만, "작가지망생에게 뭘 믿고 딸을 주느냐"며 거절당한다. 그리고 딸에게는 "차라리 혼자 애를 기르며 살라"고 했다.

결혼과 이중생활

결혼도 하지 않은 파울라는 배가 불러오자 의사인 아버지의 명성을 지켜주기 위해 먼 시골 마을로 내려간다. 아는 사람 하나 없는 시골로 내려가 남들 몰래 아들 '프랑크Frank'를 낳는다. 이 시기 뮌헨 의대에 재학 중이던 브레히트는 극작가로도 활동을 시작한다. 그리고 틈틈이 몰래 찾아온 파울라와 즐거운 시간도 보낸다.

하지만 브레히트는 같은 의대생인 헤다 쿤Hedda Kuhn, 1898~1976과 교제 중이었다. 두 사람은 의학 공부에 별 취미가 없어 함께 연극 비평과목을 수강하며 친해졌다. 그런데 헤다가 브레히트와 파울라의 관계를 알게 되자, 자신에게만 관심을 가지라고 심하게 다그쳤다. 하루는 파울라가 브레히트를 찾아 학교에 들어왔다. 이를 알게 된 헤다는 브레히트에게 '지조가 없는 남자'라 화를 내고 결별을 선언한다. 이때 브레히트가 파울라에게 "헤다는 머리와 눈으로 하는 일은 잘한다. 하지만 가슴으로 하는 일과 밤중의 일은 전혀 숙맥이다"라고 말한다.

명작에게 사랑을 묻다

첫사랑 마리아 이후 항상 두 여자와 교제하는 습관을 지니고 있던 브레히트는 헤다가 떠나자 또 다른 여자를 찾는다. 아우구스부르크 시립극장에서 공연을 보러 갔다가, 오페라가수 마리안네 초프^{Marianne Zoff, 1893~1984}에게 반해버린다.

브레히트는 공연이 끝나자 극장 안 의상실로 찾아가 다짜고짜 초프에게 청혼했다. 브레히트의 청혼을 초프가 받아들이면서 두 사람은 뮌헨에서 결혼식을 올리게 된다. 하지만 브레히트는 파울라와 헤어지지 않고 계속해서 몰래 만났다. 희곡 〈한밤중의 북소리^{Trommeln in der Nacht}〉도 이 무렵 완성된다. 그 희곡은 뮌헨극장에서 상영되었고, 클라이스트 문학상^{Kleist-Preis}을 수상했다.

브레히트의 이중생활은 금세 들통 났다. 초프는 파울라를 먼저 만나 입장을 듣고 브레히트를 불러냈다.

"당신이 지금 결정해라. 누구를 선택할래?"

초프의 완벽한 추궁에 놀란 브레히트는 그 자리에서 뛰쳐나와 거리를 배회하다가 밤늦게 집에 들어갔다. 그리고 그날 일기장에 이런 푸념을 적어놓았다.

> 왜 사람들은 한 사람에게 절대적 존재가 되려고 하는지, 그런 사랑을 도무지 이해할 수 없다.

그리고 다음 날 파울라를 만나서 달랬다.

"당신은 예나 지금이나 나의 태양이오. 지금 초프가 임신 중이니 충격받지 않도록 출산 후 이혼하고 우리 정식으로 결혼합시다."

이미 여러 번 바람 핀 일이 들통 난 뒤라, 이번엔 진심 어린 고백이었다. 그런데 파울라의 아버지가 아우구스부르크 명문가로 딸을 강제로 출가시켜 버린다. 그리고 딸과 브레히트 사이에서 태어난 외손자는 자기 집으로 데려간다. 이 소식을 들은 브레히트는 파울라의 신혼집으로 친구를 보내 도망 나오기를 간청했다.

파울라는 그 청을 거절한다. 실의에 빠진 브레히트는 집을 나와 베를린으로 떠나 버린다. 이후 남편과 별거 상태가 된 파울라는 딸 한네^{Hanne}를 혼자 출산한다.

두 번째 결혼과 연인들의 자살소동

베를린에 도착한 브레히트는 예전부터 알고 지내던 헬레네 바이겔^{Helene Weigel}의 집을 숙소로 정한다. 유대인으로 이름난 연극배우였던 그녀는 브레히트가 창작에 전념할 수 있도록 물심양면으로 돕는다. 특히 마르크스의 저작물을 깊이 읽도록 배려한다.

깊이 사랑한 두 사람은 1929년 드디어 결혼에 이른다. 그리고 둘 사이엔 아들 슈테판^{Stefan}이 태어난다.

이 결혼은 그동안 브레히트가 사귀던 많은 여인에게 충격을 안겨준다. 이들은 브레히트가 초프와 사는 동안에도 애정 없는 부부였음

명작에게 사랑을 묻다

을 잘 알고 있었다. 그래서 언제든 다시 브레히트와 시작할 수 있다고 믿었다. 그런데 브레히트가 진심으로 사랑하는 여인과 정식부부가 된 것이다. 이제 다시는 브레히트를 자신의 남자로 만들 수 없다고 여긴 여인들은 절망했다. 엘리자베스 같은 여인은 자살을 시도할 정도였다.

서푼짜리 오페라(1928)

자신의 두 번째 결혼 후 연인들이 대소동을 일으키자 브레히트는 "사랑이란 주는 것이다. 받으려고만 하면 자기애에 빠지게 되고, 이는 자살과 유사하다"며 대수롭지 않게 여겼다.

그해 〈서푼짜리 오페라〉가 크게 성공한다. 그 연극은 1931년 영화로도 만들어진다. 이 영화에 출연해 대스타가 된 카롤라 네어[Carola Neher, 1900~1942]도 브레히트와 사귄 적이 있었다. 그런 브레히트가 결혼했다는 소식을 듣자, 기차역에 마중 나온 브레히트가 내민 꽃다발을 내팽개쳐 버린다.

브레히트는 글 쓸 때 남다른 버릇이 있었다. 가족과 떨어져 있어야만 글을 쓸 수 있었다. 공동작업을 하는 경우가 많아서 그런 것도 있었지만, 그 과정에서 많은 여인과 염문을 뿌릴 수 있었던 것도 한 역할을 했다.

헬레네는 그 버릇을 인정해 주었다. 그리고 다른 여인과 염문을 뿌리는 것도 쿨하게 눈감아 주었다. 그러다 딱 한 번 폭발한 적이 있다. 브레히트가 고리끼의 《어머니》를 각색할 때, 스물세 살 나이에 결핵을 앓던 마르가레테 슈테핀Margarete Steffin, 1908~1941을 데리고 집에 온 것이다. 헬레네는 둘의 관계는 그러려니 했지만, 자식들에게 결핵을 옮길까 봐 화를 냈다.

1932년 〈어머니〉가 공연될 때 슈테핀이 하녀 역을 맡고 주연은 헬레네가 맡아 최고의 배우가 된다. 다음 해 나치 정권이 자작극 '제국의회 방화사건'을 일으키고 공산당의 소행이라며 색출작업을 벌인다. 위기의식을 느낀 브레히트는 헬레네와 함께 15년 망명생활을 떠난다. 슈테핀도 함께였다.

망명과 빨간 루트

나치의 지배에 있던 독일을 떠난 브레히트 가족은 덴마크로 망명했다. 그들의 망명을 제일 먼저 반긴 것은 기자인 동시에 미모의 여배우였던 루트 베를라우Ruth Berlau, 1906~1974였다. 그녀는 부르주아 계급 출신이면서도 공산주의를 신봉하고 있어서 '빨간 루트Red Ruth'라 불리고 있었다. 취재를 빙자해 만난 두 사람은 의기투합하여 신문의 특집기사를 기획한다. 그리고 코펜하겐에서 파리, 모스크바까지 함께 자전거 여행을 떠나는 모험담을 만들기도 했다. 이 기사는 큰 관심을 모았다.

명작에게 사랑을 묻다

나중엔 공동으로 희곡을 쓰게
되면서 무려 아홉 편의 작품을 내
놓는다. 이들 작품은 덴마크에서
인기리에 공연된다.

루트 베를라우

덴마크 망명 시절 브레히트는
종교와 권력의 횡포를 다룬 〈갈
릴레이의 생애Leben des Galileil〉를 썼
다. 이 희극을 통해서 관객들은 아무리 횡포가 심해도 '그래도 지구
는 돈다'는 것을 알게 된다. 나름대로 덴마크에서 자리를 잡아가던
브레히트였지만, 행복은 얼마 가지 않았다. 1941년 나치가 덴마크
를 침공한 것이다. 결국 브레히트 가족은 또 다시 정처 없는 망명길
을 올랐다. 브레히트는 떠나기 전날 베를라우에게 편지를 보낸다.

> 이제부터 나는 당신만 기다릴 거야. 내가 어디로 가나 언제든 당
> 신이 찾아오리라 믿어. 그 믿음은 너 때문이 아니야. 바로 나 때문
> 이야. 빨간 루트, 나의 루트.

베를라우는 브레히트의 망명으로 자기 인생이 송두리째 흔들리는
아픔을 느낀다. 견디다 못한 베를라우는 가족과 남편, 친구 그리고
직업 등 모든 것을 포기하고 브레히트를 따라나섰다. 이제 브레히트
의 망명길에 가족 외에 슈테핀과 베를라우까지 두 명의 여인이 함께

하게 된다. 그들은 스웨덴을 거쳐 모스크바로 갔다.

기나긴 망명길에서 속기와 언어 천재인 슈테핀은 브레히트의 대변인 노릇을 충실하게 해낸다. 하지만 모스크바의 추운 날씨에 슈테핀의 결핵이 더 심해진다. 회생 가망이 없는 슈테핀은 더 이상 브레히트와 동행할 수 없게 된다. 병상에 누워 슈테핀은 "나를 남겨두고 모두 함께 더 좋은 곳으로 떠나세요"라며 애원했다. 그녀의 나이 겨우 서른세 살이었다.

브레히트 일행은 1941년 5월 30일, 시베리아 횡단 열차 안에서 슈테핀의 사망 소식을 듣게 된다. 블라디보스토크에 도착한 브레히트 일행은 미국행 배를 탔다. 브레히트는 미국으로 가는 배 안에서 슈테핀을 회상하며 사랑의 시Liebesgedicht를 쓴다.

브레히트, 헬레네, 베를라우의 대단원

미국에 도착한 브레히트 일행은 독일 망명 문인들이 거주하던 할리우드 근처 산타모니카에 정착했다. 베를라우는 이들 곁을 떠나 뉴욕에 정착했다. 브레히트를 따라가 봐야 새로운 여인들과 공동작업을 할 것이 뻔했기 때문이다. 뉴욕에 홀로 남아 브레히트가 오면 오롯이 둘만 지내보는 것이 소원이었다.

베를라우의 소원을 알고 있던 브레히트는 일 년에 두 차례씩 뉴욕으로 건너갔고, 그곳에서 4~5개월을 머물렀다. 베를라우는 브레히

명작에게 사랑을 묻다

트의 아이까지 낳게 되지만, 태어난 지 며칠 만에 죽고 만다. 이 일로 상심한 베를라우는 짜증이 심해졌고, "평생 브레히트만 도와주느라 자기 이름으로 작품 하나 남겨두지 못했다"며 섭섭함을 감추지 않았다. 그럴 때마다 브레히트는 "저자 이름이 뭐가 중요하냐, 작가란 과일처럼 누군가를 위해 자신을 버릴 때 가치 있다"며 위로했다.

제2차 세계대전이 끝난 후 브레히트 가족은 스위스를 거처 베를린으로 돌아갔다. 그곳에서 3층 집을 마련하여 1층은 식당, 2층은 헬레네와 가족의 거실로 정하고, 브레히트는 홀로 3층에서 기거했다.

베를린에서 브레히트는 고독 속에 침잠해 있기를 즐겼다. 헬레네는 브레히트 서사극 〈억척 어멈과 그 자식들〉 등의 연기로 바쁘게 돌아나녔다. 베를라우는 가끔 찾아오는 브레히트와 만나는 것을 유일한 낙으로 여기며 살았다.

어느 날은 점차 찾아오는 기간이 길어지자 "왜 이리 늦게 오느냐"며 손톱으로 브레히트의 얼굴을 할퀴었다. 브레히트의 얼굴에서 피가 흐르자 후회하면서 〈피에 물든 빨간 손수건〉이라는 시를 쓴다. 그날 브레히트는 일기장에 "쉰셋의 내 얼굴을 당신이 긁어 더 늙게 하였어"라고 적었다.

1956년 브레히트는 심장마비로 사망하면서 그토록 존경했던 헤겔 옆에 눕게 된다. 이후 브레히트의 묘소를 자주 찾던 베를라우는 19년을 더 살다 브레히트 뒤를 따른다.

제4부

결혼보다 사랑이에요

01

쾌활한 장례

- 샤를 보들레르

너른 땅, 달팽이 우글거리는 곳에, 내 잠들 웅덩이를 손수 파련다.

거기 내 늙은 뼈를 편안히 눕혀 파도 아래 상어처럼 망각 속에 잠
들련다.

나는 유언도 무덤도 싫고, 찬송도 눈물도 싫다.

차라리 굶주린 까마귀 떼들이 몰려와 내 해골을 쪼이게 하라.

— 쾌활快活한 장례葬禮, Le Mort Joyeux

기이奇異한 시다. 주검이 쾌활하다고 노래하다니. 누구나 가는 마지
막 길에 장송곡은 물론 슬피 울어줄 사람도, 무덤도 필요 없다. 광야
에 뿌려져 공중에 나는 새들의 밥이나 되고 싶어 한다. 그래야 주검
이 쾌활하다.

시 전체가 주는 임종의 헐떡임이 차라리 통쾌하다. 죽어서까지도
집착하는 이들이 많기에.

보여 주기 식의 장례식, 부조금 회수, 명당자리, 유산 다툼. 게다가
죽음 앞에서까지 천당, 극락을 놓고 떠들 때 일순간 그 주검은 불쾌
한 것이 되고 만다. 시작보다 끝이 더 아름다워야 한다. 그래서 주검
도 충분히 쾌활해야 하고 샤를 보들레르Charles Baudelaire, 1821~1867의 시처
럼 쾌활할 수 있다.

보들레르에겐 '아름다운 것은 언제나 기괴하다Le beau est toujours bizarre' 는 신념이 있었다. 해골로 변한 미인을 시로 표현했고 전래적으로 악마적이고 디오니소스적인 것에서 아름다움을 탐구했다. 그 결과 시를 통해 웅변과 조형적 효과보다 미묘한 해조諧調와 음악적인 효과 가 나타났다.

절대적 예술의 자율성을 추구한 그의 시에는 악마적 광기가 번뜩 인다. 그 광기가 주는 환상과 매력 때문에 보들레르의 이름만 들어 도 전율하는 사람이 많았다.

보들레르라는 이름엔 많은 수식어가 붙는다. '프랑스 대표 시인', '현대문학의 방향을 결정한 문인', '21세기 신 유목민의 표상' 등. 이 런 수식에도 불구하고 보들레르라는 사람 자체는 언제나 천진난만 한 바보였다. 머물고 정착하기보다 길손처럼 대기실을 좋아했다.

그런 보들레르였기에 여러 여성과 사랑을 나누었다. 하지만 수많 은 여성편력을 펼친 와중에도 전 생애를 통틀어 그를 뒤흔든 여인은 '검은 비너스'였다.

상처를 핥아주는 암호랑이

보들레르는 스물한 살이 되던 해 지금의 돈으로 20억 원이 넘는 유산을 받게 된다. 아버지의 유산이 성년을 맞은 그에게 돌아온 것 이다.

보들레르의 아버지는 그가 다섯 살이 되던 해 막대한 유산을 남기고 세상을 뜬다. 그의 어머니는 남편이 떠난 이듬해 육군 소령 자크 오피크Jacques Anpick를 만나 재혼하면서 상속권을 잃게 된다. 하지만 보들레르는 나이가 어려 상속을 받을 자격이 없었다.

결국 보들레르가 성인이 될 때까지 유산을 관리해줄 위원회가 꾸려진다. 하지만 그들은 보들레르에게 수치심과 모멸감만을 안겨줄 뿐이었다. 의붓아버지 역시 보들레르에게 권위적이었다. 학교 성적이라도 떨어지면 집에는 들어오지도 못하게 하곤 했다. 주변 환경에 적응하지 못 했던 보들레르는 겉도는 일이 많았다.

새로운 가정에도 적응 못 하던 그를 더 힘들게 만들었던 것은 강압적인 학교였다. 주변 환경에 대한 증오심은 결국 그를 불량 청소년으로 만들었고, 열여덟 살이 되었을 땐 고등학교에서 퇴학을 당하는 불미스러운 일까지 벌어지고 만다.

화가 난 의붓아버지는 보들레르를 인도의 콜카타로 보내버린다. 하지만 인도로 가던 배가 사고를 만나 아프리카 남단 인도양의 모리스 섬과 부르봉 섬에 10개월간 체류하게 된다.

열대의 작은 섬에서 그는 생에 큰 변화를 겪게 된다. 이국적 정서, 붉게 타오르며 서서히 가라앉는 적도의 해 질 무렵 어두운 밤 끝없이 흘러내리는 별빛을 품고 살면서 마음 깊숙한 곳에 웅크리고 있던 시심이 기지개를 켜게 된 것이다.

결국 그는 다시 파리로 돌아온다. 그리고 2년이 지났을 무렵, 유산

잔 뒤발
에두아르 마네(Edouard Manet), 〈부채를 든 여인〉, 1862년, 캔버스에 유채,
113×90cm, 헝가리 부다페스트 미술관 소장

을 상속받게 된다.

젊은 나이에 엄청난 재산을 가지게 되자, 그의 삶은 흥청거린다. 파리의 예술가들과 어울려 술집을 전전했고, 사창가에서 여자들과 밤을 보내는 일이 잦았다. 그때 잔 뒤발^Jeanne Duval, 1820~1862을 만나게 된다. 혼혈 여인이었던 뒤발은 그가 10개월을 보낸 인도양의 작은 섬과 닮아 있었다. 그 섬에 작열하는 태양, 검게 빛나는 여인들과 흡사했다.

윤기 없는 누런 피부와 튀어나온 광대뼈, 새까만 눈과 윤기 나는 머리카락, 풍성한 육체는 그녀의 부정과 탐욕을 채우는데 사용되었

명작에게 사랑을 묻다

다. 그다지 예쁠 것도 없는 그녀에게 보들레르는 스스로 일생을 묶어 둔다.

뒤발은 사랑의 고수였다. 순진한 보들레르의 애만 태울 뿐 쉽게 사랑을 주지 않았다. 밀고 당기며 보들레르를 애를 태운 덕에 2년 동안 뒤발이 해달라는 모든 것을 해주느라 유산의 절반을 탕진한다.

이 일로 분노한 어머니는 법원에 소송을 낸다. 결국 한정치산자가 된 보들레르에겐 생계를 유지할 수 있는 최소 비용의 유산만 주어지면서 궁핍한 삶을 살게 된다.

모든 것을 앗아갔지만, 보들레르의 문학에 있어서 뒤발은 중요한 역할을 하게 된다. 거액의 돈 대신 예술적 야수성野獸性을 안겨준 것이다. 보들레르의 문학을 견인한 목마름이었고 호기심이었다. 명저 《악의 꽃Flowers of Evil》도 뒤발을 통해 나올 수 있었다.

보들레르에게 뒤발은 한없이 '되돌아오는 유령'이었다.

마치 야수의 눈을 가진 천사인 양,

어둔 밤의 그림자를 타고 그대 침실로 소리 없이 미끄러져 들어가리라.

갈색 여인아. 나 그대에게 주리라. 달빛처럼 아득한 입맞춤을.

아침이 밝아 올 때 너는 알리라. 내 자리가 비어있음을. 저녁까지 그곳이 싸늘하리라. 남들이 그대 삶과 젊음을 애정으로 대한다 해도 나는 공포로 그대에게 군림하리라.

보들레르의 낮이 이성이었다면 밤은 감성이었다. 감성은 항상 이성을 이겼다. 밤이 되면 이성이 아무리 막아도 보들레르는 대뇌피질이 없는 야수처럼 뒤발을 찾았다. 날이 밝으면 내가 잔 뒤발을 지배하고 조정하고 있다고 큰소리쳤으나 밤만 되면 군림이 아닌 지배당하는 처지였다. 진정한 승자는 밤에도 관리할 수 있어야 한다. 그런 면에서 보들레르는 애처로운 노예였다.

수많은 비평가가 보들레르의 모든 불행이 그녀 때문이라 타박해도 그녀만이 나의 즐거움, 유일한 휴식, 최고의 소일거리라며 '나의 검은 비너스'라 찬양했다.

낮의 여인 하얀 비너스

뒤발이 보들레르의 밤을 지배하는 여인이었다면, 낮의 여인은 아폴로니 사바티에Apollonie Sabatier, 1822~1889였다.

당대 프랑스 최고의 미녀였던 사바티에의 살롱엔 언제나 사람들로 들끓었다. 미모와 교양을 갖춘 그녀의 단골이 되려는 사람들이었다. 특히 수많은 화가와 조각가들이 그녀를 모델로 삼고 싶어 했다. '하얀 피부의 마돈나'라 불렸던 그녀는 하얀 피부에 조각 같은 몸을 지니고 있어서 모델이 되는 순간 그 작품은 화제의 중심에 떠오르곤 했다. 보들레르가 그녀를 만난 것은 뒤발과 밀고 당기기를 거듭한 지 7년이 되던 1848년이었다. 처음 만난 그날부터 보들레르 역

명작에게 사랑을 묻다

화가의 작업실
귀스타브 쿠르베(Gustave Courbet),
1854~1855년경, 캔버스에 유채,
361×598cm, 오르세 미술관 소장

시 사바티에의 살롱에 단골이 된다.

뒤발의 관능에 허우적대던 브들레르에게 사바티에는 교양과 품격을 갖춘 여인이었다. 뒤발이 악의 꽃이었다면 사바티에는 '성모 마리아'와 같은 여인이었다.

1852년 초겨울, 오랫동안 사바티에를 가슴에 품고 살던 보들레르는 익명의 구애 편지를 보낸다. 이미 수많은 구애 편지를 받고 있던 사바티에인지라 보들레르의 편지도 가벼이 여긴다. 그러다가 누구도 흉내 낼 수 없는 명문장의 연애시가 매주 월요일마다 날아들자 관심을 갖기 시작한다.

> 딱 한 번 그대 고운 팔이 내 팔에 닿았다오. 그 추억이 내 넋의 밑바닥에서 사라지지 않는다오. 이슥한 밤, 장엄한 어둠이 강물처럼 파리 위를 흐르고 보름달은 금메달처럼 하늘에 걸려 있소. 고양이들은 집들의 처마를 따라 지나가고 있구려. 이 달빛 아래 성스러운 그대에게 내 시린 심정으로 찬가를 드리고 싶소. 아무리 어둡고 고독한 거리에서도 그대의 환영은 헛불처럼 허공에 있네. 그 환영이 감히 내게 말하네.
> '미의 여신인 내가 네게 명한다. 오직 나만 사랑할지라. 내가 곧 뮤즈요, 마돈나요 수호천사니라.'

〈고백〉을 포함하여 일곱 편의 시가 날아들 즈음 사바티에는 편지

명작에게 사랑을 묻다

를 보내는 사람이 보들레르라는 것을 알게 되었다. 평소 말투와 시의 문체가 흡사했기 때문이다. 촉망받는 젊은 시인이었던 보들레르와 사귀는 일은 나쁘지 않았다. 하지만 사바티에가 눈치를 채고 보들레르에게 남다른 친절을 베풀자 보들레르는 살롱에 발길을 끊었다. 그리고 3개월 뒤, 편지 한 통이 양장본 시집 하나와 함께 배달되었다.

눈치채셨겠지만 제가 익명으로 편지를 보냈습니다. 궁금하게 해드려서 죄송합니다. 그대를 처음 본 순간부터 지금까지 한시도 잊어 본 적이 없습니다. 그대는 꿈에서나 볼 수 있는 영상이며 나의 비밀스러운 미신입니다.

편지는 사바티에를 감동시켰다. 그날 밤, 사바티에는 보들레르를 초대하여 함께 밤을 보낸다. 그리고 다음 날 사바티에는 보들레르에게 편지를 쓴다.

어젯밤 일을 차분하게 돌이켜 봅니다. 지금껏 누구도 진심으로 사랑해 본 적이 없는 제 마음을 당신이 이토록 들뜨게 했습니다.

설레는 마음으로 쓴 첫 편지였다. 답장은 오지 않았다. 기다리다 지친 사바티에가 직접 보들레르를 찾아갔다. 보들레르는 냉담했다.

Mme DAUBRUN, par Diolot (1854)

마리 도브룅

별로 반기지 않는 보들레르에게 낙담한 사바티에는 다짜고짜 달려들어 입을 맞췄다. 하지만 보들레르가 이를 거절하면서 둘의 관계는 끝나 버렸다. 이 무렵 보들레르는 이미 다른 여인에게 마음을 주고 있었기 때문이다.

보들레르의 새로운 연인은 몽마르트르에서 상영된 '금발 머리의 미녀'를 통해 유명배우가 된 은막의 스타 마리 도브룅^{Marie Daubrun, 1827~1901}이었다.

도브룅 역시 뒤발과는 판이했다. 겸손하고 친밀했던 그녀에겐 건강한 아름다움이 있었다. 하지만 도브룅은 이미 시인 테오도르 방빌^{Thédore Banville}과 동거 중이었다. 친구였던 방빌의 여인이었지만, 보들레르의 구애는 멈추지 않았다. 결국 두 사람은 사랑을 확인하지만, 방빌과의 신의信義때문에 더 이상의 관계를 진전시키지 못한다. 그 일로 친한 친구였던 보들레르와 방빌은 끊임없이 충돌한다.

안녕! 짧았던 찬란한 여름날은 가고 벌써 안방 부엌에 장작불 떨어지는 소리 들린다. 그래도 다정한 임이여. 오늘만이라도

명작에게 사랑을 묻다

심술궂은 내게 가을 석양의 감미^{로움}가 되어 주오.

보들레느는 도브랭에게서 시적 영감을 얻어 〈가을의 노래〉를 비롯하여 여러 편의 시를 남긴다.

사랑에 이유가 있을까?

보들레르가 사바티에는 물론 친구의 연인인 도브랭과 사랑을 속삭이면서도 뒤발과는 헤어지질 못한다. 삼중연애를 한 것이다. 그러면서 둘을 만나고 헤어지기를 끊임없이 반복한다. 심지어 사바티에와 도브랭과 헤어진 뒤 뒤발과 동거를 시작한다.

어린 시절부터 술과 남자로 세월을 보낸 창녀 출신의 뒤발이 알코올 중독으로 고생하자 집으로 불러들인 것이다. 삼십 대에 중풍이 오고 사십 대에 병원을 전전하느라 수많은 치료비가 들었지만, 보들레르는 묵묵히 그 비용을 지불했다.

시인의 입지를 굳힌 보들레르가 병들고 가난한 창녀를 위해 헌신하자 모두가 의아해한다. 특히 뒤발의 치료를 위해 빚까지 지고 사는 아들을 이해할 수 없었던 어머니의 잔소리가 잦았다. 그런 어머니를 위해 보들레르는 편지를 보내기도 했다.

뒤발과 풍파가 많았지만 단 한 번도 이별할 생각은 하지 않았습니다. 혼자 좋은 경치를 볼 때 안타깝고, 귀한 물건을 보면 뒤발이 떠오릅니다. 뒤발만이 내 위안이고 제 쾌락이며 유일한 동무입니다. 저도 이런 자신이 놀랍습니다.

편지 속에는 자신도 이해할 수 없는 보들레르의 속마음이 담겨 있었다. 미모라면 사바티에가 있었고 착한 성품이라면 도브랭이 있었다. 그런데도 그는 늘 돈이나 요구하던 무지하고 욕심꾸러기인 뒤발 곁에 남아 있었다.

검은 피부에 육감적인 몸을 가졌던 뒤발은 '검은 비너스'라 불렸다. 보들레르의 속마음을 꿰뚫고 있던 그녀는 순진한 보들레르 앞에서 때로는 악마처럼 때로는 천사처럼 굴었다. 늘 허무감과 죽음에 대한 공포에 허우적거리던 보들레르는 몸과 마음으로 자신을 농락하는 뒤발에게서 해방감을 맛보곤 했다.

뒤발에게서 벗어나지 못하는 자신을 환멸 했고, 파멸의 길로 걸어가는 자신을 보며 절망했다. 그리고 그 감정들은 뛰어난 시로 승화되었다.

이런 뒤발을 보들레르는 '보석'과 '고양이'에 비유하기도 했다.

내 님은 알몸. 오직 소리 나는 보물 하나 지니고 있지.
돌 같은 내 넋은 춤추는 듯 비웃는 듯 날카로운 그 소리에
빛이 뒤섞이는 것을 사랑하게 되었다. 미칠 만큼.

명작에게 사랑을 묻다

그녀는 내게 몸을 맡긴 길들여진 호랑이.

바다 같은 내 사랑에 호랑이처럼 쏘아보는 그녀의 눈빛.

거기에 교태가 어우러져 나날이 신선한 변모. 이것이 내게 끊을

수 없는 마력.

―〈보석〉

이리 오렴. 나의 예쁜 고양이.

발톱일랑 감추고 내 품에 안기렴.

마노^{瑪瑙} 같은 네 눈빛에 잠겨.

네 머리와 유려한 등을 쓰다듬을 때마다

전율하는 네 모양에 나도 전율에 젖는다.

너는 앙증맞은 고양이, 투창처럼 차갑게 꿰뚫는 눈빛이다.

네 숨소리는 위험한 향기가 되어 그 갈색 몸을 감도는구나.

―〈고양이〉

검붉은 꽃의 노래

　뒤발은 날카로운 발톱을 가진 들고양이였다. 보들레르는 뒤발의
발톱을 깎아주기보단 감추는 일에 급급했다. 그런 면으로 보면 사바
티에나 도브랭은 발톱이 잘 다듬어진 고양이였다. 이런 여인들 곁에
머물렀다면 보들레르의 삶도 편안했을 것이다. 하지만 그런 삶에 안

주했다면 보들레르는 평범한 시인으로 남았을 것이다.

그의 천재성은 발톱을 드러낸 뒤발 곁에서 빛을 발했다. 보들레르라는 시인은 상처 난 마음 그대로 치료하지 않고 살아가는 뒤발을 사랑할 수밖에 없었다. 그리고 발톱이 없는 뒤발은 그에게 의미가 없었다. 그것이 보들레르의 한계이자 가능성이었다.

어쩌면 이성과 논리를 세워야 하는 인위적인 분위기와 보들레르는 맞지 않았다. 윤리나 법, 규칙이나 제도, 종교와 같은 것이 필요 없는 열대원시림 같은 곳에서야 비로소 안식을 누릴 수 있었다. 십 대의 그에게 숨겨진 감성을 일깨워준 열대의 원시림만이 그를 위로할 수 있었다. 그런 의미
에서 파리는 그에게 맞지
않았다.

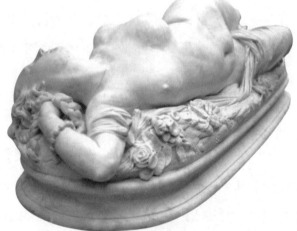

아폴로니 사바티에 조각상
오귀스트 장 바티스트 클레쟁제르(Auguste Jean-Baptiste Clésinger),
〈뱀에 물린 여자〉, 1847년, 5×180×70cm, 오르세 미술관 소장

명작에게 사랑을 묻다

뒤발만이 그의 숨통을 터주었다. 광물질(鑛物質)이며 밀림 속 호랑이이며 앙칼진 고양이였다. 그녀의 비이성적 행동만이 어머니의 재혼 이후 소외와 허무감으로 깊게 팬 보들레르의 상처를 핥아줄 수 있었다.

보들레르도 이래야만 하는 자신에 대해 이해하지 못한 채 난감해했다. 뒤발을 '검은 베일'이라고 지칭하고 자신을 '검은 베일에 가린 해' 또는 '신들린 사나이'라 표현하면서도 그녀 곁을 벗어나질 못했다. 뒤발에게 시달리면서도 자신이 처한 처지를 망각하기 일쑤였다.

보들레르 곁에 머물던 어느 날, 뒤발이 사라져 버린다. 거리의 삶을 익숙했던 터라 집에 머무는 삶이 견디기 어려웠다. 다시 뒤발을 만난 곳은 파리 교외의 요양원이었다. 사창가로 돌아간 뒤발이 손님에게 술주정을 부리다가 요양원으로 끌려온 것이다. 보들레르가 그녀를 찾았을 때, 뒤발은 이미 죽어 있었다. 그녀의 죽음은 보들레르의 생명력도 앗아갔다. '끝없는 몽상의 모티브'인 뒤발의 절명(絶命) 앞에 보들레르는 절규했다.

> 이제 아무것도 할 수 없어. 증오와 사랑, 나태와 열정, 고통과 쾌락이 모두 그녀에게서 나왔는데, 그녀가 떠난 후 그 무엇도 볼 수 없었고 어떤 소리도 들리지 않으며 무슨 말도 할 수 없게 되었다.

애증의 대상이자 영원히 곁에 머물렀던 뒤발이 사라지자 보들레르는 실어증을 보였다. 위태로운 삶을 살며 뒤발을 그리워하던 그는 혼자 파리 뒷골목 길을 걷다가 쓰러진 지 일 년 뒤 어머니의 품에 안겨 숨을 거둔다. 뒤발의 뒤를 따른 것이다. 그의 나이 마흔여섯 살이었다.

명작에게 사랑을 묻다

앙리 뒤파르크의 〈여행에의 권유〉

누구보다 자신에게 엄격했던 앙리 뒤파르크는 작품에도 마찬가지였다. 조금만 신경이 쓰이면 과감히 파기해 버렸다. 그 덕에 지금껏 전해지는 작품은 소수에 불과하다. 〈여행에의 권유〉는 그렇게 살아남은 곡 중 하나다.

이 노래는 샤를 보들레르의 시집 ≪악의 꽃≫에 실린 시에 곡을 붙인 것이다. 보들레르는 이 시를 쓸 무렵 마리 도브랭과 사랑을 속삭이던 중이었다. 하지만 이 당시 두 사람에겐 모두 만나고 있는 다른 이성이 있었다. 심지어 도브랭의 남자 방빌과 보들레르와 단짝이었다.

사랑이냐 의리냐? 두 사람은 그 어려운 질문에 선뜻 답을 내리지 못했다. 오랫동안 낯선 나라를 떠돈 경험이 있던 보들레르에게 여행은 도피처이자 안식처였다. 친구와 연인, 그리고 자신의 발목을 잡고 있던 뒤발로부터의 도피를 꿈꾸던 그에게 여행은 유일한 탈출구였다.

하지만 그 여행은 혼자만의 여행이 아니었다. 사랑하는 여인 도브랭에게 동행을 권하고 있다.

"꿈꾸어라 달콤하게 그곳으로 떠나가 함께 살 것을! 한가로이 사랑하고, 사랑하고 죽고, 너를 닮은 나라에서!"라는 부추김의 끝에는 '그곳에선 모든 것이 질서 아름다움, 풍요, 고요 그리고 쾌락'이 반복된다.

사랑하는 여인에게 여행을 권하는 남자의 속내는 뻔하다. 그녀와 오랫동안 함께하고 싶은 욕망을 여행이라는 달콤한 단어 속에 숨기고 있다. 그래서 노래는 서정적이고 풍부한 감성이 가득하지만, 숨길 수 없는 욕망과 관능이 묻어난다.

이광조의 〈가까이 하기엔 너무 먼 당신〉

어린 나이에 엄청난 유산을 상속받은 보들레르는 쾌락에 빠진다. 타국의 바람과 별빛 속에서 풍부해진 감성을 해소하는 방법을 알지 못했다. 그 감성은 잔뜩발을 통해 해소된다. 절반의 유산과 맞바꾼 감성이었다.

거액의 돈 대신 예술적 야수성을 돌려받은 보들레르의 감수성을 문학으로 꽃을 피운다. 영리한 뒤발의 농간에 모든 것을 잃었지만, 보들레르는 그녀 곁을 떠날 수 없었다. 수많은 비평가가 보들레르의 모든 불행은 뒤발 때문이라 타박해도, '나의 즐거움, 유일한 휴식, 최고의 소일거리'라며 그녀를 옹호했다. 하지만 뒤발과 다른 여인을 그리워했다. 미모와 교양을 겸비한 사바티에의 마음을 얻기 위해 연서를 보냈으며, 겸손하고 친밀했던 도브랭을 얻기 위해 우정을 버릴 결심도 한다.

사랑은 보들레르를 끊임없이 괴롭힌다. 다른 여인에게 마음을 주면서도 뒤발과 결별하지 못한다. 결국 거리의 여자로 생을 마감한 뒤에도 뒤발은 보들레르의 발목을 잡는다. 평생 온전히 보들레르를 사랑하지 않은 여인, 그리고 그런 여인을 평생 끌어안은 보들레르. 평생 함께였지만, 그들은 가까이 하기엔 너무 먼 당신이었다.

작은 입을 오물거리며 "아 당신은 당신은 누구시길래 내 맘 깊은 곳에 외로움 심으셨나요"라고 말하는 이광조의 노래는 둘의 사정을 적절하게 표현하고 있다. 구멍 뚫린 독과 같아서 부어도 부어도 채워지지 않는 뒤발 곁에서 애증으로 평생을 함께한 보들레르의 마음은 이광조의 호소력 깊은 목소리를 통해 절절하게 다가온다.

사랑은 첫사랑이 가장 아름답고, 남자에게 이상형은 처음 만난 여자다. 끊임없이 첫사랑을 갈망하고, 새로운 여인을 향해 눈길을 보냈지만, 결국 뒤발에게 돌아올 수밖에 없었던 도돌이표 같은 인생을 살았던 보들레르에게 '잊으려 하면 할수록 그리움이 더욱 더 하겠지만 가까이 하기엔 너무 먼 당신을 난 난 잊을테요'라고 노래해주고 싶다.

02

무기력에서 탈출하다

- 세르게이 바실리예비치 라흐마니노프

　세상에서 가장 연주하기 어려운 피아노곡은 무엇일까? 세르게이 바실리예비치 라흐마니노프 Sergei Vasil'evich Rakhmaninov, 1873~1943의 피아노 협주곡 3번 3악장이다. 처음 들을 때는 여러 빛깔의 작은 물고기들이 조용한 연못에 떼지어 다니는 것 같지만, 어느 순간 바다에 고래 떼가 사나운 파도를 가르며 유영하고 있는 착각이 드는 음색으로 바뀐다. 곡을 통해 다양한 느낌을 그려내기에 그를 피아노의 화가라고도 부른다.

　삶의 속도가 빠르고 시대가 롤러코스터처럼 변화무상한 요즘 들어도 그의 음악은 후련하다. 피아노 협주곡 3번은 라흐마니노프와 같은 시대를 살았던 피아니스트 블라디미르 호로비츠 Vladimir Horowitz의 연주를 최고로 꼽는다.

　구 소련의 오래된 도시 노브고로드에서 태어난 라흐마니노프는 평생 4개의 피아노 협주곡을 작곡했다. 그중에서도 가장 어려운 곡이라는 3번이 유명하고, 그다음이 20세기 최고의 발라드곡으로 손꼽히는 2번이다.

　우울증을 경험한 후에 만들어진 2번 곡은 작가의 마음이 전해진 탓인지 음악을 들은 뒤 정신적인 치유를 경험했다는 사람이 많다. 미국 가수 에릭 칼멘의 〈All by myself〉가 2번 2악장을 모티브 삼아

　　　　　　　　　　　　　　　명작에게 사랑을 묻다

만들어졌다.

190센티미터의 거구였던 라흐마니노프는 폈을 때 30센티미터가 넘는 손가락을 가진 것으로도 유명했다. 유난히 길고 유연한 손은 13음정을 가볍게 짚었다.

작곡뿐 아니라 지휘자 겸 전설적 피아니스트이기도 했던 그는 자신의 손가락이 가진 장점을 최대한 활용하는 곡을 만드는 바람에 다른 피아니스트들을 곤란하게 만들었다. 이고리 스트라빈스키[Igor' Stravinsky]는 이런 라흐마니노프를 '6피트 반의 괴물'이라 불렀다.

큰 손으로 힘과 기교를 겸비한 연주를 할 때면 관중들은 넋을 잃었다. 피아노 연기에 유리한 신체조건을 가졌음에도 그는 연습을 게을리하지 않았다.

> 나는 내 연주가 매번 다양하기를 바란다. 피아니스트라면 적어도 한 곡을 천 번 이상 연주한 경험과 천 번이 넘는 경청을 통해 비교하고 판단해 보아야 한다.

모스크바 음악원과 나탈리아 사티나

러시아 육군 장교였던 아버지 바실리[Vasily]와 황실 장군의 딸인 어머니 루보프[Lubov] 사이에서 태어난 라흐마니노프는 러시아의 귀족 집안의 아들이었지만 삶은 궁핍했다. 아버지의 방탕한 생활 때문이었다.

라흐마니노프가 태어날 무렵 시작된 여자와 도박에 빠진 바실리는 드넓은 영지와 수많은 가산을 모두 탕진한 채 가족을 버리고 야반도주해 버렸다. 큰 빚만 안겨주고 떠난 아버지로 인해 남겨진 가족의 삶은 말이 아니었다.

어머니는 아버지와 이혼하고 살고 있던 노브고로드를 떠나 상트페테르부르크로 이주했다. 라흐마니노프는 그곳에서 음악원을 다녔으나 후일 피아노의 화가라 불리던 그의 어린 시절 성적은 좋질 않았다. 급기야 전 과목 낙제점을 받고 음악원에서 퇴학당하는 일까지 벌어진다.

겨우 열 살이던 그에게 아버지의 부재도 견디기 힘든 고통이었는데, 그에게 힘이 되어주던 누나마저 디프테리아로 사망하면서 큰 충격에 빠졌다.

그런데도 교육열이 높았던 어머니는 라흐마니노프를 포기하지 않았다. 그에게 음악에 재능이 있음을 알고 슬픈 추억이 깃든 고향에서도 멀리 떨어진 모스크바 음악원으로 유학 보냈다. 그곳엔 아버지의 사촌인 실로티^{Siloti}가 있었기에 의지가 되었다. 그 집에 머물면서 음악 공부를 시작하게 되는데, 그때 나중에 아내가 되는 6촌 동생 나탈리아 사티나^{Natalia Satina, 1877~1951}를 만나게 된다. 이들은 함께 휴가를 보내거나 농사일을 거들면서 친분을 유지한다. 하지만 이 당시에 두 사람은 먼 친척 관계로 지냈다.

모스크바에서 정신적인 안정을 찾은 라흐마니노프는 숨겨진 재능

명작에게 사랑을 묻다

나탈리아 사티나(1890)

러시아 이바노프카 지방에서 찍은 사진으로 사촌들과 함께 휴가를 보
내는 라흐마니노프(뒤쪽 좌측에서 두 번째로 서 있는 사람). 나탈리아 사티
나는 앞줄 좌측에 앉아 있다.

을 세상에 드러내기 시작한다. 이때 그가 작곡해서 육촌 형제들에게 하나씩 헌정한 것이 〈여섯 노래 six songs〉이다. No. 4 〈내게 노래 부르지 마세요 Sing not, To me Beautiful Maiden〉는 나탈리아에게 헌정되었다.

잃어버린 사랑에 대한 그리움을 노래하고 있는 〈내게 노래 부르지 마세요〉를 통해 라흐마니노프는 떠나 버린 아버지와 죽은 누이를 그리워했다.

또한 이 무렵 음악적 재능을 살려줌은 물론 정신적으로도 큰 의지가 되는 한 사람을 만나게 된다. 모스크바 음악원 교수였던 니콜라

니콜라이 즈베레프

1880년대 후반 즈베레프와 그의 학생들. 오른쪽에서 네 번째가 라흐마니노프이며, 왼쪽에서 두 번째가 독일 후기낭만파와 인상파의 영향을 받고 이후 인습에서 탈피, 신비적 종합 예술의 의상(意想)을 탐득하여 음과 색채의 결합을 시도했던 알렉산더 스크랴빈(Alexander Nikolayevich Skryabin)이다.

이 즈베레프^{Nikolai Zverev}다.

누구보다 라흐마니노프의 처지를 깊게 이해했던 즈베레프는 개인 레슨비도 완전히 면제해주면서까지 라흐마니노프를 가르쳤다. 하지만 그런 스승도 그의 곁에 오래 있지 않았다. 1893년 즈베레프가 죽고, 연이어 가장 존경하던 음악가 차이콥스키^{Chaikovskii}까지 사망하자 그에겐 또다시 상실의 고통이 찾아온다. 다행스러운 것은 모스크바 음악원을 후원하는 귀족 미망인 덕분에 상실감은 쉽게 극복할 수 있었다.

명작에게 사랑을 묻다

　리쉬코바 부인은 1893년 5월 자신이 후원하던 음악원을 방문하던 중에 라흐마니노프를 보게 된다. 훤칠한 키에 음악에 대한 재능이 남달랐던 그에게서 어린 나이에 세상을 떠난 아들의 모습을 발견했다. 리쉬코바 부인은 졸업을 앞둔 그를 자신의 별장에 초대했다. 그리고 자신의 영지에 머물면서 작품을 만들어보라며 별장을 빌려준다.

　그해 여름부터 그 집에 머물며 라흐마니노프의 작곡이 시작된다. 화려한 거실에 머물렀으며 항상 새로운 숲과 개울과 들이 보이는 영지를 쏘다녔다. 밤이면 체호프^{Chekhov}의 소설 《길을 따라서》를 읽었고, 새벽엔 졸업 작품 〈바위$^{The Rock op. 7}$〉를 작곡했다.

　라흐마니노프가 호사를 누리며 작곡으로 한여름을 보내는 동안 리쉬코바 부인도 행복하게 그 곁을 지켰다. 아들을 잃은 슬픔을 라흐마니노프를 통해 보상받고 있었다. 라흐마니노프 역시 아버지처럼 돌보아주던 스승이 사라진 뒤의 허전함을 위로받고 있었다.

　그가 별장에 머무는 동안 안나 로디젠스카야$^{Anna Lodyzhenskaya}$를 만나게 된다. 안나는 유럽의 전통과 문화에 박식했다. 여름 들판에서 우연히 만난 그녀와 이야기를 나누다 친밀해졌다. 동유럽 출신의 집시 여인이었던 안나와 격의 없는 대화를 나누는 사이에 두 사람이 잘 맞는다는 것을 알았다. 하지만 안나는 친구 페터 로디젠스키$^{Peter Lodyzhensky}$의 부인이었다.

서로에 대한 호감은 있었지만, 가까워질 수 없었다. 두 사람의 안타까운 사연을 농노로부터 전해 들은 리쉬코바 부인은 저택에 두 사람을 초청해 따로 시간을 갖도록 주선해 주기도 했다. 둘이 이후 어떤 사이로 발전했는지는 알 수 없지만, 더 이상 가까이할 수 없음을 안 라흐마니노프가 〈보헤미안 카프라이즈^{Caprice Bohemien op.12}〉를 헌정하는 것으로 관계를 정리했다. 집시 선율이 담긴 이 곡은 고마웠던 마음을 담아 안나에게 보낸 이별 곡이었다. 이후 교향곡 1번도 작곡하게 되는데, 이 역시 안나를 염두에 두고 작곡한 것이다.

첫 교향곡의 저주와 톨스토이의 냉대

음악원을 졸업하고 3년이 지난 1897년, 라흐마니노프는 러시아 오페라단의 지휘자가 된다. 이 무렵 평생 친구도 만나게 되는데, 그가 러시아의 전설적 베이스 가수로 이름을 날리게 되는 표도르 샬랴핀^{Feodor Chaliapin, 1873~1938}이다.

교향곡 1번으로 생애 첫 공연도 열게 된다. 그날의 지휘는 알렉산드르 글라주노프^{Aleksandr Glazunov, 1865~1936}에게 맡겨진다. 차이콥스키의 후계자란 평을 듣는 지휘자였기에 공연에 대한 대중의 관심도 컸다. 하지만 순조롭게 흘러가던 공연이 중반을 넘어가면서 엉망이 되기 시작했다. 연주가 불협화음을 내면서 공연 자체가 뒤죽박죽되어버린 것이다.

명작에게 사랑을 묻다

참아가며 공연을 지켜보던 라흐마니노프는 분노했다. 준비도 소홀했지만 술을 좋아했던 글라주노프가 취한 상태에서 무대에 올랐기 때문이다. 엉망이 된 무대의 책임은 작곡가 라흐마니노프의 몫이었다.

다음 날 공연에 대한 혹평이 쏟아졌다. 비난 일색의 평가에 기름을 부은 것은 러시아 5대 작곡가 중 한 사람인 세사르 퀴^{César}였다.

표도르 샬랴핀과 라흐마니노프

^{Cui}였다. 그는 "이번 교향곡은 지옥의 음악학교에서나 인정받을 수 있지, 땅 위 인간들이 어떻게 들을 수 있겠는가. 완전히 지옥 사람들이 크게 기뻐할 곡이다"라는 최악의 독설을 퍼부었다. 그의 평가는 주요 신문마다 크게 보도되면서 전도유망한 작곡가의 길을 걷던 스물네 살의 라흐마니노프는 주저앉아 버렸다.

그날 이후 '가장 부참한 4년'을 보낸다. 이 무렵 그를 더욱 당황스럽게 만드는 일이 벌어진다. 가장 존경하는 작가였던 톨스토이를 만난 자리에서 충격적인 얘기를 듣게 되면서 다시 한 번 절망하게 된 것이다. 톨스토이를 통해 마음의 위로가 되리라 여긴 그날, 자신의

피아노 반주^{伴奏}에 맞춰 동행했던 표도르가 베토벤 〈교향곡 5번〉으로 시작하는 〈운명〉이라는 노래를 불렀는데, 이를 톨스토이가 혹평했던 것이다.

"이봐 젊은이들. 듣기 거북할지 모르겠지만 이런 음악이 누구에게 도움이 되겠나? 베토벤이나 레르몬토프나 푸시킨이나 다 엉터리야."

용기가 되리라 여긴 러시아 최고 노작가와의 만남이 최악이 되는 순간이었다. 라흐마니노프의 얼굴엔 당혹스러움이 고스란히 묻어났다. 표도르도 당황하기는 마찬가지였으나 우울증에 헤매는 소심한 친구가 걱정되어 라흐마니노프의 손을 꼭 잡을 뿐이었다.

자신이 편하게 내뱉은 말에 두 젊은이가 당황하자, 톨스토이는 그들을 위로했다.

"젊은 친구들, 노인네의 투정으로 이해하게. 웃자고 한 얘기이니 심각하게 받아들이지 말게. 자네들을 괴롭게 할 생각은 아니었네."

한동안 말이 없던 라흐마니노프가 일어서며 대답했다.

"우리가 왜 괴로워합니까? 베토벤이나 푸시킨도 아닌데……."

무기력에서 탈출하다

톨스토이의 집을 나선 이후 라흐마니노프는 칩거에 들어갔다. 예술가의 고독에 묻혀 사람들과의 왕래도 끊었다. 모든 사람을 밀어내던 그가 단 한 사람, 나탈리아 사티나에게만은 마음을 열었다. 그녀

명작에게 사랑을 묻다

는 학창 시절 한집에 살며 순진하게 어울렸던 그 모습 그대로였다. 모든 것을 받아주던 소녀 시절의 감성을 그대로 간직한 나탈리아는 힘들어하는 라흐마니노프 곁을 지키며 그의 예민함을 받아주고 이해해 주었다.

누구보다 먼저 생각해주고, 칭찬해주는 그녀 덕에 자존감을 회복한 라흐마니노프는 그녀와 평생을 함께하고 싶었다. 그래서 육촌 동생이었음에도 청혼을 하게 된다.

당시 러시아는 친척 간에도 결혼할 수 있었다. 하지만 러시아 국교인 정교회 법으로 친척 이성 중 첫째와는 혼인을 할 수 없었다. 결국 결혼은 무산되었다.

다시 라흐마니노프는 절망했다. 공연은 실패했고. 정신적 우상으로부터도 비난도 받았다. 마지막 희망과도 같았던 결혼마저도 무산되자 드넓은 러시아에서 홀로 내던져 졌다고 생각한 라흐마니노프는 깊은 무기력증에 빠졌다. 그때부터 자신감을 회복하기 위해 무속, 종교, 민간처방 등 별의별 수단을 다 써 보았으나 아무 효과가 없었다. 그러던 어느 날 최면요법 치료사인 니콜라이 달^{Nicolai Dahl} 박사를 만나게 된다. 그에게 1901년 1월부터 4월까지 허약해진 자아를 긍정적 최면을 통해 튼튼하게 해주는 '자기암시^{Self-suggestion}' 치료를 받았다. 인지교정^{認知矯正}이 되자 비로소 무의식 속의 부정적 압력이 해소되고, 온몸을 짓누르던 노이로제에서 해방되면서 자신감을 회복하게 되었다.

그때 자신을 짓누르던 마음의 짐을 덜어내고, 새로운 용기를 불어넣어준 달 박사에게 고마운 마음을 담아 헌정한 곡이 〈피아노 협주곡 2번〉이다. 마음의 병으로 고생했던 마음이 음악에 고스란히 전해지면서 우울증으로 고생하는 사람들에겐 최고의 치료 음악으로 불리기도 하는 〈피아노 협주곡 2번〉은 강렬한 러시아 이미지가 묻어나는 곡으로도 유명하다.

그해 초가을 라흐마니노프는 피아노 독주회를 개최한다. 그리고 그 연주회는 그간의 고생에 보답이라도 하듯 청중들의 뜨거운 호응을 받는다. 그가 진정한 작곡가로 세상에 모습을 드러내는 순간이다.

나탈리아 사티나와 결혼

라흐마니노프의 성공은 그의 결혼에도 영향을 미친다. 나탈리아가 "남들도 다 친척끼리 결혼을 하는데 왜 나만 못하게 막느냐"며 황제를 설득해 달라고 조른 것이다. 그해 겨울 그녀의 아버지는 짜르 황제에게 딸의 결혼을 허락해 달라고 청원한다. 황제는 정교회의 큰 행사인 사순절을 지나면 결혼해도 된다는 허락을 내린다.

결혼을 허락받았다는 소식을 전해 들은 라흐마니노프는 기쁜 마음을 감추지 못하고 단숨에 〈12개의 로망스12 Songs Opus〉를 작곡한다. 그리고 사순절이 끝나고 29일 후 두 사람은 결혼식을 올린다. 주례는 외조부가 장군으로 현역에 있을 때 부대에 근무하던 러시아 정교

명작에게 사랑을 묻다

회 사제가 맡았다. 주례신부는 장군의 후손답게 음악에서 빛나는 별이 되라고 당부했다. 어렵게 성사된 결혼이 끝난 후 나탈리아가 그날의 일들을 꼼꼼히 기록해 두었다.

> 모스크바 외곽의 한 부대에서 새 출발을 했다. 마차를 타고 가는데 장대비가 쏟아져 웨딩드레스까지 젖었다. 부대로 들어가는 긴 길목에 군인들이 도열해 축하해 주었다.

이탈리아로 신혼여행을 하고 온 후 10년 동안 라흐마니노프는 가장 활기찬 작곡 활동을 한다. 〈죽음의 섬The Isle of the Dead Op.29〉, 〈피아노 협주곡 3번Piano Concerto No.3〉 등을 이 시기에 내놓았으며 이들 작품은 모두 초연부터 갈채를 받는다.

1905년, 볼쇼이극장의 지휘자가 되고 클린카 상까지 받으면서 그는 러시아 최고의 작곡가 대우를 받는다. 하지만 혁명 분위기였던 러시아에서 음악가로서 안정은 어려웠다. 급기야 한 청년 단체에서 근본적 개혁을 촉구하는 성명서를 가져와 서명을 요구하자, 나탈리아의 종용에 사인하면서 정부의 미움을 받은 뒤로 러시아에서의 입지가 흔들린다. 결국 압력에 못 이겨 볼쇼이극장을 사임한 뒤 독일 드레스덴으로 이주한다. 그때부터 오직 작곡과 연주에만 몰두한다.

이때 그를 매혹게 하는 그림 한 점을 만나게 된다. 아르놀트 뵈클린Arnold Böcklin, 1827~1901의 연작 〈죽음의 섬〉이었다. 히틀러조차 매혹되

죽음의 섬: 세 번째 버전
아르놀트 뵈클린(Arnold Böcklin), 1883년, 캔버스에 유채, 80×150cm, 베를린 구국립 미술관 소장

어 세 번이나 전시회를 찾았다고 전해지는 그림 속에는 작은 배 한 척이 작은 섬으로 가고 있다. 그 섬엔 죽음을 상징하는 무성한 사이프러스나무 그림자가 드리워져 있어서 신비스러움과 깊은 침묵이 묻어났다. 곡은 그 분위기를 고스란히 담았다.

그리고 나탈리아와 함께 보낸 이바노프카 별장에서 전후좌우로 펼쳐진 광대한 호밀밭을 보며 〈피아노 협주곡 3번〉을 작곡했다. 지평선 너머로 끝없이 펼쳐진 호밀밭은 흘러다니는 뭉게구름만이 산처럼 솟아있을 뿐 그 끝이 어딘지는 보이지도 않았다.

가장 소련 적이며 시적 통찰력이 가장 풍부한 메머드급 작품이었던 이 곡은 평생 예술동지였던 요제프 호프만Josef Hofmann에게 헌정되었다. 두 사람은 서로를 '세상에서 가장 뛰어난 피아니스트'라고 칭

명작에게 사랑을 묻다

찬할 만큼 신뢰하는 사이였다. 하지만 호프만은 이 곡을 단 한 번도 공개적인 자리에서 연주하지 못했다. 곡을 연주할 만큼 큰 손을 가지질 못했다.

미국행

〈피아노 협주곡 3번〉은 라흐마니노프의 재능을 확실히 보여 주는 곡이다. 그는 이 곡으로 작곡가와 연주가로서 재능을 확실히 각인시켜 미국 무대를 장악하려는 의도가 담겨 있었다. 그의 바람대로 〈피아노 협주곡 3번〉은 모든 피아노 연주자들에게 경외스러운 곡이 된다.

1909년 11월 28일, 라흐마니노프는 뉴욕에서 필하모닉이 연주하는 가운데 직접 〈피아노 협주곡 3번〉을 초연한다. 이 공연 이후 연주회 계약요청이 밀려든다.

1917년 러시아 혁명이 발발하면서 짜르 황제의 장군이었던 아버지로 인해 두 사람은 더 이상 러시아와 인연을 맺을 수 없게 된다. 결국 나탈리아와 라흐마니노프는 1918년 미국으로 망명하면서 러시아와 결별한다.

이후 라흐마니노프의 연주는 더욱 큰 성공을 거두면서 국제적인 명성과 찬사를 얻게 된다. 무대에만 서면 건반을 완전히 장악하고 화려한 연주를 선보여 관중들의 열광적인 박수를 이끌어내곤 했다. 하지만 육중한 신체와 달리 청중의 호응에 답례하는 것도 망설일 만큼 소심했다. 연주가 끝나면 나탈리아가 감사하다고 인사하라며 남편을 일으켜 세우는 일도 많았다. 공연을 앞두고 머리가 아프다, 자신이 없다는 투정을 부려 나탈리아를 속태우는 일도 잦았다. 하지만 나탈리아는 이런 남편을 깊이 이해하고 지지해주었다.

내향적이고 사색적인 남편을 다독였고, 그런 남편을 이끌고 연주 여행을 다녔다. 유럽을 돌며 순회공연을 하던 중 베이루트에서 니콜라이 달 박사를 만나게 되었다. 베이루트로 이주해 온 그가 연주회에 참석하게 된 것이다. 이날 마침 〈피아노 협주곡 2번〉의 연주가 예정되어 있었다. 연주를 마친 라흐마니노프가 달 박사를 가리키며 "이분이 오늘 연주한 곡을 헌정받은 분입니다. 곡의 탄생도 이분 덕분에 가능했습니다"라며 감사의 뜻을 표했다. 청중들은 두 사람을 위해 큰 박수를 보냈다.

그의 음악이 유명세를 타면서 많은 돈과 명성을 얻게 된다. 하지만 혹독한 연주 스케줄로 인해 만성 요통과 관절염을 앓는다. 몸이 아플수록 고향이 그리워지듯 그는 특히 러시아의 설경을 무척 그리워했다.

고국을 그리워했던 그는 1931년 〈뉴욕타임스〉에 러시아를 반대하는 성명을 발표한다. 이 일로 러시아는 그의 음악 전곡을 금지곡으로 결정했다. 하지만 제2차 세계대전으로 큰 피해를 입자 연주 수입금 전액을 구호비로 보낼 만큼 러시아를 사랑한다.

1943년 3월 28일, 20년간 자신을 외면했던 러시아를 그리워하

명작에게 사랑을 묻다

며 라흐마니노프는 생을 마감한다. 남들보다 커다란 손가락으로 박자에 구애받지 않고 자유로이 연주하는 루바토^{rubato} 기법으로 건반을 질주하던 음악가 라흐마니노프의 죽음을 많은 사람이 안타까워했다. 시름에 잠길 때마다 그의 연주를 들었다는 세계적인 피아노 연주자 아르투르 루빈스타인^{Arthur Rubinstein}은 "그의 피아노 소리는 묵직한 가슴속에 간직한 황금색 비밀에서 나오는 생명의 소리이다. 그 소리에 내 모든 시름은 사라지고 만다"며 극찬을 아끼지 않았다.

나탈리아는 남편의 자료를 정리해 미의회에 기증한다. 이후 그 자료는 라흐마니노프 기록보관소에 영원히 남게 된다.

03

색채의 힘을 사용하다
- 빈센트 반 고흐

좋은 풍경화는 화가가 풍경을 얼마나 멋지게 묘사하느냐에 달려 있다. 이 상식을 무시한 화가가 있다. 그는 풍경이란 주가 아니라 화가의 내면세계를 대변하는 종從에 불과하다고 생각한 빈센트 반 고흐Vincent van Gogh, 1853~1890이다. 표현주의 화가인 고흐 때부터 풍경화는 화가의 내면을 대변하는 종속물이 된다. 이리하여 고흐는 자신의

별이 빛나는 밤
빈센트 반 고흐(Vincent Van Gogh), 1889년, 캔버스에 유채, 73.7×92.1cm, 뉴욕 현대미술관 소장

그림처럼 하늘의 별이 되었다. 고흐는 양초를 세운 모자를 쓰고 밤 풍경을 그렸다.

하늘에선 혜성이 소용돌이치며 쏟아졌고, 산은 노란 선이 되어 캔 버스를 대각으로 가로질렀다. 불 켜진 여러 집들이 있지만, 뾰족한 예배당 창문들만이 까맣게 그려졌다. 탄광촌에서 어린 시절을 보낸 그가 경험한 제도화된 교회의 위선이 그렇게 표현된 것이다. 검푸른 밤하늘의 별들이 어두운 산 아래 들판과 마을을 은은히 비치고 있다.

가장 인간적인 화가

고흐는 월세 15프랑을 내는 작은 방에 살면서 치열한 예술혼 을 불태웠다. 융단도 깔지 않은 벌거숭이 갈색 마룻바닥, 튼튼하기 만 하고 볼품없는 침대뿐 아무런 특징 없는 방에서 그려진 그림은 1,000억 원이 넘는 작품이 되어 사람들을 매료시킨다.

그림 속에도 그의 집은 잘 묘사되어 있다. 침대 위에 양복 걸이가 있고, 방바닥에 두 개의 허술한 의자, 그리고 탁자 위에 물병과 세면 도구가 있는 아무리 둘러보아도 간소하기만 한 방이다. 그의 방 푸 른빛이 도는 벽엔 작은 거울 하나와 풍경화 한 점이 걸려 있을 뿐이 다. 이 보잘것없이 작은 월세방의 풍경을 통해 자신의 치열한 삶을 이야기하고 있다.

돈이 없어 모델을 구하지 못하고 주로 자화상이나 정물화를 그린

명작에게 사랑을 묻다

고흐의 방

빈센트 반 고흐(Vincent Van Gogh), 1888년, 캔버스에 유채, 72×90cm, 반 고흐 미술관 소장

고흐에게 고대 궁전이나 박물관 등 고색창연한 그림은 사치였다. 그래서 그의 그림엔 우월적 존재감을 과시하는 대상은 거의 없다.

"폭풍우 없는 자연 드라마 없듯, 고통 없는 인생 드라마는 없다"고 말한 고흐는 인간 존재를 포장한 특별한 그림이 아니라 유한하고 불안한 숙명을 지닌 고만고만한 인간의 일상을 작품의 소재로 삼기 좋아했다.

정물화에서도 그는 독특한 행보를 보였다. 보통 정물화는 탁자와 그 위의 가지런한 과일, 또는 꽃이 담긴 꽃병이 있다. 그러나 고흐의 정물화 〈사과, 배, 포도, 레몬이 있는 정물〉에는 탁자나 배경없이 과일의 배열도 자유롭다. 거기엔 제목에도 없는 큼직한 모과도 세 개나 있다.

마치 반추상화 같다. 인생이란 그런 것, 가지런한 정물화 같으나 실제는 반추상화와 같다. 살다 보면 어디 내 뜻대로만 되던가? 더 잘 풀릴 때도 있고 복병을 만날 때도 있다. 그러려니 하고 주어진 대로 노력하며 살뿐이다. 그래서 규칙 없이 놓인 이 정물화에 정이 간다. 이 정물화의 바탕이 은박지보다 더 반짝이고 있다. 이것이 삶의 불안정성에도 불구하고 저변에 흐르는 생의 환희이다.

고흐는 자신을 그릴 때도 거울에 비친 대로 그렸을 뿐 조금도 꾸미지 않았다. 그런 쌩얼의 자화상을 무려 36장씩 그렸다. 그의 자화상은 모두 정면이 아닌 옆모습이나 얼굴 전체를 담고 있다. 그러면서도 눈은 정면을 응시하고 있다. 의심이 많거나 숨길 게 있을 때, 별 관심이 없을 때, 그리고 별 뜻 없이 정면을 회피하기도 한다. 그래서 측면을 감출 것이 많다고 오해한다. 하지만 정면 직시는 측면보다 훨씬 더 의도적이어야 가능하다.

삶에는 마치 나병처럼 고독 속에서 서서히 영혼을 잠식하는 상처가 있다. 하지만 그 고통은 누구와도 나눌 수 없다.

사데크 헤다야트Sâdeq Hedâyat의 《눈먼 부엉이Die Blinde Eule》에 나온 이야

명작에게 사랑을 묻다

기다. 누구나 치유 못 할 절대적 고독이라는 상처가 있는데 그중 고흐는 평생 더 고독하게 살며 그 고독을 인간에게 감동을 주는 작품으로 승화시켰다. 그의 그림에 인간미가 묻어나 바로 이것이 인생이라고 찬탄하게 된다.

프랑스 미술심리학 교수인 르네 위그[René Huyghe]는 예술을 이렇게 정의했다.

> 영혼의 언어로 자신의 자취를 남기려 하는 인간의 욕구에서 태어났다.

불후의 명작이 되려 할수록 인생의 날것을 포장하지 말고 보여 주어야 한다. 그 가치는 인류가 존속하는 한 영원하다. 역사에 남을 예술가의 전형적 캐릭터인 고흐에게 사랑과 행복의 여신도 늘 잠시만 깃들다가 날아갔다.

그림을 대하는 진지한 태도와 치열하게 한 생을 살다간 그의 예술혼은 지금 우리에게 큰 울림으로 다가온다. 암스테르담에 있는 고흐미술관이 세계 미술 초대전을 여는 곳 중에 가장 분주한 이유도, 1,000억 원 이상의 가격에 팔리며 많은 미술애호가가 그의 그림에 열광하는 까닭도 어쩌면 그의 예술혼을 지금의 사람들도 이해하고 있기 때문일 것이다.

고흐, 색채의 힘을 깨닫다

쉼 없이 고뇌할 운명으로 태어난 파란만장한 드라마였다.

네덜란드의 개신교 목사였던 아버지와 서적상의 딸이었던 어머니 사이에서 태어난 고흐는 삶 자체가 한 편의 드라마였다. 그가 태어난 지 4년 후 평생 후원자가 될 남동생 테오Theo가 태어난다.

어린 시절부터 고흐는 학교에 적응하지 못했다. 그런 아들을 위해 부모는 가정교사를 통해 적응훈련을 시킨 후 다시 학교로 보내는 일을 반복했다. 나중에 고흐는 이 시기를 '포로처럼 차갑고 우울했던 때'라고 회상했다. 1869년부터 그림을 판매하는 유명한 화상이었던 삼촌 밑으로 들어가면서 그림에 관심을 보인다. 헤이그 지점을 시작으로 런던 지점, 파리 지점 등을 옮겨 다니며 그림을 판매하던 중 그림을 보는 관점이 다른 손님과 큰 언쟁을 벌인 것이 빌미가 되어 삼촌 회사에서 해고된다.

7년 만에 화랑을 떠난 고흐는 종교에 관심을 갖게 된다. 이후 벨기에의 가난한 광산촌 교회에서 목회자로 일하면서 노동현장의 현실을 보게 된다. 내성적이었지만 세상을 보는 냉철한 시선을 가졌던 그는 착취당하는 노동자들을 위해 노동해방을 주장하는 설교를 하다가 6개월 만에 해고되고 만다. 그때부터 제도권 교회를 평생 불신한다.

세상과 불협화음으로 일관하는 고흐를 안타깝게 지켜보던 동생 테오는 그림공부를 권한다. 이때부터 안톤 모베Anton Mauve를 스승 삼

명작에게 사랑을 묻다

아 그림공부를 시작하지만, 이마저도 견해차를 보이며 중단하게 된다. 내성적이고 고집 센 고흐를 감당할 사람은 없어 보였다. 그러던 중에 처음으로 마음이 잘 맞는 친구를 만나게 된다. 오랜 절친으로 남게 되는 고갱이다.

둘은 화가 마을을 만들어 함께 생활한다. 하지만 고흐의 괴팍한 성격은 절친 고갱마저 등을 돌리게 한다. 친구가 떠나버리자 화가 난 고흐는 분을 삭이지 못하고 자기 귀를 잘라버린다. 그리고 그 처량한 모습마저 화폭에 담는다.

고흐의 예술은 진실과 열정의 도가니였다. 자기의 진실에 맞지 않으면 삼촌이든 스승이든 친구든 가리지 않고 시비를 걸었다. 이런 자신의 심리를 색채로 표현했다.

하이데거가 예술작품의 근원이라 극찬한 〈신발〉에도 그런 심리상태가 고스란히 드러난다. 그가 그린 구두는 신데렐라의 유리 구두나 왕들의 화려한 신발이 아닌 땀 냄새가 가득한 농부의 신발이었다. 고흐에게 신발은 신기 위해 존재하는 것이었다. 누군가가 신고 산길이든 밤길이든 걸어야 신발로서 존재가치가 있다고 믿었다. 그러다 보니 광택을 내기는커녕 끈조차 제대로 맬 필요가 없었다. 그가 그린 신발 속에는 남루한 농부의 소박한 삶이 고스란히 묻어나고 있었다.

이는 하이데거의 "인간의 눈에 비친 사물은 독립적 존재로 파지될 수 없고 관계 속의 존재로만 파악된다"라는 말을 고흐의 그림이 반증해주고 있는 것이다.

신발
빈센트 반 고흐(Vincent Van Gogh), 1886년, 캔버스에 유채, 45×37.5cm,
반 고흐 미술관 소장

색채가 지닌 힘을 알아챈 고흐는 자신에게 투여된 대상의 존재를
드러내는 유일한 자원으로 삼았다.

간척지와 운하가 많았던 네덜란드엔 도개교跳開橋도 많았다. 그 아
래엔 인근의 여인들이 몰려나와 빨래하곤 했는데, 고흐는 이들을 놓
치지 않았다. 내려져 도개교 위로 마차가 지나가고, 빨래하는 아낙들
앞에 세 개의 물결이 동심원을 그리며 번져나가는 모습을 〈앙글루아
다리〉라는 그림을 통해 표현했다. 소소한 삶이 고흐의 눈엔 한 폭의
아름다운 그림으로 보였다.

명작에게 사랑을 묻다

괴팍한 성격의 고흐에게도 사랑이 찾아온다. 삼촌 화랑의 런던 지점에 근무하던 1873년 6월, 하숙집 딸 외제니 로예Eugenie Loyer를 만난 것이다. 당시 열아홉 살 처녀였던 외제니는 예의 바르고 쾌활한 성격 탓에 주변 사람들의 사랑을 독차지하고 있었다.

고흐는 "외제니의 미소는 저 태양보다 밝다"며 그의 아름다움을 칭송했다. 그리고 쥘 미슐레Jules Michelet의 연애 에세이 《사랑L'Amour》을 탐독하던 동생 테오에게 "여자는 사랑받는 한 나이를 먹어도 늙지 않는다"며 그에 대한 애정을 숨기지 않았다.

그날 이후 고흐는 외제니 앓이를 시작하게 된다. 그녀와 하나가 되고 싶은 열망에 몸부림 쳤다. 하지만 외제니는 이미 정혼한 남자가 있었다. 외제니를 향한 사랑이 깊어지자 외제니의 부모는 고흐를 하숙집에서 쫓아버린다. 첫사랑의 실패는 고흐의 인생을 바꿔버린다. 종교에 흥미를 가지기 시작한 것이다. 그때부터 신앙에 방해된다는 이유로 미술품을 멀리하게 된다.

화랑에 근무하던 때여서 미술품 혐오는 손님들과의 마찰로 이어진다. 동료나 고객들과 언쟁하는 일이 잦아지면서 더 이상 화랑에서

외제니 로예
고흐가 20세 때 머물고 있던 집주인의 딸 외제니 로예다. 그는 그녀에게 사랑을 고백했지만 그녀는 약혼한 남자가 있어 그의 청혼을 거절한다. 고흐는 이 거절로 낙담하게 되고, 이것을 하느님께서 주신 시련이요 아픔이라고 생각한다.

일할 수 없는 지경에 이르게 된다. 결국 그는 해고당해 낙향한다.

고향으로 돌아온 이듬해인 1877년, 화랑에서 계속 일하길 원하는 어머니의 청을 물리치고 암스테르담 신학교에 입학하여 본격적으로 공부를 시작한다. 그러나 그에게 신학은 간단한 학문이 아니었다. 신학의 이론과 실천 사이의 괴리감이 그를 괴롭혔다. 광산촌에 들어가 목회활동을 하면서 제도권 교회와 크게 부딪친 이후 종교와도 결별하게 된다.

그때부터 본격적인 미술공부가 시작된다. 목사였던 아버지 밑에서 중심에 신을 두고 살았던 고흐는 탄광촌에서 제도권 교회와 크게 다툰 후 신을 밀어낸다. 그리고 그 자리에 태양을 두게 된다.

이후 그는 태양 아래 어둠이 벌거벗듯이 가식 없는 작품을 그리는 데 집중한다. 비싸고 좋은 붓이 아니라 거칠고 큰 붓이나 자신의 손가락, 심지어 나이프로 투박하게 색칠하면서 자기만의 스타일을 만들어 낸다. 이 무렵 태양을 닮은 해바라기가 자주 그림에 중심이 된다.

비싸고 좋은 화구畵具가 아니라 아무나 구할 수 있는 조악粗惡한 도구로 명화를 그려내면서 대상을 세밀하게 묘사하는 기존의 작가와 달리 대충 그리면서도 독립적 생명을 창조해냈다.

명작에게 사랑을 묻다

그의 그림 공부는 테오의 도움이 컸다. 미술공부를 하는 동안 경제적인 지원을 아끼지 않았다. 하지만 먹고사는 문제는 아버지 밑에 사는 것으로 해결하고 있었다.

그가 아버지 밑에서 그림을 공부할 무렵 외삼촌 스트리커 목사 가족이 휴가를 맞아 방문했다. 그때 동행한 스트리커의 딸 케이 보스 스트리커Kee Vos-Stricker를 보고 한눈에 반해 청혼하게 된다. 나이가 일곱 살이나 많은 데다 아들까지 둔 미망인이었던 케이 보스는 그의 청혼을 거절한다. 게다가 둘의 결혼은 부도덕한 짓이라며 집안의 반대가 이어진다. 하지만 고흐의 마음을 돌리진 못한다. 케이 보스에게 구애편지를 보내고, 답장이 없자 암스테르담까지 직접 찾아가서 만났지만 거절당한다.

"우리는 이루어질 수 없는 사이이다. 더 이상 너를 사랑하지 않는다. 그만 잊어 달라"는 케이 보스의 문전박대는 고흐를 상심하게 한다. 이 일로 가족과도 불화하게 된다.

동생 테오에게 편지를 보내 "케이 보스와 대화하고 싶다. 긴 시간도 아니다. 내 손이 타오르는 이 불꽃 속에서 견딜 수 있는 시간

케이 보스 스트리커

고흐 나이 28세 때 아버지가 교구목사로 근무하던 에텐에서 그는 일곱 살 연상인 외삼촌의 딸 케이 보스를 사랑한다. 그는 용기 내어 사랑을 고백하지만, 남편과 사별해 슬픔에 빠져 있던 그녀는 고흐의 사랑을 거절했다. 그 뒤 고흐는 창녀에게까지 청혼한다.

스헤베닝겐 해변의 폭풍이 몰아치는 하늘
빈센트 반 고흐(Vincent Van Gogh), 1882년,
캔버스에 유채, 34.5×51cm,
반 고흐 미술관 소장

만큼"이라는 심정을 밝히지만, 더 이상 둘의 관계는 이어지지 못한다. 하지만 이 일로 가족은 물론 친척들과의 갈등으로 번지면서 고흐는 고향을 떠나야 했다.

첫사랑은 물론 두 번째 사랑도 이루어지지 못하자 헤이그로 떠나 미술공부에 전념한다. 안톤 모베에게 수채화를 배워 화가로서 첫발을 내디디게 된다.

1882년 1월, 테오의 도움으로 헤이그에 화실을 얻어 본격적인 그림을 그리던 그는 알프레드 상시Alfred Sensier에가 쓴 《밀레의 전기》를 읽다가 자신이 가야 할 길을 발견하게 된다. 책에서 감동하면서 농어촌 등 촌락을 그리겠다고 다짐하게 된 것이다. 그해 8월엔 갑작스러운 폭풍을 피해 몰려든 고깃배와 갯벌에서 일하다가 뭍으로 올라온 사람들을 화폭에 담은 〈스헤베닝겐 해변의 폭풍이 몰아치는 하늘〉을 그린다.

화가로 자리를 잡아가자 자신의 삶을 돌아보게 된다. 가족과 사이가 나빠지면서 한없이 쓸쓸해진 자신이 초라해 보였다. 그때 시엔sien(본명 Clasina Maria Hoornik)이 눈에 들어왔다. 겨울비가 내리는 차가운 거리에서 생계를 위해 남자를 찾고 있던 창녀였다. 임신한 몸에 다섯 살짜리 딸까지 두었던 그녀는 비에 젖어 초라한 모습으로 거리를 헤매고 있었다. 알코올중독에 매독까지 걸려 더는 살아갈 방도를 찾지 못해 보이는 그녀에게서 자신의 모습이 보이는 것 같았다.

화실로 데려와 그들을 위로하고 시엔을 모델로 누드화 〈슬픔

슬픔
빈센트 반 고흐(Vincent van Gogh),
1882년, 석판화, 38.5×29cm,
반 고흐 미술관 소장.

고흐가 스물아홉 살 때 사랑에 빠진 창
녀 시엔이다. 그녀는 배 속에 아이를
임신한 채 다섯 살 아이와 함께 남편
에게 버림을 받았다. 몸을 팔아 생계를
이어가던 그녀는 어느 날 고흐의 삶 속
에 들어오지만, 그것도 오래가지 못했
다. 결국 그녀는 1904년 강물에 뛰어
들어 비운의 생을 마감한다.

sorrow〉을 그렸다.

순탄치 않은 매춘부의 비참함이 손에 잡힐 듯한 그림이었다. 축 처진 가슴과 뱃살들, 아름다울 것 하나 없는 여인이 당장 오늘 밤 먹을 것과 잘 곳을 걱정하고 있는 슬픔이 그림에서 묻어났다. 바닥에 앉아 무릎을 감싼 팔에 얼굴을 묻어 표정을 볼 수 없어 더 애잔했다. 이 그림은 사람에게 감동을 주는 화가를 꿈꿨던 고흐의 시작을 알리는 작품이기도 했다.

그들과 함께 밤을 보낸 고흐는 시엔을 차마 모른 체할 수 없었다. 화실에서의 동거가 시작되고, 아이들을 위한 요람과 어린이용 의자가 놓이게 되면서 시엔과의 결혼을 결심한다. 그리고 혼자 있을 때 우울했던 화실이 그들로 인해 밝게 변하는 장면을 목격하면서 그들과의 행복한 시간을 꿈꾸게 된다.

"이제 내 평생의 꿈이 이루어지는 것 같다. 더 좋은 작품 만들어 돈을 벌고 시엔과 결혼해야지. 그것만이 시엔이 다시 구렁텅이로 돌아가지 않도록 돕는 길이야."

하지만 둘의 결혼은 고흐의 가족은 물론 항상 고흐의 편이었던 동

명작에게 사랑을 묻다

생 테오마저 반대하면서 위기를 맞는다.

"형 왜 하필 그 여자야? 결혼하지 말고 형편 되는대로 돕고 말아. 사랑은 동정이 아니야."

고흐는 "따뜻한 위로와 생리적 이유"라고 짧게 대답하면서 버틴다. 그러나 이번엔 시엔의 오빠가 찾아와 화실에서의 궁색한 삶을 보더니 "이렇게 살 바에 차라리 거리의 창녀가 낫겠다"며 헤어지기를 강요하면서 둘은 결별하게 된다. "사랑하지만 이별하겠다"는 말을 남기고 시엔은 그의 곁을 떠났다.

시엔과의 결혼소동은 가족과의 관계를 완전히 끊어버린다. 오직 테오만이 여전히 고흐의 든든한 후원자로 남아 있을 뿐이었다.

시엔은 1904년 강에 몸을 던지는 것으로 한 많은 생을 마감한다. 그녀와 그녀의 딸을 지켜주지 못했다는 자책감은 한동안 고흐를 괴롭힌다. 그 일은 고흐가 혹독하게 창작에만 몰두하게 한다. 그리는 일만이 기쁨이고 구원이라는 확신이 그를 강하게 사로잡았기 때문이다.

고흐를 사랑했던 여인

헤이그에서의 화실생활은 궁핍을 견디다 결국 문을 닫는다. 1883년 12월, 어쩔 수 없이 부친의 집이 있는 누넨으로 돌아오지만 부자 관계는 원만하지 못했다. 부친은 고흐에게 신앙을 가지라고 종용했으나 '생각만 해도 끔찍하다. 내 의지대로 살겠다'며 거부한다.

아버지 밑에서 경제적으로 안정을 찾아갈 무렵, 어머니가 기차에서 내리다 왼쪽 발을 헛디뎌 발목부상을 입는 사건이 발생한다. 이때 어머니의 병간호를 적극적으로 도운 이가 옆집에 살던 마르고트 베게만Margot Begemann, 1841~1907였다.

병원을 오고 갈 때 함께 어머니를 부축하면서 두 사람은 가까워졌다. 미술을 좋아했던 열두 살 많은 그녀는 고흐가 화가임을 알고 호감을 품기 시작했다. 그래서 들녘으로 그림을 그리러 갈 때 동행하기도 했다. 이후 고흐를 믿어주고 사랑해준 유일한 여자가 된다.

고흐는 그녀를 위해 〈누넨의 물레방아〉를 그려준다. 두 개의 물레방아 바퀴가 맞물려 있는 그림을 통해 하나는 자신을, 다른 하나는 마르고트를 나타낸 것이다. 그렇게 둘의 사랑이 깊어갈 즈음, 마르고트가 병원에 입원하는 일이 생긴다. 이때 그 곁을 고흐가 지킨 것이 알려지면서 양쪽 집안에서 둘의 관계를 알게 된다.

이들의 만남도 반대에 부딪힌다. 고흐의 집안에서 여자가 너무 늙었다는 이유였고, 마르고트 집안선 고흐의 인물을 평계 삼았다. 마르고트는 이 일로 크게 상심하여 자살을 결심한다. 다행히 목숨을 건지면서 결혼승낙을 받아낸다.

이때 〈황혼의 포플러 거리Avenue of Poplars at sunset〉가 그려진다. 서쪽에 붉은 해가 마지막 정열을 불태울 때 포플러 가로수 사이로 한 사람이 걷고 있다. 형체만 사람일 뿐 누구인지 알 수 없으나 마르고트일

명작에게 사랑을 묻다

누넨의 물레방아
빈센트 반 고흐(Vincent van Gogh), 1884년, 캔버스에 유채, 57.5×78.0cm, 개인 소장

것이다. 가장 힘이 되어야 할 가족들이 두 연인에게 사랑의 이름으로 가장 많은 아픔을 주었다. 이런 역설적 아픔이 황혼의 실루엣으로 표현된 것이다.

하지만 끝내 둘의 결혼은 이루어지지 못한다. "생명을 함부로 버리려 한 여자를 절대 며느리로 받아들일 수 없다"는 목사 아버지의 반대가 워낙 거셌기 때문이다. 상심한 고흐는 가족과도 헤어지겠다고 선언하고 1886년 파리로 떠난다.

사랑에 웃고, 울며, 쓰러지다

파리에서 테오와 함께 살면서 다시 그림을 그리게 된다. 이때 새로 문을 연 카페 탕브랭에 자주 드나들었다. 주인인 아고스티나 세가토리Agostina Segatori라는 특이한 옷차림과 미모로 주목받는 여인이었다. 그녀가 고흐에게 정물화 한 점을 갖고 싶다고 접근하면서 둘은 친밀해졌다. 이후 그 카페에서 처음으로 고흐의 전시회가 열린다.

그리고 이 무렵 세가토리가 임신을 하게 된다. 자신의 아이를 가진 세가토리에게 청혼을 하지만 "당신 매독에 내가 전염되었다. 당신과 결혼하지 않겠다. 아이도 지우겠다"는 뜻밖의 거절을 당한다. 시엔에 의해 매독이 전염되어 있었다.

또다시 이별하게 된 고흐는 도시생활에 염증을 느끼고 더 많은 빛과 색채를 찾아 남프랑스 아를로 떠난다. 그곳에서 연작으로 〈꽃이 핀 과수원〉을 그린다. 그리고 1888년엔 처음으로 앵데팡당 살롱전에 작품을 전시한다.

고갱을 만나 화가공동체를 구상하는 것도 이즈음이다. 둘은 노랑 아틀리에를 꾸며 함께 거주한다.

비인간화된 산업사회에서 인간 본연의 모습을 각자의 방식으로 그리는 것으로 주목받은 두 사람은 아마추어 화가 출신으로 최고의 미술학교 출신을 제치고 세계 최고 예술가가 되는 등 공통점이 많았다. 차이가 있다면 고갱은 물, 고흐는 불이라 불리는 정도였다. 오랜만에 마음 맞는 친구가 된 두 사람은 밤의 정경을 그리며 별밤에 대

명작에게 사랑을 묻다

해 이야기를 주고받았다.

내성적이며 격정적이지만 의리를 중시했던 고흐와 외향적이며 인습을 비웃는 현실적 냉소주의자였던 고갱은 잘 맞았다. 애정을 쏟은 상대에게 버림받으면 자신을 괴롭히는 마조히즘적 성격을 지닌 고흐는 사디스트적이며 거침없는 고갱이 평생 함께해주기를 바랐다. 그러나 고갱이 자신을 귀하지도 않은 해바라기나 그리는 화가 취급하자 등을 돌린다. 그때부터 벌어지기 시작한 둘의 관계는 심하게 다툰 어느 날 화가 나 자신의 귀를 잘라버리는 고흐의 모습에 질려

아를의 붉은 포도밭
빈센트 반 고흐(Vincent van Gogh), 1888년, 캔버스에 유채, 73×91cm, 러시아 푸슈킨 미술관 소장

버린 고갱이 떠나면서 막을 내린다.

혼자 남은 고흐는 까닭 모를 죄책감과 공허감에 시달렸다. 그래도 계속 그림을 그려 200편 이상의 작품을 남겼다.

1890년 1월 28일, 브뤼셀 유화전에서 생전 처음이자 유일하게 〈아를의 붉은 포도밭〉이 팔린다. 언론들 역시 '고독한 화가, 빈센트 반 고흐'라며 그에 대한 호의적 평론을 발표한다.

같은 해 7월 27일, 명성이 올라가기 시작했지만, 그는 생을 정리하고 있었다. 자신의 초라한 다락방에서 가슴에 총을 쏘아 생을 마감했다. 형의 죽음을 직감하고 달려온 테오의 품에 안긴 고흐는 "모든 것이 끝나서 좋다"라는 말을 남기고 영영 우리 곁을 떠난다.

명작에게 사랑을 묻다

04

맨발의 여사제
-이사도라 덩컨

"네 아버지는 엄마의 인생을 망친 악마다."

이모가 어린 시절부터 이사도라 덩컨^{Isadora Duncan, 1877~1927}을 세뇌하듯 한 말이다. 은행가였던 아버지는 덩컨이 갓난아이였을 때, 다른 여자와 바람이 나면서 가족을 버렸다.

덩컨이 일곱 살 때였다. 초인종이 울려 대문을 열고 나가보니 실크 모자를 쓴 멋진 신사분이 꽃다발을 한 아름 들고 서 있었다. 그 신사는 덩컨에게 "내가 네 아빠야"라며 꽃다발을 건넸다. 놀란 덩컨이 집 안으로 뛰어들어 외쳤다.

"엄마, 아빠라는 분이 찾아오셨어요."

덩컨의 말에 뛰어나온 엄마는 딸의 손에서 꽃다발을 빼앗아 신사에게 던져주고는 문을 잠가 버렸다.

그날 맥없이 돌아가는 아버지의 뒷모습은 평생 덩컨에게 기억되는 이미지로 남는다. 덩컨의 아버지는 시적 감성이 넘치는 사람으로 언제나 여성들을 매료시켰다. 이런 아버지가 덩컨에겐 오히려 자부심이었다.

덩컨은 영원한 맨발이었다. 태어날 때도 맨발이었고, 고전 발레와 싸우며 현대무용을 개척할 때도 맨발이었다. 불멸의 무용가가 된 후에도 맨발로 도로 위를 춤추고 다녔다.

덩컨은 1878년 샌프란시스코 해변에서 4형제 중 막내로 태어났다. 아버지의 가출로 집안 살림을 책임져야 했던 어머니로 인해 덩컨은 어머니의 사랑을 받지 못했다. 음악 레슨으로 생활비를 벌어야 했던 어머니는 아이들을 방치했다. 그 덕에 각자 취미대로 마음껏 놀면서 자랐다. 덩컨은 회고록에서 방치된 채 바닷가에서 가난하게 자란 것을 무척 감사하다고 적고 있다.

그녀의 성장기에 중요한 사건은 모두 바닷가에서 일어났다. 춤 동작도 파도의 리듬에서 나왔다. 달빛만 고요히 비치는 적막한 바닷가 갯벌에 일렁이는 물결이 만들어내는 무늬는 오랫동안 이사도라의 가슴 속에 신신한 아이디어의 원천으로 남아 있다.

또한 그녀는 가난한 집에서 자라는 바람에 자발적 인생을 살 수 있게 되었다. 하인이나 가정교사를 두었다면 자기표현의 기회가 줄어들고 길들인 인생을 살아야 했을 것이다.

"나는 어머니 발아래 양탄자에 누워 교육받았다. 학교 교육은 내게 쓰레기에 불과했다."

어머니는 밤마다 자녀들에게 피아노를 쳐주며 음악과 시, 고전을 읽어 주었다. 덩컨의 문학적 소양과 예술 감각은 그렇게 익혀졌다. 그 무렵 덩컨의 삶을 변화시킨 두 권의 책을 만나게 된다. 월트 휘트먼Walt Whitman의 시집과 로버트 그린 잉거솔Robert Green Ingersoll의 책이 그것이다. 이중 휘트먼의 시 〈나 자신의 노래Song of Myself〉를 어머니는 즐겨 읽어 주었다.

나는 내 육체를 찬양하고 내 영혼을 노래하는 시인이다.

천국의 기쁨, 지옥의 고통 모두 나와 더불어 있다.

천국 기쁨은 차츰 키워 나가고 지옥 고통은 생경한 언어로 번역해

내린다.

우리는 너무 고개 숙이고 애원만 해왔다. 대통령이라고 남보다 뛰

어날까.

월트 휘트먼

미국의 시인이자 수필가였다. 초
월주의에서 사실주의로의 과도기
를 대표하는 인물이며, 미국 문학
에서 '자유시의 아버지'로 불린다.
그의 대표적인 작품으로는 《풀잎》
(1855)이다. 덩컨이 영향을 받은
《나 자신의 노래》(1855)는 총 52편
으로 되어 있는 장시다. 19세기 미
국의 급격한 사회 변화의 분위기
를 바탕으로 민주주의 정신을 바
탕에 두고 있다.

그까짓 것 누구나 도달할 수 있다. 나는 그까
짓 것보다 더 앞으로 나아간다.

나는 가벼이 깊어가는 밤과 더불어 걷는 자
이다.

대지는 날 위해 한층 찬란한 은빛 구름을 떠
올리고 있다.

대지여, 네가 나에게 아낌없이 사랑을 주듯 나
도 너에게 열렬한 사랑을 주노라.

세상 무엇과도 비교하지 않고, 있는 모습
그대로의 자신을 긍정하고 노래한 시다. 잉
거솔의 책 중에선 《왜 나는 무신론자인가》^{why}
I am Agnostic》를 즐겨들었다. 책을 읽어주면서

명작에게 사랑을 묻다

어머니는 자녀들에게 주지시켰다.

"산타는 물론 신도 없다. 오직 너의 의지만이 너를 도와주는 거야."

"행복만이 유일한 선이다. 행복해질 시간과 장소는 바로 지금 여기이다. 행복해지는 방법이란 남을 행복하게 하는 것이다."

덩컨은 자신의 정신적인 아버지는 휘트먼이며 스승은 잉거솔이라고 즐겨 말했다. 다섯 살에 공립학교에 입학했지만, 적성에 맞지 않아 그만둔 뒤로 그가 시간 대부분을 보낸 곳이 공립도서관이었다. 다른 아이들이 학교에 갈 때도 그는 공립도서관에 쪼그리고 앉아 책을 읽었다.

로버트 그린 잉거솔

그는 미국에서 변호사, 정치가로 활동했다. 19세기 미국에서 교회를 무시하면서 종교 문제를 합리적으로 고찰할 것을 주장했던 대표적인 인물이다. 그런 그에게 '위대한 불가지론자'라는 별명이 붙을 정도였다. 그의 저서《왜 나는 무신론자인가》(1896)는 《성경》과 기독교에 대한 사람들의 믿음을 흔들어 놓는 것이 자신의 일생의 임무 중 하나라고 생각하여 저술한 책으로,《성경》을 맹렬히 비판하고 인본주의 철학과 과학적 합리주의 사상을 전개하고 있다.

한때 아버지와 정열적인 사랑을 나눴던 눈이 예쁜 도서관 사서는 덩컨을 격려하며 마음껏 책을 읽을 수 있도록 배려해 주었다. 그녀 덕에 소설, 시, 좋은 책, 나쁜 책 가리지 않고 수천 권을 읽었다. 그리고 집에 돌아오는 숲길에선 맨발로 춤을 추었다.

도서관에 가지 않는 날은 인적이 끊긴 숲 속이나 바닷가를 찾아 나무와 물결과 혼연일체가 되어 나체로 춤을 추기도 했다. 이때부터 '바람과 바다, 별 등의 유영遊泳', '꽃들의 만개', '어머니가 피아노 치

바닷가에서 춤추는 이사도라 덩컨

며 들려주었던 노래' 등을 춤으로 표현하는 일에 평생을 바칠 결심
을 하게 된다. 발레가 인간의 몸을 억지로 뒤튼다며 싫어했던 것도
자연에서 영감을 얻은 그녀의 천성에서 나온 발언이다.

가축 수송선이 낳은 그리스 예술의 르네상스

덩컨은 청소년이 된 후 술집에서 캉캉 춤을 추었다. 하지만 이건
춤이 아니라며 과감히 사표를 던진다. 그리곤 샌프란시스코의 한 공
연단체를 찾아갔다.

고향을 출발한 기차를 타고 가며 이런 글을 남겼다.

명작에게 사랑을 묻다

어린 순례자인 나를 태우고 기차는 우람한 로키 산맥과 대평원을 지나 동쪽으로 달린다. 이 긴 여정에 나는 빈손이나 황금 같은 재능을 가졌기에 조금도 두렵지 않다.

매니저 앞에서 멘델스존Mendelssohn의 〈말 없는 노래Songs Without Words〉에 맞춰 춤을 추었다. 매니저는 극장에 어울리지 않는 춤이라며 거절한다.

실망하지 않고 어머니와 함께 시카고로 건너가 '오거스틴 데일리' 극단에 들어간다. 극단 측이 주 무대인 뉴욕으로 덩컨을 보내 2년간 활동한다. 이때 작곡가 에설버트 네빈을 만나 대표곡 〈수선화〉 등에 맞춰 펄럭이는 춤을 춘다.

미국사회에서 처음으로 허벅지가 드러나는 얇은 옷을 입고 춤을 춰 충격적이라는 언론보도와 함께 좋은 평가를 받았다. 이후 원저 호텔 지하층에 살며 뉴욕 상류 사교계의 연회장마다 초청을 받아 춤추고 다녔다. 꽤 많은 수입을 올리며 승승장구하고 있었다. 하지만 화재로 모든 것을 다 잃은 뒤 미국을 떠날 결심을 하게 된다.

1899년, 가축 수송선을 타고 영국 런던으로 건너갔지만, 몸을 의지할 곳이 없었다. 그린파크 벤치에서 노숙하며 새로운 일을 찾던 중에 런던에 저택을 마련한 귀부인이 피티를 연다는 신문광고를 보게 된다.

뉴욕에 있을 때 저택에서 춤을 춘 적이 있는 귀부인이었다. 파티

미국 투어 때의 이사도라 덩컨(1915~1918)

장을 찾아온 덩컨을 반갑게 맞은 귀부인은 영국의 황태자, 공주, 백작 등 귀족을 소개해주고 그 자리에서 공연을 펼칠 수 있도록 배려한다.

그녀의 춤은 파티에 참석한 사람들을 매료시킨다. 특히 황태자로부터 '그리스 예술의 르네상스'라는 찬사를 듣는다. 그날 이후 유럽 사교계 최고의 댄서로 각광받기 시작한다. 사교계뿐 아니라 일반 공

명작에게 사랑을 묻다

연요청도 밀려들면서 파리, 부다페스트 등 그녀가 가는 곳은 어디든 수많은 사람이 몰려들어 매진사례가 이어진다.

심지어 독일 베를린에서는 2시간 공연이 끝난 후에도 관객들이 떠나지 않고 앙코르를 연호하는 바람에 2시간 더 춤을 추어야만 했다. 공연이 끝날 때면 덩컨을 태울 마차는 말 대신 베를린 대학의 학생 수백 명이 끌었다. 수백 명이 몰려들어 마차를 밀고 끈 것도 모자라 호텔 앞에 내린 덩컨이 방에 들어가는 동안 학생들은 무등을 태웠다.

여사제로 등극한 덩컨

덩컨은 박물관 애호가로도 유명했다. 런던과 파리에 머물 때는 대영박물관과 루브르 박물관에 들르는 게 휴식이었다. 박물관에 오갈 때면 길 위에서 춤을 췄다. 이 장면을 신기해하는 행인들이 어디서 왔느냐고 물으면 "저기 달나라에서 왔어요"라고 대답했다.

덩컨은 특히 그리스 도자기에 매료되었다. 그중에서도 춤추는 동작이 그려진 도자기들은 더욱 유심히 살펴보았다. 먼 옛날 그리스의 춤을 살려내고 싶었다. 박물관 유적에 그려진 그림으로 만족하지 않고 직접 그리스로 찾아가고자 했다.

그리스로 가는 여행길은 편안한 여객선 대신 고대인들이 타고 다녔던 돛단배를 타고 원시적인 여행을 하고 싶었다. 그녀의 바람은

이루어졌다. 돛단배를 타고 선상에서 바이런의 시를 노래하며 그에

맞춰 춤을 추게 된 것이다.

우리 헤어지기 전에 아테네 아가씨여, 내 마음 돌려주든 내 남은

마음마저 가져가오.

파르테논 신전에서 이사도라 덩컨(1921)

명작에게 사랑을 묻다

그대 머리칼에 애무하는 에게 해 바람에 맹세합니다.

그대 두 볼의 홍조에, 어린 사슴 같은 그대 눈망울에도 맹세합니다.

아테네 아가씨여, 이 몸이 비록 이스탄불로 떠날지라도

내 마음 전부 아테네에 있소. 당신이 내 생명이기에.

— 아테네 아가씨여, 헤어지기 전에 Maid of Athens, ere we part

에게 해의 수많은 섬 사이를 지날 때마다 덩컨은 감격에 겨워 외쳤다.

섬들이여, 그리스 섬들이여.

사포가 불타는 사랑을 하고 노래했던 섬들이여.

델로스가 일어나고 훼브스가 솟아오른 이 바다.

그때 여름은 이 바다에 지금도 여전하건만

섬들을 이제 그들은 황혼 속으로 가라앉고 있구나.

아테네에 당도한 덩컨은 제일 먼저 파르테논 신전을 찾았다. 그곳에서 춤을 추면서 그리스 비극과 고대 코러스를 추억했다. 그동안 박물관에서 사모하며 익혔던 그리스의 모든 정서가 덩컨의 춤사위에 흘러나왔다. 그리스 여행 이후 비엔나로 러시아로 다시 춤 공연을 다녔다. 파르테논 신전에서 저절로 나온 춤을 유럽 각지에서 추었다.

그녀의 춤을 본 관객이 중병에서 치유되었다는 소문이 돌기 시작하면서 유럽에서 '베를린의 여신'이라고 불리기 시작했다. 그녀의 춤에 사람들은 종교적 황홀경까지 경험하게 된 것이다.

하얀 튜닉만 입고 맨발에 샌들 차림인 여사제가 탄생했다. 이 여사제의 공연장에 들것에 실린 환자들까지 밀려들었다.

결혼 없는 사랑이라면 좋아요

1905년 어느 밤, 베를린에서 춤을 추는데 앞줄 한 사람의 파란 눈동자가 유별난 느낌으로 다가왔다. 그는 대감독 고든 크레이그^{Gordon} ^{Craig}였다. 무대에서 내려온 덩컨에게 크레이그가 작업을 걸어왔다.

"오늘 무용 독창적이고 참으로 훌륭해요. 하지만 이 무대 장치는 내 아이디어를 도용한 것이오."

"감독님도 농담이 지나치시네요. 이 무대는 내가 다섯 살 때부터 생각해온 것이랍니다."

"그래요? 어쩌면 내 아이디어와 이리도 흡사할 수 있을까요? 당신을 늘 내 무대 장치에 세우고 싶어 상상했더니 서로 통했나 봅니다."

그 자리에서 덩컨은 크레이그의 스튜디오로 따라갔다. 영문을 모르는 덩컨의 어머니는 못된 놈이 딸을 납치해갔다며 대사관과 경찰서에 신고했다. 그날부터 2주일간 덩컨은 자취를 감췄다. 모든 공연은 취소되고, 신문엔 '덩컨 양, 편도선염으로 중태'라는 기사가 발표

명작에게 사랑을 묻다

되었다.

세상이 소란스러운 중에도 두 사람의 밀월 행각은 계속되었다. 그리고 둘 사이에 딸 디어드리^{Deirdre}가 태어났다. 그레이크는 이제 아이도 태어났으니 가정을 꾸미고 평범한 주부가 되어 자신을 내조해 달라 부탁했다. 하지만 덩컨은 달랐다. 결혼 없는 사랑, 결혼 없이 아이를 낳고 기를 권리를 원했다. 결혼은 노예적 제도이며 자주성이 강한 예술가들에게 이혼 법정에서 서로 싸우는 쓸쓸한 결과에 이를 수밖에 없다고 보았다. 이 일로 두 사람은 헤어졌다.

덩컨이 결혼에 대한 견해를 자기 무대에서 밝히자 청중의 반은 열광하고 반은 야유를 보냈다.

유럽으로 건너 온 지 8년이 지나 미국에 귀국했을 때, 덩컨에 대한 세상의 시각은 많이 변해 있었다. 떠날 때 무명에 가까웠던 덩컨이었지만 이젠 미국에서도 진가를 인정하고 환영했다. 다시 파리로 왔는데 억만장자 패리스 싱어^{Paris Singer}가 구애를 해왔다. 베르사유에 '덩컨스쿨'을 열어주며 적극적으로 구애한 덕에 둘의 사랑은 시작되었고, 아들 패트릭^{Patrick}이 태어났다. 패리스 싱어도 그레이크처럼 둘의 결혼을 주장했다. 이때에도 덩컨은 같은 주장을 했다.

"결혼은 특히 예술가에게 미친 짓입니다. 내가 전 세계 공연을 다닐 때 재벌인 당신이 특별석에 앉아 일생을 나를 찬미하며 소비할 자신이 있나요?"

"나하고 결혼하면 순회공연을 접어야지."

"그럼 난 뭘 하죠?"

"요트도 타고, 한적한 별장에서 휴식도 취하고, 내가 주최한 파티에 참석한 세계 정상들과 담소도 나누고……."

"저한텐 그런 파티가 아무 의미도 없는데요."

그러자 패리스 싱어가 실험적으로 3개월만 함께 살아보자고 제안했다. 드디어 덩컨은 우아한 드레스를 입고 재벌 집 마님 행세를 시작했다. 계속되는 만찬의 호스트가 되어 유명 인사들과 교제하며 나날을 보냈다. 하지만 2주일이 채 지나기도 전에 덩컨은 지쳐버렸다. 결국 패리스 싱어의 저택을 나와 다시 순회공연을 시작했다.

두 아이의 죽음과 서두른 결혼

비가 부슬거리던 어느 봄날, 덩컨은 두 아이를 데리고 파리 시내에 있는 무용실로 나와 춤 연습을 하고 있었다. 연습은 길어지고 아이들이 지루해하는 것이 미안했던 덩컨은 그들을 먼저 귀가시킨다. 오후가 되면서 빗줄기는 굵어지고 있었다. 그날 아이를 태운 승용차가 센 강변을 지나던 중 시동이 꺼지는 일이 발생한다. 비를 뚫고 차에서 내린 운전기사가 보닛을 열고 고장 부위를 확인하던 중 언덕 아래로 굴러간 승용차가 센 강에 침몰하면서 두 아이와 보모가 모두 익사하는 사고가 발생한다.

신고를 받고 출동한 경찰이 침몰한 인근을 수색한 지 1시간

명작에게 사랑을 묻다

30분 만에 두 아이는 싸늘한 주검으로 발견되었다. 그날부터 센 강변엔 아이들의 이름을 부르며 울부짖는 덩컨의 모습이 발견되기 시작했다.

두 아이를 잃은 뒤 상심에 빠져 있던 그녀에게 손을 내민 것은 러시아 정부였다.

"당신의 모든 상황을 충분히 이해하고 있습니다. 아픔이 깃든 파리를 떠나 러시아로 오십시오. 무용학교를 지어 드리겠습니다."

이사도라의 자녀 디어드리와 패트릭(1913)

아이를 잃은 기억이 남아 있는 프랑스를 떠나 자기 나라로 오라는 러시아 정부의 설득은 주효했다. 1914년 덩컨은 프랑스에서의 생활을 접고 러시아로 가게 된다. 그때 덩컨을 마중 나온 이가 스물다섯 살의 시인 세르게이 예세닌Sergei Yesenin이었다. 가냘픈 몸에 금발을 가진 예세닌은 죽은 아들 패트릭과 너무나도 흡사했다.

모성애가 발동한 덩컨은 예세닌을 좋아하게 된다. 결국 두 사람은 열여덟 살이라는 나이 차이를 극복하고 결혼한다. 하지만 15개월 신혼여행을 떠났는데, 대부분의 시간을 예세닌은 술을 마시고 주정을 부렸다. 심지어 '더럽게 늙은 암캐 같으니'라며 폭언을 일삼고 폭력도 서슴지 않았다. 게다가 마음에 드는 물건이라면 무엇이든지 사들이는 기벽이 있었다.

덩컨은 그런데도 예세닌 곁을 지켰다. 그런데 미국순회 공연을 함께 다니던 도중 예세닌은 자기 기분을 조절하지 못하고 손목을 면도칼로 그어 자살해 버리는 일이 발생했다. 결혼무용론자였던 덩컨은 자신의 신념을 꺾고 결혼하는 바람에 엄청난 고통을 겪었다. 결국 러시아를 떠나 다시 프랑스로 돌아왔다.

오십 살이 되던 날 생일을 기념하기 위해 친구와 드라이브를 나선 덩컨은 목을 감고 있던 붉은 스카프 자락이 자동차 바퀴에 휘감기면서 안타까운 생을 마감한다.

명작에게 사랑을 묻다

〈맨발의 이사도라〉주제곡

화려한 삶을 살다가 영화 같은 죽음을 맞이한 여인, 이사도라 덩컨은 태어날 때부터 예사롭지 않은 삶을 살도록 프로그래밍 되어 있었다. '미와 사랑의 여신인 아프로디테의 별이 빛날 때' 태어났지만, 아버지가 경영하던 은행은 파산하고 말았다. 아버지의 사업실패는 가족의 붕괴로 이어졌다. 하지만 그것은 비극적인 그녀의 삶에 시작이었다. 두 아이의 익사와 모든 것을 잃은 뒤에 만난 예세닌의 폭력과 자살을 감당해야 했으며, 드라이브 도중 스카프가 바퀴에 걸려 질식사하기까지 그녀의 삶은 영화와 같았다.

〈맨발의 이사도라〉는 차분한 선율로 그녀의 아픔을 노래한다. 굴곡 많은 삶이었지만, 그것을 음악으로 표현하진 않고 있다. 그저 빠르고 느린 선율을 통해 그녀의 격정과 아픔을 대변하고 있는 듯하다.

그녀의 춤을 보는 것만으로도 중병이 치유된다는 소문이 떠돌았던 것처럼, 평생 예술에 대한 열정만으로 살았던 맨발의 여사제가 지금 마음의 병이 깊은 우리에게 다가와 위로와 평안을 선사하듯, 곡은 천천히 연주된다.

05

영원한 방랑자
- 찰리 채플린

C h a r l e s   C h a p l i n

작은 더비 모자를 쓰고 콧수염, 헐렁한 바지와 커다란 구두 그리고 쪼이는 재킷에 지팡이를 들고 우스꽝스럽게 걸어가는 찰리 채플린Charles Chaplin, 1889~1977은 슬랩스틱 코미디의 선구자이며 천재 희극인이다. 영국에서 태어난 그는 치고받고 넘어지며 온몸으로 웃음을 유발하는 슬랩스틱 코미디를 통해 자본주의에 대한 냉소를 보여 준다. 그래서 그를 20세기 최고의 희극배우이면서 감독 겸 제작자로 지목하는데 아무도 반론을 제기하지 않는다.

코미디 하기에는 너무 잘생겨 이미지 변신을 원했던 그는 개그 이미지로 변신하기 위해 '리틀 트램프Little Tramp' 캐릭터영화 속 채플린를 만들었다.

작은 더비 모자와 콧수염, 커다란 구두와 지팡이 등 모든 것이 흑백이지만, 포켓에 꽂힌 장미꽃 하나는 유일하게 붉은색이다. 이는 소년 시절 어머니로부터 선물 받은 장미를 추억하기 위해서였다.

극빈층에서 자라 예술적 재능 하나만으로 20대 후반에 억만장자가 되며 모두가 동경하는 부, 명예, 미녀, 창의력. 이 네 가지를 가졌으나, 즐길 줄은 몰랐다. 그러다 보니 일평생 많은 사람을 울리고 웃겼으나 정작 본인은 돌아서서 울어야 했다. 그만큼 그는 극과 극의 인생을 살았다. 그래서 채플린을 알면 예술을 넘어 인생을 이해하고,

인생을 아는 사람은 예술과 채플린을 이해하게 된다.

빈민가의 향수와 어머니의 한 송이 빨간 장미

뮤직홀의 저음 가수였던 아버지와 릴리 할리^{Lily Harley}라는 예명으로
극단에 출연해 춤추며 노래했던 어머니 사이에 태어난 채플린은 어
린 시절부터 불우했다. 알코올중독자인 아버지는 가족을 방치했고,
어머니 혼자서 가족을 부양하느라 편히 쉬질 못했다. 몸을 혹사하는
바람에 목소리에 장애가 생긴 어머니는 관객들의 야유를 받고 밤무
대에서 내려와야 했다.

채플린은 그런 어머니 대신 다섯 살이라는 어린 나이에 무대에 서
야 했다. 어린 채플린이 무대에 떨어진 동전을 주우며 익살을 부릴
때면 객석이 웃음바다가 되곤 했다. 채플린의 첫 무대였다.

목소리를 잃은 어머니는 바느질로 생계를 이었다. 하지만 너무나
가혹한 삶이 주어진 탓인지 마음의 병이 깊어 정신병원을 오가는 날
이 많았다. 채플린과 의붓형 시드니^{Sydney}는 빈민 구호소에서 끼니를
때우며 간신히 버텼다. 그러던 어느 늦은 밤, 어머니가 빨간 장미 한
송이를 들고 구호소를 찾아왔다. 핼쑥한 손에 들려진 빨간 장미는
평생 채플린을 지배하는 이미지로 남는다.

그날 이후 시름시름 앓던 어머니는 결국 영양실조로 세상을 등져
야 했다. 어머니마저 떠난 세상에서 채플린은 새벽에 신문팔이, 낮에

명작에게 사랑을 묻다

병원 조수, 밤엔 양초를 팔며 살았다. 어린 채플린은 이 모든 어려움을 작고하신 어머니에 대한 연민과 사랑 그리고 외항 선원이 된 형 시드니와 편지를 주고받는 것으로 극복했다.

배우의 꿈은 영국 유명 흥행단체 '카노Karno'에 먼저 입단한 형으로부터 시작된다. 형이 채플린을 카노로 불러들이면서 열일곱 살 어린 나이에 단역배우로 무대에 오르게 된 것이다.

2년 후인 1911년, '카노'는 미국 순회공연을 하게 되면서 채플린도 따라나서게 된다. 이들의 미국공연은 참패를 거듭한다. 언론은 이들의 공연을 보도하면서 "실패한 공연이지만 단 한 명의 영국인은 대단히 웃겼다. 그가 미국을 위해 뭔가 할 수 있을 것이다"라는 평을 내렸다.

할리우드에서 코미디 장르로 유명한 뉴욕 영화사 '키스콘'은 카노의 미국 공연을 보고 채플린을 스카우트했다.

1914년 처음으로 무성 단편영화 〈생활비 벌기Making a Living〉에 출연하고, 그다음 출연한 〈베니스의 어린이 자동차 경주〉에서 자신의 캐릭터 '리틀 트램프Kid Auto Races at Venice' 복장을 선보이면서 그는 승승장구한다. 3년간 62편의 단편에 출연해 타고난 끼를 유감없이 발휘한 채플린은 미국 어느 도시를 가든 몰려든 팬들이 아우성 칠만큼 유명 인사가 된다.

정말 좋아했던 두 여인

그의 첫사랑은 '카노'에서 활동할 때 무용수였던 '헤티 켈리$^{Hetty Kelly}$'였다.

남다른 미모로 인해 많은 사람의 사랑을 한몸에 받고 있던 헤티와 런던 거리를 함께 걸으며 사랑을 속삭였다. 시장통에서 산 장미 한 송이로 시작된 둘의 사랑은 이미 일정이 잡혀 있던 미국 순회공연^{1910}으로 원치 않게 헤어지면서 끝나버린다. 헤티와 헤어진 이후 채플

찰리 채플린의 여인들

남자와 여자의 사랑을 누가 말릴 수 있을까. 사랑에는 아픔과 슬픔이 존재한다. 채플린도 여러 여자와 사랑을 나눴지만, 안정적인 결혼생활은 우나 오일뿐이었다. 1918년 그의 29세 때 16세의 여배우 밀드레드 해리스와 결혼해, 1920년 31세 때 이혼한다. 1924년 35세 때 16세의 여배우 리타 그레이와 결혼해 두 아들을 낳지만, 1927년 8월 38세에 이혼한다. 1933년 그의 나이 44세 때 여배우 폴레트 고다드와 비밀리에 배에서 결혼한다. 그 사랑도 1942년 53세 때 이혼으로 끝이 난다. 1943년에는 극작가 유진 오닐의 딸 우나 오일과 결혼해 1960년 그의 나이 71세에 일곱 번째 아이를 낳고 만년까지 행복한 생활을 보낸다.

1. 헤티 켈리
2. 에드나 퍼비언스
3. 밀드레드 해리스
4. 리타 그레이
5. 폴레트 고다드
6. 우나 오일

명작에게 사랑을 묻다

린의 가슴에 헤티는 평생 이상적 여성으로 남게 된다.

두 번째 사랑은 금발에 눈과 미소가 아름다울 뿐 아니라 유머감각까지 탁월한 '에드나 퍼비언스Edna Purviance, 1895~1958'였다.

그녀는 채플린이 초기에 찍은 단편희극 35편 가운데 상당수에 단골 출연했다. 채플린에게 퍼비언스는 어머니 이외에 생애 처음으로 친밀한 관계를 맺은 여인이었다.

두 사람은 3년간 열애했으나 채플린이 자기보다 영화 일에 더 몰두한다며 다른 남자에게 가버린다. 어머니처럼 자신에게 조언하고 돌봐주던 퍼비언스가 떠나자 채플린은 실연의 상처를 달래기 위해 더욱 창작과 영화제작에 몰두한다.

할리우드가 허허벌판이던 시절이었다. 저택을 짓고 스튜디오를 따로 만들어 〈개의 삶A Dog's Life〉, 〈어깨총Shoulder Arms〉, 〈순자The Pilgrim〉, 〈유한계급The Idle Class〉, 〈월급날Pay Day〉, 〈하루의 기쁨A Day's Pleasure〉 등 수많은 중단편을 쏟아내면서 엄청난 돈을 끌어모았다. 그 덕에 스물여덟 살이라는 어린 나이에 억만장자가 되어 있었다.

그의 작품은 대부분 뜨내기 캐릭터를 통해 서민의 아픈 삶을 개그와 익살로 풍자했다. 예를 들어 〈개의 삶〉은 공터에 사는 가난한 찰리의 이야기이다. 개 같은 인생을 사는 찰리가 취직하려고 무척 노력하지만, 매번 실패한다. 실의에 빠진 찰리는 다른 개들에게 일방적으로 공격받던 한 개를 구해준다. 그 개가 우연히 땅에 묻힌 돈지갑을 파내자 그 돈으로 댄스홀에 간다. 댄스홀에서 역시 개처럼 사는 한 여인을 구출한다.

채플린은 비극을 항상 희극으로 승화해 해피엔딩으로 끝맺는다. 작품 전반에 어린 채플린이 경험했던 빈민가의 향수가 관객의 비애를 달래준다. 이것이 대중을 흡인^{吸引}하는 원동력이었다.

그래서 그의 영화엔 비장미^{悲壯美}가 담겨 있다. 자신의 장기인 팬터마임과 시간차를 이용한 슬랩스틱 코미디로 폭소를 자아낸다. 슬프디슬픈 소재를 어쩌면 그토록 재미있게 만들 수 있을까? 아인슈타인도 그의 희극을 보며 웃다가 어느 순간 울고 있는 자신을 발견했다고 한다.

금세 끝난 첫 결혼과 최악의 여인, 리타 그레이

1918년, 스물아홉 살의 채플린은 〈어깨총〉을 찍으며 만난 열여섯 살의 여배우 밀드레드 해리스^{Mildred Harris, 1901~1944}와 결혼식을 치렀다. 임신을 이유로 결혼을 주장한 해리스에 떠밀리듯 치른 결혼식이었다. 하지만 해르스가 꾸민 거짓이라는 것이 드러나면서 두 사람의 불화가 시작된다. 게다가 결혼 1년 무렵 임신한 아들이 태어난 지 3일 만에 죽어버리면서 둘은 갈라서게 된다.

이혼을 요구하는 채플린에게 정신적인 위자료로 거액을 받아낸 해리스가 떠난 자리는 리타 그레이^{Lita Grey, 1908~1995}가 차지한다. 그레이 역시 〈키드^{The Kid}〉에서 채플린을 유혹하는 천사 역을 맡았던 열여

명작에게 사랑을 묻다

섯 살의 여배우였다.

영화 속 천사를 상상하면서 올린 결혼식이었지만, 그레이는 천사가 아니었다. 오로지 채플린의 돈을 노리고 계획적으로 접근하여 부부가 된 것이다. 결국 둘의 관계는 또 다시 파국으로 치닫게 된다.

그레이는 채플린의 스캔들을 폭로한 책을 펴내 큰돈을 벌어들였을 뿐 아니라 이혼을 조건으로 채플린에게 미국 최고의 위자료를 받아낸다. 이혼한 뒤에도 채플린의 주변을 맴돌았다. 채플린을 무너뜨리기 위해 사생활을 공개하고 둘만의 비밀들을 폭로하는 일도 멈추지 않았다. "아침이면 자기 침대에서 일어나는 어린 소녀를 보고 싶다고 했다"는 폭로도 이어진다.

그레이의 변호사들은 이런 폭로를 통해 채플린이 완전히 무너질 거라 여겼다. 하지만 채플린은 건재했다. 미국인들은 채플린이 그레이에게 던진 조크 정도로 여겼던 것이다. 채플린에 대한 미국인들의 애정이 그만큼 깊었다.

이후에도 미공개 필름들을 뺏기지 않으려고 몇 번에 걸쳐 비밀장소로 짐을 옮기는 일을 반복하는 등 그레이의 집요한 괴롭힘에 시달려야 했다. 그런 와중에도 영화제작은 멈추지 않는다. 광대들과 서민의 애환을 그려낸 수작 〈서커스〉와 〈시티라이프〉 등이 이 무렵 제작된다.

세 번째 결혼, 펠레트 고다드

1936년, 47세의 채플린은 세 번째 결혼식을 올리게 된다. 비밀리에 치러진 결혼식의 신부는 스물여섯 살의 배우 폴레트 고다드^{Paulette} Goddard였다. 〈모던 타임스〉를 찍고 있던 채플린에게 여주인공으로 선택받은 고다드는 할리우드 스타로 주목받고 있었다.

채플린이 본격적으로 활동한 1920년대 미국사회는 자동차 열풍이 불고 있었다. 포드 자동차가 컨베이어 벨트 방식으로 대량생산하면서 자동차가 미국인들의 필수품으로 자리 잡고 있었다. 이 공장의 노동자들이 "우리는 기계가 아니다"라며 파업을 일으켰을 때 헨리 포드는 "맞아 기계보다 훨씬 못하지. 그런데도 비싼 월급을 주고 있어. 뭐가 문제야?"라고 응수했다. 이러한 산업사회의 비인간성과 냉혹함을 〈모던 타임스〉는 노동자들의 관점에서 고발했다.

채플린은 기계 부품 공장에서 온종일 나사 조이는 일만 반복하다 보니 보이는 모든 것을 조여야 직성이 풀리는 강박에 빠져 치료까지 받는다. 하지만 해고당하고 구직자 신세로 방황하다가 시위대에 휩쓸려 교도소까지 갔다 오는 등 수많은 역경을 겪는다. 그래도 끝까지 희망을 버리지 않는다.

화면 곳곳에 고급 레스토랑에서 접시에 물을 붓고 그 물로 세수하며, 귀부인의 호사스러운 모자를 병따개로 벗기고, 주전자에 우유를 넣고 마시는 갓난아이 등 자본과 권력을 조롱하는 모습이 많이 나온다.

명작에게 사랑을 묻다

찰리 채플린이 출연한 영화 속 장면

영화감독이자 음악가로 활동했던 찰리 채플린은 '리틀 트램프'에 출연한 영화 속 캐릭터로 전 세계적
으로 알려졌으며 영화 역사상 중요한 캐릭터로 인식되었다. 그의 우스꽝스러운 마임극은 그 안에 통렬
한 사회비판과 슬픔의 정서가 배어 있다. 1975년에는 엘리자베스 여왕으로부터 작위를 받았다.

    영화사상 명장면을 많이 보유한 이 영화는 공산주의 냄새가 난다
는 오해를 받기도 했다. 하지만 채플린 자체가 큰 부자였다. 다만 그
자본으로 인간에게 자본보다 더 소중한 가치가 있다는 것을 보여 주
고자 했다.

    채플린의 제작의도를 가장 잘 이해했던 여인이 고다드였다. 채플
린보다 스물한 살이나 어렸지만, 채플린과 얘기가 잘 통했다. 주로
십 대의 처녀들과 결혼을 고집했던 채플린이 이십 대의 이혼녀임에

도 그녀와 결혼을 결정할 수 있었던 것도 그녀가 뜻이 잘 맞는 영화적 동지였기 때문이었다.

두 사람은 7년간 순탄한 결혼생활을 이어간다. 고다드는 전형적 조강지처의 모습을 보인다. 언제나 한발 뒤에서 채플린을 내조했다. 채플린도 그런 고다드의 모습에 감탄하며 '아무 걱정 없이 사랑 할 수 있었던 여자'라는 극찬을 아끼지 않았다. 그러나 두 사람의 행복도 롤리타 콤플렉스에 빠져 있던 채플린으로 인해 파경을 맞는다. 1942년 유진 오닐의 딸 우나 오닐Oona ONeill을 만나면서 고다드에게 결별을 선언하지만, 전처들과 달리 고다드는 위자료도 청구하지 않고 조용히 물러난다. 심지어 이후에도 간혹 만나며 우호적인 사이를 유지한다.

채플린의 마지막 사랑, 우나 오닐

채플린은 영국에서 태어났지만, 미국에서 출세했다. 그런데도 오랫동안 영국 국적을 고수했다. 그 일로 미국 정부기관으로부터 의심을 사곤 했다. 제2차 세계대전 당시엔 러시아 원조를 주장하는 연설이 빌미가 되어 공산주의자로 몰린다.

1922년부터 채플린을 감시해오던 FBI 국장 존 에드거 후버John Edger Hoover는 채플린이 국가 전복을 기도하는 단체와 연계되어 있다고 주장하고 나섰고 워싱턴 정가에서 그 주장에 힘을 실어주면서 궁

명작에게 사랑을 묻다

지에 몰린다.

　이 무렵 채플린은 배우가 되겠다고 찾아온 조앤 배리Joan Barry라는 여인에게 연기를 가르치며 새로운 영화를 제작하려던 참이었다. 그녀만을 위한 시나리오가 만들어졌고, 거액이 투자되어 촬영을 준비 중인 시점이었다. 그런데 공산주의자로 몰리면서 극우 단체와 언론이 그를 궁지로 몰았다. 때를 같이해 조앤 배리가 "당신 애를 가졌다"면서 채플린에게 거액의 위자료를 요구해오기 시작했다.

　사면초가에 빠진 채플린이 어떤 선택도 할 수 없을 때, "당신의 무죄를 믿고 있으니 의연하게 대처"하라는 위로의 편지가 날아들었다. 배우 지망생이었던 열여덟 살의 여인 우나 오닐Oona O'Neill의 편지였다.

　몇 번의 이혼과 조앤 배리에게 낭한 배신, 그리고 자신을 궁지로 몰고 있는 세상으로부터 버림받은 채플린에게 오닐의 편지는 든든한 동아줄이었다.

　그 편지 이후로 채플린의 오해도 하나씩 해결되었다. 친자확인 소송에서 무죄판결을 받았고 주변의 여자들도 정리되면서 오닐과 사랑을 시작하게 된다. 채플린을 음해하려던 FBI 후버 국장이 오히려 둘을 중매한 꼴이 된 것이다.

　하지만 노벨문학상 수상자였던 오닐의 아버지 유진 오닐Eugene O'Neill이 가만있질 않았다. 어린 딸이 중늙은이인 데다가 이혼 왕인 채플린과 사귄다고 하자 경악했다. 오닐은 그런 아버지와 의절하는 악수를 둬가며 1943년 5월 16일 채플린과 결혼했다.

열여덟 살의 오닐보다 서른여섯 살이나 많은 채플린이었지만, 둘은 33년동안 행복한 결혼생활을 이어간다.

1947년 돈 때문에 아내를 죽여야만 하는 기막힌 운명을 지닌 사나이를 그린 최초의 블랙 코미디 〈베르두 씨Monsienr Verdoux〉가 세상에 나온다. 그리고 매카시즘 광풍이 거세게 불며 공산주의 마녀사냥이 시작된 1950년을 보내면서 그는 많은 생각을 하게 된다. 1957년 매카시즘 광풍이 잠잠해질 무렵 공산주의자로 몰렸던 자신의 경험과 마녀사냥으로 한바탕 소란이 벌어졌던 1950년을 풍자한 영화 〈뉴욕의 왕A King in New York〉을 제작한다.

뉴욕의 왕
1957년 찰리 채플린이 제작한 영화다. 이 영화는 채플린이 미국에서 쫓겨난 후 자신이 주연으로 한 마지막 영화다. 이 영화는 그의 아픔과 시련 그리고 분노가 담겨 있는 영화다. 그가 감독하여 만든 마지막 영화는 〈홍콩에서 온 백작부인〉이다.

유럽 중부 지역 작은 왕국의 왕이 민중봉기를 피해 재산을 챙겨 뉴욕으로 도망 온 후에 겪는 에피소드를 그리고 있는 영화였다. 마르크스 책을 읽고 있던 열 살짜리 소년에게 "너 공산주의자냐?"고 묻는 왕을 향해 "이 책 읽으면 다 공산주의자입니까?"라고 반박하는 소년을 그린 부분은 억울한 시절을 겪은 자신의 심정이 묻어난다.

하지만 이 영화는 그를 미국과 불화하게 만든다. 영국을 방문했던 채플린의 입국이 거절당했다. 미국으로 돌아갈 길을

명작에게 사랑을 묻다

잃어버린 채플린은 스위스의 호반 별장에 머물면서 미국으로 돌아갈 기회를 노린다. 그러나 좀처럼 길이 열리지 않다가 1972년 4월 아카데미 특별상을 받는 자리에서 미국과 화해한다. 꼭 20년 만이다.

1977년 12월, 오닐에게 "내가 너를 좀 더 일찍 만났더라면 사랑을 찾아 헤매지 않았을 텐데"라는 마지막 말을 남기고 채플린은 역사 속으로 사라진다.

William Shakespeare

George Sand

Lou Andreas Salomé

Paul Cézanne

Antonio Vivaldi

제5부

눈빛을 사로잡히다

자신도 모르게 바뀐 결혼 상대

- 윌리엄 셰익스피어

죽느냐 사느냐 그것이 문제로다. 가혹한 운명의 화살을 참고 견딜까? 성난 파도처럼 맞서 싸울까?

윌리엄 셰익스피어^{William Shakespeare, 1564~1616}의 〈햄릿 3막 1장〉에 나온 대사다. 이처럼 내 운명을 내가 결정하려는 '자기중심의 역사'는 그다지 길지 않다. 고대부터 종교가 지배한 중세기까지 인간은 초월적 존재가 다스린다고 믿었다. 마치 희랍 비극^{Greek tragedy}에 나오는 주인공들처럼 운명은 신탁^{divine oracle}에 따라 결정된다고 믿는다. 하지만 셰익스피어의 비극 속에 등장하는 주인공들은 자기 운명을 자신들의 성격과 행동에 따라 스스로 결정했다.

인간의 운명은 초월적 존재가 다스린다고 믿었던 고대에도 자기 운명의 주인공으로 살길 소망했던 선각자들이 있었다. 셰익스피어는 그들의 이야기를 담아내길 원했다. 바로크 미술의 창시자인 카라바조^{Caravaggio}의 그림에서처럼 신성시하던 것을 의심하며 맹종을 떨쳐내야 비로소 자유로워지는 인간의 모습이 셰익스피어의 작품 속에 고스란히 담긴 것이다.

셰익스피어의 주요 작품으로 《뜻대로 하세요》,《말괄량이 길들이기》,《한여름 밤의 꿈》,《베니스의 상인》,《끝이 좋으면 다 좋아》,《사

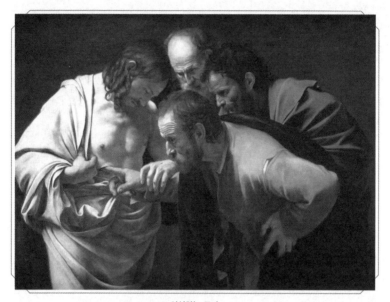

의심하는 도마

미켈란젤로 메리시 다 카라바조(Michelangelo Merisi da Caravaggio), 1601~1602년,
캔버스에 유채, 107×146cm, 독일 포츠담 신궁전 소장

랑의 헛수고》,《로미오와 줄리엣》,《리어왕》,《햄릿》,《맥베스》,《오셀
로》,《폭풍우》,《십이야》 등이 있다. 등장인물의 캐릭터가 워낙 다양
해 지구 상에 존재하는 모든 인간 군상群像의 모습이 담겼다. 그러다
보니 셰익스피어의 작품이 아니라 익명의 여러 작가의 작품을 셰익
스피어라는 이름으로 한데 모은 것이라는 주장도 있었다. 하지만 다
양한 연구를 통해 모두가 셰익스피어의 작품이라는 것이 밝혀졌다.

작품과 달리 그의 인생은 여전히 많은 부분 미스터리에 싸여 있
다. 일부 밝혀진 사실과 셰익스피어의 경험이 반영된 '4대 비극'과

명작에게 사랑을 묻다

'4대 희극'을 중심으로 그의 삶을 재구성해야 한다.

첫사랑 훼이틀리와 뒤바뀐 결혼 상대

인류역사상 가장 위대한 스토리텔러인 윌리엄 셰익스피어^{William} Shakespeare는 영국 중부의 경치 좋은 시골 마을 스트랫퍼드 어폰 에이번^{Stratford-upon-Avon}에서 장갑 등을 만들어 파는 잡화상의 아들로 태어났다.

셰익스피어는 열일곱 살이 되던 해, 근처에 살던 앤 훼이틀리^{Anne Whateley, 1561~1600}에게 사랑을 고백한다. 용기를 낸 고백이었지만, 그녀의 반응은 뜨끈미지근했다. 고백이 받아들여지지 않았다는 생각에 실망하던 셰익스피어는 생일날 뜻밖의 선물을 받는다. 훼이틀리가 분홍색 백합을 한 아름 끌어안고 나타났다. 그날 이후 두 사람은 연인이 된다.

산과 들을 누비며 데이트를 나누던 두 사람은 마을 입구의 오래된 원두막에 살고 계신 할머니를 찾아가 옛이야기 듣는 것을 좋아했다. 또한 그의 고향에서 멀지 않은 곳에 레이체스터의 영지가 있었는데 그곳에 순회연극단이 방문하여 공연하곤 했었다. 그때마다 두 사람은 함께 가서 공연을 관람했다. 그렇게 1년간 두 사람은 행복한 시간을 보낸다. 그런데 이즈음 셰익스피어의 인생을 바꾸는 중요한 사건이 벌어진다.

셰익스피어를 짝사랑하던 대지주의 딸 앤 해서웨이^{Anne Hathaway}의 계략에 빠진 것이다. 달이 밝던 어느 밤, 해서웨이는 건초더미가 쌓인 자기 집 창고로 셰익스피어를 불러낸다. 밝은 달빛에 취해 있던 셰익스피어는 그녀의 유혹을 딱 잘라 거절하지 못한다. 여덟 살이나 연상이던 해서웨이는 훼이틀리에겐 없는 농염함이 있었다. 그날 밤 달빛에 취해 두 사람은 함께 밤을 보낸다.

그날부터 낮에는 훼이틀리를 만나고 밤에는 해서웨이를 만나는 이중생활이 시작된다. 6개월 동안 밤이면 건초더미가 있는 창고를 찾아가던 셰익스피어는 잘못된 길을 가고 있다는 자각을 하게 된다. 그때부터 해서웨이와의 관계를 청산하고 훼이틀리와 혼인을 결정하게 된다.

당시는 결혼하려면 교회 당국의 허가증이 필요했다. 두 연인은 들뜬 마음으로 허가증을 받고 마을회관을 찾아가 결혼이 가능한 날까지 받았다. 그런데 문제가 생겼다. 결혼 초청장을 받은 해서웨이가 발끈한 것이다. 아직도 자신이 셰익스피어의 연인이라 여긴 해서웨이는 이웃집과 교회를 찾아다니며 자신이 셰익스피어의 아이를 가졌으니 이 결혼은 취소되어야 한다고 주장하고 나선 것이다.

훼이틀리에게도 직접 찾아가 자신이 셰익스피어의 연인이라며 헤어져 달라고 눈물로 호소했다. 순진한 훼이틀리는 청천벽력 같은 소리에 충격을 받고 기절한다. 하지만 이미 셰익스피어의 아이를 임신하고 있다는 여인과 싸울 수는 없는 일이었다. 결국 훼이틀리는 먼 곳으로 떠나는 것으로 둘의 관계를 인정한다. 이 사실을 까맣게 모르고 있던 셰익스피어는 정작 결혼식 날이 다 되어서야 신부가 바뀐

명작에게 사랑을 묻다

셰익스피어의 가족

셰익스피어가 자신의 《햄릿》을 자녀들에게 읽어 주고 있다. 그의 아내 해서웨이는 오른쪽 의자에 앉아 있고, 아들 햄넷은 그의 옆에 서 있고, 딸 수산나와 주디스는 옆에 앉아서 아버지가 들려주는 《햄릿》을 듣고 있다.

사실을 알게 된다.

1582년 11월 27일 치러진 결혼식 당일, 마을회관 간판의 신부이름은 훼이틀리 대신 해서웨이가 쓰여 있었다. 결국 결혼허가서에는 훼이틀리가 신부로, 결혼증서에는 해서웨이가 신부로 등재되는 소동을 겪은 뒤에야 원치 않게 해서웨이와 부부로 살게 된다. 그래도 두 사람은 순탄한 결혼생활을 이어간다. 맏딸 수산나Susanna가 태어났고 연이어 두 아들 햄넷Hamnet과 주디스Judith를 낳는다. 하지만 셰익스피어는 자주 집을 비웠다. 특히 1585년 2월부터 1592년 9월까지 약

8년의 기간은 연락도 없이 사라져 가족의 애를 태운다. 어디서 무엇을 했는지 정확히 알 수 없는 이 시기 그는 긴 방랑자로 살았다. 그래서 이 시기를 따로 '행방불명기lost years'라 부르기도 한다. 일설에 의하면 외딴 시골 마을에서 초등학교 교사 노릇을 하거나 귀족의 심부름꾼 노릇을 했다는 이야기가 간간이 전해진다. 그러나 대다수 학자는 자신의 불장난으로 치명적 상처를 받은 첫사랑 훼이틀리를 찾아다닌 것이라는 의견을 내놓는다.

그녀는 셰익스피어의 가슴에 '하나의 유령a ghost'처럼 살아 있게 된다. 영국을 아무리 뒤지고 다녀도 흔적도 없이 사라지면서 평생 셰익스피어의 모든 작품 속을 배회한다.

결과적으로 셰익스피어의 문학은 훼이틀리와의 이별로 더 풍성해진 것일지 모른다. 훼이틀리와 정상적으로 결혼했더라면 런던으로 가지도 않았을 것이고 수많은 명작도 나오지 않았을 것이다. 자신과 해서웨이의 실수로 훼이틀리에게 씻을 수 없는 상처를 주었다고 생각한 셰익스피어는 오랫동안 자신의 어리석음에 대한 회한과 해서웨이에 대한 증오를 품고 살아가게 된다.

런던의 출세한 까마귀가 사랑한 남장 여인

순간적인 충동과 욕정을 견디지 못해 여덟 살 연상과 강제 결혼하게 된 셰익스피어는 8년간의 방랑 기간 많은 사색을 하게 된다. 불

명작에게 사랑을 묻다

량배들과 어울려 다녔고, 그들과 함께 토머스 경의 사슴을 훔쳐 공원에서 잡아먹다가 들키기도 했다. 런던의 극단에 취직해서 집과 완전히 결별하기도 한다. 그때부터 1년에 한 차례 고향에 들러 가족의 안부를 확인하는 일 말고는 시간 대부분을 런던에서 보내게 된다.

그가 극단에서 한 일은 관객들이 타고 온 말을 지키는 일이었다. 그러다가 단역배우를 하게 되고 이야기를 만들어내는 재주를 인정받으면서 극작가로 자리를 잡게 된다. 그가 쓴 극은 무대에 오를 때마다 호평을 받으면서 단숨에 인기 있는 극작가가 된다. 시골뜨기가 단숨에 인기작가로 부상한 것을 못마땅하게 여긴 케임브리지 대학 출신의 작가 로버트 그린Robert Greene은 '벼락출세한 까마귀upstart crow'라 비웃을 만큼 출세가도를 달리고 있었다. 하지만 셰익스피어에게도 고민이 있었다.

런던에 온 지 1년도 채 안 되어 마부에서 최고 극작가가 되는 바람에 대중의 호응을 계속 유지해야 한다는 압박감에 시달린 것이다. 그때부터 자신을 짓누르는 부담감에 단 한 줄의 글도 쓸 수 없었다. 결국 답답함을 견디지 못하고 점성술사를 찾아갔다.

"당신은 형식과 내용에 어긋난 사랑을 하고 있습니다. 서로 진실한 사랑을 나눌 상대를 찾으십시오. 그러면 당신의 천재성이 살아날 것입니다."

어울리는 사랑의 뮤즈를 만나 보라는 점성술사의 조언을 들은 후론 주변의 사람들을 유심히 보게 되었다.

엘리자베스 1세 시대 영국은 연극이 최고의 주가를 올리고 있었다. 배우를 구하는 오디션엔 사람들이 몰려들었고, 공연장 주변엔 늘 사람들이 붐볐다. 그들 속에서 자신의 슬럼프 탈출에 도움을 줄 사람을 찾았지만, 마땅한 사람이 나타나지 않았다. 그러던 중에 셰익스피어가 속한 극단 오디션에 참석한 청년을 보게 되었다. 묘한 느낌을 주는 청년이었는데, 셰익스피어에게도 알 수 없는 영감을 불어넣고 있었다.

로미오와 줄리엣
포드 매독스 브라운(Ford Madox Brown), 1870년,
캔버스에 유채, 미국 델라웨어 미술관 소장

'저 청년을 염두에 두고 글을 쓰면 되겠다'라는 생각으로 그를 수소문했다. 어렵게 청년의 집을 찾아갔더니 남장한 여인 '바이올라Viola'였다. 셰익스피어는 그녀가 점성술사가 말한 뮤즈라 생각하고 사랑에 빠진다.

사랑의 감정이 다시 집필을 시작할 힘을 갖게 했다. 그녀와 사랑을 나누면서 솟아난 영감을 바탕으로 새로운 대본 〈로미오와 줄리엣〉의 집필이 시작된다. 하지만 셰익스피

명작에게 사랑을 묻다

어에게 또 다시 비극이 찾아온다. 바이올라의 아버지가 자신의 딸을 귀족 웨섹스에게 시집보내기로 한 것이다.

속물근성이 가득했던 그녀의 아버지는 바이올라의 미모를 눈여겨보고 있던 엘리자베스 여왕을 꼬드겨 웨섹스 집안과 다리를 놓게 했다. 바이올라는 아버지의 뜻을 거스르지 못하고 웨섹스와 정략결혼을 하게 된다. 셰익스피어가 이미 유부남이었기에 달리 방법도 없었다.

그녀와의 이별은 셰익스피어를 아프게 한다. 결국 코믹한 해피엔딩으로 구상되었던 〈로미오와 줄리엣〉은 바이올라의 이별을 겪은 뒤 비극으로 결말이 수정된다. 공교롭게도 〈로미오와 줄리엣〉이 초연되던 날 바이올라는 웨섹스와 결혼식을 올린다.

인생의 비극이자 고뇌의 원천이었던 결혼

바이올라를 떠나보낸 뒤, 《십이야》를 집필한다. 철저히 바이올라를 염두에 두고 쓴 연극이었다. 바이올라와 오빠 세바스찬이 탄 배가 난파를 당해 낯선 섬으로 떠내려오면서 이야기는 시작된다. 난파 과정에서 오빠와 헤어진 바이올라는 남장을 하고 섬의 주인인 오리시노 공작의 시종이 된다. 공작은 귀족 아가씨 올리비아를 짝사랑하고 있었는데, 그녀에게 결혼하고 싶다는 뜻을 전하기 위해 바이올라를 보내면서 작은 소동이 벌어진다. 올리비아가 바이올라를 짝사랑하게 된 것이다. 이 과정에서 헤어진 오빠 세바스찬이 나타나고, 그를 바이올라라고 착각한 올리비아가 청혼하면서 해피엔딩이 되는 이야기였다.

처음 남장을 하고 나타난 바이올라를 떠올리며 쓴 이 희극은 《말 괄량이 길들이기》, 《한여름 밤의 꿈》, 《베니스의 상인》, 《뜻대로 하세요》와 함께 5대 희극으로 불리고, 그중에서도 최고의 수작으로 평가받는다.

이후에도 끊임없이 셰익스피어는 새로운 작품을 쏟아낸다. 하지만 떠나버린 여인들과 어쩔 수 없이 함께 살아야 하는 여인에 대한 고뇌와 아픔이 자신도 모르는 사이에 작품 속에 녹아들었다. 특히 그는 "연상의 여인과 결혼하지 마라"는 대사를 여러 차례 반복한다. 원치 않는 결혼으로 함께 살게 된 아내 해서웨이를 염두에 둔 것이다.

진실로 결혼을 반대하도록 하라.
어렵다고 그때마다 변하는 사랑은 사랑이 아니니.
아! 결혼이란 영원한 낙인이여.
사랑이란 시간의 광대가 아니라며 운명이 다하도록 영원하다고들 하지만,
오류가 깨닫고 나면, 아! 누구도 두 번 다시 그 낙인에 찍히지 않으리.

– 소네트 No. 26

　　　　　　　　　　　　명작에게 사랑을 묻다

그리고 결혼을 족쇄라 여기는 글도 여럿 발표한다. 사랑하는 사람들은 그 사랑이 영원하리라고 믿고 족쇄를 채우는 것이 결혼이라 주장한다. 세상에 영원한 것이 없듯이 사랑도 변하는 경우가 많다. 이럴 때 결혼은 행복의 보증이 아니라 불행의 낙인이 된다.

셰익스피어는 해서웨이와의 결혼을 통해 결혼이 가진 문제점을 확인했고, 결혼이 필요한지에 대한 해답을 경험을 통해 얻었다. 결혼이라는 제도는 사랑의 결속을 가져오기도 하지만 셰익스피어 같은 경우 그 제도 때문에 훼이틀리가 행방불명이 되어야 했고, 평생 강요된 애정과 의무감에 안고 살아야 했다.

셰익스피어는 세상에 잘 알려진 이야기에서 소재 찾는 걸 좋아했다. 그 이야기에서 줄거리를 선택한 다음 자신의 경험과 추리로 살을 붙이고, 시적인 언어로 가다듬었다. 특히 그는 미담이나 영웅담이 아니라 친부살해, 근친상간 등 인생 전후좌우는 물론 위와 밑바닥까지 다루면서 16세기 판 막장 드라마를 소재로 삼길 좋아했다.

포장하지 않은 사람들의 삶 그대로의 속살을 보여 주는 것이 문학의 경전이라 믿었기 때문이다. 그러다 보니 그의 작품은 애독자가 많았다. 인간의 무의식을 발견하여 심리학의 상징으로 인식되는 프로이트 역시 침대 곁에 그의 작품을 놓아두고 아침저녁으로 애독했다고 한다. 또한 셰익스피어는 집필에 3만 개 이상의 단어를 사용하고 그중 3,000개 이상 새로운 단어들을 만들어 냈다. 오늘날 직접 영어를 사용하는 사람들은 모두 셰익스피어에게 큰 혜택을 입고 있는 셈이다.

오필리아

존 에버렛 밀레이(John Everett Millais), 1852년, 캔버스에 유채, 영국 테이트 갤러리 소장.
밀레이가 《햄릿》에서 영감을 받아 그린 작품이다.

아내를 미워했던 셰익스피어였지만, 끝까지 부부관계를 이어간
다. 햄릿형 인간이었던 그는 이혼으로 자녀들이 불행하게 살아가는
것을 원치 않았다. 하지만 그의 결혼생활은 알맹이가 없는 형식적인
관계였다.

셰익스피어가 동성애자?

런던에서 유명세를 타면서 큰돈을 벌게 되자, 고향 스트랫퍼드
에 있던 런던시장이 은퇴해 머물던 별장을 구입해 가족들이 살게 한

명작에게 사랑을 묻다

다. 셰익스피어의 캐릭터 창조력과 어휘 구사력은 여전히 성장을 거듭했다. 〈헨리 6세〉 등 그가 내놓는 작품들은 매번 공전의 히트를 기록하며 막대한 부와 명성을 안겨준다. 매해 희비극을 번갈아가며 2편 정도 발표하면서 상류사회 인사들과도 교류했다.

이 시기에 서덤턴 백작과 펨브로크 백작이 셰익스피어를 후원하며 함께하는 시간이 많았다. 젊고 미남이었던 두 사람과 셰익스피어 극단의 여성연기 담당자인 미소년 윌 휴즈가 자주 만나게 되자 이들이 동성애자들이라는 소문이 돌게 된다. 특히 1889년 오스카 와일드가 이 미소년을 셰익스피어가 사랑했다는 글을 발표하면서 소문은 진실로 굳어갔다.

> 그대를 만들던 자연이 그대를 사랑하게 되어 남성을 덧붙여 내게서 그대를 앗아갔네. 안녕, 내가 소유하기에 너무 존귀한 당신, 그대는 여자의 기쁨을 위해 만들어졌나니.
> 그대도 그대 가치를 잘 알리라.
>
> — 그대는 여자로 태어나야 했는데

오스카 와일드는 셰익스피어의 '소네트 20'을 예로 들면서 그가 동성애자임을 확신했다. 열여덟 살 때 사랑의 감정도 없이 여덟 살 연상의 여인과 반강제적으로 결혼하고 그 관계를 계속 유지하는 것도 오해의 요인으로 작용했다.

전반부는 고귀한 정신을 갖춘 사람에 대한 존경을 후반부는 에로스를 나타내는 '소네트 20'을 오스카 와일드는 동성애 노래로 잘못 이해하고 있었다. 이 노래 후반부에는 검은 여인dark lady에 대한 육체적 욕망을 언급하고 있어서 그의 동성애 의혹은 오해에서 비롯되었음을 알 수 있다.

실제로 셰익스피어는 엄청난 바람둥이였다. 수많은 여성과 염문을 뿌렸지만, 세상에 알려지지 않았을 뿐이다. 그의 상대는 상류층 여인이 아닌 하류층 여인이었다. 그러다 보니 소문이 나지 않았고, 세상에 알려져도 큰 관심을 받지 못했다. '소네트 20'에 등장하는 검은 여인 역시 셰익스피어와 연관이 있는 유부녀로 밝혀졌다.

런던에 머물며 부와 명예를 거머쥔 인기 작가로 살던 1613년, 〈헨리 8세〉를 공연 중이던 글로브극장이 불타버리자 도시생활을 정리하고 고향으로 돌아온다. 3년을 고향에서 평온하기 지내다가 1616년 유서를 작성한 지 한 달 후 생을 마감한다.

희극과 비극을 넘나든 작가답게 죽음이라는 비극을 대하는 유서도 희극적으로 썼다. 맏딸 수산나에게 모든 재산을 물려주며, 아내 해서웨이에게는 자신의 침대 중 두 번째로 좋은 것만 물려준다는 내용이었다. 하지만 어머니를 극진히 모신 수잔나 덕에 남편 없이 풍족한 7년을 더 보내고 해서웨이도 세상을 뜬다.

명작에게 사랑을 묻다

02

쇼팽과 뮈세를 넘은 영원한 정신

-조르주 상드

산다는 것은 멋진 일, 설령 고뇌와 배신이 이어진다 해도
사랑하다 받는 상처도 좋은 일. 사랑하라 인생 최고의 보람은 그뿐.
가시덤불 속에 꽃을 찾다가 찔리더라도 손을 거두지 않으리.
사랑의 상처란 그렇게 견디는 것이라네.

– 조르주 상드

봄
피에르 오귀스트 코트(Pierre Auguste Cot),
1873년, 캔버스의 유채, 213.4×127cm,
미국 메트로폴리탄 미술관 소장

그네의 줄을 잡고 있는 청년 목을 소녀가 감싸고 있다. 그녀의 팔에서 나는 싱그러운 풀 냄새와 푸른 눈빛에 청년의 다리가 꺾였다. 소녀의 자태와 눈빛을 보면서 청년은 버려지지 않기를 바랄 뿐이다. 아무래도 이 소녀의 매력은 야생적이다. 여기에 불안이 있다.

프랑스 낭만주의 대표 작가이자 '여자 카사노바'로 불렸던 조르주 상드George Sand, 1804~1876가 그랬다. 평생 길들여지지 않는 매력에 농락당하

명작에게 사랑을 묻다

던 남성들은 그녀에게서 언제나 불안함을 느껴야 했다. 그녀는 지고 지순한 사랑을 기대하는 순진한 남자들을 쥐락펴락했다. 모두가 그녀에게 상처를 받고 패잔병처럼 물러났다. 쇼팽^{Chopin}과 뮈세^{Musset} 등이 그랬다.

귀족 남편을 버리다

상드는 여성을 속박하는 당시 사회를 비웃었다. 2,000명이 넘는 이들과 애정을 나누었고, 천재 시인 뮈세, 작곡가 쇼팽, 조각가 알렉상드르 망소^{Alexander Manseau} 등과는 오랜 시간 연애감정을 이어갔다. 여성 작가가 인정받지 못했던 당시 사회를 비웃기라도 하듯 남장을 하면서까지 글을 썼다.

무수한 사내와 염문을 뿌렸으며, 이름난 연애사건을 수없이 일으켰는데 그중에는 연하이면서 연약한 남자들이 유난히 많았다. 이때문에 프랑스 전역이 연상녀 앓이에 빠지기도 했다.

네 살 때 아버지를 잃은 그녀는 프랑스 중부 노앙 지방의 영지^{Nohant-Vic}에 살던 할머니에게 보내져 그곳에서 어린 시절을 보낸다. 루소의 책을 즐겨 읽으면서 '인간은 자유롭게 태어났으나 사회 속에서 부자유하게 되었다'는 그의 사상을 탐닉했다. 인간 불평등의 기원을 제도와 문화의 구속으로 보는 루소의 시각이 고스란히 상드에게 전해진 것이다. 이후 그의 인간관계는 루소의 사상이 고스란히 투영된다.

상드가 지나치게 루소의 책만 탐독하자 할머니는 열세 살의 손녀를 수도원에 보내 경건을 배우게 한다. 하지만 이곳에서도 신비주의에 심취해 수녀가 될 지경에 이르는 것을 보고 영지를 주겠다며 집으로 불러들인다.

영지를 물려받은 뒤 상드는 달라진다. 깊이 빠져들었던 종교의 부조리를 깨닫게 되고 세상의 재미를 발견하게 된다. 사냥과 승마를 즐기고 《성경》 이외엔 세속적이라며 멀리했던 예술, 정치, 상식 등 사회 전반에 지대한 관심을 가지기 시작했다.

열여덟 살이 되자 여러 명문가에서 청혼이 들어왔다. 그중 재력과 용모가 출중한 카지밀 뒤드방 남작Baron Casimir Dudevant, 1795~1871과 결혼하여 평온한 신혼을 보낸다. 두 아이까지 낳으며 잘 지내던 결혼생활은 지적으로 우월한 아내에게 열등감을 느낀 뒤드방 남작이 바람을 피우기 시작하면서 삐걱거리게 된다.

특히 아내에 대한 화풀이를 저택의 오래된 거목을 베어내거나 상드의 애완견과 앵무새를 잡아 죽이는 것으로 해소하면서 두 사람의 불화는 극에 달한다. 그래도 상드는 남편을 고쳐보겠다며 멀리했던 수도원까지 찾아가 기도도 해 보고 백방으로 노력을 기울이지만 별다른 성과를 거두지 못한다. 급기야 부정한 짓을 저질렀다고 의심하고 매질을 일삼는 남편 앞에서 상드는 결혼의 문제점을 발견하게 된다.

"결혼이 신성불가침한 조약이라고 종교가 새빨간 거짓말을 해왔

명작에게 사랑을 묻다

구나. 결혼이라는 굴레는 희생을 강요할 뿐이다.”

　그날로 상드는 요양원에 간다는 핑계를 대고 집을 나와 그림 그리기와 소설 쓰기로 혼자만의 시간을 보낸다. 이 무렵 그녀는 연하의 법률가 오렐리앙 드 세즈와 친구로 만나고 있었다. 나이는 어렸지만 남편과 다른 지성과 따뜻함을 함께 갖추고 있어서 위로가 되었다. 하지만 남편이 둘의 관계를 의심하면서 헤어지게 된다. 후일 그녀는 세즈와 만나는 자신을 ‘더럽게 타락한 암캐’로 표현해놓은 남편의 메모지를 발견하게 된다.

이혼 후 첫 번째 만난 연하남, 천재 시인 뮈세

　남편의 메모지는 상드에게 큰 충격이었다. 자신을 그렇게 표현한 남편에게 분노한 상드는 ‘비열하고 무지한 하이에나’라는 답장을 남기며 이별을 통보했다. 그리고 두 아이를 데리고 무작정 파리로 건너갔다.

　그곳에서 일곱 살 연하의 남자를 만나 동거를 시작하면서 본격적인 글쓰기가 시작된다. 그리고 그때까지 오로르 뒤팽Aurore Dupin으로 불리던 본명을 버리고 조르주 상드라는 필명을 쓰기 시작한다.

　그녀의 첫 소설은 야만적 결혼제도 때문에 폭력남편을 참고 살아야 하는 여인의 비극을 폭로하는 《인디아나Indiana》였다. 이 소설의 출간으로 상드는 일약 명사가 된다. 하지만 그때까지도 여성이 온전한

남장을 한 상드

대우를 받지 못하던 시절이었다. 상드는 남장 차림으로 파리 사교계에 데뷔했다.

그 무렵, 동거하던 남자에게 여자가 생기자 그마저 청산한다. 그리고 서른 살이 되던 1883년 어느 만찬회에서 스물네 살의 천재 시인 알프레드 드 뮈세Alfred de Musset를 만나게 된다. 파리 명문가의 아들로 태어나, 1830년 첫 시집 《스페인과 이탈리아 이야기Contes d'Espagne et d'Italie》를 출간하면서 화려하게 데뷔한 뮈세는 '무서운 아이'라 불리며 문단의 주목을 받고 있었다.

어두운 밤 떠오른 달이 노란 종탑 위에 걸려 있다.

그 모양이 i의 점과 같구나. 어떤 슬픈 영혼이 이 밤, 저 점 위에 방황하는가.

그림자로 아른거리는 그는 우리가 아니던가?

－달에게 보내는 발라드

고독한 인간 내면의 드라마를 경쾌하고 우아하게 기교화하는 그의 문학성은 천재적이라는 찬사를 받았다. 하지만 1883년 초 낭만주의 문학의 수장인 빅토르 위고의 앙가주망engagement 참여를 비난한 것이 빌미가 되어 어려움을 겪고 있었다. 위고 문학클럽과 평론가들

명작에게 사랑을 묻다

퐁텐블로 숲
테오도르 루소(Théodore Rousseau),
1860년, 캔버스에 유채,
82.6×145.4cm,
미국 크라이슬러 미술관 소장

은 그에게 등을 돌렸고, 문단에서 소외당해 술과 도박에 탐닉하는 날이 많았다. 하루하루 힘든 시기를 보내던 뮈세 앞에 상드가 나타났다.

> 자신밖에 모르며 황량하게 살던 내게 누이 같은 여인이 나타났다. 나는 그녀의 포로가 되었다.

그날의 감정을 일기에 남긴 뮈세에게 상드는 강렬했다. 하지만 여섯 살이나 어린 뮈세가 마음에 내키지 않았던 상드는 그에게 여러 차례 거절의 뜻을 표했다.

그러다가 서로의 작품을 함께 읽고 비평해주며 정이 든다. 그리고 숲으로 유명한 퐁텐블로에 저택을 마련하고 동거를 시작한다. 그런데 그해 12월, 뮈세가 불안 증세를 보이기 시작한다. 정신적인 안정을 위해 출판사에서 여행경비를 빌려온 상드는 뮈세와 이탈리아 여행을 떠난다. 두 문인의 유럽여행은 당시 사회를 떠들썩하게 만드는 쇼킹한 사건으로 받아들여졌다.

당신은 애인이 아니라 어머니 같은 여인

상드가 여행 내내 '넘치는 열정을 조금 절제하라'는 애정 어린 충고를 건넨다. 다음해 1월 베네치아에 도착했을 즈음, 상드는 여행에

　　　　　　　　　명작에게 사랑을 묻다

지쳐 있었다. 결국 두 주간 병원에 입원하게 되는데, 뮈세는 이런 상황에서 혼자 여행을 다니고 도박을 즐긴다. 그 바람에 혼자 남겨진 상드의 간호는 젊은 의사 파젤로가 맡게 된다.

여행에서 돌아온 뮈세는 병실에 함께 있는 둘을 의심하면서 상드의 목을 조른다. 이 엄청난 일에 상드가 충격을 받자, 뮈세는 변명도 하지 못하고 혼자 파리로 돌아간다. 혼자 남겨진 상드는 4개월을 더 베네치아에 머문 뒤 파젤로와 함께 파리로 돌아온다. 하지만 파리에 돌아온 상드는 파젤로를 외면하고 뮈세에게 돌아가 버린다. 이 일로 화가 난 파젤로는 뮈세의 친구에게 "병상에 있을 때부터 연인이 되어 여기까지 따라왔다"며 그간의 비밀을 털어놓고 베네치아로 돌아가 버린다.

일이 이 지경에 이른 것은 상드가 의도한 거였다. 작정하고 여성 편력이 심했던 파젤로의 뒤통수를 친 것이다. 파젤로는 자신의 환자 중 외로운 여인을 노리는 늑대였다. 이를 알게 된 상드가 일부러 파젤로를 파리까지 데려와 골탕먹인 것이다.

이를 알 리 없는 뮈세는 질투에 몸서리친다. 겨우내 상드를 오해하고 갈등과 화해를 반복했다. 급기야 칼을 들고 상드를 위협하는 일까지 벌어지는데 이를 아들이 보게 된다. 이 사건 이후 뮈세는 편지 한 통을 남기고 상드 곁을 떠난다.

당신은 내게 애인이 아니라 어머니 같았소. 우리 사이는 근친상간이나 다를 바 없소.

젊은 뮈세는 상드를 불타는 열정으로 사랑했다. 하지만 상드는 뮈세를 마치 아들 아끼듯 사랑했다. 그러다 보니 뮈세는 상드 앞에만 서면 자신이 철부지처럼 취급당하는 기분이었다. 사랑의 콘셉트가 다른 두 사람은 결국 두 해를 넘기지 못하고 헤어지게 된다.

그녀를 떠나보낸 5월의 어느 밤, 뮈세는 먼동이 틀 때까지 온방을 촛불로 가득 밝힌 채 112행에 이르는 긴 시를 써내려 갔다. 사랑을 알기 전에는 재기발랄하고 경쾌했던 시가 이별의 고통을 겪으면서 심장에서 나오는 시로 바뀌어 있었다. 드디어 뮈세의 시가 '눈물로 만들어 내는 진주'가 된 것이다.

'사랑은 인생이라는 잠속에서 꾸는 꿈'과 같다는 뮈세의 고백 속에는 상드와 행복한 사랑을 박차고 나온 회한이 서려 있었다.

이별한 지 7년 만에 뮈세는 상드와 동거했던 풍텐블로 숲 속의 자택을 둘러보고 파리의 이탈리아 극장에 갔다. 그리고 그곳에서 우연히 상드를 만나게 된다. 그날 밤 낭만주의 3대 걸작 시로 불리는 《회상》을 쓰게 된다.

다시 와 보면 눈물 날 줄 알았던 바로 이곳.
더없이 은밀한 회상回想을 자아내는 그리운 숲.
굽이쳐 흐르는 이 계곡과 떡갈나무 숲 속에서 속삭이는 야생의 벗들.

명작에게 사랑을 묻다

그녀가 나를 힘껏 안았던 꽃피는 풀밭,

말 없는 이 언덕에 스민 은빛 발자취.

오랜 습관이 배여 있는 정겨운 이 오솔길,

이 고독한 회상을 그동안 얼마나 참았던가.

아름다운 광야, 매혹의 오솔길이여, 나를 기다리고 있었구나.

흐르는 대로 놓아두련다.

아직 덜 아문 내 맘의 상처에서 솟아나는 회상의 눈물을.

그래도 눈물 속 내 추억이 자랑스러움은

지난 내 행복을 지켜본 이 숲의 메아리가 그대로이니.

살롱을 연 상드, 프란츠 리스트를 유혹하다

뮈세와의 이별은 상드에게도 고통이었다. 목숨을 끊고 싶을 만큼 힘들었지만, 《카르멘》의 작가 프로스페르 메리메Prosper Mérimée를 만나 위안을 얻는다. 하지만 둘의 사랑은 일주일도 채 못 되어 끝나버린다. 이후 메리메는 상드를 '탕녀'라 비난하고 다닌다. 상드는 '메리메에게 진정성이 있었다면 내 몸을 맡겼을 것이고, 그도 구원받았을 것'이라 반박했다.

파리를 떠난 상드는 고향 노앙의 영지로 돌아가 살롱을 연다. 이 숲 속의 살롱은 수많은 작가의 사랑방이 된다. 보들레르, 발자크, 빅토르 위고, 프란츠 리스트, 하이네, 알렉상드르 뒤마, 앙드레 지드 등이 하루를 멀다 하고 이곳을 찾는다. 상드는 이들 가운데 프란츠 리스트Franz Liszt를 마음에 담는다.

리스트는 어릴 때부터 타고난 피아노 신동이었다. 열 살 때 베토벤 옆에서 연주할 일이 있었는데, 청력을 잃은 베토벤이 리스트의 이마에 입을 맞추며 '이건 기적이야'라고 한 일이 있었다. 이 일이 파리 살롱가에 알려지면서 오랫동안 회자한다. 덕분에 리스트가 나타

피아노를 치는 리스트

요제프 단하우저(Josef Danhauser), 1840년, 캔버스에 유채, 119×167cm, 베를린 구 국립 미술관 소장.

그림 속 인물들은 좌측부터 알렉상드르 뒤마, 조르주 상드, 프란츠 리스트, 마리 다구, 뒤에 서 있는 인물들은 빅토르 위고, 니콜로 파가니니, 조치아노 로시니다. 벽에 걸린 초상화는 조지 바이런의 것이며, 리스트의 시선이 가 있는 곳은 루트비히 베토벤의 흉상이다.

명작에게 사랑을 묻다

나는 곳에는 수많은 여인이 줄을 이었다. 결혼 생각이 없던 리스트는 내노라하는 여인들만을 골라 쉴 없이 바람을 피웠다. 상드가 관심을 보일 무렵, 리스트는 다그 백작 부인에게 빠져있었다. 상드는 "당신 피아노 아래 눕는 것만이 내 소원이랍니다"라며 리스트에게 도발적인 멘트를 던졌다.

천하의 바람둥이였던 리스트는 상드에게서 자신의 바람기를 발견했다. 그러다 보니 상드에게선 전혀 매력을 느끼지 못했다.

"당신처럼 뜨겁고 드센 여자는 고독을 즐기는 남자가 어울립니다"라며 상드의 구애에 거절을 표했다. 그러면서 '피아노 천재'라는 극찬을 받고 있던 프레데리크 쇼팽^{Frédéric Chopin, 1810~1849}을 소개해 주었다.

빗방울 전주곡

리스트가 쇼팽을 데리고 상드의 살롱에 나타난 것은 1836년 봄이었다. 살롱 주변의 나뭇가지엔 새싹이 돋고 있었다. 최고급 피아노를 구비하고 기다린 상드 앞에서 쇼팽은 즉흥곡을 연주했다. 쇼팽의 손가락에서 시작된 아름다운 선율이 살롱을 넘어 영지 전체에 메아리쳤다.

우수에 잠겨 피아노 건반을 두드리는 여리고 약한 쇼팽의 모습에 상드는 특유의 모성본능이 발동했다. 그러나 선머슴 같은 복장에 직설적으로 이야기하는 상드가 마음에 들지 않았다. 게다가 폴란드 백작의 딸 마리아 보진스카Maira Wodzinska와 결혼을 앞두고 있었기에 리스트를 통해 살롱에 초대받는 일을 불쾌하게 여겼다. 심지어 초대가 잦아지자 싫은 표정을 역력히 드러냈다.

쇼팽이 자신에게 마음이 없음을 알고 속만 태우던 상드에게 희소식이 날아들었다. 쇼팽의 건강이 안 좋다는 이유로 보진스카의 아버지가 파혼을 통보했다.

서둘러 쇼팽의 집을 방문했더니, 파혼의 아픔을 달래며 〈이별의 왈츠〉를 작곡하고 있었다. 쇼팽은 상드의 방문이 고마웠지만, 연인의 감정이 생기진 않았다. 그래도 2년 동안 서른두 통의 편지를 쓰는 등 온갖 정성을 기울인 덕에 쇼팽의 마음을 열 수 있었다.

1837년 드디어 두 사람은 연인이 된다. 하지만 연인으로 발전한 지 얼마 지나지 않아 쇼팽은 결핵에 걸린다. 상드는 쇼팽의 치료를 위해 지중해의 마요르카 섬으로 들어간다. 그런데 쇼팽이 각혈하는 것을 보고 전염을 두려워한 주민들이 떠날 것을 요구해왔다. 결국 발데모사 수도원으로 자리를 옮기지만 각혈은 더 심해지고 결핵은 나을 기미가 보이지 않는다.

요양 중이던 어느 날, 약이 떨어져 상드가 도시로 나간 사이에 비바람이 몰아쳐 쇼팽이 홀로 남게 되는 일이 발생했다. 쇼팽은 돌아오지 않는 상드를 그리워한다. 파도에 휩쓸려 간 것은 아닌지, 영영 돌아오지 않는 것은 아닌지 두려웠지만, 마음을 다스리기 위해 곡 쓰는 일에 집중한다. 그때 만들어진 곡이 〈빗방울 전주곡〉이다. 작

명작에게 사랑을 묻다

발데모사 수도원

발데모사는 마요르카의 수도인 팔마 데 마요르카에 자리하고 있다. 마을 주변을 둘러싼 산과 올리브 밭 전경도 매우 아름답다. 늘 병약했던 쇼팽은 연인 조르주 상드와 함께 요양차 이곳에 도착하지만, 머물 곳이 없어 산속 깊은 곳에 자리한 이곳 발데모사 수도원에 머물게 되었다. 어느 날 상드는 외출하게 되고 그 사랑스러운 여인을 기다리며 우연히 밖을 바라보고 있는데 마침 비가 내리기 시작해 지은 곡이 〈빗방울 전주곡〉이라고 한다.

곡이 끝날 무렵 상드가 돌아왔다. 쇼팽은 반가운 마음에 빗속을 아랑곳하지 않고 한달음에 달려 나와 상드를 끌어안았다. 그런 쇼팽을 보고 있으려니 문득 불쌍한 생각이 들었다.

"위대한 예술가라고는 하나 참 가여운 사람이다. 전염병 환자로 사람과 격리된 채 절망에 빠져 자기 환상 속에 빠져 산다. 그 속에서 억지로 웃고 심장을 쥐어짜며 위대한 작품을 만들어 내는구나."

그때부터 상드는 쇼팽의 곁을 지키기로 마음먹는다. 4개월을 섬에서 머문 뒤, 날씨가 따뜻해지자 두 사람은 다시 영지로 돌아온다.

돌아와서 가장 먼저 한 일은 쇼팽이 살기 편하도록 집을 개조하는 일이었다.

쇼팽의 작업실로 난방시설이 잘된 '푸른 방'을 만들고 이를 중심으로 레스토랑 겸 살롱과 실내 연극 공간을 만들었다. 문인, 예술인들이 언제든 체류하며 작품 활동을 할 수 있도록 서재가 달린 별채도 지었다. 이곳은 귀족과 명사는 물론 일반 서민과 노인 등 누구나 찾아올 수 있는 곳이었다. 상드는 손님을 차별하지 않았다. 오히려 귀족은 평민처럼 대했고 농민이나 서민은 귀족처럼 대했다. 이리하여 상드는 '노앙의 마담'으로 유명해졌다.

어머니와 여자 형제들의 지극한 애정 속에 온실의 화초처럼 자란 쇼팽에게 대범한 상드는 큰 도움이 되었다.

쇼팽과 상드의 애타는 사랑

상드가 새로 만든 집에서 두 사람은 10년을 함께 산다. 쇼팽은 자신에게 극진한 상드를 '나의 주인'이라 불렀다.

> 내가 고독할 때 당신은 애무해 주었고, 지칠 때 따뜻한 눈길로 힘을 주었다.
> 당신의 달콤한 속삭임처럼 내 음악이 당신 곁에 있다.
> 당신을 위해 바닥을 기어도 좋을 만큼 무얼 해도 당신 위해서라면

　　　　　　　　　　　명작에게 사랑을 묻다

지나치지 않다.

그러나 사랑하는 이여, 혹 당신 눈빛이 식을까 봐 두렵구나.

쇼팽이 피아노 치며 작곡할 때마다 상드는 "우리 아가 잘하네"라며 등을 다독여 주었다. 마치 쇼팽이 소년 시절 피아노 치는 어머니 주변을 맴돌 듯 상드가 쇼팽의 주변을 감쌌다.

상드는 쇼팽의 연인이면서 간호사였고, 누이였으며 어머니였다. 이렇게 몇 년이 흐르자 쇼팽은 건강과 특유의 순진함을 되찾았으나 상드는 지쳐 갔다. 자신도 여자가 되어 남자에게 기대보고 싶었다. 그러나 쇼팽이라는 남자는 돌보아 주기만 해야 하는 사람이었다.

이런 가운데 상드의 딸이 무책임하고 게으른 남자를 남편감이라며 데리고 왔다. 도저히 허락할 수 없는 사윗감이었다. 하지만 쇼팽은 딸의 편이 되어 주었다. 그런데 상드의 아들 모리스^{Maurice}가 쇼팽에게 간섭하지 말라고 하는 바람에 두 사람이 심하게 다툰다. 이 사건을 계기로 상드는 쇼팽과의 이별을 결심한다.

다음 날 이별을 통보하는 상드 앞에서 쇼팽은 절망한다. 자신이 상드에게 철없이 군 것도 있지만, 작곡료와 귀족 자녀들의 레슨을 통해 벌어들인 돈으로 상드와 아이들에게 큰 도움을 주었다고 생각했다. 하지만 더 이상 남아있을 명분이 없었다. 쇼팽은 조국 폴란드를 떠나 파리로 왔던 스무 살 무렵의 쓸쓸함을 느끼며 파리로 되돌아온다. 이후 두 사람이 다시 만난 것은 헤어진 지 1년이 지났을 무렵, 상드가

프레데리크 쇼팽의 초상
외젠 들라크루아(Eugène Delacroix),
1838년, 캔버스에 유채, 38×46cm,
루브르 박물관 소장

조르주 상드의 초상
외젠 들라크루아(Eugène Delacroix),
1838년, 캔버스에 유채, 56×81cm,
코펜하겐 오르드룹고드 미술관

파리를 방문한 것이 계기가 되었다.

그날의 만남을 상드는 이렇게 기록했다.

> 그이를 만났다. 아주 짧은 순간. 여전히 멈칫거리는 그이의 손을 내가 먼저 잡았다. 우리는 더 이상 연인이 아니라고 말해 주려다가 너무 얼어붙은 그의 모습을 보고 말없이 돌아왔다.

그 무렵 지병이 악화된 쇼팽은 더 이상 작곡을 하지 않고 있었다. 간간이 영국과 스코틀랜드 등을 떠돌며 연주만 할 뿐이다. 그러다가 1848년 2월 은퇴를 결심하고 최후의 콘서트를 열게 된다. 파리에서 열린 이날의 연주회는 일주일 전에 입장권이 매진될 만큼 반응이 폭발적이었다.

쇼팽의 연주를 더 이상 볼 수 없다고 생각한 청중은 끊임없이 앙코르를

명작에게 사랑을 묻다

요청했다. 쇼팽은 허리가 끊어질 정도로 아팠으나 혼신의 힘을 다해 그들의 요구에 답했다. 청중은 황홀해 했고 비평가들도 "관중의 열광적인 반응보다 연주의 신기로움을 표현하기가 더 어려웠다"며 극찬했다.

은퇴 콘서트를 마친 뒤 쇼팽은 병상에 눕는다. 쇼팽이 위독하다는 소식을 전해 들은 상드는 "당신과의 추억을 늘 기억하고 있습니다. 만나고 싶습니다"라는 편지를 보낸다. 하지만 이 편지는 전해지지 않는다. 간호를 위해 쇼팽의 곁을 지키던 누나 루드비카 예드르제예비초바가 편지를 버린 것이다. 상드가 자기 동생을 배신한 나쁜 여자라 여겼기 때문이다.

이를 알 리 없는 상드는 답장 없는 쇼팽에게 크게 서운해한다. 쇼팽 역시 "단 한 번이라도 상드를 보고 싶다"며 중얼거린다. 1849년 10월 17일, 쇼팽은 자신이 존경했던 모차르트의 곡을 연주해 달라고 부탁했다. 음악이 흐르는 가운데 "어머니 내 불쌍한 어머니"를 연신 부르며 서른아홉 살의 나이에 세상을 떠났다.

망소와 나눈 동반자적 사랑

쇼팽이 세상과 작별하자 상드 역시 두문불출한다. 이를 안타깝게 여긴 아들 모리스가 조각가 알렉상드르 망소를 데리고 와 어머니를 돕게 한다. 상드는 망소에게 쇼팽이 머물던 '푸른 방'을 내준다.

망소는 노앙의 연극무대 감독과 인형극 때 필요한 조각을 만들며 상드의 신임을 얻는다. 열세 살이나 어렸지만 의젓했던 망소가 마음에 들었던 상드는 그가 겪을 일들은 미리 해결해 주며 든든한 방패가 되어준다.

그러던 어느 날, 망소에게 사랑을 고백하기 직전 상드는 이런 글을 남겼다.

> 내 나이 머리 희끗희끗한 마흔여섯, 새파랗게 젊은 망소를 사랑하고 있다. 망소도 젊은 여자보다 나이 많은 여자를 좋아한다.

드디어 상드와 망소는 연인이 된다. 망소를 만난 뒤로 상드는 그렇게 바라던 모성애적 사랑이 아니라 진정한 사랑을 나누게 된다. 열세 살이나 많았지만, 여동생 대하듯 사랑으로 자신을 대우하는 망소 덕분이었다. 망소는 죽을 때까지 상드의 일을 도와주며 일상을 비망록에 담았다.

상드는 망소 덕분에 진정한 여자로 살지만, 자신의 환갑잔치를 열어주고 몇 달 뒤 먼저 세상을 뜨는 바람에 홀로 남게 된다. 그의 영정에 4편의 작품을 헌정하면서 "망소야말로 내 삶에 훌륭한 동료였다"고 고백한다.

망소를 보내고 11년 후, 소설을 쓰던 상드 역시 소설 같은 인생을 마무리한다. 보들레르는 그녀는 "만나는 남성들을 모두 굴복시켰고 그들의 정신력을 흡인해 작품을 썼다"고 평했다.

여섯 살 연하인 천재 시인 뮈세, 천재 작곡가 쇼팽이 그녀에게 굴복했고, 열네 살 연하인 조각가 망소마저도 굴복했다. 그리고 모두 상드보다 일찍 세상을 떠났다.

상드가 세상을 이별하는 날 빅토르 위고가 다음과 같은 조사를 낭독했다.

우리가 조르주 상드를 잃었는가? 아니다. 상드의 육체는 떠났으나 그녀의 정신은 여기에 영원히 살아 있다.

03

릴케와 니체,
프로이트의 눈빛을 앗아가다
-루 안드레아스 살로메

내 눈빛을 가져가 보세요,

그래도 난 당신을 볼 수 있어요.

내 귀를 멀게 해 보세요. 그래도 난 당신의 말을 들을 수 있어요.

발이 없어도 그대에게 갈 수 있구요, 입이 없어도 그대를 부를 수

있답니다.

팔이 없어져도 심장으로 당신을 안을 것입니다.

심장이 멎게 하시면 내 두뇌가 고동칠 것입니다.

내 두뇌에 불을 놓으신다면 내 피로 당신을 실어 나르렵니다.

이보다 더 처절한 사랑 시가 또 있을까? 눈과 귀, 팔과 심장, 그리고 두뇌까지 사라진다 해도 님 향한 일편단심은 변함이 없다는 일종의 단심가^{丹心歌}이다.

라이너 릴케^{Rainer Rilke}에게 〈내 눈빛을 가져가세요〉라는 시를 받은 여인은 루 안드레아스 살로메^{Lou Andreas Salomé, 1861~1937}이다.

살로메는 누구와 교제를 나누든 그 남자는 아홉 달 안에 불후의 명저를 쓰게 된다는 영감이 넘치는 여인이다. 작가이며 탁월한 정신 분석가로 당대 유럽 최고의 지성인들이 그녀와 사귀려고 온갖 노력을 기울였다. 살로메의 연애 방정식은 '사랑은 하되 육체는 허용하

지 않는다'였다. 그래도 무조건 좋다고 연애한 세 남자가 프리드리히 니체, 라이너 릴케, 지그문트 프로이트였다. 이들 모두 살로메와 열애하며 창조적 영감을 받아 명작을 생산해 냈다.

두 남자와의 묘한 동거

살로메의 아버지는 러시아 장군으로 상트페테르부르크의 겨울 궁전 근처 저택에서 황제를 모셨다. 살로메가 태어났을 때 그녀의 아버지는 쉰일곱 살이었다. 늘그막에 태어난 살로메는 눈에 넣어도 아프지 않은 막내딸이었다. 하지만 귀하게 자란 것과 달리 호화로운 드레스와 값비싼 보석을 걸치고 파티를 즐기는 귀족 딸들과는 다른 특유의 기질이 있었다. 외적 허영심이 전혀 없었고 내면적인 지식탐구에 관심이 많았다.

열일곱 살 때 네덜란드 출신의 탁월한 설교자 헨드릭 길로트Hendrik Gillot 목사를 만나 종교학, 심리학, 종교사 등을 배웠고, 취리히 대학에 입학하면서 예술사, 신학, 철학 등을 배우게 된다. 이 무렵 길로트가 살로메에게 청혼을 해오는데, 그가 나이 든 유부남이라는 사실에 실망하면서 유년기 적부터 품어왔던 신에 대한 믿음마저 깨져 버린다.

배움에 목말랐던 탓에 너무 공부에 집중하다 건강을 잃었다. 어머니는 딸의 건강이 염려되어 남쪽의 따뜻한 도시였던 로마로 함께 휴양을 떠난다. 그곳에서 소장 철학자이며 갑부甲富의 아들 파울 레Paul

명작에게 사랑을 묻다

Rée를 만나게 된다. 두 사람은 신과 철학의 상관관계 등에 대한 토론으로 시간 가는 줄 몰랐다. 그 과정에서 박식한 살로메에 반한 레는 "이렇게 해박하고 멋진 여인은 두 번 다시 만날 수 없을 것 같다"며 프러포즈를 하지만 거절당한다.

살로메의 거절에 상처를 받은 레는 실의에 빠져 식음을 전폐하게 된다. 그래도 이야기가 통하던 친구가 자신으로 인해 상처를 받은 것이 안타까웠던 살로메는 좋은 친구로만 남자며 그를 달랬다. 하지만 레는 친구가 아닌 연인을 원했다. 같이 살지 않으면 절대 일어나지 않겠다고 버티자 살로메가 기발한 제안을 하게 된다.

"우리 두 사람만 살기 뭐하니 한 남자를 더 데려와 세 사람이 함께 살아보면 어떻겠습니까?"

살로메와 결코 떨어질 수 없었던 레는 그 제안에 동의

루 살로메(左), 파울 레(中)와 프리드리히 니체(右)(1882)

취리히에서 공부하던 중 원인불명의 질병에 걸린 살로메는 기후를 바꿔야 한다는 의사의 말을 듣고 1882년 1월 어머니와 함께 이탈리아 로마로 갔다. 그곳에서 그녀는 파울 레와 니체를 만나 철학적인 이야기를 나누며 우정을 맺어갔다. 파울 레와 니체는 그녀에게 사랑을 고백했지만, 살로메는 그들의 사랑을 거절했다.

하고 친구인 니체를 불러들인다. 이때부터 세 사람의 기묘한 동거가 시작된다.

이때 살로메는 스물한 살, 레는 서른세 살, 니체는 서른여덟 살이었다. 두 남자는 10년이나 어린 여자아이와 살면서 밤마다 지적 향연을 펼쳤고 새벽녘이 다되어서야 기쁨에 들떠 각자 방으로 돌아갔다. 이야기를 나눌수록 살로메가 마음에 든 니체는 레가 없을 때면 끊임없이 구애를 해왔다. 레 역시 구애를 멈추지 않았다. 하지만 두 남자 모두 친구 이상으로 생각되지 않았다.

니체의 끊임없는 구애

혼자 공부하기를 좋아하던 살로메는 두 남자와 함께 산 뒤론 책을 볼 수 없었다. 두 남자가 졸졸 따라다녔기 때문이다. 결국 혼자 공부할 공간을 찾던 중 로마 성 베드로 성당 부속의 작은 방을 발견했다. 그곳에서 혼자 조용히 공부하던 어느 날, 어떻게 알았는지 니체가 찾아왔다. 깜짝 놀라는 살로메에게 그는 정중하게 프러포즈했다.

"당신은 어느 별에서 와 여기 계신가요? 우리 만남은 또 어느 별이 도운 것일까요?"

이 말은 이후 연인에게 사랑을 고백하는 주옥같은 문장이 되었다.

마흔 살이 다 되도록 대화다운 대화를 나눌 친구가 없었던 니체에게 살로메는 뜻이 통하는 유일한 여인이었다. 아무에게도 구속받고

명작에게 사랑을 묻다

싶지 않은 살로메는 이번에도 학문적 대화를 나누는 수준의 친구 관계만을 원했다. 니체가 얼마나 살로메를 좋아하는지는 친구에게 보낸 편지를 통해서도 잘 드러난다.

살로메는 사자 같은 용맹과 독수리 같은 통찰력을 지녔다네. 믿을 수 없을 만큼 빈틈없는 성격으로 자기 의도를 정확하게 표현하지. 그러면서도 갈대 같은 그녀 말고 누구를 좋아할 수 있겠나?

첫 번째 포로포즈가 거절되자 니체는 좀 더 치밀한 계획을 세운다. 살로메를 자기 별장에 머물게 하면서 현란한 말솜씨로 함께 산에 오를 기회를 만든 것이다. 등반 도중 니체는 간접화법으로 두 번째 청혼을 시도했다.

"결혼은 길고 긴 대화입니다. 이것만큼은 오랜 결혼 기간 다 변해도 변하지 않는 것입니다. 함께 있는 시간 그 자체가 대화입니다. 내게 그런 여인이 되어 주십시오."

이 말이 끝나자마자 앞서가던 살로메가 갑자기 뒤돌아서더니 니체에게 키스를 퍼부었다. 그러면서 이렇게 말했다.

"결혼이 긴 대화라는 것도 일종의 모범적 삶입니다. 전 그런 모범이 되고 싶지 않습니다."

키스해줄 때 자신의 청혼에 승낙한 것이라 여겼더니 아니었다. 도무지 그녀의 마음을 종잡을 수 없었다. 니체는 다시 말했다.

"자기 모습을 있는 그대로 보려면 횃불을 들고 불시에 자신을 습격할 줄 알아야 됩니다. 오늘 이 시간만큼은 당신이 나 대신 횃불을 들었군요."

니체는 거절당하고도 키스를 받을 때 기분이 '내 생애 가장 황홀한 상실감이었으며 무아지경이었노라'며 두고두고 추억했다.

청혼을 거절당하자 상실감에 빠져 있던 니체는 마음을 다스릴 목적으로《차라투스트라는 이렇게 말했다^{Also sprach Zarathustra}》를 집필한다. 두문불출하며 열흘 만에 완성한 책에 살로메에 대한 사무치는 정념을 이러게 표현되어 있다.

짝사랑하는 여자에게 간다고? 잊지 말고 채찍을 들고 가라.

니체와 껍질뿐인 결혼

살로메는 두 남자의 청혼이 집요해지자 로마생활을 접고 베를린으로 건너간다. 베를린에서도 많은 남자가 그에게 다가왔다. 어머니는 귀족의 딸이 아무나 가리지 않고 만난다며 못마땅해 했다. 살로메는 어머니의 마음을 달래주려고《하느님을 빼앗으려는 싸움^{Im Kampf um Gott}》을 지었다. 유명한 심리소설이기도 한 책 속에는 흥미로운 구절들 들어 있었다.

명작에게 사랑을 묻다

하느님은 하느님에게로 보내버려라. 위대한 인간은 인생이 허무할수록 고귀하게 만들 줄 안다.

로마에 남은 니체는 베를린에 있는 살로메에게 편지를 보낸다. 자기 곁으로 돌아오지 않으면 곧 자신이 파멸할 것 같다고 호소하거나 협박했다. 그런데도 살로메는 딱 한 번 짧게 답변한다.

평소 당신은 초인이란 고난을 견딜 뿐 아니라 고난을 사랑한다고 말씀하셨습니다.

편지로만 호소하는 니체와 달리 레는 베를린에 있는 살로메의 집으로 찾아왔다. 두 사람의 마음을 모질게 거절하던 살로메는 1887년 프리드리히 카를 안드레아스Friedrich Carl Andreas라는 마흔한 살의 동양학 교수와 결혼식을 올린다. 니체와 레는 자신들보다 우람하긴 하지만 작고 볼품없는 동양학자와 결혼한 살로메를 이해할 수 없었다.

실제로도 안드레아스가 니체나 레보다 나은 것은 없었다. 하지만 청혼을 거절당하자 가방에서 칼을 꺼내 자기 가슴을 찔렀다. 당황스러웠지만, 목숨 하나 살리는 셈 치고 결혼식을 선택하게 된 것이다. 대신 성생활이 없이 우정관계로 지내며 누구를 만나든 서로의 사생활은 간섭하지 않는다는 조건이 붙은 결혼식이었다.

살로메는 가정부 마리를 남편의 대리처代理妻로 용인해 주었다. 마리가 남편과의 사이에서 마리헨이라는 딸까지 낳아도 끝까지 좋은 사이로 지낸다.

살로메가 결혼하자 니체는 10년간 광인狂人처럼 살다가 인생을 마쳤다. 또한 레도 살로메에게 "행복을 빕니다. 절 찾지 마세요"라는 편지를 보낸 후 살로메와 자주 갔던 산에 올라 절벽에서 투신했다.

라이너 릴케와의 사랑

결혼했지만, 살로메는 남편도 인정하는 자유부인이었다. 서른일곱 살 때 독일 뮌헨의 문인들 모임에서 스물세 살의 무명 시인 릴케를 만났다. 릴케 역시 여느 남자들처럼 기혼녀인 살로메에게 첫눈에 반한다. 첫 만남 이후 릴케의 편지 공세가 시작된다. 주변에서 살로메를 연모하면 죽거나 미치거나 큰일을 당한다며 만류해도 소용이 없었다.

당신을 바라보는 저는 기도하는 심정입니다. 오직 당신 앞에 무릎만 꿇을 수 있어도 좋겠다는 심정으로 당신을 열망합니다.

처음에 정신적 교감을 나누는 단순한 애정관계로 시작했다. 마구 흘려 쓰던 릴케의 글씨체도 살로메의 권유로 바르게 쓰기 시작했다.

명작에게 사랑을 묻다

1899년 부활절 무렵 살로메 부부는 릴케와 함께 러시아 여행을 떠난다. 이듬해 5월부터 8월까지 3개월 동안 두 번째 동반여행을 떠나게 되었다. 이때 고향 상트페테르부르크를 함께 둘러보았다. 그동안 살로메가 동거한 사람은 유명인사인 니체와 레, 남편까지 셋이었으나 누구와도 성관계는 맺지 않았다. 그런데 이 여행에서 처음으로 무명 시인 릴케와 육체적 사랑을 주고받았다.

　릴케와 살로메는 이후 4년간 사귀었다. 릴케는 살로메에게 '나의 누이여, 나의 신부여'라고 불렀다. 그러나 천재 릴케가 지나치게 자신만 의지하자 살로메가 만나주지 않았다.

　살로메가 자신을 멀리하자 평생 그녀를 흠모하며 〈가을날〉을 비롯하여 우리에게 잘 알려진 명시들을 써내려간다. 1901년 릴케는 조각가 클라라 베스터호프Clara Westhoff와 결혼하지만, 살로메를 향한 마음은 변치 않는다.

　1905년에 출간된 《기도 시집》은 아내가 아닌 살로메에게 헌정되었다. 장미와 살로메가 닮았다고 생각한 뒤론 정원을 온통 장미로 꾸몄다. 정원에 장미가 활짝 피면 이집트 여인들을 초대했다. 마당 가득 장미가 핀 어느 날, 그녀들에게 꽃 한 아름씩을 안겨주려고 장미를 꺾던 릴케는 가시에 찔려 사망하고 만다. 죽는 그 순간까지 살로메를 그리워했던 그는 "살로메에게 물어봐 주오. 내 무엇이 그렇게 마음에 들지 않았는지"라는 말을 마지막으로 남긴다.

일흔 살에 찾아온 또 다른 사랑

살로메는 릴케가 자기 이름을 부르며 죽어갔다는 소식을 듣고 왜 유명인사들이 자기에게 집착하는지 알고 싶어진다. 그때부터 인간 무의식에 대한 연구를 시작한다. 1912년 바이마르에서 열린 제3차 정신분석학회에서 프로이트를 만나게 된다. 이미 유명작가였던 살로메의 책을 여러 권 읽었고, 니체 등과 관련된 소문들도 익히 들어 알고 있었다.

살로메는 프로이트 연구실에서 인간 내면의 감춰진 무의식을 연상하는 최면치료 과정을 보며 독자적 임상 분석법을 개발했다. 더 이상 프로이트의 추종자가 아닌 독자적 임상 분석가로 활동하기 시

정신분석학회의 살로메
1911년 바이마르에서 열린 국제 정신분석학회에서 찍은 사진이다. 중간에 지크문트 프로이트, 바로 옆에 카를 구스타프 융, 맨 왼쪽에는 파울 레가 앉아 있다.

명작에게 사랑을 묻다

작한 것이다. 이 무렵 프로이트는 살로메를 분석했다. 그가 어떤 여자인지 궁금했다. 그러다가 사람의 무의식적 충동을 자신도 모르게 건드리는 여자라는 사실을 알게 된다. 상대의 숨겨진 재능이 드러나게도 하지만 상대가 폭발하는 충동에 갇혀버리게 만든다는 것도 알게 된다.

당신은 모든 장미 중의 장미
로렌스 앨마 태디마(Lawrence Alma-Tadema),
1883년, 패널에 유채, 37.5×23cm, 개인 소장

그러는 사이 프로이트도 살로메를 사랑하게 된다. 하지만 서재에 살로메의 사진을 걸어 놓는 것으로 자족한다. 살로메 같은 여인은 장미꽃 같아서 바라보고 그 향기를 맡는 것으로 만족해야 했다. 꺾으려 할수록 상처투성이가 되고 결국 꽃도 시든다.

정신분석의 동반자였던 두 사람은 죽을 때까지 좋은 동료관계를 유지한다. 언제나 곁에서 든든한 버팀목이 되어준 친구를 위해 살로메는《프로이트에 대한 나의 감사Mein Dank an Freud》라는 책으로 보답한다.

일흔 살의 살로메는 당뇨로 고생하고 있었다. 허약해져 병원에 요양 중이었을 때 파이퍼라는 작가가 사랑을 고백한다. 임종을 앞둔 그녀는 "내가 생각을 바꿔 한 사람만 사랑했더라면 아무도 위대한 발견을 하지 못했겠지. 역시 죽음이 인생의 최고 선물이지"라는 말을 끝으로 잠자듯 숨을 멈춘다.

마치 탁월한 근대 사상가들을 마음껏 요리하며 살았던 것처럼 자기 죽음도 스스로 결정하는 것 같았다. 그녀가 죽은 뒤 파이퍼는 살로메의 일생을 엮은 《인생회고》를 출간한다.

명작에게 사랑을 묻다

이하이의 〈내 사랑은 새빨간 Rose〉

그게 누구든 아홉 달만 함께 있으면 불후의 명저를 쓰게 만든다는 여인, 사랑은 하되 육체는 허락하지 않는 여인, 루 안드레아스 살로메는 그래서 가시를 품고 있는 장미를 닮았다. 예쁘지만 쉽게 가질 수 없는 장미의 마성을 지녔다.

'지금은 아름답겠지만 날카로운 가시로 아프게 할' 것이다. '향기롭겠지만 가까이할수록 다치게 할' 것이다.

이제 열여덟 살인 어린 가수 이하이는 오디션 프로그램을 통해 혜성처럼 등장했다. 나이를 뛰어넘는 감성과 시원스런 가창력으로 소녀다운 경쾌함을 노래하면서 사람들은 그녀에게 매료되었다. 그리고 그녀의 장점을 가장 잘 드러내는 곡이 'Rose'다.

그녀다운 쾌활함과 빠른 비트로 사랑의 난해함과 깊은 곳에 치명적인 가시 숨기고 있음을 반복적으로 이야기한다.

레도 니체도 그녀가 감추고 있는 가시를 알았을 것이다. 하지만 그녀의 마음을 갖고 싶다면 언젠간 반드시 가시에 찔리게 될 그녀의 아픔도 가져야 했다. 결국 니체는 투신자살이라는 아픔을 선택한다.

〈내 사랑은 새빨간 Rose〉가 반복되는 노래를 듣다 보면 아무리 치명적인 가시를 지녔더라도, 그래서 그 가시에 찔려 치명적인 상처를 입더라도 반드시 취하고 싶다는 욕망에 꿈틀거림을 발견하게 된다. 그래서 '다가오지 마'라는 단어에서 오기가 발동하곤 한다.

04

발바닥까지 고독한 화가
-폴 세잔

폴 세잔Paul Cézanne, 1839~1906이 그린 〈커다란 소나무와 생트 빅투아르
산〉을 감상한 라이너 릴케는 "어느 누가 이토록 웅장한 눈으로 산을
보았는가?"라며 극찬을 아끼지 않는다. 모네가 찰나의 미학을 잡아
낸 화가였다면 세잔은 지속의 미를 그려낸 화가였다. 그가 그린 프
로방스를 둘러싸고 있던 생트 〈커다란 소나무와 생트 빅투아르 산〉

커다란 소나무와 생트 빅투아르 산
폴 세잔(Paul Cézanne), 1885년, 캔버스에 유채, 66.8×92.3cm, 영국 코톨드 미술관 소장

에는 중앙의 다리와 농토, 작은 농가를 기하학적으로 배치해 그림의 깊이감과 거리감을 명료하게 표현했다.

르네상스 시대를 거치면서 원근법과 데생이 회화의 전통으로 자리 잡았다. 이후 수많은 화가가 이를 바탕으로 그림을 그렸다. 절대 진리로 여겨지던 전통은 폴 세잔에 의해 새로워진다. 붓 터치와 색채의 조합만으로 전통을 대신할 수 있다고 생각했다. 실제로 기존 원근법 대신 온화한 색을 앞쪽에 차가운 색을 뒤쪽에 배치하거나 앞마을보다 뒷산을 더 크게 그리는 방식으로 새로운 원근감을 나타냈다.

혁신적인 방식은 당대의 화가들을 매료시켰다. 그러다 보니 그의 그림은 일반인들보다도 당대의 예술가들이 먼저 찾았다. 클로드 모네, 폴 고갱, 카미유 피사로, 피에르 오귀스트 르누아르 등 유명한 화가들이 세잔의 그림을 두세 장에서 많게는 수십 장씩 소유하고 있었다. 화가가 화가의 그림을 인정한 것이다. 그들은 세잔의 그림을 공부하고 그의 독창적인 화풍을 연구했다. 그래서 그를 '화가들의 화가'라 부른다.

폴 세잔처럼 명성과 존경을 함께 받는 예술가는 드물었다. 한 시대의 존경은 그 시대적 윤리와 가치에 충실할 때 받는다. 조직과 인습이 강한 사회는 작가의 작품보다는 태도와 형식을 더 중시한다. 하지만 유명 예술가들일수록 초시대적인 욕구를 그대로 표출하는 경우가 많기 때문에 명성만큼 존경받지 못한다.

명작에게 사랑을 묻다

세잔은 동료 예술가들을 통해 예술적 영감을 받기보다 다른 예술가들에게 영감을 주는 원천이었다. 단절적 역발상으로 예술의 미래를 신탁하던 선각자였다. 그런 세잔이었지만, 그를 일순간 바보로 만든 여인이 있었다.

사랑 앞에 바보가 된 세잔

외곬로 살았던 화가 폴 세잔은 그림밖에 모르는 사람이었다. 내성적이어서 친구도 적었으며 누구의 후원도 없이 오직 홀로 고독과 침묵에 쌓여 그림을 그렸다. 어머니가 돌아가신 날에도 그랬다. 그를 위로하는 것은 그림뿐이었다. 이런 세잔에게 따듯한 사랑의 온기溫氣를 준 여인이 오르탕스 피케Hortense Fiquet, 1850~1922였다. 그러나 두 사람의 사랑은 세잔의 아버지에게 절대 비밀로 해야만 했다. 이런 비밀스런 삶은 세잔이 태어날 때부터 시작되었다.

원래 모자 판매상이던 아버지가 가게 점원 엘리자베스 오베르Elisabeth

빨간 드레스를 입은 세잔 부인
폴 세잔(Paul Cézanne), 1890~1894년,
캔버스에 유채, 89×70cm,
브라질 상파울루 미술관 소장

화가의 아버지, 루이 오귀스트 세잔
폴 세잔(Paul Cézanne), 1866년,
캔버스에 유채, 120×200cm,
워싱턴 내셔널 갤러리 소장

Aubert를 좋아해 세잔을 가져 세상의 눈을 피해 낳아야 했다. 세잔이 다섯 살 될 무렵에야 부모가 정식 결혼을 해 비로소 세잔도 아버지를 공적으로 부를 수 있었다.

사업 수완이 뛰어난 아버지는 이때부터 은행을 인수하며 큰 실업가가 되었다. 아버지는 자기 일을 아들이 이어받길 원했다. 그래서 세잔을 프로방스의 법대에 진학하도록 했다. 하지만 호화로운 삶에만 관심이 있던 세잔에게 법대는 적성에 맞질 않았다. 오히려 그림이 그를 매료시키고 있었다. 힘들게 학업을 이어가던 세잔은 1861년 어머니를 동원해 아버지의 설득을 얻은 뒤 법대를 중퇴했다. 그때부터 파리 국립학교에 입학원서를 제출하고 살롱작품전에 그림을 출품하면서 화가로 성공할 꿈을 꾼다.

하지만 대학은 번번이 낙방했고, 출품한 그림들도 수차례 낙선한다. 이때의 콤플렉스가 평생 세잔의 응어리로 남는다. 1863년 살롱전에서 떨어진 화가를 중심으로 연 '낙선전'에 마네 등과 함께 작품

명작에게 사랑을 묻다

을 전시하기도 하지만 오히려 미술계로부터 냉대를 받는다. 재능 없는 아들이 헛수고하고 있다고 생각한 아버지는 은행 일을 하라고 압박을 가하지만 세잔은 굴하지 않는다.

당시 미술계를 술렁이게 만드는 모델이 등장한다. 사설 미술학교에서 책 판매원을 하면서 부업으로 화가 지망생들의 모델 일을 하고 있던 오르탕스 피케였다. 알프스 산악 지역 출신으로 열아홉 살 때 무작정 파리로 상경한 오르탕스는 산골 소녀의 순박함을 지녔음에도 갈색 머리와 하얀 피부에서 나오는 신비로움을 함께 지녀 많은 화가에게 사랑받고 있었다.

그녀 앞에서 세잔은 무기력해지고 말았다. 모델이 되어 앞에 서 있었음에도 세잔은 그녀를 그릴 수 없었다. 하루가 지났지만 그림은 엉망이 되었다. 결국 며칠을 더 모델로 세웠지만, 상황은 달라지지 않았다. 그런데도 세잔은 계속해서 오르탕스를 모델로 세웠고, 그림은 그리지 못한 채 오랫동안 감상만 하는 시간이 늘어갔다.

한 달쯤 지났을 무렵, 세잔은 오르탕스를 모델이 아닌 연인으로 만들어야만 그림을 그릴 수 있다는 생각을 하게 된다. 하지만 모든 화가들의 선망의 대상이었던 오르탕스였다. 그녀보다 열한 살이나 많은 그가 오르탕스를 애인으로 만드는 일은 쉽지 않았다.

애인을 만들 묘안을 찾던 중, 가난한 그녀의 삶에 주목했다. 산골에 있는 본가가 가난했기에 오르탕스는 두 가지 일을 하면서 돈을 모아 본가로 보내고 있었다. 대부분의 화가가 가난했기에 그녀에게

납치
폴 세잔(Paul Cézanne), 1867년,
캔버스에 유채, 117×90.5cm,
영국 피츠윌리엄 미술관 소장

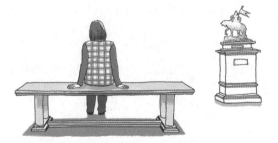

도움이 되지 않았다.

세잔은 자신이 대은행가의 아들이라는 사실을 이용해서 오르탕스를 유혹했다. 본가를 돕는 일에 지쳐 있던 오르탕스에게 어머니와 누이의 도움으로 여유롭게 작품 활동을 하는 자신을 내세웠다. 세잔의 집안 배경을 보고 오르탕스는 구애를 받아들였다. 두 사람의 동거가 시작되면서 어둡고 우울한 색조였던 세잔의 그림은 큰 변화를 보인다. 한 시점에서만 안정적으로 그리던 그림은 동거 이후 다각도로 관찰해서 한 화면에 담아내는 화풍으로 변화 발전했다.

동상이몽의 사랑

두 사람의 동거는 서로에게 다른 의미였다. 세잔은 아버지에게 철저히 비밀로 해야 했다. 만일 알려지면 당장 생활비가 끊기는 것은 물론 의절까지 각오해야 했기 때문이다. 반면 오르탕스는 동거 이후 삶이 달라질 거라 여겼다. 부잣집 아들과 살게 되었으니 파리의 번화가에서 화려하게 사는 것은 물론 산골 본가에도 큰 도움이 될 것이라 여겼다. 그러나 현실은 정반대였다. 아버지 몰래 도와주는 어머니의 돈은 생계 걱정만을 해결해줄 뿐이었다.

사교적이고 수다 떨기 좋아했던 오르탕스는 크게 실망했다. 게다가 둘 사이에 태어난 아이마저 숨겨야 했다. 세잔이 부모를 만나러 프로방스에 갈 때도 동행할 수 없었다. 마르세유 역까지만 따라가고 거기 남아 세잔을 기다려야 했다.

　오르탕스를 더 곤혹스럽게 한 것은 세잔의 모델이 되는 일이었다. 몇 시간씩 부동자세로 서 있는 것은 기본이고, 초상화를 그릴 때마다 그런 부동자세로 100가지 이상의 다양한 포즈를 취하게 했다. 그리고 자세가 조금이라도 흐트러지면 날벼락이 떨어졌다.

　세잔은 만족이라는 단어를 몰랐다. 그린 그림을 지우고, 긁어내고 다시 그리고 색칠했다. '백번은 그리고 백번을 고치고, 천번은 모델을 보고 또 보았다'고 할 정도였다. 모네가 대상에서 빛의 반사를 보았고 르누아르가 대상의 싱싱한 뉘앙스를 캐치했다면, 세잔은 대상의 본질을 규정하고자 했다. 그래서 후배들에게도 "대상을 그대로 베끼지 말고 자기의 감각을 실현하는 구도를 잡으라"고 했다. 이 경우 감각을 '쌍사숑sensation'이라 하는데, 보고 느끼는 것이 아니라 시각을 통한 인지작용을 말한다. 그래서 세잔은 그림 그리는 시간보다 집요하리만치 더 많은 시간을 모델 응시에 사용했다.

　세잔의 이런 집요함은 초상화를 그릴 때도 나타났다. 파리의

화상 앙브루아즈 볼라르의 초상
폴 세잔(Paul Cézanne), 1899년, 캔버스에 유채,
100×81cm, 프랑스 아비뇽 프티팔레 미술관 소장

명작에게 사랑을 묻다

피아노 치는 소녀

폴 세잔(Paul Cézanne), 〈The Overture to Tannhauser: The Artist's Mother and Sister 〉,
1869년, 캔버스에 유채, 57×92cm, 상트페테르부르크 에르미타쥐 박물관 소장

거물 화상 앙브루아즈 볼라르 Ambroise Vollrl가 세잔에게 초상화를 부탁
했는데, 화실 중앙의 상자 위에 의자를 놓고 볼라르가 조심스레 앉
아 있었다.

너무 긴 시간 꼼짝없이 앉아 있으려니 답답하기도 했던 볼라르가
깜빡 잠이 들어 나뒹굴고 말았다. 세잔은 그를 일으켜주기는커녕 화
를 냈다.

"그렇게 움직이지 말라 일렀거늘, 기어이 작품을 망치네. 사과처
럼 움직이지 말랬잖아."

결국 볼라르는 졸지 않기 위해 블랙커피를 여러 잔 마시고 의자
에 앉았다. 150일 동안 매일 아침 8시부터 12시 30분까지 무려 3시

간 30분 동안 초 인내심을 발휘해 앉아 있어야만 했다. 그 고생은 독보적 초상화로 그려졌고, 그 덕에 볼라르는 인물화로 역사에 남게 된다.

까만 옷을 입은 어머니가 뜨개질하는 곁에 하얀 드레스를 입고 소녀가 피아노를 치는 〈피아노 치는 소녀〉에서도 온화함보다는 숙연함이 느껴졌다. 두 모델은 얼마나 오랫동안 포즈를 취하고 있었을지 느껴지기 때문이다.

남편의 모델을 하는 동안 부부 사이에 금이 가기 시작했다.

금이 간 채 치러진 결혼식

오르탕스를 모델로 한 초상화는 44점이 만들어진다. 세잔의 모델이 어떤 역할을 해야 하는지 이해해야 가능한 일이었다. 비록 예술을 깊이 이해하지는 못했지만 오르탕스는 참아가며 세잔의 모델이 되었다. 하지만 둘 사이는 점점 더 큰 균열을 만들어 낼 뿐이었다. 그러다가 1870년 7월, 프랑스와 프로이센 전쟁이 발발한 직후 둘의 관계는 급격히 어긋난다.

프로방스 인근의 작은 어촌인 레스타크로 이주한 시기였다. 아들이 징병 될 것을 두려워한 세잔의 어머니가 가파른 암벽 위 작은 집을 임대해 준 것인데, 바다와 소나무 풍경이 어우러진 그곳을 세잔은 무척 좋아했다. 하지만 오르탕스는 달랐다. 고급 살롱은 물론 카

명작에게 사랑을 묻다

자 드 부팡
폴 세잔(Paul Cézanne), 1876년경, 캔버스에 유채, 46.1×56.3cm,
상트페테르부르크 에르미타쥐 박물관 소장

페나 네온사인도 없는 시골이라며 답답해했다.

1872년 1월, 아들이 태어나자 두 사람은 더 서먹서먹해졌다. 오르
탕스는 왜 아들에게 할아버지를 소개해 주지 않느냐고 세잔을 다그
쳤다. 결국 아들의 출생이 할아버지에게 알려진 것은 4년이 지난 뒤,
그것도 편지를 통해서였다.

세잔의 아버지는 손자의 출생을 기뻐하지 않았다. 오히려 아들을
모욕하고 지원금마저 절반으로 줄여버렸다. 이 일로 부부는 각 방을
쓰게 된다.

이 무렵 세잔이 〈자 드 부팡〉을 그렸다. 유달리 맑고 깨끗한 물이 가득한 수영장이었다. 맑은 물이 계속 공급되고 있는데 수영장엔 사람이 없었다. 주변의 아름다운 경치만이 빛날 뿐이었다.

아버지는 임종을 앞둔 1886년에서야 결혼을 승낙했다. 동거 17년 만이었고 손자는 벌써 열네 살이 되어 있었다.

결혼은 세잔이 아들을 아버지의 유산상속자로 배려하기 위한 형식에 불과했다. 형식적인 부부사이지만 오르탕스는 세잔의 그림을 소중히 관리했다. 그림 한 장을 위해 엄청나게 많은 공과 시간을 들이지만 마음에 들지 않으면 바로 휴지통에 버리는 세잔이었다. 그런 그림들을 오르탕스는 알뜰히 챙겨 두었다. 훗날 이 그림 중에 명화가 된 작품이 많았다.

세잔은 처음 연애 시기를 제외하고 오랫동안 오르탕스를 모델로만 대했다. 두 사람의 소통 부재는 그림에서도 오롯이 나타난다. 세잔의 작품 속에서 오르탕스는 대부분 무표정했다.

별거 이후 또 하나의 우정, 에밀 졸라

결혼 6개월 후 아버지는 숨을 거둔다. 아버지의 부재는 둘 사이를 완전히 갈라놓는다. 세잔은 어머니와 함께 파리 교외에 거주하고 오르탕스는 아들과 함께 파리에 남게 된 것이다.

둘 사이의 별거에 대해 세잔은 주변에 이렇게 말했다.

명작에게 사랑을 묻다

"오르탕스는 알프스와 레모네이드로 꽉 차 있어."

세잔은 오르탕스를 처음 만나 사귀고 동거하면서 회화가 밝아졌고 결혼 후 담백하게 깊어졌으며 별거 후 대중적 지지를 얻었다. 그리고 그의 작품은 아방가르드한 작가들에게도 신화적 예술가라 불리며 존중받기 시작했다. 그는 오르탕스를 모델이 아니라 아내로 만났기에 그녀를 냉철하게 바로 볼 수 있었다. 그것은 대상을 구체적 미에 더 가까이 다가갈 수 있게 만들었다. 감정이입이 된 대상은 아무리 뛰어난 화가도 객관적으로 묘사하기는 어렵기 때문이다.

이후 고독을 숙명으로 여기고 산 세잔은 다른 사람이 자기 곁에 오는 것도 싫어했다. 나이 들수록 일종의 대인기피증이 더 심해지면서 누가 가까이 오면 멀리 가라고 손짓했다. 특히 '갈고리 콤플렉스'가 있어서 그의 화실에서 '갈고리를 치워'라는 고함이 자주 들렸다. 이런 세잔의 유일한 친구는 《목로주점》으로 유명한 '에밀 졸라'였다.

두 사람은 중학교 때부터 친구였다. 좀 왜소한 졸라가 친구들에게 놀림 받을 때면 세잔이 나타나 해결해 주곤 했다. 이때 졸라가 고마운 마음으로 사과 하나를 주었다. 후에 세잔이 파리에서 화가로 활동하며 고전을 면치 못하던 초창기 시절 '사과'를 그림으로 돌파구를 찾았다.

"나는 세상을 사과로 날리게 하겠다"며 시작된 세잔의 사과 그림은 현대회화의 시작이 된다.

세잔은 화가로 살아가는 내내 사과 정물화를 그렸다. 그 덕에 에

덴동산의 사과, 뉴턴의 사과와 함께 역사상 3대 유명 사과가 되었다. 움직여야 하는 인간과 달리 탁자 위의 사과는 있는 그대로의 모습을 유지하고 있었기에 구도를 연구하는 데 적격이었다. 사물의 본질을 원圓, 원통圓筒, 원추圓錐라고 본 세잔은 대상의 형태나 질감을 전통적 원근법과 명암법이 아닌 색조와 색의 농담濃淡으로 구현했다. 즉, 도 드라지는 따듯한 색과 차분한 차가운 색, 그리고 붓의 반복 터치나 가벼운 터치를 이용했다. 세잔의 그림이 얼핏 보면 평면인데 찬찬히 보면 어느 순간 입체감이 나타나며 희열喜悅을 느끼게 하는 것도 그

카드놀이 하는 사람들
폴 세잔(Paul Cézanne), 1890~1895년경, 캔버스에 유채, 47.5 x 57cm, 파리 오르세 미술관 소장

명작에게 사랑을 묻다

런 까닭이다.

3억 달러의 가치를 인정받으며 세계에서 비싼 그림이 된 〈카드놀이 하는 사람들〉을 가만히 들여다보면 정지화면 같지만, 어느 순간 활동영상처럼 느껴지게 된다.

세잔과 에밀 졸라는 서로가 만나지 못할 때도 일주일에 한 번씩 편지를 교환할 정도였다. 그렇게 절친이었던 두 사람이 뜻하지 않은 일로 결별하게 된다.

에밀 졸라가 새로 쓴《작품》이란 소설에 실패한 천재가 나오는데, 그가 자신이라고 생각한 것이다. 그 오해로 1886년 4월 4일, 두 사람은 30년 우정에 종지부를 찍는다. 에밀 졸라가 오해라고 항변해도 소용없었다.

1887년, 어머니마저 돌아가시자 사교성이 없었던 세잔은 은둔에 들어간다. 명성이 높아지면서 사람들의 관심은 더욱 커졌지만, 그는 더 깊이 몸을 숨겼다. 그렇게 세인들의 시선에서 사라지면서 그는 신화적 인물이 되었다.

여러 미술관은 그의 작품을 수집하려고 열을 올렸고, 화실 주변엔 사람들이 몰려들었다. 하지만 철저히 칩거로 일관하는 바람에 사람들이 그를 만나는 일은 쉽지 않았다. 다행히 창 너머 들려오는 붓 소리만이 아직도 그가 작품 활동을 계속하고 있다는 사실을 알려줄 뿐이었다.

오랜 칩거를 계속하던 세잔은 1906년 야외작업에 나갔다가 독감

해수욕
폴 세잔(Paul Cézanne), 1906년경, 캔버스에 유채, 249×208cm, 필라델피아 미술관 소장

에 걸린다. 결국 그 일로 세상과 결별하게 되는데, 남겨진 막대한 유
산은 아내는 제외하고 아들에게만 상속한다는 유언을 남긴다. 결국
오르탕스는 세잔의 장례식에 참석하지 않는다. 죽는 그 순간까지 두
사람은 철저히 냉랭했다.

　세잔이 숨을 거둔 이듬해 파리 살롱가에 세잔 회고전이 열렸다.
이 행사는 "사유와 감각의 일치를 시도해 예술사의 흐름을 바꾼 화
가"라는 극찬과 함께 세잔 열풍을 불러온다.

　　　　　　　　　　　　　　　　　　　명작에게 사랑을 묻다

05

스캔들 소문을 '사계'로 답하다
-안토니오 비발디

독일에서 바흐가 전성기를 구가하고 있을 때, 이탈리아에선 붉은 머리 사제 안토니오 비발디^{Antonio Vivaldi, 1678~1741}가 현악기를 위한 곡을 내놓고 있었다. 합주 협주곡을 창시한 작곡가 아르칸젤로 코렐리^{Arcangelo Corelli, 1653~1713}를 계승해 독주악기를 앞세운 독주 협주곡을 만들었던 것이다. 바로크 시대의 시작이다.

현란한 테크닉으로 큰 울림과 화려한 장식음, 명쾌한 리듬을 내는 바이올린족 악기의 눈부신 발달은 오페라의 발전으로 이어진다. 바이올린족 악기란 4개의 줄을 화살로 그어 소리 내는 악기들을 말한다. 모든 악기 중 인간의 소리와 제일 흡사하다. 콘트라베이스, 첼로, 비올라, 바이올린이 여기 속하는데, 바로크 시대에 급격하게 발달한다. 결국 바로크 음악을 표현하기에 가장 적합한 수단이 오페라였던 것이다.

베네치아 스키아보니 해안에 '라 피에타 성당'과 비발디 호텔이 함께 있는데 이곳이 비발디 신부가 고아를 돌보며 연주와 작곡을 했던 장소이다.

병약했지만 작곡 속도가 빨랐던 비발디는 3막으로 된 오페라를 5일 만에 완성하기도 했다. 일 년에 평균 두 편씩 작곡했는데 그의 음악이 가진 특징은 활기차고 명쾌하며 우아했다. 특히 비발디의

카날 그란데
안토니오 카날레토(Antonio Canaletto), 1734~1760년, 캔버스에 유채, 214×142cm,
스페인 티센보르네미사 미술관 소장

〈사계四季〉는 300년이 지난 지금까지도 클래식 음악 중 가장 많이 연주되고 있다. 특히 사계절이 분명한 우리나라에서는 백화점이나 지하철 등 어디를 가도 쉽게 들을 수 있다.

허약해 위인이 된 비발디

비발디는 사회적 약자를 배려하는 음악가였다. 태어날 때부터 남들과 달랐던 출생이 그렇게 만들었다. 그는 불안정하게 태어났다. 일곱 달 만에 태어나 생일이 둘이다. 1678년 3월 4일과 5월 6일. 3월

4일은 태어난 날이고 5월 6일은 출생신고를 한 날이다.

비발디가 태어나기 전, 뱃속에 있을 때 베네치아에 천둥과 벼락을 동반한 지진이 발생했다. 땅이 심하게 흔들리는 큰 지진이었는데, 비발디의 어머니가 그 난리 중에 넘어지면서 벽에 부딪혀 기절하는 사고를 당한다. 강한 충격에 놀라 기절할 때 자신도 모르게 비발디를 출산한 것이다.

부모는 칠삭둥이로 태어나 금세 죽을 거라 여겼다. 그래서 바로 세례를 받게 하고 출생신고를 미룬 체 3개월을 기다렸다. 다행히 3개월이 지나도 건강하게 자라자 출생신고를 하게 되면서 두 개의 생일을 가지게 된다.

비발디가 성장하자 아버지는 바이올린을 가르친다. 하지만 미숙아로 자란 탓에 기관지 천식 등 병약한 부분이 많았다. 결국 올레오 수도원에 보내져 10년간 사제훈련을 받았다. 그것도 학생 중에 유일하게 출퇴근했다. 워낙 허약해 고된 사제수업을 온종일 받아내기엔 무리였다.

아버지는 아마추어 바이올리니스트였음에도 워낙 연주 실력이 뛰어나 성 마르코 대성당의 바이올리니스트로 초빙받았다. 아버지는 아들이 수도원에서 돌아오는 저녁 시간이나 출발을 앞둔 이른 새벽 짧은 시간에 바이올린을 가르쳤다. 마을 사람들은 그들의 바이올린 연주가 얼마나 아름다웠던지 천상의 선율로 들렸다. 그리고 일정시간이면 연주되는 그들의 바이올린 소리를 들으며 잠들고, 그 소리에

명작에게 사랑을 묻다

브라고라의 산 조반니 성당
1700년 9월에 부사제로 승진한 후 1703년 3월 23일 비발디가 사제서품을 받은 곳이다.

일어났다. 하루라도 음악 소리가 안 들리면 찾아와 웬일인지 물어볼 정도로 마을 주민들이 심취해 있었다. 그런 날은 비발디가 수도원 훈련이 너무 고되어 쉬는 날이었다.

수도원에 다닌 지 10년째인 1703년 3월 23일, 스물다섯 살의 비발디는 사제서품을 받는다.

약자를 사랑하는 비발디

비발디는 모범적 성직자가 되기 어려웠다. 태어날 때부터 앓고 있

활을 깎는 큐피드
파르미자니노(Parmigianinio),
1523~1524년,
목판에 유화, 135×65.3cm,
비엔나 미술사 박물관 소장

던 천식^{喘息} 때문에 미사를 집전하거나 강론하는 일이 쉽지 않았다. 그래서 사람들과의 관계보다 자연 현상에 관심이 더 많았다. 실제로 사제가 된 후 몇 번의 미사를 집례했으나 대부분 도중에 망쳤다.

석조^{石造} 건물이 대부분인 성당에서 사제가 내는 기침 소리는 메아리처럼 울려 퍼졌다. 경건해야 할 미사 분위기는 당연히 깨졌다.

비발디는 사제가 된 지 6개월 만에 사제의 고유 업무를 스스로 포기하고 피에타 여자고아원 음악책임자로 갔다. 베네치아에만 비슷한 고아원이 4개나 있었다.

문란했던 당시 유럽사회는 운하 주변과 성당 근처에 사생아들을 많이 버렸다.

이발소에 갔다가 볼록거울에 비친 자기 모습을 처음 보고 신기해 자화상을 그렸다가 교황에게 칭찬받은 파르미자니노^{Parmigianino, 1503~1540}는 당시 사회를 풍자하는 그림을 그렸다.

귀족 바이아르도를 위해 그린 파르미자니노는 〈활을 깎는 큐피드〉의 발아래 두 아이가 있다. 한 아이가 다른 아이의 손을 잡아 억지로 큐피드의 다리에 대려 한다. 손을 잡힌 아이는 사랑의 불장난으로 세상에 태어나 버려질 운명이 두려워 울고 있다.

큐피드의 화살을 맞아 원치 않는 아이를 낳은 귀족, 신부, 수녀 등의 사생아 또는 양육형편이 안 되는 아이들을 국가에서 고아원을 세워 양육해야 했다. 각 고아원마다 아이들이 수백 명씩 몰려 있었다. 그중 피에타 고아원은 주로 귀족의 사생아 중에서 여자 아이들만을 모아 요조숙녀로 길러내고자 하는 곳이었다.

비발디는 부모의 사랑을 받지 못하는 고아들에게 음악으로 따스한 감성을 길러 주고자 했다. 바이올린, 오보에, 플루트 등 여러 악기를 자유자재로 연주하도록 가르쳤다. 또한 수녀에게 활짝 핀 석류꽃을 머리에 꽂고 오케스트라를 지휘하게 했다.

이들의 공연은 입소문이 나면서 국내외 관람객들이 둘러보는 관광코스가 되었다. 공연을 본 관람객들은 모두 감탄했다. 비발디는 아이들이 연주하기 쉽도록 많은 곡을 썼다. 1708년 첫 작품으로 〈12개의 트리오 소나타(작품1)〉를 완성한 뒤 기악편성의 효과를 내기 위한 다양한 음악 형식을 연구하며 고안해냈다. 그리고 피에타의 소녀들이 고아로 자라면서도 밝게 자라는 데 대한 고마운 마음을 음악 안에 담아냈다. 전체적으로 구김살이 없이 우아하고 고상한 분위기이다.

아무도 못 말리는 바이올린 사랑

피에타의 소녀들은 비발디를 '빨간 머리 사제'라 불렀다. 그 시기 유럽에서 빨간색은 마귀와 요부의 상징이었다. 이탈리아인들에겐 빨간 머리가 희귀한데도 비발디는 태어날 때부터 빨간 머리였다. 마귀의 상징과도 같은 빨간 머리를 한 비발디가 사제서품을 받을 때 그 신기한 장면을 보기 위해 수많은 사람이 몰려들었고, 그들은 신

명작에게 사랑을 묻다

기해하거나 비웃었다.

"저 악마의 머리로 어떻게 사제를 하지? 차라리 스페인에 가서 투우사를 하는 게 낫겠다. 붉은 망토도 걸칠 것 없네. 머리털만 디밀면 소와 한판 멋지게 붙을 텐데 말이야."

비발디는 그들의 비웃음을 대수롭지 않게 여겼다.

"열매가 익은 가을 나뭇잎이 얼마나 아름답더냐? 그만큼 내가 성숙했다는 거야."

사제가 된 후에도 미사를 집례해야 되는데 자주 사라졌다. 어렵게 찾아보면 한적한 곳에서 바이올린에 심취해 연주하고 있었다. 심지어 집례 중에도 악상이 떠오르면 갑자기 뛰쳐나가 악보를 적고 들어왔다. 그런 일들은 주교의 불호령으로 이어졌다.

"천주님이 무섭지도 않은가?"

"천주님보다 더 높은 음도 있답니다."

"그것이 뭐냐?"

"바이올린 E선의 제 7포지션인데 누를 때 '라'음입니다."

피에타에서도 그 버릇은 고쳐지지 않았다. 소녀들과 미사를 드리다가도 기도 시간에 몰래 나가 작곡하고 들어오는 일이 많았다. 이처럼 자유로운 비발디를 피에타 소녀들은 매우 좋아했다.

소녀들이 문화적 편견 없이 빨간 머리인 자신을 좋아하자 비발디도 열과 성을 다해 기악과 성악을 가리켰다. 비발디가 신부 본연의 일보다 음악에 더 열중하자 종교 재판소는 그를 소환해 미사 집례권을 박탈해 버렸다. 하지만 비발디는 음악에 더 몰두할 수 있다며 기뻐했다.

그 무렵 비발디의 음악수업이 뛰어나다는 소문이 나면서 이탈리아 귀족들이 몰려들었다. 자기 딸들을 데려와서 피에타에 넣어달라고 사정하는 일까지 벌어졌다.

비발디는 피에타 소녀 합창단을 이끌고 전국 순회공연을 다녔다. 합창단이 인기를 끌면서 그의 별명은 '빨간 머리 사제'보다 '홍발의 음악가'로 알려지기 시작했다. 이때 지금은 광고와 지하철 환승역 같은 곳에서도 자주 흘러나오는 〈조화와 영감 L'estro armonico〉이 작곡되었다. 처음 이 노래는 피에타 소녀들을 위해 작곡되었으나 피에타 고아원을 넘어 영화, 드라마의 주제가로 알려져 세계로 퍼져나갔다.

바이올린을 켜는 고아 소녀, 안나 마리아

신부 업무에서 해방될 무렵 피에타 원장으로 취임하게 된다. 미사 집전에 대한 부담감이 줄어들자 작곡과 음악교육에 더욱 몰두할 수 있게 되고, 자기가 가르치던 아이들에게 관심을 가지기 시작했다.

피에타 소녀들은 출생의 비밀을 가진 아이들이었다. 아버지에게 버림받은 사생아들이 대부분이었는데, 그중에는 음악적 재능이 뛰어난 아이들도 많았다. 게다가 서유럽 일대를 순회하던 피에타 합주단이 엄청난 인기를 끌게 되면서 피에타에만 들어가면 최고의 신붓

명작에게 사랑을 묻다

감이 된다는 소문이 나면서 뛰어난 재능을 가진 소녀들이 몰려들었다. 그들 중 비발디의 눈에 띈 소녀가 훌륭한 신붓감으로 기르고 싶다는 어머니의 뜻에 따라 맡겨진 안나 마리아^{Anna Maria, 1696~1782}였다.

안나는 가르칠수록 빠르게 성장하는 천부적인 재능을 가진 아이였다. 비발디는 안나에게 당대 최고 가격의 악기를 선물하는 등 아낌없이 후원하며 그녀를 가르쳤다. 최고의 악기와 천상의 재능이 합쳐져서 최고의 연기자가 탄생되기를 원해서였다.

비발디는 안나를 데리고 피렌체를 넘어 전 유럽으로 오페라 연주공연을 다녔다. 가는 곳마다 비발디는 안나야 말로 이탈리아 최고의 바이올리니스트라며 추켜세웠다.

1720년대 중반 비발디는 〈6개의 콘체르토(협주곡)〉을 만들면서 그중 하나는 오직 안나만을 위해 작곡했다.

비발디의 바람대로 안나는 베니스음악의 황금기를 연다. 베니스 최고의 솔로 연주자가 된 그녀는 비발디에게 무한한 긍지였다. 최고의 스승은 최고가 될 제자를 미리 알아보고 아낌없이 투자하여 최고로 만든다는 것을 안나로 증명한 것이다.

일 테아트로 알라 모다
이 곡은 한동안 비발디의 동생 베네데토 마르첼로(Benedetto Marcello)의 작품으로 알려졌다. 하지만 최근에야 이 곡이 비발디의 작품(1720년)임을 밝혀졌다. 이 작품은 초기 오페라를 이해하는 데 아주 중요한 문헌이다.

중년에 만난 안나 지로

비발디가 순회공연을 부지런히 다니던 1718년, 그들 팀에는 메조 소프라노 안나 지로^{Anna Giro}가 함께 다녔다. 프랑스에서 이주해온 가발 제조공의 딸 안나 지로가 비발디에게서 성악을 배우면서 함께 공연을 펼친 것이다.

안나 마리아가 바이올리니스트로 천부적 재능이 있어 비발디의 전적인 후원을 받았다면, 음악적 재능이 뒤진 안나 지로는 비발디를 편하게 해주면서 전적인 후원을 받았다. 비발디는 자신의 곁을 지키며 언제나 편안하게 작곡을 할 수 있도록 도와주는 지로에게 공을 들였다. 그 덕에 성악가로 성장할 수 있었다.

그 무렵 초기 시민사회로 발전해가던 유럽은 시민들이 짝을 지어 다른 나라를 여행하는 것이 큰 유행이었다. 그들로 인해 공연 문화는 더욱 풍성해지고 있었다.

1723년 공연을 마치고 귀국하니 이들이 불륜 사이라며 엄청난 비난이 쏟아졌다. 비발디는 전혀 개의치 않았다.

"불순한 상상들 마시라. 우리는 오로지 지휘자와 가수의 관계일 뿐이다."

그러면서 오히려 안나 지로의 동생 파울라까지 가정부로 집으로 들여 세 사람이 함께 생활했다. 연주를 다녀오면 바로 누워 있어야 했던 비발디의 건강을 두 자매가 정성껏 돌보는 사이였지만, 세상은 이들의 공동생활에 더 큰 관심을 보였고, 수많은 가십거리를 만들어

명작에게 사랑을 묻다

냈다.

세상의 뒷공론에 아랑곳하지 않고 비발디는 창작에만 전념했다. 그 시기에 나온 작품이 인류 음악사의 고전인 〈사계〉이다. 봄, 여름, 가을, 겨울 사계절 변화를 가락으로 묘사하고 계절마다 간략한 시가 붙어있다.

제1곡 '봄'은 아침 새들이 지저귀고 시냇물도 즐겁게 흐르는데, 갑자기 먹구름이 몰려와 한바탕 소란을 피우다가 곧 걷히면서 아늑한 분위기를 만들어내는 봄 풍경이 묘사되어 있다.

제2곡 '여름'은 폭염으로 사람도 양도 지쳐 있는데, 뻐꾸기가 울며 요란한 우렛소리와 하늘을 가르는 번갯불에 이어 우박이 쏟아지는 장면의 묘사다.

이어지는 '가을'은 풍성한 수확의 기쁨에 들뜬 농부들이 흥겨운 잔치를 벌이는 장면이 묘사되어 있다. 다음 날 동이 트자 엽총과 뿔피리를 들고 사냥개와 짐승을 잡으러 다닌다.

마지막 '겨울'은 눈으로 덮인 산과 들에 찬바람이 불고, 사람들은 집 안 난롯가에 오순도순 모여 있는 장면의 묘사다. 꽁꽁 얼어붙은 길을 걷는 사람도 있다. 그는 미끄러지면 다시 일어나 앞으로 걷는다. 제멋대로인 바람 소리도 삶의 기쁨을 앗아가지 못한다.

안나 지로를 위한 곡

비발디는 제도나 관습에 얽매이지 않고 비교적 기분 좋은 대로 살았다. 안나 지로와 함께 사는 동안 두 사람의 관계가 어느 정도였는지는 아무도 모른다. 그저 두 사람이 함께 살고 있던 시기에 〈사계〉가 작곡되었다는 것이 알려진 전부다. 그리고 그 곡은 비발디에게 국제적인 명성을 안겨준다.

비발디의 곡은 작곡과 동시에 암스테르담의 에티엔 로제르로 보내져 책으로 만들어진 뒤 전 유럽에 보급되었다. 그 덕에 그의 곡은 더 많은 사람에게 알려졌고, 명성은 더욱 커졌다.

1723년 바티칸 예술 고문인 피에트로 오토보니 추기경이 그를 교황청으로 초대했다. 2년 일정의 로마 방문이었는데, 이 기간에 여러 축제에 참여했을 뿐 아니라 직접 교황 앞에서 두 차례나 연주를 펼치기도 했다.

이 기간 비발디는 안나 지로를 데리고 다녔다. 이 때문에 거센 비난을 받기도 했다. 결국 여행 내내 두 사람은 어색한 사이로 지낼 수밖에 없었다. 로마 여행이 끝난 뒤 안나 지로에게 미안했던 비발디는 그녀를 위해 특별한 곡을 작곡한다. 보카치오의 작품《데카메론》에 오래 참는 〈그리젤다Griselda〉 부분을 각색한 오페라 곡이었다.

양치기 소녀 출신 그리젤다가 시리아 왕과 결혼해 왕비가 된 후 겪는 시련과 고통 그리고 승리를 그리고 있는 작품이었는데, 비발디는 곡의 모든 초점은 메조소프라노인 안나 지로에게 맞췄다. 세간의

명작에게 사랑을 묻다

그리젤다의 생애

프란체스코 디 스테파노(Francesco di Stefano), 목판에 유화, 48×43cm,
이탈리아 카라라 아카데미 소장

비난을 받으며 힘들어하는 안나 지로에게 주는 위로와 화해의 메시
지였다. 이 곡을 안나 지로에게 헌정하며 화해를 요청했다.

1735년 5월, 베네치아에서 안나 지로를 주연으로 이 곡이 초연
되었다. 비발디의 인기를 반영하듯 공연은 연일 대성황이었다. 하
지만 파벌과 암투가 심했던 이탈리아 음악계는 이때부터 더욱 거세
게 비발디를 시기했다. 비발디와 안나 지로를 내연관계로 단정하고
1737년, 종교 재판소에 고발하기에 이른 것이다.

"명색이 사제라는 자가 불륜을 저질렀다. 빨간 머리라 어쩔 수 없다."

그들의 거센 비난에 종교 당국도 손을 들었다. 결국 비발디와 안나 지로의 오페라 공연은 금지조치를 받게 된다. 또한 피에타 음악원 원장직에서도 해임된다.

음란한 신부로 몰린 비발디는 1740년 안나 지로를 데리고 오스트리아 빈으로 피신을 결정한다. 빈의 카를 6세가 비발디를 아낌없이 후원해주고 있었기 때문이다. 하지만 마차가 빈으로 가는 도중 군주^{君主}가 세상을 떠나버리고, 누군가의 악의적인 계략으로 비발디에 대해 좋지 못한 소문이 퍼지면서 오스트리아에서의 삶도 평탄하지 않았다.

비발디를 만난 사람들은 비아냥거리며 질문을 던졌다.

"바람피우다가 여기까지 도망 왔다면서요?"

하지만 비발디는 크게 신경 쓰지 않았다. 단지 "베네치아를 내 사랑과 교환했을 뿐입니다"라는 한결같은 대답만 되풀이할 뿐이었다. 이런 비발디에 대한 세상의 평가는 '사제로선 빵점이지만, 예술가로는 만점이다'였다.

마차 도구를 만드는 말러의 미망인 집을 빌려 빈 생활을 시작하던 비발디는 1741년 7월 28일, 작곡을 이어가다가 폐렴으로 눈을 감았다. 장례식에 성 슈테판 성당 소년 성가대 다섯 명이 〈레퀴엠〉을 불렀다. 이 소년 성가대 중에는 후에 바로크 관현악을 완성한 프란츠 요제프 하이든^{Franz Joseph Haydn}도 있었다.

명작에게 사랑을 묻다

명작에게 사랑을 묻다

지은이 | 이동연
발행처 | 도서출판 평단
발행인 | 최석두

신 고 번 호 | 제2015-000132호
신고연월일 | 1988년 7월 6일

초판 1쇄 | 2015년 6월 13일
초판 4쇄 | 2015년 12월 21일

우편번호 | 10594
주   소 | 경기도 고양시 덕양구 통일로 140(동산동 376)
             삼송테크노밸리 A동 351호
전화번호 | (02)325-8144(代)
팩스번호 | (02)325-8143
이 메 일 | pyongdan@daum.net

ISBN | 978-89-7343-416-9 03810

＊ 값 15,000원

ⓒ 이동연, 2015, Printed in Korea